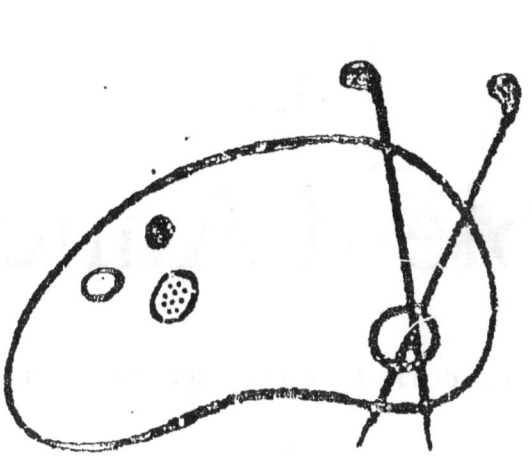

Couvertures supérieure et inférieure
en couleur

COLLECTION D'AUTEURS ÉTRANGERS

JOHN RUSKIN

La
Bible d'Amiens

TRADUCTION, NOTES ET PRÉFACE

PAR

MARCEL PROUST

PARIS

SOCIÉTÉ DV MERCVRE DE FRANCE

XXVI, RVE DE CONDÉ, XXVI

MCMIV

MERCVRE DE FRANCE

26, RVE DE CONDÉ. — PARIS

paraît tous les mois en livraisons de 300 pages, et forme dans
l'année 4 volumes in-8, avec tables.

Rédacteur en chef : ALFRED VALLETTE

**Littérature, Poésie, Théâtre, Musique, Peinture
Sculpture, Philosophie, Histoire, Sociologie, Sciences
Voyages, Bibliophilie, Sciences occultes
Critique, Littératures étrangères**

REVUE DU MOIS

ABONNEMENT

	FRANCE		ETRANGER	
Un an	20 fr.	Un an	24 fr.
Six mois	11 »	Six mois	13 »
Trois mois	6 »	Trois mois	7 »

**ABONNEMENT DE TROIS ANS, avec prime équivalant au remboursement
de l'Abonnement**

FRANCE : 50 fr. | ÉTRANGER : 60 fr.

La prime consiste : 1° en une réduction du prix de l'abonnement; 2° en la
faculté d'acheter chaque année 20 volumes de nos éditions à 3 fr. 50, *parus ou à
paraître*, aux prix absolument nets suivants (emballage et port *à notre charge*) :

FRANCE : 2 fr. 25 | ÉTRANGER : 2 fr. 50

LA BIBLE D'AMIENS

IL A ÉTÉ TIRÉ DE CET OUVRAGE :

*Sept exemplaires sur papier de Hoilande,
numérotés de 1 à 7.*

JUSTIFICATION DU TIRAGE :

763

JOHN RUSKIN

La

Bible d'Amiens

TRADUCTION, NOTES ET PRÉFACE

PAR

MARCEL PROUST

PARIS

SOCIÉTÉ DV MERCVRE DE FRANCE

XXVI, RVE DE CONDÉ, XXVI

MCMIV

A LA MÉMOIRE

DE

MON PÈRE

FRAPPÉ EN TRAVAILLANT LE 24 NOVEMBRE 1903

MORT LE 26 NOVEMBRE

CETTE TRADUCTION

EST TENDREMENT DÉDIÉE

M. P.

> « Puis vient le temps du travail ...;
> puis le temps de la mort, qui
> dans les vies heureuses est très
> court. »
>
> JOHN RUSKIN.

PRÉFACE
DU TRADUCTEUR

I

AVANT-PROPOS

Je donne ici une traduction de la *Bible d'Amiens*, de John Ruskin. Mais il m'a semblé que ce n'était pas assez pour le lecteur. Ne lire qu'un livre d'un auteur, c'est voir cet auteur une fois. Or, en causant une fois avec une personne, on peut discerner en elle des traits singuliers. Mais c'est seulement par leur répétition, dans des circonstances variées, qu'on peut les reconnaître pour caractéristiques et essentiels. Pour un écrivain, pour un musicien ou pour un peintre, cette variation des circonstances qui permet de discerner, par une sorte d'expérimentation, les traits permanents du caractère, c'est la variété des œuvres. Nous retrouvons, dans un second livre, dans un autre tableau, les particularités dont la première fois nous aurions pu croire qu'elles appartenaient au sujet traité autant qu'à l'écrivain ou au peintre. Et du rapprochement des œuvres différentes nous dégageons des traits communs dont l'assemblage compose la physionomie morale de l'artiste. Quand plusieurs portraits peints par Rembrandt, d'après des modèles différents, sont réunis dans une salle, nous sommes aussitôt frappés par ce qui leur est commun à tous et qui est les traits mêmes de la figure de Rembrandt. En mettant une note au bas du texte de *la Bible d'Amiens*, chaque fois que ce texte éveillait par des analogies, même lointaines, le souvenir d'autres ouvrages de Ruskin, et en traduisant dans la note le passage qui m'était ainsi revenu à l'esprit, j'ai tâché de permettre au lecteur de se placer dans la situation de quelqu'un qui ne se trouverait pas en présence de Ruskin pour la première fois, mais qui, ayant déjà eu avec lui des entretiens antérieurs, pourrait, dans ses paroles, reconnaître ce qui est, chez lui, permanent et fondamental. Ainsi j'ai essayé de pourvoir le lecteur comme d'une mémoire improvisée où j'ai disposé des souvenirs des autres livres de Ruskin, — sorte de caisse de résonance, où les paroles de *la Bible d'Amiens* pourront prendre une sorte de retentissement en y éveillant des échos fraternels. Mais aux paroles de *la Bible d'Amiens* ces échos ne répondront pas sans doute, ainsi qu'il arrive dans une mémoire qui s'est faite elle-même, de ces horizons inégalement lointains, habituellement cachés à nos regards et dont notre vie elle-même a mesuré jour par jour les distances variées. Ils n'auront pas, pour venir rejoindre la parole présente dont la ressemblance les a attirés, à traverser la résistante douceur de cette atmosphère interposée qui a l'étendue même de notre vie et qui est toute la poésie de la mémoire.

Au fond, aider le lecteur à être impressionné par ces traits singuliers, placer sous ses yeux des traits similaires qui lui permettent de les tenir pour les traits essentiels du génie d'un écrivain, devrait être la première partie de la tâche de tout critique.

S'il a senti cela, et aidé à le sentir, son office est à peu près rempli. Et, s'il ne l'a pas senti, il pourra écrire tous les livres du monde sur Ruskin : l'Homme, l'Écrivain, le Prophète, l'Artiste, la Portée de son Action, les Erreurs de la Doctrine, toutes ces constructions s'élèveront peut-être très haut, mais à côté du sujet ; elles pourront porter aux nues la situation littéraire du critique, mais ne vaudront pas, pour l'intelligence de l'œuvre, la perception exacte d'une nuance juste, si légère semble-t-elle.

Je conçois pourtant que le critique devrait ensuite aller plus loin. Il essayerait de reconstituer ce que pouvait être la singulière vie spirituelle d'un écrivain hanté de réalités si spéciales, son inspiration étant la mesure dans laquelle il avait la vision de ces réalités, son talent la mesure dans laquelle il pouvait les recréer dans son œuvre, sa moralité, enfin, l'instinct qui, les lui faisant considérer sous un aspect d'éternité (quelque particulières que ces réalités nous paraissent), le poussait à sacrifier au besoin de les apercevoir et à la nécessité de les reproduire pour en assurer une vision durable et claire, tous ses plaisirs, tous ses devoirs et jusqu'à sa propre vie, laquelle n'avait de raison d'être que comme étant la seule manière possible d'entrer en contact avec ces réalités, de valeur que celle que peut avoir pour un physicien un instrument indispensable à ses expériences. Je n'ai pas besoin de dire que cette seconde partie de l'office du critique, je n'ai pas essayé de la remplir ici à l'égard de Ruskin. Cela pourra être l'objet de travaux ultérieurs. Ceci n'est qu'une traduction, et, pour les notes, la plupart du temps je me suis contenté d'y donner la citation qui me paraissait juste sans y ajouter de commentaires. Quelques notes cependant sont plus

2

développées. Celles-là eussent été plus à leur place,
si au lieu de les laisser çà et là, au bas des pages, je
les avais fait entrer dans ma préface, qu'elles com-
plètent et rectifient sur plusieurs points. Mais je ne
l'ai pas voulu, cette préface reproduisant simplement,
sauf cet avant-propos et un post-scriptum plus récent,
des articles qu'au moment de la mort de Ruskin j'avais
donnés au *Mercure de France* et à *la Gazette des.
Beaux-Arts*.

D'autres notes ont un caractère différent. Celles du
chapitre iv sont surtout archéologiques. Enfin, chaque
fois que Ruskin, par voie de citation mais bien plus
souvent d'allusion, fait entrer dans la construction de
ses phrases quelque souvenir de la Bible, comme les
Vénitiens intercalaient dans leurs monuments les sculptures sacrées et les pierres précieuses qu'ils rappor-
taient d'Orient, j'ai cherché toujours la référence exacte
pour que le lecteur, en voyant quelles transformations
Ruskin faisait subir au verset avant de se l'assimiler,
se rendît mieux compte de la chimie mystérieuse et
toujours identique, de l'activité originale et spécifique
de son esprit. Je n'ai pu me fier pour la recherche des
références ni à l'*Index* de *la Bible d'Amiens* ni au livre
de M^les Gibbs, *Ruskin References of Bible*, qui sont
excellents mais par trop incomplets. Et c'est de la
Bible elle-même que je me suis servi.

Le texte traduit ici est celui de *la Bible d'Amiens
in extenso*. Malgré les conseils différents qui m'avaient
été donnés et que j'aurais peut-être dû suivre, je
n'en ai pas omis un seul mot. Mais ayant pris ce
parti, pour que le lecteur pût avoir de *la Bible d'Amiens*
une version intégrale, je dois lui accorder qu'il y a
bien des longueurs dans ce livre comme dans tous ceux

que Ruskin a écrits à la fin de sa vie. De plus, dans
cette période de sa vie, Ruskin a perdu tout respect
de la syntaxe et tout souci de la clarté, plus que le
lecteur ne consentira souvent à le croire. Il accusera
alors très injustement les fautes du traducteur.

Pour les mêmes raisons, j'ai donné tous les appen-
dices, sauf l'*Index alphabétique*, et la *liste des photographies de la cathédrale* par M. Kaltenbacher, photographies qu'on pouvait autrefois acheter avec *la Bible
d'Amiens*. Enfin, l'édition anglaise est ornée de quatre
gravures qui ne sont pas reproduites ici, *la Madone de
Cimabue*, *Amiens le jour des Trépassés* (je décris cette
gravure plus loin, pages 66 et 67), *le Porche nord
avant sa restauration*. On comprend que des photographies de la Cathédrale se vendant avec le livre,
Ruskin ait choisi pour ses gravures des sujets ne se
rapportant que par une sorte d'allusion aux descriptions qu'il donne de la cathédrale et ne faisant pas
double emploi avec les photographies. Mais ceux qui ont
l'habitude des livres de Ruskin verront plus volontiers
dans le choix un peu singulier des sujets de ces gravures
un effet de cette disposition originale, on peut presque
dire humoristique, de son esprit — qui lui faisait en
quelque sorte manquer toujours au programme indiqué,
mettre en regard de la description du Baptême du
Christ par Giotto, une gravure représentant le Baptême
du Christ non par Giotto, mais tel qu'on le voit dans
un vieux psautier, ou bien, dans une étude sur l'église
Saint-Marc, ne décrire aucune des parties importantes
de Saint-Marc et consacrer de nombreuses pages à la
description d'un bas-relief qu'on ne remarque jamais,
qu'on distingue difficilement, et qui est d'ailleurs sans
intérêt ; mais ce sont là des défauts de l'esprit de

Ruskin que ses admirateurs reconnaissent au passage avec plaisir parce qu'ils savent qu'ils font, fût-ce à à titre de tics, partie intégrante de la physionomie particulière du grand écrivain.

Il me reste à exprimer ma reconnaissance plus particulière, parmi tant de personnes dont les conseils m'ont été précieux, à M. Alfred Vallette qui a donné à cette édition des soins infiniment intelligents et généreux, qui lui font le plus grand honneur ; à M. Charles Ephrussi, toujours si bon pour moi, qui a facilité toutes mes recherches en mettant à ma disposition la bibliothèque de *la Gazette des Beaux-Arts* et à M. Robert d'Humières. Quand j'étais arrêté par une forme difficile de langage, j'allais consulter le merveilleux traducteur de Kipling, et il résolvait aussitôt la difficulté avec son étonnante compréhension des textes anglais où il entre autant d'intuition que de savoir. Bien des fois, sans jamais se lasser, il me fut ainsi secourable. Qu'il en soit ici affectueusement remercié.

II

NOTRE-DAME D'AMIENS

SELON RUSKIN [1]

Je voudrais donner au lecteur le désir et le moyen d'aller passer une journée à Amiens en une sorte de pèlerinage ruskinien. Ce n'était pas la peine de commencer par lui demander d'aller à Florence ou à Venise, quand Ruskin a écrit sur Amiens tout un livre [2]. Et, d'autre part, il me semble que c'est ainsi que doit être célébré le « culte des Héros », je veux dire en esprit et en vérité. Nous visitons le lieu où un grand homme est né et le lieu où il est mort; mais les lieux qu'il admirait entre tous, dont c'est la beauté même

1. Cette partie de l'*Introduction* était dédiée dans le *Mercure de France*, où elle parut d'abord sous forme d'article, à M. Léon Daudet. Je suis heureux de pouvoir lui renouveler ici le témoignage de ma reconnaissance profonde et de mon admirative amitié.

2. Voici, selon M. Collingwood, les circonstances dans lesquelles Ruskin écrivit ce livre :

« M. Ruskin n'avait pas été à l'étranger depuis le printemps de 1877, mais en août 1880, il se sentit en état de voyager de nouveau. Il partit faire un tour aux cathédrales du nord de la France, s'arrêtant auprès de ses vieilles connaissances, Abbeville, Amiens, Beauvais, Chartres, Rouen, et puis revint avec M. A. Severn et M. Brabanson à Amiens, où il passa la plus grande partie

que nous aimons dans ses livres, ne les habitait-il pas davantage ?

Nous honorons d'un fétichisme qui n'est qu'illusion une tombe où reste seulement de Ruskin ce qui n'était pas lui-même, et nous n'irions pas nous agenouiller devant ces pierres d'Amiens, à qui il venait demander sa pensée, qui la gardent encore, pareilles à la tombe d'Angleterre où d'un poète dont le corps fut consumé,

d'octobre. Il écrivait un nouveau livre *la Bible d'Amiens*, destinée à être aux *Seven Lamps* ce que *Saint-Marks Rest* était aux *Stones of Venice*. Il ne se sentit pas en état de faire un cours à des étrangers à Chesterfield, mais il visita de vieux amis à Eton, le 6 novembre 1880 pour faire une conférence sur Amiens. Pour une fois il oublia ses notes, mais le cours ne fut pas moins brillant et intéressant. C'était, en réalité, le premier chapitre de son nouvel ouvrage *la Bible d'Amiens*, lui-même conçu comme le premier volume de *Our Fathers*, etc., *Esquisses de l'Histoire de la Chrétienté*, etc.

« Le ton nettement religieux de l'ouvrage fut remarqué comme marquant sinon un changement chez lui, du moins le développement très accusé d'une tendance qui avait dû se fortifier depuis un certain temps. Il avait passé de la phase du doute à la reconnaissance de la puissante et salutaire influence d'une religion grave; il était venu à une attitude d'esprit dans laquelle, sans se dédire en rien de ce qu'il avait dit contre les croyances étroites et les pratiques contradictoires, sans formuler aucune doctrine définie de la vie future, et sans adopter le dogme d'aucune secte, il regardait la crainte de Dieu et la révélation de l'Esprit Divin comme de grands faits et des mobiles à ne pas négliger dans l'étude de l'histoire, comme la base de la civilisation et les guides du progrès » (Collingwood, *The Life and work of John Ruskin*, II, p. 206 et suivantes). A propos du sous-titre de *la Bible d'Amiens*, que rappelle M. Collingwood (*Esquisses de l'Histoire de la Chrétienté pour les garçons et les filles qui ont été tenus sur les fonts baptismaux*), je ferai remarquer combien il ressemble à d'autres sous-titres de Ruskin, par exemple à celui de *Mornings in Florence*. « De simples études sur l'Art chrétien pour les voyageurs anglais », et plus encore à celui de *Saint-Marks Rest*, « Histoire de Venise pour les rares voyageurs qui se soucient encore de ses monuments. »

ne reste — arraché aux flammes d'un geste sublime et tendre par un autre poète — que le cœur[1] ?

Sans doute le snobisme qui fait paraître raisonnable tout ce qu'il touche n'a pas encore atteint (pour les Français du moins) et par là préservé du ridicule, ces promenades esthétiques. Dites que vous allez à Bayreuth entendre un opéra de Wagner, à Amsterdam visiter une exposition, on regrettera de ne pouvoir vous accompagner. Mais, si vous avouez que vous allez voir, à la Pointe du Raz, une tempête, en Normandie, les pommiers en fleurs, à Amiens, une statue aimée de Ruskin, on ne pourra s'empêcher de sourire. Je n'en espère pas moins que vous irez à Amiens après m'avoir lu.

Quand on travaille pour plaire aux autres on peut ne pas réussir, mais les choses qu'on a faites pour se contenter soi-même ont toujours chance d'intéresser quelqu'un. Il est impossible qu'il n'existe pas de gens

1. Le cœur de Shelley, arraché aux flammes devant lord Byron par Hunt, pendant l'incinération. — M. André Lebey (lui-même auteur d'un sonnet sur la mort de Shelley) m'adresse à ce sujet une intéressante rectification. Ce ne serait pas Hunt, mais Trelawney qui aurait retiré de la fournaise le cœur de Shelley, non sans se brûler gravement à la main. Je regrette de ne pouvoir publier ici la curieuse lettre de M. Lebey. Elle reproduit notamment ce passage des mémoires de Trelawney : « Byron me demanda de garder le crâne pour lui, mais me souvenant qu'il avait précédemment transformé un crâne en coupe à boire, je ne voulus pas que celui de Shelley fût soumis à cette profanation ». La veille, pendant qu'on reconnaissait le corps de Williams, Byron avait dit à Trelawney : « Laissez-moi voir la mâchoire, je puis reconnaître aux dents quelqu'un avec qui j'ai conversé. » Mais, s'en tenant aux récits de Trelawney et sans même faire la part de la dureté que Childe Harold affectait volontiers devant le Corsaire, il faut se rappeler que, quelques lignes plus loin, Trelawney racontant l'incinération de Shelley, déclare : « Byron ne put soutenir ce spectacle et regagna à la nage le Bolivar. »

qui prennent quelque plaisir à ce qui m'en a tant donné. Car personne n'est original, et fort heureuse-ment pour la sympathie et la compréhension qui sont de si grands plaisirs dans la vie, c'est dans une trame universelle que nos individualités sont taillées. Si l'on savait analyser l'âme comme la matière, on verrait que, sous l'apparente diversité des esprits aussi bien que sous celle des choses, il n'y a que peu de corps simples et d'éléments irréductibles et qu'il entre dans la composition de ce que nous croyons être notre personnalité, des substances fort communes et qui se retrouvent un peu partout dans l'Univers.

Les indications que les écrivains nous donnent dans leurs œuvres sur les lieux qu'ils ont aimés sont souvent si vagues que les pèlerinages que nous y essayons en gardent quelque chose d'incertain et d'hésitant et comme la peur d'avoir été illusoires. Comme ce personnage d'Edmond de Goncourt cherchant une tombe qu'aucune croix n'indique, nous en sommes réduits à faire nos dévotions « au petit bonheur ». Voilà un genre de déboires que vous n'aurez pas à redouter avec Ruskin, à Amiens surtout; vous ne courrez pas le risque d'y être venu passer un après-midi sans avoir su le trouver dans la cathédrale : il est venu vous chercher à la gare. Il va s'informer non seulement de la façon dont vous êtes doué pour ressentir les beautés de la cathédrale, mais du temps que l'heure du train que vous comptez reprendre vous permet d'y consacrer. Il ne vous montrera pas seulement le chemin qui mène à Notre-Dame, mais tel ou tel chemin, selon que vous serez plus ou moins pressé. Et comme il veut que vous le suiviez dans les libres dispositions de l'esprit que donne la satisfaction du

corps, peut-être aussi pour vous montrer qu'à la
façon des saints à qui vont ses préférences, il n'est
pas contempteur du plaisir « honnête[1] », avant de
vous mener à l'église, il vous conduira chez le
pâtissier. Vous arrêtant à Amiens dans une pensée
d'esthétique, vous êtes déjà le bienvenu, car beaucoup ne font pas comme vous : « L'intelligent voya-
« geur anglais, dans ce siècle fortuné, sait que,
« à mi-chemin entre Boulogne et Paris, il y a
« une station de chemin de fer importante où son
« train, ralentissant son allure, le roule avec beau-
« coup plus que le nombre moyen des bruits et des
« chocs attendus à l'entrée de chaque grande gare
« française, afin de rappeler par des sursauts le
« voyageur somnolent ou distrait au sentiment de sa
« situation. Il se souvient aussi probablement qu'à
« cette halte au milieu de son voyage, il y a un buffet
« bien servi où il a le privilège de dix minutes d'arrêt.
« Il n'est toutefois pas aussi clairement conscient
« que ces dix minutes d'arrêt lui sont accordées à
« moins de minutes de marche de la grande place d'une
« ville qui a été un jour la Venise de la France. En
« laissant de côté les îles des lagunes, la « Reine des
« Eaux » de la France était à peu près aussi large que
« Venise elle-même », etc.

Mais c'est assez parler du voyageur pour qui Amiens
n'est qu'une station de choix à vous qui venez pour
voir la cathédrale et qui méritez qu'on vous fasse bien

---

1. Voir l'admirable portrait de saint Martin au livre I de *la
Bible d'Amiens* : « Il accepte volontiers la coupe de l'amitié, il est
le patron d'une honnête boisson. La farce de votre oie de la
Saint-Martin est odorante à ses narines et sacrés pour lui sont
les derniers rayons de l'été qui s'en va. »

2*

employer votre temps ; on va vous mener à Notre-
Dame, mais par quel chemin ?

« Je n'ai jamais été capable de décider quelle était
« vraiment la meilleure manière d'aborder la cathé-
« drale pour la première fois. Si vous avez plein loisir
« et que le jour soit beau [1], le mieux serait de des-
« cendre la rue principale de la vieille ville, traverser
« la rivière et passer tout à fait en dehors vers la col-
« line calcaire sur laquelle s'élève la citadelle. De là
« vous comprendrez la hauteur réelle des tours et de
« combien elles s'élèvent au-dessus du reste de la
« ville, puis en revenant trouvez votre chemin par
« n'importe quelle rue de traverse ; prenez les ponts
« que vous trouverez ; plus les rues seront tortueuses
« et sales, mieux ce sera, et, que vous arriviez d'abord
« à la façade ouest [2] ou à l'abside, vous les trouverez
« dignes de toute la peine que vous aurez eue à les
« atteindre.

« Mais si le jour est sombre, comme cela peut arri-
« ver quelquefois, même en France, ou si vous ne pou-

1. Vous aurez peut-être alors comme moi la chance (si même
vous ne trouvez pas le chemin indiqué par Ruskin) de voir la cathédrale, qui de loin ne semble qu'en pierres, se transfigurer tout
à coup, et, — le soleil traversant de l'intérieur, rendant visibles
et volatilisant ses vitraux sans peintures, — tenir debout vers le
ciel, entre ses piliers de pierre, de géantes et immatérielles
apparitions d'or vert et de flamme. Vous pourrez aussi chercher
près des abattoirs le point de vue d'où est prise la gravure :
« Amiens, le jour des Trépassés. »
2. Les beautés de la cathédrale d'Amiens et du livre de Ruskin
n'exigeant pas, pour être senties, l'ombre d'une notion d'architecture, et afin que cet article se suffise à lui-même, je n'ai employé que les termes techniques absolument courants, que tout
le monde connaît et seulement quand la précision et la concision

« vez ni ne voulez marcher, ce qui peut aussi arriver à
« cause de tous nos sports athlétiques et de nos lawn-
« tennis, ou si vraiment il faut que vous alliez à Paris
« cet après-midi et que vous vouliez seulement voir
« tout ce que vous pouvez en une heure ou deux, alors,
« en supposant cela, malgré ces faiblesses, vous êtes
« encore une assez gentille sorte de personne pour
« laquelle il est de quelque conséquence de savoir par
« quelle voie elle arrivera à une jolie chose et commen-
« cera à la regarder. J'estime que le mieux est alors
« de monter à pied la rue des Trois-Cailloux. Arrêtez-
« vous un moment sur le chemin pour vous tenir en
« bonne humeur, et achetez quelques tartes et bonbons
« dans une des charmantes boutiques de pâtissier qui
« sont à gauche. Juste après les avoir passées, deman-
« dez le théâtre, et vous monterez droit au transept
« sud qui a vraiment en soi de quoi plaire à tout le
« monde. Chacun est forcé d'aimer l'ajourement aérien
« de la flèche qui le surmonte et qui semble se courber
« vers le vent d'ouest, bien que cela ne soit pas ; — du
« moins sa courbure est une longue habitude contrac-
« tée graduellement avec une grâce et une soumission

les rendaient nécessaires. Pour répondre à tout hasard au
« Faites comme si je ne le savais pas » de M. Jourdain de lecteurs trop modestes, je rappelle que la façade principale d'une
cathédrale est toujours la façade ouest. Le porche de la façade
occidentale ou porche occidental se compose généralement de trois
porches, un principal et deux secondaires. La partie opposée de
la cathédrale, c'est-à-dire la partie est, ne comporte aucun
porche et se nomme abside. Le porche sud et le porche nord
sont les porches des façades sud et nord. L'allée qui figure les
bras de la croix dans les églises cruciformes se nomme transept.
Un trumeau, dit Viollet-le-Duc, est un pilier qui divise en deux
baies une porte principale. Le même Viollet-le-Duc appelle
« quatre-feuilles » un membre d'architecture composé de quatre
lobes circulaires.

« croissantes pendant ces trois derniers cents ans, — et
« arrivant tout à fait au porche, chacun doit aimer la
« jolie petite madone française qui en occupe le milieu,
« avec sa tête un peu de côté, son nimbe de côté aussi,
« comme un chapeau seyant. Elle est une madone de
« décadence, en dépit, ou plutôt en raison de sa jo-
« liesse et de son gai sourire de soubrette ; elle n'a rien
« à faire là non plus car ceci est le porche de saint
« Honoré, non le sien. Saint Honoré avait coutume de
« se tenir là, rude et gris, pour vous recevoir ; il est
« maintenant banni au porche nord où jamais
« n'entre personne. Il y a longtemps de cela, dans le
« xive siècle, quand le peuple commença pour la pre-
« mière fois à trouver le christianisme trop grave, fit
« une foi plus joyeuse pour la France et voulut avoir
« partout une madone soubrette aux regards brillants,
« laissant sa propre Jeanne d'Arc aux yeux sombres se
« faire brûler comme sorcière ; et depuis lors les choses
« allèrent leur joyeux train, tout droit, « ça allait, ça
« ira », aux plus joyeux jours de la guillotine. Mais
« pourtant ils savaient encore sculpter au xive siècle,
« et la madone et son linteau d'aubépines en fleurs sont
« dignes que vous les regardiez, et encore plus les
« sculptures aussi délicates et plus calmes qui sont au
« dessus, qui racontent la propre histoire de saint
« Honoré dont on parle peu aujourd'hui dans le fau-
« bourg de Paris qui porte son nom.

« Mais vous devez être impatients d'entrer dans la
« cathédrale. Mettez d'abord un sou dans la boîte de
« chacun des mendiants qui se tiennent là. Ce n'est
« pas votre affaire de savoir s'ils devraient ou non être
« là ou s'ils méritent d'avoir le sou. Sachez seulement
« si vous-mêmes méritez d'en avoir un à donner et

« donnez-le joliment et non comme s'il vous brûlait
« les doigts [1]. »

C'est ce deuxième itinéraire, le plus simple, et,
celui, je suppose, que vous préférerez, que j'ai suivi,
la première fois que je suis allé à Amiens ; et, au moment où le portail sud m'apparut, je vis devant moi,
sur la gauche, à la même place qu'indique Ruskin,
les mendiants dont il parle, si vieux d'ailleurs que
c'étaient peut-être encore les mêmes. Heureux de
pouvoir commencer si vite à suivre les prescriptions
ruskiniennes, j'allai avant tout leur faire l'aumône,
avec l'illusion, où il entrait de ce fétichisme que je
blâmais tout à l'heure, d'accomplir un acte élevé de
piété envers Ruskin. Associé à ma charité, de moitié
dans mon offrande, je croyais le sentir qui conduisait
mon geste. Je connaissais et, à moins de frais, l'état
d'âme de Frédéric Moreau dans *l'Éducation senti-
mentale*, quand sur le bateau, devant Mme Arnoux, il
allonge vers la casquette du harpiste sa main fermée
et « l'ouvrant avec pudeur » y dépose un louis d'or. « Ce
« n'était pas, dit Flaubert, la vanité qui le poussait
« à faire cette aumône devant elle, mais une pensée de
« bénédiction où il l'associait, un mouvement de
« cœur presque religieux. »

Puis, étant trop près du portail pour en voir l'ensemble, je revins sur mes pas, et arrivé à la distance
qui me parut convenable, alors seulement je regardai.
La journée était splendide et j'étais arrivé à l'heure où
le soleil fait, à cette époque, sa visite quotidienne à la
Vierge jadis dorée et que seul il dore aujourd'hui pen-

1. *The Bible of Amiens*, IV, § 6, 7 et 8.

dant les instants où il lui restitue, les jours où il brille, comme un éclat différent, fugitif et plus doux. Il n'est pas d'ailleurs un saint que le soleil ne visite, donnant aux épaules de celui-ci un manteau de chaleur, au front de celui-là une auréole de lumière. Il n'achève jamais sa journée sans avoir fait le tour de l'immense cathédrale. C'était l'heure de sa visite à la Vierge, et c'était à sa caresse momentanée qu'elle semblait adresser son sourire séculaire, ce sourire que Ruskin trouve, vous l'avez vu, celui d'une soubrette à laquelle il préfère les Reines, d'un art plus naïf et plus grave, du porche royal de Chartres. Je renvoie ici le lecteur aux pages de *The two Paths* que j'ai données plus loin en note pages 260, 261 et 262, et où Ruskin compare aux reines de Chartres la Vierge Dorée. Si j'y fais allusion ici c'est que *The two Paths* étant de 1858, et *la Bible d'Amiens* de 1885, le rapprochement des textes et des dates montre à quel point *la Bible d'Amiens* diffère de ces livres comme nous en écrivons tant sur les choses que nous avons étudiées pour pouvoir en parler (à supposer même que nous ayons pris cette peine) au lieu de parler des choses parce que nous les avons dès longtemps étudiées, pour contenter un goût désintéressé, et sans songer qu'elles pourraient faire plus tard la matière d'un livre. J'ai pensé que vous aimeriez mieux *la Bible d'Amiens*, de sentir qu'en la feuilletant ainsi, c'étaient des choses sur lesquelles Ruskin a, de tout temps, médité, celles qui expriment par là le plus profondément sa pensée, que vous preniez connaissance; que le présent qu'il vous faisait était de ceux qui sont le plus précieux à ceux qui aiment, et qui consistent dans les objets dont on s'est longtemps servi soi-même sans intention de les donner un jour, rien que pour soi.

En écrivant son livre, Ruskin n'a pas eu à travailler pour vous, il n'a fait que publier sa mémoire et vous ouvrir son cœur. J'ai pensé que la Vierge Dorée prendrait quelque importance à vos yeux, quand vous verriez que, près de trente ans avant *la Bible d'Amiens*, elle avait, dans la mémoire de Ruskin, sa place où, quand il avait besoin de donner à ses auditeurs un exemple, il savait la trouver, pleine de grâce et chargée de ces pensées graves à qui il donnait souvent rendez-vous devant elle. Alors elle comptait déjà parmi ces manifestations de la beauté qui ne donnaient pas seulement à ses yeux sensibles une délectation comme il n'en connut jamais de plus vive, mais dans lesquelles la Nature, en lui donnant ce sens esthétique, l'avait prédestiné à aller chercher, comme dans son expression la plus touchante, ce qui peut être recueilli sur la terre du Vrai et du Divin.

Sans doute, si, comme on l'a dit, à l'extrême vieillesse, la pensée déserta la tête de Ruskin, comme cet oiseaux mystérieux qui dans une toile célèbre de Gustave Moreau n'attend pas l'arrivée de la mort pour fuir la maison, — parmi les formes familières qui traversèrent encore la confuse rêverie du vieillard sans que la réflexion pût s'y appliquer au passage, tenez pour probable qu'il y eut la Vierge Dorée. Redevenue maternelle, comme le sculpteur d'Amiens l'a représentée, tenant dans ses bras la divine enfance, elle dut être comme la nourrice que laisse seule rester à son chevet celui qu'elle a longtemps bercé. Et, comme dans le contact des meubles familiers, dans la dégustation des mets habituels, les vieillards éprouvent, sans presque les connaître, leurs dernières joies, discernables du moins à la peine souvent funeste qu'on

leur causerait en les en privant, croyez que Ruskin
ressentait un plaisir obscur à voir un moulage de la
Vierge Dorée, descendue, par l'entraînement invincible
du temps, des hauteurs de sa pensée et des prédilec-
tions de son goût, dans la profondeur de sa vie incons-
ciente et dans les satisfactions de l'habitude.

Telle qu'elle est avec son sourire si particulier,
qui fait non seulement de la Vierge une personne,
mais de la statue une œuvre d'art individuelle, elle
semble rejeter ce portail hors duquel elle se penche,
à n'être que le musée où nous devons nous rendre
quand nous voulons la voir, comme les étrangers
sont obligés d'aller au Louvre pour voir la Joconde.
Mais si les cathédrales, comme on l'a dit, sont les
musées de l'art religieux au moyen âge, ce sont des
musées vivants auquel M. André Hallays ne trouverait rien à redire. Ils n'ont pas été construits pour
recevoir les œuvres d'art, mais ce sont elles —
si individuelles qu'elles soient d'ailleurs, — qui ont
été faites pour eux et ne sauraient sans sacrilège
(je ne parle ici que de sacrilège esthétique) être
placées ailleurs. Telle qu'elle est avec son sourire si
particulier, combien j'aime la Vierge Dorée, avec son
sourire de maîtresse de maison céleste; combien j'aime
son accueil à cette porte de la cathédrale, dans sa
parure exquise et simple d'aubépines. Comme les
rosiers, les lys, les figuiers d'un autre porche, ces
aubépines sculptées sont encore en fleur. Mais ce printemps médiéval, si longtemps prolongé, ne sera pas
éternel et le vent des siècles a déjà effeuillé devant
l'église, comme au jour solennel d'une Fête-Dieu sans
parfums, quelques-unes de ses roses de pierre. Un
jour sans doute aussi le sourire de la Vierge Dorée (qui

a déjà pourtant duré plus que notre foi [1]) cessera, par l'effritement des pierres qu'il écarte gracieusement, de répandre, pour nos enfants, de la beauté, comme, à nos pères croyants, il a versé du courage. Je sens que j'avais tort de l'appeler une œuvre d'art : une statue qui fait ainsi à tout jamais partie de tel lieu de la terre, d'une certaine ville, c'est-à-dire d'une chose qui porte un nom comme une personne, qui est un individu, dont on ne peut jamais trouver la toute pareille sur la face des continents, dont les employés de chemins de fer, en nous criant son nom, à l'endroit où il a fallu inévitablement venir pour la trouver, semblent nous dire, sans le savoir : « Aimez ce que jamais on ne verra deux fois », — une telle statue a peut-être quelque chose de moins universel qu'une œuvre d'art; elle nous retient, en tous cas, par un lien plus fort que celui de l'œuvre d'art elle-même, un de ces liens comme en ont, pour nous garder, les personnes et les pays. La Joconde est la Joconde de Vinci. Que nous importe, sans vouloir déplaire à M. Hallays, son lieu de naissance, que nous importe même qu'elle soit naturalisée française? — Elle est quelque chose comme une admirable « Sans-patrie ». Nulle part où des regards chargés de pensée se lèveront sur elle, elle ne saurait être une « déracinée ». Nous n'en pouvons dire autant de sa sœur souriante et sculptée (combien inférieure du reste, est-il besoin de le dire?), la Vierge Dorée. Sortie sans doute des carrières voisines d'Amiens, n'ayant accompli dans sa jeunesse qu'un voyage, pour venir au porche Saint-Honoré, n'ayant plus bougé depuis,

---

1. M. Paul Desjardins a parlé beaucoup mieux des pierres qui étaient restées plus longtemps ensemble que les cœurs.

s'étant peu à peu hâlée à ce vent humide de la Venise
du Nord qui au-dessus d'elle a courbé la flèche, regardant depuis tant de siècles les habitants de cette
ville dont elle est le plus ancien et le plus sédentaire
habitant[1], elle est vraiment une Amiénoise. Ce n'est
pas une œuvre d'art. C'est une belle amie que nous
devons laisser sur la place mélancolique de province
d'où personne n'a pu réussir à l'emmener, et où, pour
d'autres yeux que les nôtres, elle continuera à recevoir
en pleine figure le vent et le soleil d'Amiens, à laisser
les petits moineaux se poser avec un sûr instinct de la
décoration au creux de sa main accueillante, ou picorer
les étamines de pierre des aubépines antiques qui lui
font depuis tant de siècles une parure jeune. Dans ma
chambre une photographie de la Joconde garde seulement la beauté d'un chef-d'œuvre. Près d'elle une photographie de la Vierge Dorée prend la mélancolie d'un
souvenir. Mais n'attendons pas que, suivi de son cortège innombrable de rayons et d'ombres qui se reposent
à chaque relief de la pierre, le soleil ait cessé d'ar-
genter la grise vieillesse du portail, à la fois étincelante
et ternie. Voilà trop longtemps que nous avons perdu
de vue Ruskin. Nous l'avions laissé aux pieds de cette
même vierge devant laquelle son indulgence aura
patiemment attendu que nous ayons adressé à notre
guise notre personnel hommage. Entrons avec lui
dans la cathédrale.

« Nous ne pouvons pas y pénétrer plus avantageuse-

---

1. Et regardée d'eux : je peux, en ce moment, même voir les
hommes qui se hâtent vers la Somme accrue par la marée, en
passant devant le porche qu'ils connaissent pourtant depuis si
longtemps lever les yeux vers « l'Etoile de la Mer ».

ment que par cette porte sud, car toutes les cathédrales
de quelque importance produisent à peu près le même
effet, quand vous entrez par le porche ouest, mais je
n'en connais pas d'autre qui découvre à ce point sa noblesse, quand elle est vue du transept sud. La rose qui
est en face est exquise et splendide et les piliers des
bas-côtés du transept forment avec ceux du chœur et de
la nef un ensemble merveilleux. De là aussi l'abside
montre mieux sa hauteur, se découvrant à vous au fur
et à mesure que vous avancez du transept dans la nef
centrale. Vue de l'extrémité ouest de la nef, au contraire, une personne irrévérente pourrait presque croire
que ce n'est pas l'abside qui est élevée, mais la nef qui
est étroite. Si d'ailleurs vous ne vous sentez pas pris
d'admiration pour le chœur et le cercle lumineux qui
l'entoure, quand vous élevez vos regards vers lui du
centre de la croix, vous n'avez pas besoin de continuer
à voyager et à chercher à voir des cathédrales, car la
salle d'attente de n'importe quelle gare du chemin de
fer est un lieu qui vous convient mille fois mieux. Mais
si, au contraire, il vous étonne et vous ravit d'abord,
alors mieux vous le connaîtrez, plus il vous ravira, car
il n'est pas possible à l'alliance de l'imagination et des
mathématiques, d'accomplir une chose plus puissante
et plus noble que cette procession de verrières, en
mariant la pierre au verre, ni rien qui paraisse plus
grand.

Quoi que vous voyiez ou soyez forcé de laisser de
côté, sans l'avoir vu, à Amiens, si les écrasantes responsabilités de votre existence et les nécessités inévitables
d'une locomotion qu'elles précipitent, vous laissent seulement un quart d'heure — sans être hors d'haleine —
pour la contemplation de la capitale de la Picardie,

donnez-le entièrement aux boiseries du chœur de la
cathédrale. Les portails, les vitraux en ogives, les roses,
vous pouvez voir cela ailleurs aussi bien qu'ici, mais un
tel chef-d'œuvre de menuiserie, vous ne le pourrez pas.
C'est du flamboyant dans son plein développement juste
à la fin du xv⁰ siècle. Vous verrez là l'union de la lourdeur flamande et de la flamme charmante du style
français : sculpter le bois a été la joie du Picard ; dans
tout ce que je connais, je n'ai jamais rien vu d'aussi
merveilleux qui ait été taillé dans les arbres de quelque
pays que ce soit ; c'est un bois doux, à jeunes
grains ; du chêne choisi et façonné pour un tel travail
et qui résonne maintenant de la même manière qu'il y
a quatre cents ans. Sous la main du sculpteur, il
semble s'être modelé comme de l'argile, s'être plié
comme de la soie, avoir poussé comme des branches
vivantes, avoir jailli comme de la flamme vivante,... et
s'élance, s'entrelace et se ramifie en une clairière enchantée, inextricable, impérissable, plus pleine de feuillage qu'aucune forêt et plus pleine d'histoire qu'aucun
livre[1]. »

Maintenant célèbres dans le monde entier, représentées dans les musées par des moulages, que les gardiens
ne laissent pas toucher, ces stalles continuent, elles-
mêmes, si vieilles, si illustres et si belles, à exercer à
Amiens leurs modestes fonctions de stalles — dont

1. Commencées le 3 juillet 1508, les 120 stalles furent achevées
en 1522, le jour de la Saint-Jean. Le bedeau, M. Regnault, vous
laissera vous promener au milieu de la vie de tous ces personnages qui dans la couleur de leur personne, les lignes de leur
geste, l'usure de leur manteau, la solidité de leur carrure, continuent à découvrir l'essence du bois, à montrer sa force et à
chanter sa douceur. Vous verrez Joseph voyager sur la rampe,

elles s'acquittent depuis plusieurs siècles à la grande satisfaction des Amiénois — comme ces artistes qui, parvenus à la gloire, n'en continuent pas moins à garder un petit emploi ou à donner des leçons. Ces fonctions consistent, avant même d'instruire les âmes, à supporter les corps, et c'est à quoi, rabattues pendant chaque office et présentant leur envers, elles s'emploient modestement.

Les bois toujours frottés de ces stalles ont peu à peu revêtu ou plutôt laissé paraître cette sombre pourpre qui est comme leur cœur et que préfère à tout, jusqu'à ne plus pouvoir regarder les couleurs des tableaux qui semblent, après cela, bien grossières, l'œil qui s'en est une fois enchanté. C'est alors une sorte d'ivresse qu'on éprouve à goûter dans l'ardeur toujours plus enflammée du bois ce qui est comme la sève, avec le temps débordante, de l'arbre. La naïveté des personnages ici sculptés prend de la matière dans laquelle ils vivent quelque chose comme de deux fois naturel. Et quant à « ces fruits, ces fleurs, ces feuilles et ces branches », tous motifs tirés de la végétation du pays et que le sculpteur amiénois a sculptés dans du bois d'Amiens, la diversité des plans ayant eu pour conséquence la différence des frottements, on y voit de ces admirables oppositions de tons, où la feuille se détache d'une autre couleur que la tige.

Pharaon dormir sur la crête où se déroule la figure de ses rêves, tandis que sur les miséricordes inférieures les devins s'occupent à les interpréter. Il vous laissera pincer sans risque d'aucun dommage pour elles les longues cordes de bois et vous les entendrez rendre comme un son d'instrument de musique, qui semble dire et qui prouve, en effet, combien elles sont indestructibles et ténues.

faisant penser à ces nobles accents que M. Gallé a su tirér du cœur harmonieux des chênes.

Mais il est temps d'arriver à ce que Ruskin appelle plus particulièrement la Bible d'Amiens, au Porche Occidental. Bible est pris ici au sens propre, non au sens figuré. Le porche d'Amiens n'est pas seulement, dans le sens vague où l'aurait pris Victor Hugo[1], un livre de pierre, une Bible de pierre : c'est « la Bible » en pierre. Sans doute, avant de le savoir, quand vous voyez pour la prem re fois la façade occidentale d'Amiens, bleue dans le brouillard, éblouissante au matin, ayant absorbé le soleil et grassement dorée l'après-midi, rose et déjà fraîchement nocturne au couchant, à n'importe laquelle de ces heures que ses cloches sonnent dans le ciel et que Claude Monet a fixées dans des toiles sublimes[2] où se découvre la vie de cette chose que les hommes ont faite, mais que la nature a reprise en l'immergeant en elle, une cathédrale, et dont la vie comme celle de la terre en sa double révolution se déroule dans les siècles, et d'autre part se renouvelle et s'achève chaque jour, — alors, la dégageant des changeantes couleurs dont la nature l'enveloppe, vous ressentez devant cette façade une impression confuse mais forte. En voyant monter vers le ciel ce fourmillement monumental et dentelé de personnages de grandeur humaine dans

1. Mlle Marie Nordlinger, l'éminente artiste anglaise, me met sous les yeux une lettre de Ruskin où *Notre-Dame de Paris*, de Victor Hugo, est qualifiée de rebut de la littérature française.
2. *La Cathédrale de Rouen aux différentes heures du jour*, par Claude Monet (collection Camondo). — Comme « intérieurs » de cathédrales je ne connais que ceux, si beaux, du grand peintre Helleu.

leur stature de pierre tenant à la main leur croix ; leur
phylactère ou leur sceptre, ce monde de saints, ces générations de prophètes, cette suite d'apôtres, ce peuple
de rois, ce défilé de pêcheurs, cette assemblée de juges,
cette envolée d'anges, les uns à côté des autres, les
uns au-dessus des autres, debout près de la porte,
regardant la ville du haut des niches ou au bord des
galeries, plus haut encore, ne recevant plus que vagues
et éblouis les regards des hommes au pied des tours
et dans l'effluve des cloches, sans doute à la chaleur
de votre émotion vous sentez que c'est une grande
chose que cette ascension géante, immobile et pas-
sionnée. Mais une cathédrale n'est pas seulement une
beauté à sentir. Si même ce n'est plus pour vous un
enseignement à suivre, c'est du moins encore un livre
à comprendre. Le portail d'une cathédrale gothique,
et plus particulièrement d'Amiens, la cathédrale gothique par excellence, c'est la Bible. Avant de vous
l'expliquer je voudrais, à l'aide d'une citation de Ruskin,
vous faire comprendre que, quelles que soient vos
croyances, la Bible est quelque chose de réel, d'actuel,
et que nous avons à trouver en elle autre chose que
la saveur de son archaïsme et le divertissement de
notre curiosité.

« Les I, VIII, XII, XV, XIX, XXIII et XVIV° psaumes,
« bien appris et crus, sont assez pour toute direction
« personnelle, ont en eux la loi et la prophétie de tout
« gouvernement juste, et chaque nouvelle découverte
« de la science naturelle est anticipée dans le CIV°.
« Considérez quel autre groupe de littérature histo-
« rique et didactique a une étendue pareille à celle de
« la Bible.

« Demandez-vous si vous pouvez comparer sa table
« des matières, je ne dis pas à aucun autre livre, mais
« à aucune autre littérature. Essayez, autant qu'il est
« possible à chacun de nous — qu'il soit défenseur ou
« adversaire de la foi — de dégager son intelligence de
« l'habitude et de l'association du sentiment moral basé
« sur la Bible, et demandez-vous quelle littérature pour-
« rait avoir pris sa place ou remplir sa fonction, quand
« même toutes les bibliothèques de l'univers seraient
« restées intactes. Je ne suis pas contempteur de la
« littérature profane, si peu que je ne crois pas qu'au-
« cune interprétation de la religion grecque ait jamais
« été aussi affectueuse, aucune de la religion romaine
« aussi révérente que celle qui se trouve à la base de
« mon enseignement de l'art et qui court à travers le
« corps entier de mes œuvres. Mais ce fut de la Bible
« que j'appris les symboles d'Homère et la foi d'Ho-
« race. Le devoir qui me fut imposé dès ma première
« jeunesse, en lisant chaque mot des évangiles et des
« prophéties, de bien me pénétrer qu'il était écrit par
« la main de Dieu, me laissa l'habitude d'une attention
« respectueuse qui, plus tard, rendit bien des passages
« des auteurs profanes, frivoles pour les lecteurs irré-
« ligieux, profondément graves pour moi. Qu'il y ait
« une littérature classique sacrée parallèle à celle des
« Hébreux et se fondant avec les légendes symboliques
« de la chrétienté au moyen âge, c'est un fait qui
« apparaît de la manière la plus tendre et la plus
« frappante dans l'influence indépendante et cependant
« similaire de Virgile sur le Dante et l'évêque Gawane
« Douglas. Et l'histoire du Lion de Némée vaincu avec
« l'aide d'Athéné est la véritable racine de la légende
« du compagnon de saint Jérôme, conquis par la dou-

« cœur guérissante de l'esprit de vie. Je l'appelle une
« légende seulement. Qu'Héraklès ait jamais tué ou
« saint Jérôme jamais chéri la créature sauvage ou
« blessée, est sans importance pour nous. Mais la
« légende de saint Jérôme reprend la prophétie du
« millénium et prédit avec la Sibylle de Cumes, et
« avec Isaïe, un jour où la crainte de l'homme cessera
« d'être chez les créatures inférieures de la haine, et
« s'étendra sur elles comme une bénédiction, où il ne
« sera plus fait de mal ni de destruction d'aucune
« sorte dans toute l'étendue de la montagne sainte
« et où la paix de la terre sera délivrée de son présent
« chagrin, comme le présent et glorieux univers animé
« est sorti du désert naissant, dont les profondeurs
« étaient le séjour des dragons et les montagnes des
« dômes de feu. Ce jour-là aucun homme ne le connaît,
« mais le royaume de Dieu est déjà venu pour ceux qui
« ont arraché de leur propre cœur ce qui était rampant
« et de nature inférieure et ont appris à chérir ce qui
« est charmant et humain dans les enfants errants
« des nuages et des champs[1]. »

Et peut-être maintenant voudrez-vous bien suivre
le résumé que je vais essayer de vous donner, d'après
Ruskin, de la Bible écrite au porche occidental d'Amiens.

Au milieu est la statue du Christ qui est non au sens
figuré, mais au sens propre, la pierre angulaire de
l'édifice. A sa gauche (c'est-à-dire à droite pour nous
qui en regardant le porche faisons face au Christ,
mais nous emploierons les mots gauche et droite par
rapport à la statue du Christ) six apôtres : près de lui

[1]. *The Bible of Amiens*, III, § 50, 51, 52, 53, 54 (daté d'Avallon,
28 août 1882).

3

Pierre, puis s'éloignant de lui, Jacques le Majeur,
Jean, Mathieu, Simon. A sa droite Paul, puis Jacques
l'évêque, Philippe, Barthélemy, Thomas et Jude [1]. A
la suite des apôtres sont les quatre grands prophètes.
Après Simon, Isaïe et Jérémie; après Jude, Ezéchiel
et Daniel; puis, sur les trumeaux de la façade occidentale tout entière viennent les douze prophètes mineurs; trois sur chacun des quatre trumeaux, et, en
commençant par le trumeau qui se trouve le plus à
gauche : Osée, Jaël, Amos, Michée, Jonas, Abdias,
Nahum, Habakuk, Sophonie, Aggée, Zacharie, Mala-
chie. De sorte que la cathédrale, toujours au sens
propre, repose sur le Christ et sur les prophètes qui
l'ont prédit ainsi que sur les apôtres qui l'ont proclamé. Les prophètes du Christ et non ceux de Dieu
le Père :

« La voix du monument tout entier est celle qui
« vient du ciel au moment de la Transfiguration :
« Voici mon fils bien-aimé, écoutez-le. » Aussi Moïse
« qui fut un apôtre non du Christ mais de Dieu, aussi
« Elie qui fut un prophète non du Christ mais de
« Dieu, ne sont pas ici. Mais, s'écrie Ruskin, il y a un
« autre grand prophète qui d'abord ne semble pas être
« ici. Est-ce que le peuple entrera dans le temple en
« chantant : « Hosanna au fils de David », et ne verra

1. M. Huysmans dit : « Les Evangiles insistent pour qu'on ne
confonde pas saint Jude avec Judas, ce qui eut lieu, du reste;
et, à cause de sa similitude de nom avec le traître, pendant le
moyen âge les chrétiens le renient... Il ne sort de son mutisme
que pour poser une question au Christ sur la Prédestination et
Jésus répond à côté ou pour mieux dire ne lui répond pas », et
plus loin parle « du déplorable renom que lui vaut son homo-
nyme Judas » (La Cathédrale, p. 454 et 455).

« aucune image de son père? Le Christ lui-même n'a-
« t-il pas déclaré : « Je suis la racine et l'épanouisse-
« ment de David », et la racine n'aurait près de soi pas
« trace de la terre qui l'a nourrie? Il n'en est pas ainsi ;
« David et son fils sont ensemble. David est le pié-
« destal de la statue du Christ. Il tient son sceptre
« dans la main droite, un phylactère dans la gauche.

« De la statue du Christ elle-même je ne parlerai
« pas, aucune sculpture ne pouvant, ni ne devant satis-
« faire l'espérance d'une âme aimante qui a appris à
« croire en lui. Mais à cette époque elle dépassa ce
« qui avait jamais été atteint jusque-là en tendresse
« sculptée. Et elle était connue au loin sous le nom de :
« le beau Dieu d'Amiens. Elle n'était d'ailleurs qu'un
« signe, un symbole de la présence divine et non une
« idole, dans notre sens du mot. Et pourtant chacun la
« concevait comme l'Esprit vivant, venant l'accueillir
« à la porte du temple, la Parole de vie, le Roi de
« gloire le Seigneur des armées. « Le Seigneur des
« Vertus », *Dominus Virtutum*, c'est la meilleure tra-
« duction de l'idée que donnaient à un disciple instruit
« du XIIIe siècle les paroles du XXIVe psaume. »

Nous ne pouvons pas nous arrêter à chacune des
statues du porche occidental. Ruskin vous expliquera
le sens des bas-reliefs qui sont placés au-dessous
(deux bas-reliefs quatre-feuilles placés au-dessous
l'un de l'autre sous chacune d'elles), ceux qui sont
placés sous chaque apôtre représentant, le bas-relief
supérieur la vertu qu'il a enseignée ou pratiquée, l'inférieur le vice opposé. Au-dessous des prophètes les
bas-reliefs figurent leurs prophéties [1].

1. *The Bible of Amiens*, IV, § 30-36.

Sous saint Pierre est le Courage avec un léopard sur son écusson ; au-dessous du Courage la Poltronnerie est figurée par un homme qui, effrayé par un animal laisse tomber son épée, tandis qu'un oiseau continue de chanter : « Le poltron n'a pas le courage d'une grive. » Sous saint André est la Patience dont l'écusson porte un bœuf (ne reculant jamais).

Au-dessous de la Patience, la Colère : une femme poignardant un homme avec une épée (la Colère, vice essentiellement féminin qui n'a aucun rapport avec l'indignation). Sous saint Jacques, la Douceur dont l'écusson porte un agneau, et la Grossièreté : une femme donnant un coup de pied par-dessus son échanson, « les formes de la plus grande grossièreté française étant dans les gestes du cancan ».

Sous saint Jean, l'Amour, l'Amour divin, non l'amour humain : « Moi en eux et toi en moi. » Son écusson supporte un arbre avec des branches greffées dans un tronc abattu. « Dans ces jours-là le Messie sera abattu, mais pas pour lui-même. » Au-dessous de l'Amour, la Discorde : un homme et une femme qui se querellent ; elle a laissé tomber sa quenouille. Sous saint Mathieu, l'Obéissance. Sur son écusson, un chameau : « Aujourd'hui c'est la bête la plus désobéissante et la plus insupportable, dit Ruskin ; mais le sculpteur du Nord connaissait peu son caractère. Comme elle passe malgré tout sa vie dans les services les plus pénibles, je pense qu'il l'a choisie comme symbole de l'obéissance passive qui n'éprouve ni joie ni sympathie comme en ressent le cheval, et qui, d'autre part, n'est pas capable de faire du mal comme le bœuf. Il est vrai que sa morsure est assez dangereuse, mais à Amiens, il est fort probable que cela n'était pas connu, même des croisés, qui ne montaient que leurs chevaux ou rien. »

Au-dessous de l'Obéissance, la Rébellion, un homme claquant du doigt devant son évêque (« comme Henri VIII devant le Pape et les badauds anglais et français devant tous les prêtres quels qu'ils soient »).

Sous saint Simon, la Persévérance caresse un lion et tient sa couronne. « Tiens ferme ce que tu as afin qu'aucun homme ne prenne ta couronne. » Au-dessous, l'Athéisme laisse ses souliers à la porte de l'église. « L'infidèle insensé est toujours représenté, aux XIIᵉ et XIIIᵉ siècles, nu-pieds, le Christ ayant ses pieds enveloppés avec la préparation de l'Évangile de la Paix. « Combien sont beaux tes pieds dans tes sou-« liers, ô fille de Prince ! »

Au-dessous de saint Paul est la Foi. Au-dessous de la Foi est l'Idolâtrie adorant un monstre. Au-dessous de saint Jacques l'évêque est l'Espérance qui tient un étendard avec une croix. Au-dessous de l'Espérance, le Désespoir, qui se poignarde.

Sous saint Philippe est la Charité qui donne son manteau à un mendiant nu.

Sous saint Barthélemy, la Chasteté avec le phœnix, et au-dessous d'elle, la Luxure, figurée par un jeune homme embrassant une femme qui tient un sceptre et un miroir. Sous saint Thomas, la Sagesse (un écusson avec une racine mangeable signifiant la tempérance commencement de la sagesse). Au-dessous d'elle, la Folie : le type usité dans tous les psautiers primitifs d'un glouton armé d'un gourdin. « Le fou a dit dans son cœur : « Il n'y a pas de Dieu, il dévore mon peuple comme un morceau de pain. » (Psaume LIII, cité par M. Male.) Sous saint Jude, l'Humilité qui porte un écusson avec une colombe, et l'Orgueil qui tombe de cheval.

« Remarquez, dit Ruskin, que les apôtres sont tous sereins, presque tous portent un livre, quelques-uns une croix, mais tous le même message : « Que la paix soit dans cette maison et si le Fils de la Paix est né », etc... ; mais les prophètes tous chercheurs, ou pensifs, ou tourmentés, ou s'étonnant, ou priant, excepté Daniel. Le plus tourmenté de tous est Isaïe. Aucune scène de son martyre n'est représentée, mais le bas-relief qui est au-dessous de lui le montre apercevant le Seigneur dans son temple et cependant il a le sentiment qu'il a les lèvres impures. Jérémie aussi porte sa croix, mais plus sereinement. »

Nous ne pouvons malheureusement pas nous arrêter aux bas-reliefs qui figurent, au-dessous des prophètes, les versets de leurs principales prophéties : Ezéchiel assis devant deux roues [1], Daniel tenant un livre que soutiennent des lions [2], puis assis au festin de Balthazar, le figuier et la vigne sans feuilles, le soleil et la lune sans lumière qu'a prophétisés Joel [3], Amos cueillant les feuilles de la vigne sans fruits pour nourrir ses moutons qui ne trouvent pas d'herbe [4], Jonas s'échappant des flots, puis assis sous un cale-

1. Ezéchiel, I, 16.
2. Daniel, VI, 22.
3. Joel, I, 7 et II, 10.
4. Amos, IV, 7.

bassier, Habakuk qu'un ange tient par les cheveux visitant Daniel qui caresse un jeune lion [1], les prophéties de Sophonie : les bêtes de Ninive, le Seigneur une lanterne dans chaque main, le hérisson et le butor [2], etc.

Je n'ai pas le temps de vous conduire aux deux portes secondaires du porche occidental, celle de la Vierge [3] (qui contient, outre la statue de la Vierge : à gauche de la Vierge, celle de l'Ange Gabriel, de la Vierge Annunciade, de la Vierge Visitante, de sainte Elisabeth, de la Vierge présentant l'Enfant de saint Siméon, et à droite les trois Rois-Mages, Hérode, Salomon et la reine de Saba, chaque statue ayant au-dessous d'elle, comme celles du porche principal, des bas-reliefs dont le sujet se rapporte à elle), — et celle de saint Firmin qui contient les statues de saints Diocèse. C'est sans doute à cause de cela, parce que ce sont « des amis des Amiénois », qu'au-dessous d'eux les bas-reliefs représentent les signes du Zodiaque et les travaux de chaque mois, bas-reliefs que Ruskin admire entre tous. Vous trouverez au musée du Trocadéro les moulages de ces bas-reliefs de la

1. Habakuk, ii, 1.
2. Sophonie, ii, 15 ; i, 12 ; ii, 14.
3. Ruskin en arrivant à cette porte dit : « Si vous venez, bonne protestante ma lectrice, venez civilement, et veuillez vous souvenir que jamais le culte d'aucune femme morte ou vivante n'a nui à une créature humaine — mais que le culte de l'argent, le culte de la perruque, le culte du chapeau tricorne et à plumes, ont fait et font beaucoup plus de mal, et que tous offensent des millions de fois plus le Dieu du Ciel, de la Terre et des Etoiles, que toutes les plus absurdes et les plus charmantes erreurs commises par les générations de ses simples enfants sur ce que la Vierge Mère pourrait ou voudrait, ou ferait, ou éprouverait pour eux. »

porte Saint-Firmin [1] et dans le livre de M. Male des
commentaires charmants sur la vérité locale et climatérique de ces petites scènes de genre.

« Je n'ai pas ici, dit alors Ruskin, à étudier l'art de
ces bas-reliefs. Ils n'ont jamais dû servir autrement
que comme guides pour la pensée. Et si le lecteur veut
simplement se laisser conduire ainsi, il sera libre de
se créer à lui-même de plus beaux tableaux dans son
cœur ; et en tous cas, il pourra entendre les vérités
suivantes qu'affirme leur ensemble.

« D'abord, à travers ce Sermon sur la Montagne
d'Amiens, le Christ n'est jamais représenté comme le
Crucifié, n'éveille pas un instant la pensée du Christ
mort ; mais apparaît comme le Verbe Incarné — comme
l'Ami présent — comme le Prince de la Paix sur la
terre — comme le Roi Éternel dans le ciel. Ce que sa
vie *est*, ce que ses commandements *sont*, et ce que son
jugement *sera*, voilà ce qui nous est enseigné, non pas
ce qu'il a fait jadis, ce qu'il a souffert jadis, mais
bien ce qu'il fait à présent, et ce qu'il nous ordonne de
faire. Telle est la pure, joyeuse et belle leçon que nous
donne le christianisme ; et la décadence de cette foi,
et les corruptions d'une pratique dissolvante peuvent
être attribuées à ce que nous nous sommes accoutu-
més à fixer nos regards sur la mort du Christ, plutôt
que sur sa vie, et à substituer la méditation de sa souffrance passée à celle de notre devoir présent.

« Puis secondement, quoique le Christ ne porte pas
sa croix, les prophètes affligés, les apôtres persécutés,
les disciples martyrs, portent les leurs. Car s'il vous

1. Et les moulages de plusieurs des statues dont il a été parlé
ici et aussi des stalles du chœur.

est salutaire de vous rappeler ce que votre créateur
immortel a fait pour vous, il ne l'est pas moins de vous
rappeler ce que des hommes mortels, nos semblables,
ont fait aussi. Vous pouvez, à votre gré, renier le
Christ, renoncer à lui, mais le martyre, vous pouvez
seulement l'oublier ; le nier vous ne le pouvez pas.
Chaque pierre de cette construction a été cimentée de
son sang. Gardant donc ces choses dans votre cœur,
tournez-vous maintenant vers la statue centrale du
Christ ; écoutez son message et comprenez-le. Il tient
le livre de la Loi éternelle dans sa main gauche ; avec
la droite, il bénit : mais bénit sous conditions : « Fais
ceci et tu vivras » ou plutôt dans un sens plus strict,
plus rigoureux : « Sois ceci et tu vivras » : montrer de
la pitié n'est rien, ton âme doit être pleine de pitié ; être
pur en action n'est rien, tu dois être pur aussi dans ton
cœur.

« Et avec cette parole de la loi inabolie :

« Ceci si tu ne le fais pas, ceci si tu ne l'es pas, tu
mourras ». — Mourir — quelque sens que vous donniez
au mot — totalement et irrévocablement.

« L'évangile et sa puissance sont entièrement écrits
dans les grandes œuvres des vrais croyants : en Normandie et en Sicile, sur les îlots des rivières de France,
aux vallées des rivières d'Angleterre, sur les rochers
d'Orvieto, près des sables de l'Arno. Mais l'enseignement qui est à la fois le plus simple et le plus
complet, qui parle avec le plus d'autorité à l'esprit actif
du Nord est celui qui de l'Europe se dégage des premières pierres d'Amiens.

« Toutes les créatures humaines, dans tous les
temps et tous les endroits du monde, qui ont des affections chaudes, le sens commun et l'empire sur elles-

3*

mêmes, ont été et sont naturellement morales. La connaissance et le commandement de ces choses n'a rien à faire avec la religion.

« Mais si, aimant les créatures qui sont comme vous-mêmes, vous sentez que vous aimeriez encore plus chèrement des créatures meilleures que vous-mêmes si elles vous étaient révélées, si, vous efforçant de tout votre pouvoir d'améliorer ce qui est mal près de vous et autour de vous, vous aimiez à penser au jour ou le juge de toute la terre rendra tout juste et où les petites collines se réjouiront de tous côtés, si, vous séparant des compagnons qui vous ont donné toute la meilleure joie que vous ayez eue sur la terre, vous désirez jamais rencontrer de nouveau leurs yeux et presser leurs mains — là où les yeux ne seront plus voilés, où les mains ne failliront plus, si, vous préparant à être couchés sous l'herbe dans le silence et la solitude sans plus voir la beauté, sans plus sentir la joie, vous vouliez vous préoccuper de la promesse qui vous a été faite d'un temps dans lequel vous verriez la lumière de Dieu et connaîtriez les choses que vous aviez soif de connaître, et marcheriez dans la paix de l'amour éternel — alors l'espoir de ces choses pour vous est la religion; leur substance dans votre vie est la foi. Et dans leur vertu il nous est promis que les royaumes de ce monde deviendront un jour les royaumes de Notre-Seigneur et de son Christ [1]. »

Voici terminé l'enseignement que les hommes du XIIIᵉ siècle allaient chercher à la cathédrale et que,

1. *The Bible of Amiens*, IV, 52 et suivants.

par un luxe inutile et bizarre, elle continue à donner
en une sorte de livre ouvert, écrit dans un langage
solennel où chaque caractère est une œuvre d'art, et
que personne ne comprend plus. Lui donnant un sens
moins littéralement religieux qu'au moyen âge ou
même seulement un sens esthétique, vous avez pu
néanmoins le rattacher à quelqu'un de ces sentiments qui nous apparaissent par-delà notre vie comme
la véritable réalité, à une de « ces étoiles à qui
il convient d'attacher notre char ». Comprenant mal
jusque-là la portée de l'art religieux au moyen âge, je
m'étais dit, dans ma ferveur pour Ruskin : Il m'ap-
prendra, car lui aussi, en quelques parcelles du moins,
n'est-il pas la vérité ? Il fera entrer mon esprit là où il
n'avait pas accès, car il est la porte. Il me purifiera,
car son inspiration est comme le lys de la vallée. Il
m'enivrera et me vivifiera, car il est la vigne et la vie.
Et j'ai senti en effet que le parfum mystique des rosiers
de Saron n'était pas à tout jamais évanoui, puisqu'on
le respire encore, au moins dans ses paroles. Et voici
qu'en effet les pierres d'Amiens ont pris pour moi la
dignité des pierres de Venise, et comme la grandeur
qu'avait la Bible, alors qu'elle était encore vérité dans le
cœur des hommes et beauté grave dans leurs œuvres.
La Bible d'Amiens n'était, dans l'intention de Ruskin,
que le premier livre d'une série intitulée : *Nos pères
nous ont dit ;* et en effet si les vieux prophètes du porche
d'Amiens furent sacrés à Ruskin, c'est que l'âme des
artistes du XIIIe siècle était encore en eux. Avant même
de savoir si je l'y trouverais, c'est l'âme de Ruskin que
j'y allais chercher et qu'il a imprimée aussi profondément aux pierres d'Amiens qu'y avaient imprimé la leur
ceux qui les sculptèrent, car les paroles du génie

peuvent aussi bien que le ciseau donner aux choses
une forme immortelle. La littérature aussi est une
« lampe du sacrifice » qui se consume pour éclairer
les descendants. Je me conformais inconsciemment à
l'esprit du titre : *Nos pères nous ont dit*, en allant à
Amiens dans ces pensées et dans le désir d'y lire la
Bible de Ruskin. Car Ruskin, pour avoir cru en ces
hommes d'autrefois, parce qu'en eux étaient la foi et
la beauté, s'était trouvé écrire aussi sa Bible, comme
eux pour avoir cru aux prophètes et aux apôtres avaient
écrit la leur. Pour Ruskin, les statues de Jérémie,
d'Ézéchiel et d'Amos n'étaient peut-être plus tout à fait
dans le même sens que pour les sculpteurs d'autrefois
les statues de Jérémie, d'Ézéchiel et d'Amos ; elles
étaient du moins l'œuvre pleine d'enseignements de
grands artistes et d'hommes de foi, et le sens éternel
des prophéties désapprises. Pour nous, si d'être l'œuvre
de ces artistes et le sens de ces paroles ne suffit plus
à nous les rendre précieuses qu'elles soient du moins
pour nous les choses où Ruskin a trouvé cet esprit,
frère du sien et père du nôtre. Avant que nous
arrivions à la cathédrale, n'était-elle pas pour nous
surtout celle qu'il avait aimée? et ne sentions-nous
pas qu'il y avait encore des Saintes Écritures, puisque
nous cherchions pieusement la Vérité dans ses livres.
Et maintenant nous avons beau nous arrêter devant
les statues d'Isaïe, de Jérémie, d'Ezéchiel et de Daniel
en nous disant : « Voici les quatre grands prophètes,
après ce sont les prophètes mineurs, mais il n'y a que
quatre grands prophètes », il y en a un de plus qui
n'est pas ici et dont pourtant nous ne pouvons pas dire
qu'il est absent, car nous le voyons partout. C'est
Ruskin : si sa statue n'est pas à la porte de la cathé-

drale [1], elle est à l'entrée de notre cœur. Ce prophète-là a cessé de faire entendre sa voix. Mais c'est qu'il a fini de dire toutes ses paroles. C'est aux générations de les reprendre en chœur.

[1]. M. André Michel qui nous a fait l'honneur de mentionner cette étude dans une causerie artistique du *Journal des Débats* semble avoir vu dans ces dernières lignes une sorte de regret de ne pas trouver la statue de Ruskin devant la cathédrale, presque un désir de l'y voir et, pour tout dire, poindre déjà le projet de demander qu'on l'y élève un jour. Rien n'était plus loin de notre pensée. Il nous suffit, et il nous plaît mieux, de rencontrer Ruskin chaque fois que nous allons à Amiens sous les traits du « Voyageur mystérieux » avec qui Renan conversa en Terre Sainte. Mais enfin, puisqu'on dresse tant de statues (et puisque M. André Michel nous en donne l'idée qui ne nous serait jamais venue à l'esprit), avouons qu'une statue de Ruskin à Amiens aurait au moins, sur une autre, l'avantage de signifier quelque chose. Nous le voyons très bien sur une des places d'Amiens « comme un étranger descendu dans la ville », comme dit, du bronze d'Alfred de Vigny, M. Boislèves.

III

JOHN RUSKIN

Comme « les Muses quittant Apollon leur père pour aller éclairer le monde [1] », une à une les idées de Ruskin avaient quitté la tête divine qui les avait portées et, incarnées en livres vivants, étaient allées enseigner les peuples. Ruskin s'était retiré dans la solitude où vont souvent finir les existences prophétiques jusqu'à ce qu'il plaise à Dieu de rappeler à lui le cénobite ou l'ascète dont la tâche surhumaine est finie. Et l'on ne put que deviner, à travers le voile tendu par des mains pieuses, le mystère qui s'accomplissait, la lente destruction d'un cerveau périssable qui avait abrité une postérité immortelle.

Aujourd'hui la mort a fait entrer l'humanité en possession de l'héritage immense que Ruskin lui avait légué. Car l'homme de génie ne peut donner naissance à des œuvres qui ne mourront pas qu'en les créant à l'image non de l'être mortel qu'il est, mais de l'exemplaire d'humanité qu'il porte en lui. Ses pensées lui

---

1. Titre d'un tableau de Gustave Moreau qui se trouve au Musée Moreau.

sont, en quelque sorte, prêtées pendant sa vie, dont elles sont les compagnes. A sa mort, elles font retour à l'humanité et l'enseignent. Telle cette demeure auguste et familière de la rue de La Rochefoucauld qui s'appela la maison de Gustave Moreau tant qu'il vécut et qui s'appelle, depuis qu'il est mort, le Musée Gustave Moreau.

Il y a depuis longtemps un Musée John Ruskin[1]. Son catalogue semble un abrégé de tous les arts et de toutes les sciences. Des photographies de tableaux de maîtres y voisinent avec des collections de minéraux, comme dans la maison de Gœthe. Comme le Musée Ruskin, l'œuvre de Ruskin est universelle. Il chercha la vérité, il trouva la beauté jusque dans les tableaux chronologiques et dans les lois sociales. Mais les logiciens ayant donné des « Beaux Arts[2] » une définition qui exclut aussi bien la minéralogie que l'économie politique, c'est seulement de la partie de l'œuvre de Ruskin qui concerne les « Beaux Arts » tels qu'on les entend généralement, de Ruskin esthéticien et critique d'art que j'aurai à parler ici.

On a d'abord dit qu'il était réaliste. Et, en effet, il a souvent répété que l'artiste devait s'attacher à la pure imitation de la nature, « sans rien rejeter, sans rien mépriser, sans rien choisir ».

Mais on a dit aussi qu'il était intellectualiste parce qu'il a écrit que le meilleur tableau était celui qui renfermait les pensées les plus hautes. Parlant du groupe

1. A. Sheffield.
2. Cette partie de la préface avait paru d'abord dans *la Gazette des Beaux-Arts*.

d'enfants qui, au premier plan de la *Construction de Carthage* de Turner, s'amusent à faire voguer des petits bateaux, il concluait : « Le choix exquis de cet épisode, comme moyen d'indiquer le génie maritime d'où devait sortir la grandeur future de la nouvelle cité, est une pensée qui n'eût rien perdu à être écrite, qui n'a rien à faire avec les technicismes de l'art. Quelques mots l'auraient transmise à l'esprit aussi complètement que la représentation la plus achevée du pinceau. Une pareille pensée est quelque chose de bien supérieur à tout art ; c'est de la poésie de l'ordre le plus élevé. » « De même, ajoute Milsand[1] qui cite ce passage, en analysant une *Sainte Famille* de Tintoret, le trait auquel Ruskin reconnaît le grand maître c'est un mur en ruines et un commencement de bâtisse, au moyen desquels l'artiste fait symboliquement comprendre que la nativité du Christ était la fin de l'économie juive et l'avènement de la nouvelle alliance. Dans une composition du même Vénitien, une *Crucifixion*, Ruskin voit un chef-d'œuvre de peinture parce que l'auteur a su, par un incident en apparence insignifiant, par l'introduction d'un âne broutant des palmes à l'arrière-plan du Calvaire, affirmer l'idée profonde que c'était le matérialisme juif, avec son attente d'un Messie tout temporel et avec la déception de ses espérances lors de l'entrée à Jérusalem, qui avait été la cause de la haine déchaînée contre le Sauveur et, par là, de sa mort. »

1. Entre les écrivains qui ont parlé de Ruskin, Milsand a été un des premiers, dans l'ordre du temps, et par la force de la pensée. Il a été une sorte de précurseur, de prophète inspiré et incomplet et n'a pas assez vécu pour voir se développer l'œuvre qu'il avait en somme annoncée.

On a dit qu'il supprimait la part de l'imagination dans l'art en y faisant à la science une part trop grande. Ne disait-il pas que « chaque classe de rochers, chaque variété de sol, chaque espèce de nuage doit être étudiée et rendue avec une exactitude géologique et météorologique ?... Toute formation géologique a ses traits essentiels qui n'appartiennent qu'à elle, ses lignes déterminées de fracture qui donnent naissance à des formes constantes dans les terrains et les rochers, ses végétaux particuliers, parmi lesquels se dessinent encore des différences plus particulières par suite des variétés d'élévation et de température. Le peintre observe dans la plante tous ses caractères de forme et de couleur... saisit ses lignes de rigidité ou de repos... remarque ses habitudes locales, son amour ou sa répugnance pour telle ou telle exposition, les conditions qui la font vivre ou qui la font périr. Il l'associe... à tous les traits des lieux qu'elle habite... Il doit retracer la fine fissure et la courbe descendante et l'ombre ondulée du sol qui s'éboule et cela le rendre d'un doigt aussi léger que les touches de la pluie... Un tableau est admirable en raison du nombre et de l'importance des renseignements qu'il nous fournit sur les réalités. »

Mais on a dit, en revanche, qu'il ruinait la science en y faisant la place trop grande à l'imagination. Et, de fait, on ne peut s'empêcher de penser au finalisme naïf de Bernardin de Saint-Pierre disant que Dieu a divisé les melons par tranches pour que l'homme les mange plus facilement, quand on lit des pages comme celle-ci : « Dieu a employé la couleur dans sa création comme l'accompagnement de tout ce qui est pur et précieux, tandis qu'il a réservé aux choses d'une utilité seulement matérielle ou aux choses nuisibles les teintes

communes. Regardez le cou d'une colombe et com-
parez-le au dos gris d'une vipère. Le crocodile est
gris, l'innocent lézard est d'un vert splendide. »

Si l'on a dit qu'il réduisait l'art à n'être que le vassal
de la science, comme il a poussé la théorie de l'œuvre
d'art considérée comme renseignement sur la nature
des choses jusqu'à déclarer qu' « un Turner en découvre
plus sur la nature des roches qu'aucune académie n'en
saura jamais », et qu' « un Tintoret n'a qu'à laisser
aller sa main pour révéler sur le jeu des muscles une
multitude de vérités qui déjoueront tous les anato-
mistes de la terre», on a dit aussi qu'il humiliait la
science devant l'art.

On a dit enfin que c'était un pur esthéticien et que
sa seule religion était celle de la Beauté, parce qu'en
effet il l'aima toute sa vie.

Mais, par contre, on a dit que ce n'était même pas
un artiste, parce qu'il faisait intervenir dans son appréciation de la beauté des considérations peut-être supérieures, mais en tous cas étrangères à l'esthétique. Le
premier chapitre des *Sept lampes de l'architecture*
prescrit à l'architecte de se servir des matériaux les
plus précieux et les plus durables, et fait dériver ce
devoir du sacrifice de Jésus, et des conditions per-
manentes du sacrifice agréable à Dieu, conditions
qu'on n'a pas lieu de considérer comme modifiées,
Dieu ne nous ayant pas fait connaître expressément
qu'elles l'aient été. Et dans les *Peintres modernes*,
pour trancher la question de savoir qui a raison des
partisans de la couleur et des adeptes du clair-
obscur, voici un de ses arguments : « Regardez l'ensemble de la nature et comparez généralement les
arcs-en-ciel, les levers de soleil, les roses, les violettes,

les papillons, les oiseaux, les poissons rouges, les rubis, les opales, les coraux, avec les alligators, les hippopotames, les requins, les limaces, les ossements, les moisissures, le brouillard et la masse des choses qui corrompent, qui piquent, qui détruisent, et vous sentirez alors comme la question se pose entre les coloristes et les clair-obscuristes, lesquels ont la nature et la vie de leur côté, lesquels le péché et la mort. »

Et comme on a dit de Ruskin tant de choses contraires, on en a conclu qu'il était contradictoire.

De tant d'aspects de la physionomie de Ruskin, celui qui nous est le plus familier, parce que c'est celui dont nous possédons, si l'on peut ainsi parler, le plus beau portrait, le plus étudié et le mieux venu, le plus frappant et le plus célèbre [1], et pour mieux dire, jusqu'à ce jour, le seul [2], c'est le Ruskin qui n'a connu toute sa vie qu'une religion : celle de la Beauté.

Que l'adoration de la Beauté ait été, en effet, l'acte perpétuel de la vie de Ruskin, cela peut être vrai à la lettre ; mais j'estime que le but de cette vie, son intention profonde, secrète et constante était autre, et si je le dis, ce n'est pas pour prendre le contrepied du sys-

1. Le Ruskin de M. de la Sizeranne. Ruskin a été considéré jusqu'à ce jour, et à juste titre, comme le domaine propre de M. de la Sizeranne et, si j'essaye parfois de m'aventurer sur ses terres, ce ne sera certes pas pour méconnaître ou pour usurper son droit qui n'est pas que celui du premier occupant. Au moment d'entrer dans ce sujet que le monument magnifique qu'il a élevé à Ruskin domine de toute part je lui devais ainsi rendre hommage et payer tribut.

2. Depuis que ces lignes ont été écrites, M. Bardoux et M. Brunhes ont publié, l'un un ouvrage considérable, l'autre un petit volume sur Ruskin. J'ai eu l'occasion de dire récemment tout le bien que je pensais de ces deux livres, mais trop brièvement pour ne pas souhaiter d'y revenir. Tout ce que je puis dire ici c'est que toute ma haute estime pour le bel effort de M. Bardoux ne

tème de M. de la Sizeranné, mais pour empêcher qu'il
ne soit rabaissé dans l'esprit des lecteurs par une interprétation fausse, mais naturelle et comme inévitable.

Non seulement la principale religion de Ruskin fut
la religion tout court (et je reviendrai sur ce point
tout à l'heure, car il domine et caractérise son esthétique), mais, pour nous en tenir en ce moment à la
« Religion de la Beauté », il faudrait avertir notre
temps qu'il ne peut prononcer ces mots, s'il veut faire
une allusion juste à Ruskin, qu'en redressant le sens
que son dilettantisme esthétique est trop porté à leur
donner. Pour un âge, en effet, de dilettantes et d'es-
thètes, un adorateur de la Beauté, c'est un homme qui,
ne pratiquant pas d'autre culte que le sien et ne reconnaissant pas d'autre dieu qu'elle, passerait sa vie dans
la jouissance que donne la contemplation voluptueuse
des œuvres d'art.

Or, pour des raisons dont la recherche toute métaphysique dépasserait une simple étude d'art, la Beauté
ne peut pas être aimée d'une manière féconde si on l'aime
seulement pour les plaisirs qu'elle donne. Et, de même
que la recherche du bonheur pour lui-même n'atteint
que l'ennui, et qu'il faut pour le trouver chercher autre
chose que lui, de même le plaisir esthétique nous est

m'empêche pas de penser que le livre de M. de la Sizeranne était
trop parfait dans les limites que l'auteur s'était à lui-même tra-
cées pour avoir rien à perdre de cette concurrence et de cette
émulation qui semble se produire sur le terrain de Ruskin,
et nous a valu entre autres de curieuses pages de M. Gabriel Mourey
et quelques mots définitifs de M. André Beaunier. MM. Bardoux
et Brunhes ont déplacé le point de vue et par là renouvelé l'horizon. C'est, toutes proportions gardées, ce que j'avais, un peu
avant, essayé de faire ici même.

donné par surcroît si nous aimons la Beauté pour elle-
même, comme quelque chose de réel existant en dehors
de nous et infiniment plus important que la joie qu'elle
nous donne. Et, très loin d'avoir été un dilettante ou
un esthète, Ruskin fut précisément le contraire, un de
ces hommes à la Carlyle, averti par leur génie de la vanité
de tout plaisir et, en même temps, de la présence auprès
d'eux d'une réalité éternelle, intuitivement perçue par
l'inspiration. Le talent leur est donné comme un pouvoir de fixer cette réalité à la toute-puissance et à l'éternité de laquelle, avec enthousiasme et comme obéissant à un commandement de la conscience, ils con-
sacrent, pour lui donner quelque valeur, leur vie éphémère. De tels hommes, attentifs et anxieux devant l'univers à déchiffrer, sont avertis des parties de la réalité sur
lesquelles leurs dons spéciaux leur départissent une
lumière particulière, par une sorte de démon qui les
guide, de voix qu'ils entendent, l'éternelle inspiration
des êtres géniaux. Le don spécial, pour Ruskin, c'était
le sentiment de la beauté, dans la nature comme dans
l'art. Ce fut dans la Beauté que son tempérament le
conduisit à chercher la réalité, et sa vie toute religieuse
en reçut un emploi tout esthétique. Mais cette Beauté
à laquelle il se trouva ainsi consacrer sa vie ne fut pas
conçue par lui comme un objet de jouissance fait pour
la charmer, mais comme une réalité infiniment plus
importante que la vie, pour laquelle il aurait donné la
sienne. De là vous allez voir découler toute l'esthétique de Ruskin. D'abord vous comprendrez que les
années où il fait connaissance avec une nouvelle école
d'architecture et de peinture aient pu être les dates
principales de sa vie morale. Il pourra parler des
années où le gothique lui apparut avec la même gra-

vité, le même retour ému, la même sérénité qu'un chrétien parle du jour où la vérité lui fut révélée. Les événements de sa vie sont intellectuels et les dates importantes sont celles où il pénètre une nouvelle forme d'art, l'année où il comprend Abbeville, l'année où il comprend Rouen, le jour où la peinture de Titien et les ombres dans la peinture de Titien lui apparaissent comme plus nobles que la peinture de Rubens, que les ombres dans la peinture de Rubens.

Vous comprendrez ensuite que, le poète étant pour Ruskin, comme pour Carlyle, une sorte de scribe écrivant sous la dictée de la nature une partie plus ou moins importante de son secret, le premier devoir de l'artiste est de ne rien ajouter de son propre crû à ce message divin. De cette hauteur vous verrez s'évanouir, comme des nuées qui se traînent à terre, les reproches de réalisme aussi bien que d'intellectualisme adressés à Ruskin. Si ces objections ne portent pas, c'est qu'elles ne visent pas assez haut. Il y a dans ces critiques erreur d'altitude. La réalité que l'artiste doit enregistrer est à la fois matérielle et intellectuelle. La matière est réelle parce qu'elle est une expression de l'esprit. Quant à la simple apparence, nul n'a plus raillé que Ruskin ceux qui voient dans son imitation le but de l'art. « Que l'artiste, dit-il, ait peint le héros ou son cheval, notre jouissance, en tant qu'elle est causée par la perfection du faux semblant est exactement la même. Nous ne la goûtons qu'en oubliant le héros et sa monture pour considérer exclusivement l'adresse de l'artiste. Vous pouvez envisager des larmes comme l'effet d'un artifice ou d'une douleur, l'un ou l'autre à votre gré ; mais l'un et l'autre en même temps, jamais ; si elles vous émerveillent comme un chef-d'œuvre de

mimique, elles ne sauraient vous toucher comme un
signe de souffrance. » S'il attache tant d'importance à
l'aspect des choses, c'est que seul il révèle leur nature
profonde. M. de La Sizeranne a admirablement traduit
une page où Ruskin montre que les lignes maîtresses
d'un arbre nous font voir quels arbres néfastes l'ont
jeté de côté, quels vents l'ont tourmenté, etc. La con-
figuration d'une chose n'est pas seulement l'image de
sa nature, c'est le mot de sa destinée et le tracé de son
histoire.

Une autre conséquence de cette conception de l'art
est celle-ci : si la réalité est une et si l'homme de génie
est celui qui la voit, qu'importe la matière dans laquelle il la figure, que ce soit des tableaux, des statues,
des symphonies, des lois, des actes ? Dans ses *Héros*,
Carlyle ne distingue pas entre Shakespeare et Cromwell, entre Mahomet et Burns. Emerson compte parmi
ses *Hommes représentatifs de l'humanité* aussi bien
Swedenborg que Montaigne. L'excès du système, c'est,
à cause de l'unité de la réalité traduite, de ne pas diffé-
rei cier assez profondément les divers modes de traduction. Carlyle dit qu'il était inévitable que Boccace
et Pétrarque fussent de bons diplomates, puisqu'ils
étaient de bons poètes. Ruskin commet la même erreur
quand il dit qu' « une peinture est belle dans la mesure
où les idées qu'elle traduit en images sont indépen-
dantes de la langue des images ». Il me semble que,
si le système de Ruskin pèche par quelque côté, c'est
par celui-là. Car la peinture ne peut atteindre la réalité
une des choses, et rivaliser par là avec la littérature,
qu'à condition de ne pas être littéraire.

Si Ruskin a promulgué le devoir pour l'artiste
d'obéir scrupuleusement à ces « voix » du génie qui

lui disent ce qui est réel et doit être transcrit, c'est
que lui-même a éprouvé ce qu'il y a de véritable dans
l'inspiration, d'infaillible dans l'enthousiasme, de fécond
dans le respect. Seulement, quoique ce qui excite
l'enthousiasme, ce qui commande le respect, ce qui provoque l'inspiration soit différent pour chacun, chacun
finit par lui attribuer un caractère plus particulièrement sacré. On peut dire que pour Ruskin cette révélation, ce guide, ce fut la Bible : « J'en lisais chaque
passage, comme s'il avait été écrit par la main même
de Dieu. Et cet état d'esprit, fortifié avec les années, a
rendu profondément graves pour moi bien des passages des auteurs profanes, frivoles pour un lecteur
irréligieux. C'est d'elle que j'ai appris les symboles
d'Homère et la foi d'Horace. »

Arrêtons-nous ici comme à un point fixe, au centre
de gravité de l'esthétique ruskinienne. C'est ainsi que
son sentiment religieux a dirigé son sentiment
esthétique. Et d'abord, à ceux qui pourraient croire
qu'il l'altéra, qu'à l'appréciation artistique des monuments, des statues, des tableaux il mêla des considérations religieuses qui n'y ont que faire, répon-
dons que ce fut tout le contraire. Ce quelque chose
de divin que Ruskin sentait au fond du sentiment
que lui inspiraient les œuvres d'art, c'était précisément ce que ce sentiment avait de profond, d'original et qui s'imposait à son goût sans être susceptible
d'être modifié. Et le respect religieux qu'il apportait à
l'expression de ce sentiment, sa peur de lui faire subir
en le traduisant la moindre déformation, l'empêcha, au
contraire de ce qu'on a souvent pensé, de mêler jamais
à ses impressions devant les œuvres d'art aucun artifice de raisonnement qui leur fût étranger. De sorte

que ceux qui voient en lui un moraliste et un apôtre
aimant dans l'art ce qui n'est pas l'art, se trompent à
l'égal de ceux qui, négligeant l'essence profonde de
son sentiment esthétique, le confondent avec un dilettantisme voluptueux. De sorte enfin que sa ferveur
religieuse, qui avait été le signe de sa sincérité
esthétique, la renforça encore et la protégea de toute
atteinte étrangère. Que telle ou telle des conceptions
de son surnaturel esthétique soit fausse, c'est ce qui, à
notre avis, n'a aucune importance. Tous ceux qui ont
quelque notion des lois de développement du génie
savent que sa force se mesure plus à la force de ses
croyances qu'à ce que l'objet de ces croyances peut avoir
de satisfaisant pour le sens commun. Mais, puisque le
christianisme de Ruskin tenait à l'essence même de sa
nature intellectuelle, ses préférences artistiques, aussi
profondes, devaient avoir avec lui quelque parenté.
Aussi, de même que l'amour des paysages de Turner
correspondait chez Ruskin à cet amour de la nature qui
lui donna ses plus grandes joies, de même à la nature
foncièrement chrétienne de sa pensée correspondit sa
prédilection permanente, qui domine toute sa vie, toute
son œuvre, pour ce qu'on peut appeler l'art chrétien :
l'architecture et la sculpture du moyen âge français,
l'architecture, la sculpture et la peinture du moyen
âge italien. Avec quelle passion désintéressée il en aima
les œuvres, vous n'avez pas besoin d'en chercher les
traces dans sa vie, vous en trouverez la preuve dans
ses livres. Son expérience était si vaste, que bien
souvent les connaissances les plus approfondies dont
il fait preuve dans un ouvrage ne sont utilisées ni
mentionnées, même par une simple allusion, dans ceux
des autres livres où elles seraient à leur place. Il est

4

si riche qu'il ne nous prête pas ses paroles ; il nous les
donne et ne les reprend plus. Vous savez, par exemple,
qu'il écrivit un livre sur la cathédrale d'Amiens. Vous
en pourriez conclure que c'est la cathédrale qu'il aimait
le plus ou qu'il connaissait le mieux. Pourtant, dans
les *Sept Lampes de l'Architecture*, où la cathédrale
de Rouen est citée quarante fois comme exemple, celle
de Bayeux neuf fois, Amiens n'est pas cité une fois.
Dans *Val d'Arno*, il nous avoue que l'église qui lui a
donné la plus profonde ivresse du gothique est Saint-
Urbain de Troyes. Or, ni dans les *Sept Lampes* ni
dans *la Bible d'Amiens*, il n'est question une seule fois
de Saint-Urbain [1]. Pour ce qui est de l'absence de
références à Amiens dans les *Sept Lampes*, vous pensez peut-être qu'il n'a connu Amiens qu'à la fin de sa
vie? Il n'en est rien. En 1859, dans une conférence
faite à Kensington, il compare longuement la *Vierge
Dorée* d'Amiens avec les statues d'un art moins habile,
mais d'un sentiment plus profond, qui semblent soutenir le porche occidental de Chartres. Or, dans *la
Bible d'Amiens* où nous pourrions croire qu'il a réuni
tout ce qu'il avait pensé sur Amiens, pas une seule
fois, dans les pages où il parle de la *Vierge Dorée*,
il ne fait allusion aux statues de Chartres. Telle est la
richesse infinie de son amour, de son savoir. Habituellement, chez un écrivain, le retour à de certains
exemples préférés, sinon même la répétition de certains

---

1. Pour être plus exact, il est question une fois de Saint-Urbain
dans les *Sept Lampes*, et d'Amiens une fois aussi (mais seulement dans la préface de la 2ᵉ édition), alors qu'il y est question
d'Abbeville, d'Avranches, de Bayeux, de Beauvais, de Bourges,
de Caen, de Caudebec, de Chartres, de Coutances, de Falaise, de
Lisieux, de Paris, de Reims, de Rouen, de Saint-Lô, pour ne
parler que de la France.

développements, vous rappelle que vous avez affaire à
un homme qui eut une certaine vie, telles connaissances qui lui tiennent lieu de telles autres, une
expérience limitée dont il tire tout le profit qu'il peut.
Rien qu'en consultant les index des différents ouvrages
de Ruskin, la perpétuelle nouveauté des œuvres citées,
plus encore le dédain d'une connaissance dont il s'est
servi une fois et, bien souvent, son abandon à tout
jamais, donnent l'idée de quelque chose de plus qu'humain, ou plutôt l'impression que chaque livre est d'un
homme nouveau, qui a un savoir différent, pas la
même expérience, une autre vie.

C'était le jeu charmant de sa richesse inépuisable de
tirer des écrins merveilleux de sa mémoire des trésors
toujours nouveaux : un jour la rose précieuse d'Amiens,
un jour la dentelle dorée du porche d'Abbeville, pour
les marier aux bijoux éblouissants d'Italie.

Il pouvait, en effet, passer ainsi d'un pays à l'autre, car
la même âme qu'il avait adorée dans les pierres de Pise
était celle aussi qui avait donné aux pierres de Chartres
leur forme immortelle. L'unité de l'art chrétien au
moyen âge, des bords de la Somme aux rives de l'Arno,
nul ne l'a sentie comme lui, et il a réalisé dans nos
cœurs le rêve des grands papes du moyen âge :
l' « Europe chrétienne ». Si, comme on l'a dit, son nom
doit rester attaché au préraphaélisme, on devrait
entendre par là non celui d'après Turner, mais celui
d'avant Raphaël. Nous pouvons oublier aujourd'hui les
services qu'il a rendus à Hunt, à Rossetti, à Millais ;
mais ce qu'il a fait pour Giotto, pour Carpaccio, pour
Bellini, nous ne le pouvons pas. Son œuvre divine ne
fut pas de susciter des vivants, mais de ressusciter des
morts.

Cette unité de l'art chrétien du moyen âge n'apparaît-elle pas à tout moment dans la perspective de ces pages où son imagination éclaire çà et là les pierres de France d'un reflet magique d'Italie? Voyez-le, dans *Pleasures of England*, vous dire : « Tandis qu'à Padoue la Charité de Giotto foule aux pieds des sacs d'or, tous les trésors de la terre, donne du blé et des fleurs et tend à Dieu dans sa main son cœur enflammé, au portail d'Amiens la Charité se contente de jeter sur un mendiant un solide manteau de laine de la manufacture de la ville. » Voyez-le, dans *Natur of Gothic*, comparer la manière dont les flammes sont traitées dans le gothique italien et dans le gothique français, dont le porche de Saint-Maclou de Rouen est pris comme exemple. Et, dans les *Sept Lampes de l'architecture*, à propos de ce même porche, voyez encore se jouer sur ses pierres grises comme un peu des couleurs de l'Italie.

« Les bas-reliefs du tympan du portail de Saint-Maclou, à Rouen, représentent le Jugement dernier, et la partie de l'Enfer est traitée avec une puissance à la fois terrible et grotesque, que je ne pourrais mieux définir que comme un mélange des esprits d'Orcagna et de Hogarth. Les démons sont peut-être même plus effrayants que ceux d'Orcagna ; et dans certaines expressions de l'humanité dégradée, dans son suprême désespoir, le peintre anglais est au moins égalé. Non moins farouche est l'imagination qui exprime la fureur et la crainte, même dans la manière de placer les figures. Un mauvais ange, se balançant sur son aile, conduit les troupes des damnés hors du siège du Jugement; ils sont pressés par lui si furieusement, qu'ils sont emmenés non pas simplement à l'extrême limite de

cette scène que le sculpteur a enfermée ailleurs à l'intérieur du tympan, mais hors du tympan et *dans les
niches* de la voûte; pendant que les flammes qui les
suivent, activées, comme il semble, par le mouvement
des ailes des anges, font irruption aussi dans les niches
et jaillissent au travers de leurs réseaux, les trois niches
les plus basses étant représentées comme tout en feu,
tandis que, au lieu de leur dais voûté et côtelé habituel,
il y a un démon sur le toit de chacune, avec ses ailes
pliées, grimaçant hors de l'ombre noire. »

Ce parallélisme des différentes sortes d'arts et des
différents pays n'était pas le plus profond auquel il dût
s'arrêter. Dans les symboles païens et dans les symboles chrétiens, l'identité de certaines idées religieuses
devaient le frapper[1]. M. Ary Renan[2] a remarqué, avec
profondeur, ce qu'il y a déjà du Christ dans le Promé-
thée de Gustave Moreau. Ruskin, que sa dévotion à l'art
chrétien ne rendit jamais contempteur du paganisme[3],

1. Dans *Saint-Marks Rest*, il va jusqu'à dire qu'il n'y a qu'un
art grec, depuis la bataille de Marathon jusqu'au doge Selvo
(Cf. les pages de *la Bible d'Amiens*, où il fait descendre de
Dédale, « le premier sculpteur qui ait donné une représentation pathétique de la vie humaine », les architectes qui creu-
sèrent l'ancien labyrinthe d'Amiens) ; et aux mosaïques du
baptistère de Saint-Marc il reconnaît dans un séraphin une
harpie, dans une Hérodiade une canéphore, dans une coupole d'or
un vase grec, etc.
2. Dans une étude admirable, publié par la *Gazette des Beaux-
Arts*. Depuis Fromentin, aucun peintre, croyons-nous, n'a montré
une plus grande maîtrise d'écrivain. — Ces lignes avaient paru du
vivant de M. Ary Renan. Aujourd'hui qu'il est mort, je me demande
si je n'étais pas resté au-dessous de la vérité. Il me semble
maintenant qu'il était supérieur à Fromentin.
3. « Si peu, dit-il, que je ne crois pas qu'aucune interprétation
de la religion grecque ait jamais été aussi affectueuse, aucune
de la religion romaine aussi révérente que celle qui est à la base
de mon enseignement. »

4*

a comparé, dans un sentiment esthétique et religieux, le lion de saint Jérôme au lion de Némée, Virgile à Dante, Samson à Hercule, Thésée au Prince Noir, les prédictions d'Isaïe aux prédictions de la Sybille de Cumes. Il n'y a certes pas lieu de comparer Ruskin à Gustave Moreau, mais on peut dire qu'une tendance naturelle, développée par la fréquentation des Primitifs, les avait conduits tous deux à proscrire en art l'expression des sentiments violents, et, en tant qu'elle s'était appliquée à l'étude des symboles, à quelque fétichisme dans l'adoration des symboles eux-mêmes, fétichisme peu dangereux d'ailleurs pour des esprits si attachés au fond au sentiment symbolisé qu'ils pouvaient passer d'un symbole à l'autre, sans être arrêtés par les diversités de pure surface. Pour ce qui est de la prohibition systématique de l'expression des émotions violentes en art, le principe que M. Ary Renan a appelé le principe de la Belle Inertie, où le trouver mieux défini que dans les pages des « Rapports de Michel-Ange et du Tintoret[1] » ? Quant à l'adoration un peu exclusive des symboles, l'étude de l'art du moyen âge italien et français n'y devait-elle pas fatalement conduire ? Et comme, sous l'œuvre d'art, c'était l'âme d'un temps qu'il cherchait, la ressemblance de ces symboles du portail de Chartres aux fresques de Pise devait nécessairement le toucher comme une preuve de l'originalité typique de l'esprit qui animait alors les artistes, et leurs différences comme un témoignage de sa variété. Chez tout autre les sensations esthétiques eussent risqué d'être refroi-

---

1. Cf. Chateaubriand, préface de la 1re édition d'*Atala* : « Les Muses sont des femmes célestes qui ne défigurent point leurs traits par des grimaces ; quand elles pleurent, c'est avec un secret dessein de s'embellir. »

dies par le raisonnement. Mais tout chez lui était amour
et l'iconographie, telle qu'il l'entendait, se serait mieux
appelée iconolâtrie. A point, d'ailleurs, la critique
d'art fait place à quelque chose de plus grand peut-
être ; elle a presque les procédés de la science,
elle contribue à l'histoire. L'apparition d'un nouvel
attribut aux porches des cathédrales ne nous avertit
pas de changements moins profonds dans l'histoire, non
seulement de l'art, mais de la civilisation, que ceux
qu'annonce aux géologues l'apparition d'une nouvelle
espèce sur la terre. La pierre sculptée par la nature
n'est pas plus instructive que la pierre sculptée par
l'artiste, et nous ne tirons pas un profit plus grand de
celle qui nous conserve un ancien monstre que de celle
qui nous montre un nouveau dieu.

Les dessins qui accompagnent les écrits de Ruskin
sont à ce point de vue très significatifs. Dans une
même planche, vous pourrez voir un même motif d'architecture, tel qu'il est traité à Lisieux, à Bayeux, à
Vérone et à Padoue, comme s'il s'agissait des variétés
d'une même espèce de papillons sous différents cieux.
Mais jamais cependant ces pierres qu'il a tant aimées
ne deviennent pour lui des exemples abstraits. Sur
chaque pierre vous voyez la nuance de l'heure unie à
la couleur des siècles. « Courir à Saint-Wulfram d'Abbeville, nous dit-il, *avant que le soleil ait quitté les
tours*, fut toujours pour moi une de ces joies pour
lesquelles il faut chérir le passé jusqu'à la fin. » Il alla
même plus loin ; il ne sépara pas les cathédrales de ce
fond de rivières et de vallées où elles apparaissent au
voyageur qui les approche, comme dans un tableau
de primitif. Un de ses dessins les plus instructifs
à cet égard est celui que reproduit la deuxième gra-

vure de *Our Father have told us*, et qui est intitulée :
Amiens, le jour des Trépassés. Dans ces villes d'Amiens,
d'Abbeville, de Beauvais, de Rouen, qu'un séjour de
Ruskin à consacrées, il passait son temps à dessiner
tantôt dans les églises (« sans être inquiété par le
sacristain »), tantôt en plein air. Et ce durent être dans
ces villes de bien charmantes colonies passagères, que
cette troupe de dessinateurs, de graveurs qu'il emme-
nait avec lui, comme Platon nous montre les sophistes
suivant Protagoras de ville en ville, semblables aussi
aux hirondelles, à l'imitation desquelles ils s'arrêtaient
de préférence aux vieux toits, aux tours anciennes des
cathédrales. Peut-être pourrait-on retrouver encore
quelques-uns de ces disciples de Ruskin qui l'accom-
pagnaient aux bords de cette Somme évangélisée de
nouveau, comme si étaient revenus les temps de saint
Firmin et de saint Salve, et qui, tandis que le nouvel
apôtre parlait, expliquait Amiens comme une Bible,
prenaient au lieu de notes, des dessins, notes gracieuses
dont le dossier se trouve sans doute dans une salle de
musée anglais, et où j'imagine que la réalité doit être
légèrement arrangée, dans le goût de Viollet-le-Duc.
La gravure *Amiens, le jour des Trépassés*, semble mentir un peu pour la beauté. Est-ce la perspective seule,
qui approche ainsi, des bords d'une Somme élargie, la
cathédrale et l'église Saint-Leu ? Il est vrai que Ruskin
pourrait nous répondre en reprenant à son compte les
paroles de Turner qu'il a citées dans *Eagles Nest* et
qu'a traduites M. de la Sizeranne : « Turner, dans la
première période de sa vie, était quelquefois de bonne
humeur et montrait aux gens ce qu'il faisait. Il était
un jour à dessiner le port de Plymouth et quelques
vaisseaux, à un mille ou deux de distance, vus à contre-

jour. Ayant montré ce dessin à un officier de marine, celui-ci observa avec surprise et objecta avec une très compréhensible indignation que les vaisseaux de ligne n'avaient pas de sabords. « Non, dit Turner, certaine- « ment non. Si vous montez sur le mont Edgecumbe et « si vous regardez les vaisseaux à contre-jour, sur le « soleil couchant, vous verrez que vous ne pouvez aper- « cevoir les sabords. — Bien, dit l'officier, toujours « indigné, mais vous savez qu'il y a là des sabords? — « Oui, dit Turner, je le sais de reste, mais mon affaire « est de dessiner ce que je vois, non ce que je sais. »

Si, étant à Amiens, vous allez dans la direction de l'abattoir, vous aurez une vue qui n'est pas différente de celle de la gravure. Vous verrez l'éloignement dis- poser, à la façon mensongère et heureuse d'un artiste, des monuments, qui reprendront, si ensuite vous vous rapprochez, leur position primitive, toute différente ; vous le verrez, par exemple, inscrire dans la façade de la cathédrale la figure d'une des machines à eau de la ville et faire de la géométrie plane avec de la géométrie dans l'espace. Que si néanmoins vous trouvez ce paysage, composé avec goût par la perspec- tive, un peu différent de celui que relate le dessin de Ruskin, vous pourrez en accuser surtout les change- ments qu'ont apportés dans l'aspect de la ville les presque vingt années écoulées depuis le séjour qu'y fit Ruskin, et, comme il l'a dit pour un autre site qu'il aimait, « tous les *embellissements* survenus, depuis que j'ai composé et médité là [1] ».

Mais du moins cette gravure de *la Bible d'Amiens* aura associé dans votre souvenir les bords de la Somme

1. *Prœterita*, I, ch. II.

et la cathédrale plus que votre vision n'eût sans doute pu le faire à quelque point de la ville que vous vous fussiez placé. Elle vous prouvera mieux que tout ce que j'aurais pu dire, que Ruskin ne séparait pas la beauté des cathédrales du charme de ces pays d'où elles surgirent, et que chacun de ceux qui les visite goûte encore dans la poésie particulière du pays et le souvenir brumeux ou doré de l'après-midi qu'il y a passé. Non seulement le premier chapitre de *la Bible d'Amiens* s'appelle : *Au bord des courants d'eau vive*, mais le livre que Ruskin projetait d'écrire sur la cathédrale de Chartres devait être intitulé : *Les Sources de l'Eure*. Ce n'était donc point seulement dans ses dessins qu'il mettait les églises au bord des rivières et qu'il associait la grandeur des cathédrales gothiques à la grâce des sites français[1]. Et le charme individuel, qu'est le charme d'un pays, nous le sentirions plus vivement si nous n'avions pas à notre disposition ces bottes de sept lieues que sont les grands express, et si, comme autrefois, pour arriver dans un coin de terre nous étions obligés de traverser des campagnes de plus en plus semblables à celles où nous tendons, comme des zones d'harmonie graduée qui, en la rendant moins aisément pénétrable à ce qui est différent d'elle, en la protégeant avec douceur et avec mystère de ressemblances fraternelles, ne l'enveloppent pas seulement dans la nature, mais la préparent encore dans notre esprit.

1. Quelle intéressante collection on ferait avec les paysages de France vus par des yeux anglais : les *rivières de France* de Turner; le *Versailles*, de Bonnington; l'*Auxerre* ou le *Valenciennes*, le *Vezelay* ou l'*Amiens*, de Walter Pater; le *Fontainebleau*, de Stevenson et tant d'autres !

Ces études de Ruskin sur l'art chrétien furent pour lui comme la vérification et la contre-épreuve de ses idées sur le christianisme et d'autres idées que nous n'avons pu indiquer ici et dont nous laisserons tout à l'heure Ruskin définir lui-même la plus célèbre : son horreur du machinisme et de l'art industriel. « Toutes les belles choses furent faites, quand les hommes du moyen âge *croyaient* la pure, joyeuse et belle leçon du christianisme. » Et il voyait ensuite l'art décliner avec la foi, l'adresse prendre la place du sentiment. En voyant le pouvoir de réaliser la beauté qui fut le privilège des âges de foi, sa croyance en la bonté de la foi devait se trouver renforcée. Chaque volume de son dernier ouvrage : *Our Father have told us* (le premier seul est écrit) devait comprendre quatre chapitres, dont le dernier était consacré au chef-d'œuvre qui était l'épanouissement de la foi dont l'étude faisait l'objet des trois premiers chapitres. Ainsi le christianisme, qui avait bercé le sentiment esthétique de Ruskin, en recevait une consécration suprême. Et après avoir raillé, au moment de la conduire devant la statue de la Madone, sa lectrice protestante « qui devrait comprendre que le culte d'aucune Dame n'a jamais été pernicieux à l'humanité », ou devant la statue de saint Honoré, après avoir déploré qu'on parlât si peu de ce saint « dans le faubourg de Paris qui porte son nom », il aurait pu dire comme à la fin de *Val d'Arno :*

« Si vous voulez fixer vos esprits sur ce qu'exige de la vie humaine celui qui l'a donnée : « Il t'a montré, « homme, ce qui est bien, et qu'est-ce que le Seigneur « demande de toi, si ce n'est d'agir avec justice et « d'aimer la pitié, de marcher humblement avec ton

Dieu ? » vous trouverez qu'une telle obéissance est toujours récompensée par une bénédiction. Si vous ramenez vos pensées vers l'état des multitudes oubliées qui ont travaillé en silence et adoré humblement, comme les neiges de la chrétienté ramenaient le souvenir de la naissance du Christ ou le soleil de son printemps le souvenir de sa résurrection, vous connaîtrez que la promesse des anges de Bethléem a été littéralement accomplie, et vous prierez pour que vos champs anglais, joyeusement, comme les bords de l'Arno, puissent encore dédier leurs purs lis à Sainte-Marie-des-Fleurs. »

Enfin les études médiévales de Ruskin confirmèrent, avec sa croyance en la bonté de la foi, sa croyance en la nécessité du travail libre, joyeux et personnel, sans intervention de machinisme. Pour que vous vous en rendiez bien compte, le mieux est de transcrire ici une page très caractéristique de Ruskin. Il parle d'une petite figure de quelques centimètres, perdue au milieu de centaines de figures minuscules, au portail des Librairies, de la cathédrale de Rouen.

« Le compagnon est ennuyé et embarrassé dans sa malice, et sa main est appuyée fortement sur l'os de sa joue et la chair de la joue ridée au-dessous de l'œil par la pression. Le tout peut paraître terriblement rudimentaire, si on le compare à de délicates gravures ; mais, en le considérant comme devant remplir simplement un interstice de l'extérieur d'une porte de cathédrale et comme l'une quelconque de trois cents figures analogues ou plus, il témoigne de la plus noble vitalité dans l'art de l'époque.

« Nous avons un certain travail à faire pour gagner notre pain, et il doit être fait avec ardeur ; d'autre tra-

vail à faire pour notre joie, et celui-là doit être fait
avec cœur; ni l'un ni l'autre ne doivent être faits à
moitié ou au moyen d'expédients, mais avec volonté;
et ce qui n'est pas digne de cet effort ne doit pas être
fait du tout; peut-être que tout ce que nous avons à
faire ici-bas n'a pas d'autre objet que d'exercer le cœur
et la volonté, et est en soi-même inutile; mais en tout
cas, si peu que ce soit, nous pouvons nous en dispenser
si ce n'est pas digne que nous y mettions nos mains et
notre cœur. Il ne sied pas à notre immortalité de recourir à des moyens qui contrastent avec son autorité,
ni de souffrir qu'un instrument dont elle n'a pas
besoin s'interpose entre elle et les choses qu'elle gouverne. Il y a assez de songe-creux, assez de grossièreté
et de sensualité dans l'existence humaine, sans en
changer en mécanisme les quelques moments brillants;
et, puisque notre vie — à mettre les choses au mieux —
ne doit être qu'une vapeur qui apparaît un temps puis
s'évanouit, laissons-la du moins apparaître comme un
nuage dans la hauteur du ciel et non comme l'épaisse
obscurité qui s'amasse autour du souffle de la fournaise
et des révolutions de la roue. »

J'avoue qu'en relisant cette page au moment de la
mort de Ruskin, je fus pris du désir de voir le petit
homme dont il parle. Et j'allai à Rouen comme obéissant
a une pensée testamentaire, et comme si Ruskin en
mourant avait en quelque sorte confié à ses lecteurs la
pauvre créature à qui il avait en parlant d'elle rendu la
vie et qui venait, sans le savoir, de perdre à tout
jamais celui qui avait fait autant pour elle que son
premier sculpteur. Mais quand j'arrivai près de
l'immense cathédrale et devant la porte où les saints
se chauffaient au soleil, plus haut, des galeries où

rayonnaient les rois jusqu'à ces suprêmes alti-
tudes de pierre que je croyais inhabitées et où, ici,
un ermite sculpté vivait isolé, laissant les oiseaux
demeurer sur son front, tandis que, là, un cénacle
d'apôtres écoutait le message d'un ange qui se posait
près d'eux, repliant ses ailes, sous un vol de pigeons
qui ouvraient les leurs et non loin d'un personnage
qui, recevant un enfant sur le dos, tournait la tête d'un
geste brusque et séculaire ; quand je vis, rangés devant
ses porches ou penchés aux balcons de ses tours, tous
les hôtes de pierre de la cité mystique respirer le
soleil ou l'ombre matinale, je compris qu'il serait impossible de trouver parmi ce peuple surhumain une
figure de quelques centimètres. J'allai pourtant au portail des Libraries. Mais comment reconnaître la petite
figure entre des centaines d'autres? Tout à coup, un
jeune sculpteur de talent et d'avenir, Mme L. Yeatman,
me dit : « En voici une qui lui ressemble. » Nous regar-
dons un peu plus bas, et... la voici. Elle ne mesure
pas dix centimètres. Elle est effritée, et pourtant c'est
son regard encore, la pierre garde le trou qui relève la
pupille et lui donne cette expression qui me l'a fait
reconnaître. L'artiste mort depuis des siècles a laissé
là, entre des milliers d'autres, cette petite personne
qui meurt un peu chaque jour, et qui était morte
depuis bien longtemps, perdue au milieu de la foule
des autres, à jamais. Mais il l'avait mise là. Un jour,
un homme pour qui il n'y a pas de mort, pour qui il
n'y a pas d'infini matériel, pas d'oubli, un homme qui,
jetant loin de lui ce néant qui nous opprime pour aller
à des buts qui dominent sa vie, si nombreux qu'il
ne pourra pas tous les atteindre alors que nous
paraissions en manquer, cet homme est venu, et,

dans ces vagues de pierre où chaque écume dentelée paraissait ressembler aux autres, voyant là toutes les lois de la vie, toutes les pensées de l'âme, les nommant de leur nom, il dit : « Voyez, c'est ceci, c'est cela. » Tel qu'au jour du Jugement, qui non loin de là est figuré, il fait entendre en ses paroles comme la trompette de l'archange et il dit : « Ceux qui ont vécu vivront, la matière n'est rien. » Et, en effet, telle que les morts que non loin le tympan figure réveillés à la trompette de l'archange, soulevés, ayant repris leur forme, reconnaissables, vivants, voici que la petite figure a revécu et retrouvé son regard, et le Juge a dit : « Tu as vécu, tu vivras. » Pour lui, il n'est pas un juge immortel, son corps mourra; mais qu'importe! comme s'il ne devait pas mourir il accomplit sa tâche immortelle, ne s'occupant pas de la grandeur de la chose qui occupe son temps et, n'ayant qu'une vie humaine à vivre, il passe plusieurs jours devant l'une des dix mille figures d'une église. Il l'a dessinée. Elle correspondait pour lui à ces idées qui agitaient sa cervelle, insoucieuse de la vieillesse prochaine. Il l'a dessinée, il en a parlé. Et la petite figure inoffensive et monstrueuse aura ressuscité, contre toute espérance, de cette mort qui semble plus totale que les autres, qui est la disparition au sein de l'infini du nombre et sous le nivellement des ressemblances, mais d'où le génie a tôt fait de nous tirer aussi. En la retrouvant là, on ne peut s'empêcher d'être touché. Elle semble vivre et regarder, ou plutôt avoir été prise par la mort dans son regard même, comme les Pompéiens dont le geste demeure interrompu. Et c'est une pensée du sculpteur, en effet, qui a été saisie ici dans son geste par l'immobilité de la pierre. J'ai été touché en la retrouvant là ; rien ne meurt donc de ce qui a vécu, pas plus la pensée du sculpteur que la pensée de Ruskin.

En la rencontrant là, nécessaire à Ruskin qui, parmi si peu de gravures qui illustrent son livre[1], lui en a consacré une parce qu'elle était pour lui partie actuelle et durable de sa pensée, et agréable à nous parce que sa pensée nous est nécessaire, guide de la nôtre qui l'a rencontrée sur son chemin, nous nous sentions dans un état d'esprit plus rapproché de celui des artistes qui sculptèrent aux tympans le Jugement dernier et qui pensaient que l'individu, ce qu'il y a de plus particulier dans une personne, dans une intention, ne meurt pas, reste dans la mémoire de Dieu et sera ressuscité. Qui a raison du fossoyeur ou d'Hamlet quand l'un ne voit qu'un crâne là où le second se rappelle une fantaisie ? La science peut dire : le fossoyeur ; mais elle a compté sans Shakespeare, qui fera durer le souvenir de cette fantaisie au-delà de la poussière du crâne. A l'appel de l'ange, chaque mort se trouve être resté là, à sa place, quand nous le croyions depuis longtemps en poussière. A l'appel de Ruskin, nous voyons la plus petite figure qui encadre un minuscule quatre-feuilles ressuscitée dans sa forme, nous regardant avec le même regard qui semble ne tenir qu'en un millimètre de pierre. Sans doute, pauvre petit monstre, je n'aurais pas été assez fort, entre les milliards de pierres des villes, pour te trouver, pour dégager ta figure, pour retrouver ta personnalité, pour t'appeler, pour te faire revivre. Mais ce n'est pas que l'infini, que le nombre, que le néant qui nous oppriment soient très forts ; c'est que ma pensée n'est pas bien

1. *The Seven Lamps of the Architecture.*

forte. Certes, tu n'avais en toi rien de vraiment beau. Ta pauvre figure, que je n'eusse jamais remarquée, n'a pas une expression bien intéressante, quoique évidemment elle ait, comme toute personne, une expression qu'aucune autre n'eut jamais. Mais, puisque tu vivais assez pour continuer à regarder de ce même regard oblique, pour que Ruskin te remarquât et, après qu'il eût dit ton nom, pour que son lecteur pût te reconnaître, vis-tu assez maintenant, es-tu assez aimé? Et l'on ne peut s'empêcher de penser à toi avec attendrissement, quoique tu n'aies pas l'air bon, mais parceque tu es une créature vivante, parce que, pendant de si longs siècles, tu es mort sans espoir de résurrection, et parce que tu es ressuscité. Et un de ces jours peut-être quelque autre ira te trouver à ton portail, regardant avec tendresse ta méchante et oblique figure ressuscitée, parce que ce qui est sorti d'une pensée peut seul fixer un jour une autre pensée, qui à son tour a fasciné la nôtre. Tu as eu raison de rester là, inregardé, t'effritant. Tu ne pouvais rien attendre de la matière où tu n'étais que du néant. Mais les petits n'ont rien à craindre, ni les morts. Car, quelquefois l'Esprit visite la terre; sur son passage les morts se lèvent, et les petites figures oubliées retrouvent le regard et fixent celui des vivants qui, pour elles, délaissent les vivants qui ne vivent pas et vont chercher de la vie seulement où l'Esprit leur en a montré, dans des pierres qui sont déjà de la poussière et qui sont encore de la pensée.

Celui qui enveloppa les vieilles cathédrales de plus d'amour et de plus de joie que ne leur en dispense même le soleil quand il ajoute son sourire fugitif à leur beauté séculaire ne peut pas, à le bien entendre, s'être trompé. Il en est du monde des esprits comme de l'uni-

vers physique, où la hauteur d'un jet d'eau ne saurait
dépasser la hauteur du lieu d'où les eaux sont d'abord
descendues. Les grandes beautés littéraires corres-
pondent à quelque chose, et c'est peut-être l'enthousiasme en art, qui est le critérium de la vérité. A supposer
que Ruskin se soit quelquefois trompé, comme critique,
dans l'exacte appréciation de la valeur d'une œuvre, la
beauté de son jugement erroné est souvent plus intéressante que celle de l'œuvre jugée et correspond à
quelque chose qui, pour être autre qu'elle, n'est
pas moins précieux. Que Ruskin ait tort quand il dit
que le *Beau Dieu* d'Amiens « dépassait en tendresse
sculptée ce qui avait été atteint jusqu'alors, bien que
toute représentation du Christ doive éternellement décevoir l'espérance que toute âme aimante a mise en lui »,
et que ce soit M. Huysmans qui ait raison quand il
appelle ce même *Dieu* d'Amiens un « bellâtre à figure
ovine » c'est ce que nous ne croyons pas, mais c'est ce
qu'il importe peu de savoir. « Je l'appelle une légende,
dit Ruskin, parlant de l'histoire de saint Jérôme.
Qu'Héraklès ait jamais tué, saint Jérôme jamais chéri
la créature sauvage ou blessée est sans importance
pour nous. » Nous en dirons autant de ceux des jugements artistiques de Ruskin dont on contesterait la
justesse. Que le *Beau Dieu* d'Amiens soit ou non ce
qu'a cru Ruskin est sans importance pour nous. Comme
Buffon a dit que « toutes les beautés intellectuelles qui
s'y trouvent [dans un beau style], tous les rapports
dont il est composé, sont autant de vérités aussi utiles
et peut-être plus précieuses pour l'esprit public que
celles qui peuvent faire le fond du sujet », les vérités
dont se compose la beauté des pages de la *Bible* sur le
Beau Dieu d'Amiens ont une valeur indépendante de la

beauté de cette statue, et Ruskin ne les aurait pas trou-
vées s'il en avait parlé avec dédain, car l'enthousiasme
seul pouvait lui donner la puissance de les découvrir.

Jusqu'où cette âme merveilleuse a fidèlement reflété
l'univers, et sous quelles formes touchantes et tentatrices le mensonge a pu se glisser malgré tout au sein
de sa sincérité intellectuelle, c'est ce qu'il ne nous sera
peut-être jamais donné de savoir, et ce qu'en tous cas
nous ne pouvons chercher ici. « Jusqu'où, a-t-il dit lui-
même, mon esprit a été paralysé par les chagrins et
par les fautes de ma vie, jusqu'où aurait pu aller ma
connaissance si j'avais marché plus fidèlement dans la
lumière qui m'avait été départie, dépasse ma conjecture
ou ma confession. » Quoi qu'il en soit, il aura été un
de ces « génies » dont même ceux d'entre nous qui ont
reçu à leur naissance les dons des fées ont besoin pour
être initiés à la connaissance et à l'amour d'une nouvelle
partie de la Beauté. Bien des paroles qui servent à nos
contemporains pour l'échange des pensées portent son
empreinte, comme on voit, sur les pièces de monnaie,
l'effigie du souverain du jour. Mort, il continue à nous
éclairer, comme ces étoiles éteintes dont la lumière
nous arrive encore, et on peut dire de lui ce qu'il disait
à la mort de Turnér : « C'est par ces yeux, fermés à
jamais au fond du tombeau, que des générations qui ne
sont pas encore nées verront la nature. »

IV

P.-S.

« Sous quelles formes magnifiques et tentatrices le mensonge a pu se glisser jusqu'au sein de sa sincérité intellectuelle... » Voici ce que je voulais dire : il y a une sorte d'idolâtrie que personne n'a mieux définie que Ruskin dans une page de *Lectures on Art* : « Ç'a été, je crois, non sans mélange de bien, sans doute, car les plus grands maux apportent quelques biens dans leur reflux, ç'a été, je crois, le rôle vraiment néfaste de l'art, d'aider à ce qui, chez les païens comme chez les chrétiens — qu'il s'agisse du mirage des mots, des couleurs ou des belles formes — doit vraiment dans le sens profond du mot s'appeler idolâtrie, c'est-à-dire le fait de servir avec le meilleur de nos cœurs et de nos esprits quelque chère ou triste image que nous nous sommes créée, pendant que nous désobéissons à l'appel présent du Maître, qui n'est pas mort, qui ne défaille pas en ce moment sous sa croix, mais nous ordonne de porter la nôtre [1]. » Or, il semble bien qu'à

---

1. Cette phrase de Ruskin s'applique, d'ailleurs, mieux à l'idolâtrie telle que je l'entends, si on la prend ainsi isolément, que là où elle est placée dans *Lectures on Art*. J'ai, du reste, donné plus loin, pages 330, 331 et 332, dans une note, le début du développement.

la base même de l'œuvre de Ruskin, à la racine de son talent, on trouve précisément cette idolâtrie. Sans doute il ne l'a jamais laissé recouvrir complètement, — même pour l'embellir, — immobiliser, paralyser et finalement tuer, sa sincérité intellectuelle et morale. A chaque ligne de ses œuvres comme à tous les moments de sa vie, on sent ce besoin de sincérité qui lutte contre l'idolâtrie, qui proclame sa vanité, qui humilie la beauté devant le devoir, fût-il inesthétique. Je n'en prendrai pas d'exemples dans sa vie (qui n'est pas comme la vie d'un Racine, d'un Tolstoï, d'un Mæterlinck, esthétique d'abord et morale ensuite, mais où la morale fit valoir ses droits dès le début au sein même de l'esthétique — sans peut-être s'en libérer jamais aussi complètement que dans la vie des Maîtres que je viens de citer). Elle est assez connue, je n'ai pas besoin d'en rappeler les étapes, depuis les premiers scrupules qu'il éprouve à boire du thé en regardant des Titien jusqu'au moment où, ayant englouti dans les œuvres philanthropiques et sociales les cinq millions que lui a laissés son père, il se décide à vendre ses Turner. Mais il est un dilettantisme plus intérieur que le dilettantisme de l'action (dont il avait triomphé), et le véritable duel entre son idolâtrie et sa sincérité se jouait non pas à certaines heures de sa vie, non pas dans certaines pages de ses livres, mais à toute minute, dans ces régions profondes, secrètes, presque inconnues à nous-mêmes, où notre personnalité reçoit de l'imagination les images, de l'intelligence les idées, de la mémoire les mots, s'affirme elle-même dans le choix incessant qu'elle en fait, et joue en quelque sorte incessamment le sort de notre vie spirituelle et morale. Dans ces régions-là, il semble bien

que le péché d'idolâtrie n'ait cessé d'être commis
par Ruskin. Et au moment même où il prêchait la
sincérité, il y manquait lui-même, non en ce qu'il
disait, mais par la manière dont il le disait. Les doctrines qu'il professait étaient des doctrines morales
et non des doctrines esthétiques, et pourtant il les
choisissait pour leur beauté. Et comme il ne voulait
pas les présenter comme belles mais comme vraies,
il était obligé de se mentir à lui-même sur la nature
des raisons qui les lui faisaient adopter. De là une
si incessante compromission de la conscience, que des
doctrines immorales sincèrement professées auraient
peut-être été moins dangereuses pour l'intégrité de
l'esprit que ces doctrines morales où l'affirmation
n'est pas absolument sincère, étant dictée par une
préférence esthétique inavouée. Et le péché était
commis d'une façon constante, dans le choix même
de chaque explication donnée d'un fait, de chaque
appréciation donnée sur une œuvre, dans le choix même
des mots employés — et finissait par donner à l'esprit
qui s'y adonnait ainsi sans cesse une attitude mensongère. Pour mettre le lecteur plus en état de juger de
l'espèce de trompe-l'œil qu'est pour chacun et qu'était
évidemment pour Ruskin lui-même, une page de Ruskin, je vais citer une de celles que je trouve le plus
belles et où ce défaut est pourtant le plus flagrant.
On verra que si la beauté y est *en théorie* (c'est-à-dire
en apparence, le fond des idées était toujours dans
un écrivain l'apparence, et la forme, la réalité)
subordonnée au sentiment moral et à la vérité, en
réalité la vérité et le sentiment moral y sont subor-
donnés au sentiment esthétique, et à un sentiment
esthétique un peu faussé par ces compromissions per-

pétuelles. Il s'agit des Causes de la décadence de Venise [1].

« Ce n'est pas dans le caprice de la richesse, pour le plaisir des yeux et l'orgueil de la vie, que ces marbres furent taillés dans leur force transparente et que ces arches furent parées des couleurs de l'iris. Un message est dans leurs couleurs qui fut un jour écrit dans le sang ; et un son dans les échos de leurs voûtes, qui un jour remplira la voûte des cieux : « Il viendra pour rendre jugement et justice. » La force de Venise lui fut donnée aussi longtemps qu'elle s'en souvint ; et le jour de sa destruction arriva lorsqu'elle l'eût oublié ; elle vint irrévocable, parce qu'elle n'avait pour l'oublier aucune excuse. Jamais cité n'eut une Bible plus glorieuse. Pour les nations du Nord, une rude et sombre sculpture remplissait leurs temples d'images confuses, à peine lisibles ; mais pour elle, l'art et les trésors de l'Orient avaient doré chaque lettre, illuminé chaque page, jusqu'à ce que le Temple-Livre brillât au loin comme l'étoile des Mages. Dans d'autres villes, souvent les assemblées du peuple se tenaient dans des lieux éloignés de toute association religieuse, théâtre de la violence et des bouleversements ; sur l'herbe du dangereux rempart, dans la poussière de la rue troublée, il y eut des actes accomplis, des conseils tenus à qui nous ne pouvons pas trouver de justification, mais à qui nous pouvons quelquefois donner notre pardon. Mais les péchés de Venise, commis dans son palais

1. Comment M. Barrès, élisant, dans un chapitre admirable de son dernier livre, un sénat idéal de Venise, a-t-il omis Ruskin ? N'était-il pas plus digne d'y siéger que Léopold Robert ou Théophile Gautier et n'aurait-il pas été là bien à sa place, entre Byron et Barrès, entre Gœthe et Chateaubriand ?

ou sur sa piazza, furent accomplis en présence de la
Bible qui était à sa droite. Les murs sur lesquels le
livre de la loi était écrit n'étaient séparés que par
quelques pouces de marbre de ceux qui protégeaient
les secrets de ses conciles ou tenaient prisonnières les
victimes de son gouvernement. Et quand, dans ses
dernières heures, elle rejeta toute honte et toute con-
trainte, et que la grande place de la cité se remplit de
la folie de toute la terre, rappelons-nous que son péché
fut d'autant plus grand qu'il était commis à la face de
la maison de Dieu où brillaient les lettres de sa loi.

« Les saltimbanques et les masques rirent leur rire et
passèrent leur chemin ; et un silence les a suivis qui
n'était pas sans avoir été prédit ; car au milieu d'eux
tous, à travers les siècles et les siècles où s'étaient
entassés les vanités et les forfaits, ce dôme blanc
de Saint-Marc avait prononcé ces mots dans l'oreille
morte de Venise : « Sache que pour toutes ces choses
Dieu t'appellera en jugement[1]. »

Or, si Ruskin avait été entièrement sincère avec lui-
même, il n'aurait pas pensé que les crimes des Vénitiens
avaientétéplusinexcusablesetplussévèrementpunisque
ceux des autres hommes parce qu'ils possédaient une
église en marbre de toutes couleurs au lieu d'une cathédrale en calcaire, parce que le palais des Doges était à
côté de Saint-Marc au lieu d'être à l'autre bout de la
ville, et parce que dans les églises byzantines le texte
biblique au lieu d'être simplement figuré comme dans
la sculpture des églises du Nord est accompagné, sur

1. *Stones of Venice*, I, iv, § lxxi. Dans tout le cours de ce
volume les références aux *Stones of Venice* sont données avec
les numéros (volumes, chapitres et paragraphes) de la Travellers
Edition. — Ce verset est tiré de l'*Ecclésiaste* (XII, 9).

les mosaïques, de lettres qui forment une citation de
l'Évangile ou des prophéties. Il n'en est pas moins vrai
que ce passage des *Stones of Venice* est d'une grande
beauté, bien qu'il soit assez difficile de se rendre
compte des raisons de cette beauté. Elle nous semble
reposer sur quelque chose de faux et nous avons
quelque scrupule à nous y laisser aller.

Et pourtant il doit y avoir en elle quelque vérité.
Il n'y a pas à proprement parler de beauté tout à fait
mensongère, car le plaisir esthétique est précisément
celui qui accompagne la découverte d'une vérité. A
quel ordre de vérité peut correspondre le plaisir esthétique très vif que l'on prend à lire une telle page, c'est
ce qu'il est assez difficile de dire. Elle est elle-même
mystérieuse, pleine d'images à la fois de beauté et de
religion comme cette même église de Saint-Marc où
toutes les figures de l'Ancien et du Nouveau Testament apparaissent sur le fond d'une sorte d'obscurité
splendide et d'éclat changeant. Je me souviens de
l'avoir lue pour la première fois dans Saint-Marc
même, pendant une heure d'orage et d'obscurité où les
mosaïques ne brillaient plus que de leur propre et
matérielle lumière et d'un or interne, terrestre et ancien
auquel le soleil vénitien, qui enflamme jusqu'aux anges
des campaniles, ne mêlait plus rien de lui ; l'émotion
que j'éprouvais à lire là cette page, parmi tous ces
anges qui s'illuminaient des ténèbres environnantes,
était très grande et n'était pourtant peut-être pas très
pure. Comme la joie de voir les belles figures mystérieuses s'augmentait, mais s'altérait du plaisir en
quelque sorte d'érudition que j'éprouvais à comprendre
les textes apparus en lettres byzantines à côté de leurs
fronts nimbés, de même la beauté des images de

Ruskin était avivée et corrompue par l'orgueil de se référer au texte sacré. Une sorte de retour égoïste sur soi-même est inévitable dans ces joies mêlées d'érudition et d'art où le plaisir esthétique peut devenir plus aigu, mais non rester aussi pur. Et peut-être cette page des *Stones of Venice* était-elle belle surtout de me donner précisément ces joies mêlées que j'éprouvais dans Saint-Marc, elle qui, comme l'église byzantine, avait aussi dans la mosaïque de son style éblouissant dans l'ombre, à côté de ses images sa citation biblique inscrite auprès. N'en était-il pas d'elle, d'ailleurs, comme de ces mosaïques de Saint-Marc qui se proposaient d'enseigner et faisaient bon marché de leur beauté artistique. Aujourd'hui elles ne nous donnent plus que du plaisir. Encore le plaisir que leur didactisme donne à l'érudit est-il égoïste, et le plus désintéressé est encore celui que donne à l'artiste cette beauté méprisée ou ignorée même de ceux qui se proposaient seulement d'instruire le peuple et la lui donnèrent par surcroît.

Dans la dernière page de *la Bible d'Amiens*, vraiment sublime, le « si vous voulez vous souvenir de la promesse qui vous a été faite » est un exemple du même genre. Quand, encore dans *la Bible d'Amiens*, Ruskin termine son morceau sur l'Égypte en disant : « Elle fut l'éducatrice de Moïse et l'Hôtesse du Christ »,[1] passe encore pour l'éducatrice de Moïse : pour éduquer il faut certaines vertus. Mais le fait d'avoir été « *l'hôtesse* » du Christ, s'il ajoute de la beauté à la phrase, peut-il vraiment être mis en ligne de compte dans une appréciation motivée des qualités du génie égyptien?

1. Chapitre III, § 27.

C'est avec mes plus chères impressions esthétiques
que j'ai voulu lutter ici, tâchant de pousser jusqu'à ses
dernières et plus cruelles limites la sincérité intellectuelle. Ai-je besoin d'ajouter que, si je fais, en quelque
sorte *dans l'absolu*, cette réserve générale moins sur
les œuvres de Ruskin que sur l'essence de leur inspiration et la qualité de leur beauté, il n'en est pas moins
pour moi un des plus grands écrivains de tous les
temps et de tous les pays. J'ai essayé de saisir en lui,
comme en un « sujet » particulièrement favorable à
cette observation, une infirmité essentielle à l'esprit
humain, plutôt que je n'ai voulu dénoncer un défaut
personnel à Ruskin. Une fois que le lecteur aura bien
compris en quoi consiste cette « idolâtrie », il s'expliquera l'importance excessive que Ruskin attache dans
ses études d'art à la lettre des œuvres (importance dont
j'ai signalé, bien trop sommairement, une autre cause
dans la préface, voir plus haut page 65) et aussi cet
abus des mots « irrévérent », « insolent », et « des
difficultés que nous serions insolents de résoudre,
un mystère qu'on ne nous a pas demandé d'éclaircir »
(*Bible d'Amiens*, p. 239), « que l'artiste se méfie de
l'esprit de choix, c'est un esprit insolent » (*Modern
Painters*) « l'abside pourrait presque paraître trop
grande à un spectateur irrévérent » (*Bible d'Amiens*),
etc., etc., — et l'état d'esprit qu'ils révèlent. Je pensais
à cette idolâtrie (je pensais aussi à ce plaisir qu'éprouve
Ruskin à balancer ses phrases en un équilibre qui
semble imposer à la pensée une ordonnance symé-
trique plutôt que le recevoir d'elle[1]) quand je disais:

1. Je n'ai pas le temps de m'expliquer aujourd'hui sur ce
défaut, mais il me semble qu'à travers ma traduction, si terne

« Sous quelles formes touchantes et tentatrices le
mensonge a pu malgré tout se glisser au sein de sa
sincérité intellectuelle c'est ce que je n'ai pas à
chercher. » Mais j'aurais dû, au contraire, le chercher et pécherais précisément par idolâtrie, si je
continuais à m'abriter derrière cette formule essentiellement ruskinienne [1] de respect. Ce n'est pas que je
méconnaisse les vertus du respect, il est la condition
même de l'amour. Mais il ne doit jamais, là où l'amour
cesse, se substituer à lui pour nous permettre de
croire sans examen et d'admirer de confiance. Ruskin
aurait d'ailleurs été le premier à nous approuver de
ne pas accorder à ses écrits, une autorité infaillible;
puisqu'il la refusait même aux Écritures Saintes.
« Il n'y a pas de forme de langage humain où l'erreur
n'ait pu se glisser » (*Bible d'Amiens*, III, 49). Mais
l'attitude de la « révérence » qui croit « insolent
d'éclaircir un mystère » lui plaisait. Pour en finir avec
l'idolâtrie et être plus certain qu'il ne reste là-dessus
entre le lecteur et moi aucun malentendu, je voudrais
faire comparaître ici un de nos contemporains les plus
justement célèbres (aussi différent d'ailleurs de Ruskin
qu'il se peut!) mais qui dans sa conversation, non dans
ses livres, laisse paraître ce défaut et, poussé à un tel
excès qu'il est plus facile chez lui de le reconnaître et de
le montrer, sans avoir plus besoin de tant s'appliquer à
le grossir. Il est quand il parle affligé — délicieuse-

---

qu'elle soit, le lecteur pourra percevoir comme à travers le
verre grossier mais brusquement illuminé d'un aquarium, le
rapt rapide mais visible que la phrase fait de la pensée, et la
déperdition immédiate que la pensée en subit.

1. Au cours de *la Bible d'Amiens*, le lecteur rencontrera souvent
des formules analogues.

ment — d'idolâtrie. Ceux qui l'ont une fois entendu
trouveront bien grossière une « imitation » où rien ne
subsiste de son agrément, mais sauront pourtant de qui
je veux parler, qui je prends ici pour exemple, quand je
leur dirai qu'il reconnaît avec admiration dans l'étoffe
où se drape une tragédienne, le propre tissu qu'on voit
sur *la Mort* dans *le Jeune homme et la Mort*, de Gustave
Moreau, ou dans la toilette d'une de ses amies : « la robe
et la coiffure mêmes que portait la princesse de Cadignan
le jour où elle vit d'Arthez pour la première fois. » Et
en regardant la draperie de la tragédienne ou la robe de la
femme du monde, touché par la noblesse de son souvenir
il s'écrie : « C'est bien beau ! » non parce que l'étoffe est
belle, mais parce qu'elle est l'étoffe peinte par Moreau
ou décrite par Balzac et qu'ainsi elle est à jamais sacrée...
aux idolâtres. Dans sa chambre vous verrez, vivants dans
un vase ou peints à fresque sur le mur par des artistes de
ses amis, des dielytras, parce que c'est la fleur même
qu'on voit représentée à la Madeleine de Vézelay. Quant
à un objet qui a appartenu à Baudelaire, à Michelet, à
Hugo, il l'entoure d'un respect religieux. Je goûte trop
profondément et jusqu'à l'ivresse les spirituelles impro-
visations où le plaisir d'un genre particulier qu'il
trouve à ces vénérations conduit et inspire notre
idolâtre pour vouloir le chicaner là-dessus le moins du
monde.

Mais au plus vif de mon plaisir je me demande
si l'incomparable causeur — et l'auditeur qui se laisse
faire — ne pèchent pas également par insincérité; si
parce qu'une fleur (la passiflore) porte sur elle les instruments de la passion, il est sacrilège d'en faire présent
à une personne d'une autre religion, et si le fait qu'une
maison ait été habitée par Balzac (s'il n'y reste

d'ailleurs rien qui puisse nous renseigner sur lui) la
rend plus belle. Devons-nous vraiment, autrement que
pour lui faire un compliment esthétique, préférer une
personne parce qu'elle s'appellera Bathilde comme
l'héroïne de Lucien Leuwen?

La toilette de Mme de Cadignan est une ravissante
invention de Balzac parce qu'elle donne une idée de
l'art de Mme de Cadignan, qu'elle nous fait connaître
l'impression que celle-ci veut produire sur d'Arthez et
quelques-uns de ses « secrets ». Mais une fois dépouillée
de l'esprit qui est en elle, elle n'est plus qu'un signe
dépouillé de sa signification, c'est-à-dire rien; et continuer à l'adorer, jusqu'à s'extasier de la retrouver
dans la vie sur un corps de femme, c'est là proprement de l'idolâtrie. C'est le péché intellectuel favori des
artistes et auquel il en est bien peu qui n'aient
succombé. *Felix culpa!* est-on tenté de dire en
voyant combien il a été fécond pour eux en inventions
charmantes. Mais il faut au moins qu'ils ne succombent
pas sans avoir lutté. Il n'est pas dans la nature de forme
particulière, si belle soit-elle, qui vaille autrement
que par la part de beauté infinie qui a pu s'y incarner :
pas même la fleur du pommier, pas même la fleur de
l'épine rose. Mon amour pour elles est infini et les
souffrances (hay fever) que me cause leur voisinage
me permettent de leur donner chaque printemps des
preuves de cet amour qui ne sont pas à la portée de
tous. Mais même envers elles, envers elles si peu
littéraires, se rapportant si peu à une tradition esthétique, qui ne sont pas « la fleur même qu'il y
a dans tel tableau du Tintoret, dirait Ruskin », ou
dans tel dessin de Léonard, dirait notre contemporain (qui nous a révélé entre tant d'autres choses,

dont chacun parle maintenant et que personne n'avait
regardées avant lui — les dessins de l'Académie des
Beaux-Arts de Venise) je me garderai toujours d'un
culte exclusif qui s'attacherait en elles à autre chose
qu'à la joie qu'elles nous donnent, un culte au nom de
qui, par un retour égoïste sur nous-mêmes, nous en
ferions « nos » fleurs, et prendrions soin de les
honorer en ornant notre chambre des œuvres d'art où
elles sont figurées. Non, je ne trouverai pas un tableau
plus beau parce que l'artiste aura peint au premier
plan une aubépine, bien que je ne connaisse rien de
plus beau que l'aubépine, car je veux rester sincère
et que je sais que la beauté d'un tableau ne dépend
pas des choses qui y sont représentées. Je ne collection-
nerai pas les images de l'aubépine. Je ne vénère pas l'aubépine, je vais la voir et la respirer. Je me suis permis
cette courte incursion — qui n'a rien d'une offensive —
sur le terrain de la littérature contemporaine, parce qu'il
me semblait que les traits d'idolâtrie en germe chez
Ruskin apparaîtraient clairement au lecteur ici où ils
sont grossis et d'autant plus qu'ils y sont aussi diffé-
renciés. Je prie en tout cas notre contemporain, s'il
s'est reconnu dans ce crayon bien maladroit, de penser qu'il a été fait sans malice, et qu'il m'a fallu, je l'ai
dit, arriver aux dernières limites de la sincérité avec
moi-même, pour faire à Ruskin ce grief et pour
trouver dans mon admiration absolue pour lui, cette
cette partie fragile. Or non seulement « un partage avec
Ruskin n'a rien du tout qui déshonore », mais encore je
ne pourrai jamais trouver d'éloge plus grand à faire à ce
contemporain que de lui avoir adressé le même reproche
qu'à Ruskin. Et si j'ai eu la discrétion de ne pas le nommer, je le regrette presque. Car, lorsqu'on est admis

auprès de Ruskin, fût-ce dans l'attitude du donateur; et pour soutenir seulement son livre et aider à y lire de plus près, on n'est pas à la peine mais à l'honneur.

Je reviens à Ruskin. Cette idolâtrie et ce qu'elle mêle parfois d'un peu factice aux plaisirs littéraires les plus vifs qu'il nous donne, il me faut descendre jusqu'au fond de moi-même pour en saisir la trace, pour en étudier le caractère, tant je suis aujourd'hui « habitué » à Ruskin. Mais elle a dû me choquer souvent quand j'ai commencé à aimer ses livres, avant de fermer peu à peu les yeux sur leurs défauts, comme il arrive dans tout amour. Les amours pour les créatures vivantes ont quelquefois une origine vile qu'ils épurent ensuite. Un homme fait la connaissance d'une femme parce qu'elle peut l'aider à atteindre un but étranger à elle-même. Puis une fois qu'il la connaît il l'aime pour elle-même, et lui sacrifie sans hésiter ce but qu'elle devait seulement l'aider à atteindre. A mon amour pour les livres de Ruskin se mêla ainsi à l'origine quelque chose d'intéressé, la joie du bénéfice intellectuel que j'allais en retirer. Il est certain qu'aux premières pages que je lus, sentant leur puissance et leur charme, je m'efforçai de n'y pas résister, de ne pas trop discuter avec moi-même, parce que je sentais que si un jour le charme de la pensée de Ruskin se répandait pour moi sur tout ce qu'il avait touché, en un mot si je m'éprenais tout à fait de sa pensée, l'univers s'enrichirait de tout ce que j'ignorais jusque-là, des cathédrales gothiques, et de combien de tableaux d'Angleterre et d'Italie qui n'avaient pas encore éveillé en moi ce désir sans lequel il n'y a jamais de véritable connaissance. Car la pensée de Ruskin n'est pas comme la pensée d'un Emerson par exemple qui est contenue tout entière dans un livre, c'est-à-dire un quelque chose d'abstrait, un pur signe d'elle-même. L'objet auquel s'applique une pensée comme celle de Ruskin et dont elle est inséparable n'est pas immatériel, il est répandu çà et là sur la surface de la terre. Il faut aller le chercher là où il se trouve, à Pise, à Florence, à Venise, à la National Gallery, à Rouen, à Amiens, dans les montagnes de la Suisse. Une telle pensée qui a un autre objet qu'elle-même, qui s'est réalisée dans l'espace, qui n'est plus la pensée infinie et libre, mais limitée et assujettie, qui s'est incarnée en des corps de marbre sculpté, de montagnes neigeuses, en des visages peints, est peut-être moins divine qu'une pensée pure. Mais elle nous embellit davantage l'univers, ou du moins certaines parties individuelles, certaines parties nommées, de l'univers, parce qu'elle y a touché, et qu'elle nous y a initiés en nous obligeant, si nous voulons les comprendre, à les aimer.

Et ce fut ainsi, en effet; l'univers reprit tout d'un coup à mes yeux un prix infini. Et mon admiration pour Ruskin donnait une telle importance aux choses qu'il m'avait fait aimer qu'elles me semblaient chargées d'une valeur plus grande même que celle de la vie. Ce fut à la lettre et dans une circonstance où je croyais mes jours comptés; je partis pour Venise afin d'avoir pu avant de mourir, approcher, toucher, voir incarnées, en des palais défaillants mais encore debout et roses, les idées de Ruskin sur l'architecture domestique au moyen âge. Quelle importance, quelle réalité peut avoir aux yeux de quelqu'un qui bientôt doit quitter la terre, une ville aussi spéciale, aussi localisée dans le temps, aussi particularisée dans l'espace que Venise et comment les théories d'architecture domestique que j'y pouvais étudier et vérifier sur des exemples vivants pouvaient-elles être de ces « vérités qui dominent la mort, empêchent de la craindre, et la font presque aimer [1] » ? C'est le pouvoir du génie de nous faire aimer une beauté, que nous sentons plus réelle que nous, dans ces choses qui aux yeux des autres sont aussi particulières et aussi périssables que nous-même.

Le « Je dirai qu'ils sont beaux quand tes yeux l'auront dit » du poète, n'est pas très vrai, s'il s'agit des yeux d'une femme aimée. En un certain sens, et quelles que puissent être, même sur ce terrain de la poésie, les magnifiques revanches qu'il nous prépare, l'amour nous dépoétise la nature. Pour l'amoureux, la terre n'est plus que « le tapis des beaux pieds d'enfant » de sa maîtresse, la nature n'est plus que « son temple ». L'amour qui nous fait découvrir tant de vérités psychologiques profondes, nous ferme au contraire au sentiment poétique de la nature [2], parce qu'il nous met

---

1. Renan.

2. Il me restait quelque inquiétude sur la parfaite justesse de cette idée, mais qui me fut bien vite ôtée par le seul mode de vérification qui existe pour nos idées, je veux dire la rencontre fortuite avec un grand esprit. Presque au moment, en effet, où je venais d'écrire ces lignes, paraissaient dans la *Revue des Deux Mondes*, les vers de la comtesse de Noailles que je donne ci-dessous. On verra que, sans le savoir, j'avais, pour parler comme M. Barrès à Combourg, « mis mes pas dans les pas du génie » :

« Enfants, regardez bien toutes les plaines rondes;
« La capucine avec ses abeilles autour;
« Regardez bien l'étang, les champs, avant l'amour;
« Car, après, l'on ne voit plus jamais rien du monde.
« Après l'on ne voit plus que son cœur devant soi;
« On ne voit plus qu'un peu de flamme sur la route;
« On n'entend rien, on ne sait rien, et l'on écoute
« Les pieds du triste amour qui court ou qui s'asseoit. »

dans des dispositions égoïstes (l'amour est au degré
le plus élevé dans l'échelle des égoïsmes, mais il est
égoïste encore) où le sentiment poétique se produit difficilement. L'admiration pour une pensée au contraire
fait surgir à chaque pas la beauté parce qu'à chaque
moment elle en éveille le désir. Les personnes médiocres croient généralement que se laisser guider
ainsi par les livres qu'on admire, enlève à notre faculté
de juger une partie de son indépendance. « Que peut
vous importer ce que sent Ruskin : Sentez par vous-
même ». Une telle opinion repose sur une erreur psycho-
logique dont feront justice tous ceux qui, ayant accepté
ainsi une discipline spirituelle, sentent que leur puissance
de comprendre et de sentir en est infiniment accrue, et
leur sens critique jamais paralysé. Nous sommes simplement alors dans un état de grâce où toutes nos facultés, notre sens critique aussi bien que les autres, sont
accrues. Aussi cette servitude volontaire est-elle le
commencement de la liberté. Il n'y a pas de meilleure
manière d'arriver à prendre conscience de ce qu'on
sent soi-même que d'essayer de recréer en soi ce
qu'a senti un maître. Dans cet effort profond c'est
notre pensée elle-même que nous mettons, avec la
sienne, au jour. Nous sommes libres dans la vie, mais
en ayant des buts : il y a longtemps qu'on a percé à
jour le sophisme de la liberté d'indifférence. C'est à un
sophisme tout aussi naïf qu'obéissent sans le savoir les
écrivains qui font à tout moment le vide dans leur
esprit, croyant le débarrasser de toute influence extérieure, pour être bien sûrs de rester personnels. En
réalité les seuls cas où nous disposons vraiment de
toute notre puissance d'esprit sont ceux où nous ne
croyons pas faire œuvre d'indépendance, où nous ne

choisissons pas arbitrairement le but de notre effort. Le sujet du romancier, la vision du poète, la vérité du philosophe s'imposent à lui d'une façon presque nécessaire, extérieure pour ainsi dire à sa pensée. Et c'est en soumettant son esprit à rendre cette vision, à approcher de cette vérité que l'artiste devient vraiment lui-même.

Mais en parlant de cette passion, un peu factice au début, si profonde ensuite que j'eus pour la pensée de Ruskin, je parle à l'aide de la mémoire et d'une mémoire glacée qui ne se rappelle que les faits, « mais du passé profond ne peut rien ressaisir ». C'est seulement quand certaines périodes de notre vie sont closes à jamais, quand, même dans les heures où la puissance et la liberté nous semblent données, il nous est défendu d'en rouvrir furtivement les portes, c'est quand nous sommes incapables de nous remettre même pour un instant dans l'état où nous fûmes pendant si longtemps, c'est alors seulement que nous nous refusons à ce que de telles choses soient entièrement abolies. Nous ne pouvons plus les chanter, pour avoir méconnu le sage avertissement de Goethe, qu'il n'y a de poésie que des choses que l'on sent encore. Mais ne pouvant réveiller les flammes du passé, nous voulons du moins recueillir sa cendre. A défaut d'une résurrection dont nous n'avons plus le pouvoir, avec la mémoire glacée que nous avons gardée de ces choses, — la mémoire des faits qui nous dit : « tu étais tel » sans nous permettre de le redevenir, qui nous affirme la réalité d'un paradis perdu au lieu de nous le rendre dans un souvenir, — nous voulons du moins le décrire et en constituer la science. C'est quand Ruskin est bien loin de notre pensée que nous traduisons ses livres et tâchons de fixer dans une image ressemblante les traits de sa pensée. Aussi ne connaîtrez-vous pas les accents de notre foi ou de notre amour, et c'est notre piété seule que vous apercevrez çà et là, froide et furtive, occupée, comme la Vierge Thébaine, à restaurer un tombeau.

MARCEL PROUST.

« NOS PÈRES NOUS ONT DIT »

ESQUISSES DE L'HISTOIRE DE LA CHRÉTIENTÉ
POUR LES GARÇONS ET LES FILLES
QUI ONT ÉTÉ TENUS SUR SES FONTS BAPTISMAUX

PAR

JOHN RUSKIN, LL. D., D. C. L.
ÉTUDIANT HONORAIRE DE CHRIST CHURCH, A OXFORD
ET MEMBRE HONORAIRE DE « CORPUS CHRISTI COLLEGE », A OXFORD

LA BIBLE D'AMIENS

PRÉFACE

1. Le projet longtemps abandonné dont les pages suivantes sont comme un premier essai de réalisation a été repris à la requête d'une jeune gouvernante anglaise, qui me demandait d'écrire quelques études d'histoire dont ses élèves pussent recueillir quelque utilité, le fruit des documents historiques mis à leur disposition par les modernes systèmes d'éducation n'étant pour eux que peine et qu'ennui.

Ce qu'on peut dire d'autre en faveur de ce livre, si jamais cela en devient un, il devra le dire lui-même : comme préface, je ne désire pas écrire plus que ceci, d'autant que quelques récents événements de l'histoire d'Angleterre — en ce moment présents à la mémoire — appellent — si bref soit-il — un commentaire immédiat.

On me raconte que les Queen's Guards sont partis pour l'Irlande, en jouant *God Save the Queen.* Et étant à ma connaissance, comme je l'ai déclaré au cours de certaines lettres sur lesquelles on a, dans ces derniers temps, appelé plus qu'il n'aurait fallu l'attention publique, le plus ferme conservateur d'Angleterre[1],

---

1. Cf., dans *Arrows of the chace*, la réponse que fait Ruskin à des étudiants et que cite M. de la Sizeranne : « Si vous aviez

je suis disposé à discuter sérieusement la question de savoir si le service pour lequel on avait commandé les Queen's Guards cadre d'une manière quelconque avec ce qu'on peut appeler leur mission.

Mes propres notions de Conservateur sur le rôle des Queen's Guards, c'est qu'ils doivent protéger le trône et la vie de la Reine si l'un ou l'autre était menacé par un ennemi domestique ou étranger, mais non qu'ils aient à se substituer à la force inefficace de sa police pour l'exécution de ses lois domiciliaires.

2. Et encore moins, si les lois domiciliaires dont on les envoie assurer l'exécution en jouant *Dieu sauve la Reine* se trouvent par hasard être précisément contraires à la loi de ce Dieu Sauveur, et par conséquent telle que, en aucune durée de temps, aucune quantité de Reines ou d'hommes de la Reine que ce soit ne *pourraient* les exécuter. Ce qui est une question sur laquelle, depuis dix ans, je m'efforce d'appeler l'attention des Anglais — assez inutilement jusqu'ici; et je n'ajouterai rien à présent à tout ce que j'ai déjà dit à ce sujet. Mais il vient précisément de paraître un livre d'un officier anglais qui, s'il n'avait pas été autrement et plus activement occupé, non seulement aurait pu écrire tous mes livres sur le paysage et la peinture, mais encore est singulièrement d'accord avec moi (Dieu sait de quel petit nombre d'Anglais je puis en dire autant à présent) sur les sujets qui regardent

jamais lu dix lignes de moi, en les comprenant, vous sauriez que je ne me soucie pas plus de M. Disraeli et de M. Gladstone que de deux vieilles cornemuses, mais que je hais tout libéralisme comme je hais Beelzébuth, et que je me tiens avec Carlyle, seul désormais en Angleterre, pour Dieu et la Reine! » — (Note du Traducteur.)

la sûreté de la Reine et l'honneur de la nation. De ce livre : *Au loin : Nouveaux récits de voyage*, différents passages seront donnés plus loin dans mes notes terminales. Aussi je me contenterai, comme fin à ma Préface, de citer les paroles mémorables que le colonel Butler lui-même cite, et qui furent prononcées au Parlement anglais par son dernier leader Conservateur, un officier anglais qui avait aussi servi avec honneur et succès [1].

3. Le duc de Wellington dit : « Vos Seigneuries savent déjà que des contingents que notre gracieuse Souveraine m'a fait l'honneur de confier à mon commandement à différentes périodes de la guerre — guerre entreprise dans le but exprès de sauvegarder les florissantes institutions et l'indépendance du pays — la moitié au moins étaient catholiques romains. My Lords, quand j'appelle vos souvenirs sur ce fait, je suis sûr que tout autre éloge est inutile. Vos Seigneuries savent bien pendant quelle longue période et dans quelles circonstances difficiles ils maintinrent l'Empire flottant au-dessus du déluge qui engloutit les trônes et détruisit les institutions de tous les autres peuples, — comment ils gardèrent vivante l'unique étincelle de liberté qui n'ait pas été éteinte en Europe.

« My Lords, c'est surtout aux catholiques irlandais que nous devons tous notre fière supériorité dans la carrière des armes, et que je suis personnellement redevable des lauriers dont il vous a plu couronner mon front.

---

1. Cf., dans *Unto this last*, pour désigner le roi Salomon, « un marchand juif, ayant de gros intérêts dans le commerce avec la côte d'Or et passant pour avoir fait une des fortunes les plus considérables de son temps, réputé aussi pour sa grande sagesse pratique ». (*Unto this last*, III, § 42.) — (Note du Traducteur.)

Nous devons reconnaître, My Lords, que sans le sang
catholique et la valeur catholique, nous n'eussions jamais pu remporter la victoire, et que les talents militaires les plus élevés eussent été dépensés en vain. »

Que ces nobles paroles de délicate justice soient
pour mes jeunes lecteurs le premier exemple de ce
que toute histoire devrait être. Il leur a été dit dans
les Lois de Fiesole que tout grand art est louange [1].
Il en est ainsi de toute Histoire fidèle, et de toute haute
Philosophie. Car ces trois choses, Art, Histoire et
Philosophie ne sont chacune qu'une partie de la Sagesse Céleste qui ne voit pas comme voit l'homme,
mais avec une éternelle charité ; et parce qu'elle ne
se réjouit pas de l'Iniquité, à cause de cela elle se réjouit de la Vérité [2].

1. *Laws of Fesols*, I, 1-6. Cf. le commentaire et la consécration
dernière de ces paroles à la fin des *Peintres modernes* :
« Toute la substance de ces paroles passionnées de ma jeunesse fut condensée plus tard en cet aphorisme donné vingt ans
après dans mes *conférences inaugurales* d'Oxford : « Tout grand
art est louange » et sur cet aphorisme, la maxime plus hardie
fondée : « Bien loin que l'art soit immoral, rien n'est moral que
l'art en sa plus haute puissance. La vie sans le travail est péché,
le travail sans art brutalité » (j'oublie les mots, mais c'est leur
sens) ; et maintenant, écrivant sous la paix sans nuages des neiges
de Chamounix ce qui doit être vraiment les mots suprêmes de
ce livre qu'inspira leur beauté et que guida leur force, je puis,
d'un cœur encore plus heureux et plus calme qu'il n'a jamais
été jusqu'ici, confirmer l'article essentiel de sa foi : c'est-à-dire
que la connaissance de ce qui est beau conduit et est le premier
pas vers la connaissance des choses qui sont dignes d'être aimées,
et que les lois, la vie et la joie de la beauté dans l'univers matériel de Dieu sont des parties aussi éternelles et aussi sacrées de
sa création, que dans le monde des âmes la vertu, et dans le
monde des anges la louange» (Chamounix, dimanche 16 septembre 1888, *Modern Painters* : t. V, *Epilogue*, p. 390). — (Note du
Traducteur.)

2. Allusion à I Corinthiens, XIII, 6. — (Note du Traducteur.)

Car la vraie connaissance est des vertus seulement ;
celle des poisons et des vices, c'est Hécate qui l'enseigne,
non Athèné. Et de toute sagesse, celle du politique
principalement doit consister dans cette divine prudence ; il n'est pas en effet toujours nécessaire aux
hommes de connaître les vertus de leurs amis ou de leurs
maîtres, puisque l'ami les manifestera, et le maître les
appliquera. Mais malheur à la nation trop cruelle pour
chérir la vertu de ses sujets et trop lâche pour reconnaître celle de ses ennemis !

CHAPITRE PREMIER

AU BORD DES COURANTS D'EAU VIVE[1]

L'intelligent voyageur anglais, dans ce siècle-fortuné pour lui, sait que, à mi-chemin entre Boulogne et Paris, il y a une station de chemin de fer importante[2]

1. L'éminent érudit, M. Charles Newton Scott, veut bien m'écrire qu'il voit dans ce titre *By the river of waters* une citation du *Cantique des Cantiques*, V, 2 «(Tes yeux sont comme des colombes) au bord des ruisseaux. » — (Note du Traducteur.)

2. Cf. avec *Præterita* :

« Vers le moment de l'après-midi où le moderne voyageur fashionable, parti par le train du matin de Charing Cross pour Paris, Nice et Monte-Carlo, s'est un peu remis des nausées de sa traversée, et de l'irritation d'avoir eu à se battre pour trouver des places à Boulogne, et commence à regarder à sa montre pour voir à quelle distance il est du buffet d'Amiens, il est exposé au désappointement et à l'ennui d'un arrêt inutile du train à une gare sans importance où il lit le nom : « Abbeville ».

Au moment où le train se remet en marche, il pourra voir, s'il se soucie de lever pour un instant les yeux de son journal, deux tours carrées que dominent les peupliers et les osiers du sol marécageux qu'il traverse. Il est probable que ce coup d'œil est tout ce qu'il souhaitera jamais leur accorder d'attention ; et je ne sais guère jusqu'à quel point je pourrai arriver à faire comprendre au lecteur, même le plus sympathique, l'influence qu'elles ont eue sur ma propre vie.

Je dois ici, d'avance, dire au lecteur qu'il y a eu, en somme, trois centres de la pensée de ma vie : Rouen, Genève et Pise.

C'est en 1835 que je vis pour la première fois Rouen et Venise

où son train, ralentissant son allure, le roule avec beaucoup plus que le nombre moyen des bruits et des chocs attendus à l'entrée de chaque grande gare française, afin de rappeler par des sursauts le voyageur somnolent ou distrait au sentiment de sa situation. Il se souvient aussi probablement que, à cette halte, au milieu de son voyage, il y a un buffet bien servi où il a le privilège de « dix minutes d'arrêt ». Il n'est toutefois pas aussi clairement conscient que ces dix minutes d'arrêt lui sont accordées à moins de minutes de marche de la grande place d'une ville qui a été un jour la Venise de la France. En laissant de côté les îles des lagunes, la « Reine des Eaux » de la France était à peu près aussi large que Venise elle-même ; et traversée non par de longs courants de marée montante et descendante[1], mais par onze beaux cours d'eau à truites (dont quatre ou cinq sont à peu près aussi larges, chacun, que notre Wandle

— Pise seulement en 1840 — et je ne pus comprendre la puissance complète d'aucun de ces trois grands spectacles que beaucoup plus tard. Mais, pour Abbeville, qui est comme la préface et l'interprétation de Rouen, j'étais déjà alors en état de la comprendre et je sentis qu'il y avait là, pour moi accès immédiat dans un travail sain et dans la joie.

... Mes bonheurs les plus intenses, je les ai connus dans les montagnes. Mais comme plaisir joyeux et sans mélange, arriver en vue d'Abbeville par une belle après-midi d'été, sauter à terre dans la cour de l'hôtel de l'Europe et descendre la rue en courant pour voir Saint-Wulfran avant que le soleil ait quitté les tours, sont des choses pour lesquelles il faut chérir le passé jusqu'à la fin. De Rouen et de sa cathédrale ce que j'ai à dire trouvera place, si les jours me sont donnés, dans *Nos Pères nous ont dit.* » (*Præterita*, I, ix, § 177, 180, 181.) — (Note du Traducteur.)

1. Cf. *Præterita*, l'impression des lents courants de marée montante et descendante le long des marches de l'hôtel Danielli. — (Note du Traducteur.)

dans le Surrey ou que la Dove d'Isaac Walton)[1], qui se réunissant de nouveau après qu'ils ont tourbillonné à travers ses rues, sont bordés comme ils descendent (non guéables excepté quand les deux Edouards les traversèrent la veille de Crécy) vers les sables de Saint-Valéry, par des bois de tremble et des bouquets de peupliers[2] dont la grâce et l'allégresse semblent jaillir de chaque magnifique avenue comme l'image de la vie de l'homme juste : « Erit tanquam lignum quod plantatum est secus decursus aquarum. »

Mais la Venise de Picardie ne dut pas seulement son nom à la beauté de ses cours d'eau, mais au fardeau qu'ils portaient. Elle fut une ouvrière, comme la princesse Adriatique, en or et en verre, en pierre, en bois, en ivoire; elle était habile comme une Égyptienne dans le tissage des fines toiles de lin, et mariait les différentes couleurs dans ses ouvrages d'aiguille avec la délicatesse des filles de Juda. Et de ceux-là, les fruits de ses mains qui la célébraient dans ses propres portes, elle envoyait aussi une part aux nations étrangères et sa renommée se répandait dans tous les pays.

« Un règlement de l'échevinage du 12 avril 1566 montre qu'on fabriquait à cette époque du velours de toutes couleurs pour meubles, des colombettes à grands et petits carreaux, des burailles croisées qu'on expé-

1. Isaac Walton, célèbre pêcheur de la Dove, né en 1593 à Strafford, mort en 1683, qui a écrit notamment le Parfait pêcheur à la ligne (Londres, 1653). — (Note du Traducteur.)
2. Déjà, dans Modern Painters, il est question « de la simplicité sereine et de la grâce des peupliers d'Amiens » (Modern Painters, IV, V, 20). Le IVᵉ volume des Modern Painters est de 1855. — (Note du Traducteur.)

7

diait en Allemagne, en Espagne, en Turquie et en Barbarie [1] ! »

Velours de toutes couleurs, colombettes irisées comme des perles (je me demande ce qu'elles pouvaient être ?) et envoyées pour lutter contre les tapis bigarrés du Turc et briller sur les tours arabesques de Barbarie [2] ! N'est-ce pas là une période de l'ancienne vie provinciale picarde faite pour exciter l'intérêt d'un voyageur anglais intelligent ?

Pourquoi cette fontaine d'arc-en-ciel jaillissait-elle ici près de la Somme ? Pourquoi une petite fille française pouvait-elle ainsi se dire la sœur de Venise et la servante de Carthage et de Tyr ?

Et si elle, pourquoi aucun autre de nos villages du nord, n'a-t-il pu faire de même ? Le voyageur intelligent a-t-il sur son chemin de la porte de Calais à la gare d'Amiens distingué quoi que ce fût au bord de la mer ou dans l'intérieur des terres qui paraisse particulièrement favorable à un projet artistique ou à une entreprise commerciale ? Il a vu lieue par lieue se dérouler des dunes sablonneuses. Nous aussi nous avons nos sables de la Severn, de la Lune, de Solway. Il a vu des plaines de tourbe utile et non sans parfum, un article

---

1. M. H. Lasevel, *Histoire de la ville d'Amiens*. Amiens, Caron et Lambert, 1848, p. 305. — (Note de l'Auteur.)

2. Carpaccio, lorsque, représentant une fête dans une ville, il veut donner une impression de grande splendeur, a recours aux draperies déployées aux fenêtres. — (Note de l'Auteur.)

Dans aucune des deux grandes études que Ruskin a consacrées à Carpaccio (*Guide de l'Académie des Beaux Arts à Venise* et dans *le Repos de Saint-Marc, l'Autel des Esclaves*), je n'ai trouvé cette remarque. Ceci vient à l'appui de ce que je dis dans l'introduction, p. 60 et 61 de ce volume. Je n'ai pas souvenir qu'il en soit question non plus dans les pages de *Fors Clavigera* consacrées à Carpaccio (*Fors Clavigera*, lettre 71.) — (Note du Traducteur.)

dont ne sont pas privées non plus nos industries écos-
saises et irlandaises. Il a vu se dresser des falaises
du plus pur calcaire, mais sur la rive opposée la perfide Albion ne luit pas moins blanche au-delà du bleu.
Il a vu des eaux pures sourdre du rocher neigeux,
mais les nôtres sont-elles moins brillantes à Croydon,
à Guildford et à Winchester? Et cependant personne
n'a jamais entendu parler de trésors envoyés des sables
de Solway aux Africains; ni que les architectes de
Romsay eurent pu donner des leçons de couleurs aux
architectes de Grenade. Qu'y a-t-il donc dans l'air ou
le sol de ce pays, dans la lumière de ses étoiles ou de
son soleil qui ait pu mettre cette flamme dans les
yeux de la petite Amiénoise en cape blanche au point
de la rendre capable de rivaliser elle-même avec
Pénélope [1].

4. L'intelligent voyageur anglais n'a pas, bien entendu, de temps à perdre à aucune de ces questions.
Mais, s'il a acheté son sandwich au jambon et s'il est
prêt pour le : « En voiture, Messieurs ! » peut-être
pourra-t-il condescendre à écouter pour un instant un
flâneur qui ne gaspille ni ne compte son temps et qui
pourra lui indiquer ce qui vaut la peine d'être regardé

---

1. Le nom de Pénélope, évoqué ici à propos d'une petite Picarde,
l'est dans *The Story of Arachné* à propos d'une ouvrière normande. « Arachné était une jeune fille lydienne d'une pauvre
famille. Et comme devraient faire toutes les jeunes filles, elle
avait appris à filer et à tisser, et non pas seulement à tisser et à
tricoter de bons vêtements solides mais à les couvrir d'images,
comme vous le savez, on dit que Pénélope en a tissées, ou comme
celles que la reine de notre propre Guillaume le Conquérant
broda. Desquelles il ne subsiste plus que celles de Bayeux en
Normandie, connues du monde entier sous le nom de *la Tapis-
serie de Bayeux*. » (*Verona and other lectures*, II, *The Story of
Arachné*, § 18.) — (Note du Traducteur.)

tandis que le train s'éloigne lentement de la gare. Il verra d'abord, et sans aucun doute avec l'admiration respectueuse qu'un Anglais est obligé d'accorder à de tels spectacles, les hangars à charbons et les remises pour les wagons de la station elle-même, s'étendant dans leurs cendreuses et huileuses splendeurs pendant à peu près un quart de mille hors de la cité ; et puis, juste au moment où le train reprend toute sa vitesse, sous une cheminée en forme de tour dont il ne peut guère voir que le sommet, mais par l'ombre épaisse de la fumée de laquelle il sera enveloppé, il *pourra* voir, s'il veut risquer sa tête intelligente hors de la portière et regarder en arrière, cinquante ou cinquante et une (je ne suis pas sûr de mon compte à une unité près) cheminées semblables, toutes fumant de même, toutes pourvues des mêmes ouvrages oblongs, de murs en brique brune avec d'innombrables embrasures de fenêtres noires et carrées. Mais, au milieu de ces cinquante choses élevées qui fument, il en verra une, un peu plus élevée que toutes, et plus délicate, qui ne fume pas [1] ; et au milieu de ces cinquante amas de murs nus enfermant des « travaux » et sans doute des travaux profitables et honorables pour la France et pour le monde, il verra un amas de murs non pas nus mais étrangement travaillés par les mains d'hommes insensés d'il y a bien longtemps dans le but d'enfermer ou de produire non pas un travail profitable en quoi que ce soit mais un ; « Là est l'œuvre de Dieu ; afin que vous croyiez en Celui qu'Il a envoyé [2]. »

1. « Vos cheminées d'usines, combien plus hautes et plus aimées que les flèches des cathédrales » (*Crown of wild olive*, XIe Conférence). — (Note du Traducteur.)
2. Saint Jean, VI, 29. — (Note du Traducteur.)

5. Laissant maintenant l'intelligent voyageur aller remplir son vœu de pèlerinage à Paris — ou n'importe où un autre Dieu peut l'envoyer — je supposerai que un ou deux intelligents garçons d'Éton, ou une jeune Anglaise pensante, peuvent avoir le désir de venir tranquillement avec moi jusqu'à cet endroit d'où l'on domine la ville, et de réfléchir à ce que l'édifice inutilitaire, — dirons-nous aussi inutile? — et son minaret sans fumée peuvent peut-être signifier.

Je l'ai appelé minaret, faute d'un meilleur mot anglais. Flèche — arrow — est son nom exact; s'évanouissant dans l'air vous ne savez à quel moment par sa simple finesse. Elle ne jette pas de flamme, elle ne produit pas de mouvement, elle ne fait pas de mal, la belle flèche[1]; sans panache, sans poison et sans barbillons; sans but, dirons-nous aussi, lecteurs vieux et jeunes, de passage ou domiciliés? Elle et l'édifice d'où elle s'élève, qu'ont-ils signifié un jour? Quelle signification gardent-ils encore en eux-mêmes pour vous ou pour les habitants d'alentour qui ne lèvent jamais les yeux sur eux, quand ils passent auprès?

Si nous nous mettions d'abord à apprendre comment ils sont venus là.

6. A la naissance du Christ, tout le flanc de colline et au bas la plaine brillante de cours d'eau avec les champs jaunes de blé qui la dominent, étaient habités par une race enseignée par les Druides, de pensées et de mœurs assez farouches, mais placée sous le gouvernement de Rome et s'accoutumant graduellement à entendre les noms et dans une certaine mesure à confes-

1. Cf. la description de la tour de l'église de Calais (*Modern Painters*, V, I, § 2 et 3.) — (Note du Traducteur.)

ser la puissance des Dieux romains. Pendant les trois
cents ans qui suivirent la naissance du Christ, ils n'en-
tendirent le nom d'aucun autre Dieu.

Trois cents ans ! et ni apôtres ni héritiers de leur
apostolat ne sont encore allés à travers le monde
prêcher l'Évangile à toutes les créatures. Ici, sur son
sol tourbeux, le peuple farouche se fiant encore à
Pomone pour les pommes, à Silvanus pour les glands,
à Cérès pour le pain, à Proserpine pour le repos,
n'avait d'autre espérance que celle de la bénédiction
de la saison par les Dieux de la moisson et ne crai-
gnait aucune colère éternelle de la Reine de la
mort [1].

Mais, à la fin, trois cents années étant venues et
passées, en l'an du Christ 301 vint en flanc de cette
colline d'Amiens le sixième jour des ides d'octobre, le
messager d'une nouvelle vie.

7. Son nom, Firminius (je suppose) en latin, est Firmin en français — c'est celui-là qu'il faut nous rappeler
ici en Picardie : Firmin, pas Firminius ; de même que
Denis, non Dyonisius ; venant de l'étendue — personne
ne nous dit de quelle partie de l'étendue. Mais reçu avec
une accueillante surprise par les Amiénois païens qui
le virent — quarante jours — un grand nombre de jours
pouvons-nous lire — prêchant agréablement et enchaî-
nant aux vœux du baptême même des gens de la bonne
société ; et cela dans des proportions telles, qu'à la
fin il est traduit devant le gouverneur romain, par
les prêtres de Jupiter et Mercure qui l'accusent de vouloir mettre le monde sens dessus dessous. Et le dernier

1. Cf., dans *Queen of the Air* (I, 11), Proserpine appelée la Reine
du Destin. — (Note du Traducteur.)

des quarante jours — ou du nombre indéfini de jours
signifié par quarante — il a la tête tranchée, comme
il sied aux martyrs de l'avoir, et le rôle de son être
mortel est terminé.

La vieille, vieille histoire, dites-vous ? Soit, vous la
retiendrez d'autant plus aisément. Les Amiénois la
retinrent avec tant de soin, que douze cents ans après,
au xii° siècle, ils jugèrent bon de sculpter et de peindre
les quatre tableaux en pierre, numéro 1, 2, 3 et 4 de
notre première photographie du chœur : scène Ire,
Saint Firmin arrivant; scène II°, *Saint Firmin prêchant;* scène III°, *Saint Firmin baptisant;* et scène IV°,
Saint Firmin décapité, par un bourreau avec des
jambes très rouges, et un chien qui l'accompagne du
genre du chien dans *Faust,* duquel nous pourrons avoir
à reparler tout à l'heure [1].

8. Pour continuer en attendant l'histoire de saint
Firmin, telle qu'elle est connue depuis ces temps
reculés, son corps fut reçu et enterré par un sénateur
romain, son disciple (une sorte de Joseph d'Arimathie,
vis-à-vis de saint Firmin) dans le propre jardin du
sénateur. Lequel aussi éleva un petit oratoire sur son
tombeau.

Le fils du sénateur romain construisit une église
pour remplacer l'oratoire, dédiée à Notre-Dame des

---

1. En réalité, Ruskin ne parlera plus de cette clôture extérieure du chœur, sauf, sous forme de simple allusion, au iv° chapitre. Mais vous pourrez en lire une superbe description aux
pages 400 et 401 de *la Cathédrale* de M. Huysmans. Nous
n'avons pas malheureusement la place de la reproduire ici.
M. Huysmans qui a voué une dévotion toute particulière à
Notre-Dame de Chartres reconnaît pourtant que la clôture du
chœur est beaucoup plus belle à Amiens qu'à Chartres. — (Note
du Traducteur.)

Martyrs, et en fit un siège épiscopal, — le premier de la nation française. Un endroit bien mémorable pour la nation française à coup sûr? Et méritant peut-être un petit souvenir ou monument commémoratif — croix, inscription ou quelque chose d'analogue? Ou donc supposez-vous que cette première cathédrale de la chrétienté française s'est élevée, et de quel monument a-t-elle été honorée? Elle s'élevait là où nous nous tenons en ce moment mon compagnon, qui que vous soyez, et le monument dont elle a été honorée est cette cheminée, dont le gonfalon de fumée nous couvre d'obscurité, le plus récent effort de l'art moderne à Amiens, la cheminée de Saint-Acheul.

La première cathédrale, vous remarquerez, de la nation *française;* plus exactement le premier germe de cathédrale *pour* la nation française — qui n'est pas encore là ; seul ce tombeau d'un martyr est ici, cette église de Notre-Dame des Martyrs, restant sur le flanc de la colline jusqu'à ce que le pouvoir des Romains disparaisse.

La cité et l'autel tombent avec lui, foulés aux pieds par des tribus sauvages; le tombeau est oublié — quand, à la fin, les Francs du nord couvrant de leur dernier flot ces dunes de la Somme s'est arrêté *ici* et *ici* l'étendard franc est planté, et le royaume français fondé.

9. Ici leur première capitale, ici les premiers pas [1] des Francs en France ! Réfléchissez à cela. Dans tout

1. Les premiers pas fixés et établis; des tribus errantes du nom de Francs avaient tour à tour balayé le pays puis reculé. Mais *cette* invasion des Francs, dits Francs Saliens, ne se retirera plus. — (Note de l'Auteur.)

le sud il y a des Gaulois, des Burgondes, des Bretons, des nations de cœur plus triste, d'esprit plus morose. Passé leur frontière, leur limite extrême, voici enfin les Francs, source de toute Franchise pour notre Europe. Vous avez entendu le mot en Angleterre, avant ce jour, mais de mot anglais, il n'y en a pas pour signifier cela. L'honnêteté nous l'avons, et elle nous vient de nous-mêmes, mais la Franchise nous devons l'apprendre de ceux-ci; bien plus, toutes nos nations de l'ouest seront dans quelques siècles connues sous le nom de Franks. Franks du Paris qui doit exister, en un temps à venir, mais le Français de Paris est, en l'an de grâce 500, une langue aussi inconnue à Paris qu'à Stratford-att-ye-Bowe. Le Français d'Amiens est la forme royale et le parler de cour du langage chrétien, Paris étant encore dans la boue lutécienne pour devenir un jour un champ de toits peut-être, en temps voulu. Ici près de la Somme qui doucement brille, règnent Clovis et sa Clotilde.

Et auprès du tombeau de saint Firmin parle maintenant un autre doux évangéliste et la première prière du roi franc au roi des rois, il la lui adresse seulement comme au « Dieu de Clotilde ».

10. Je suis obligé de faire appel à la patience du lecteur pour une date ou deux et pour quelques faits arides — deux — trois — ou plus.

Clodion, le chef des premiers Francs qui passèrent définitivement le Rhin, fraya son chemin à travers les cohortes irrégulières de Rome, jusqu'à Amiens dont il s'empara en 445 [1].

Deux ans après, à sa mort, le trône à peine affermi

---

1. Voir la note à la fin du chapitre ainsi que la page 118 pour les allusions à la bataille de Soissons. — (Note de l'Auteur.)

tombe — peut-être inévitablement — aux mains du tuteur
de ses enfants, Mérovée dont la dynastie commence
à la défaite d'Attila à Châlons.

Il mourut en 457. Son fils Childéric s'adonnant à
l'amour des femmes, et méprisé par les soldats francs,
est exilé, les Francs aimant mieux vivre sous la loi de
Rome que sous un chef à eux, s'il est indigne. Il reçoit
asile à la cour du roi de Thuringe et y séjourne. Son
principal officier à Amiens, à son départ, rompt un
anneau en deux, et, lui en donnant la moitié, lui dit de
revenir lorsqu'il en recevra l'autre moitié. Et, après un
grand nombre de jours, la moitié de l'anneau rompu lui
est renvoyée; il revient et les Francs l'acceptent pour roi.

La reine de Thuringe le suit (je ne puis trouver si
son mari mourut avant — et encore moins, s'il mourut,
de quelle mort), et s'offre à lui comme épouse.

« J'ai connu ton utilité, et que tu es très puissant,
et je suis venue vivre avec toi. Si j'eusse connu au-delà
de la mer quelqu'un de plus utile que toi j'aurais
cherché à vivre avec *lui*. »

Il la prit pour femme et leur fils est Clovis.

11. Une histoire surprenante; jusqu'où est-elle littéralement vraie n'est pour nous d'aucun intérêt; le
mythe et sa portée réelle nous découvrent la nature du
royaume français et prophétisent sa future destinée.
Valeur personnelle, beauté personnelle, fidélité aux rois,
amour des femmes, dédain du mariage sans amour,
notez que toutes ces choses y étaient tenues pour essentielles, et que dans leur corruption sera la fin du Franc
comme dans leur force était sa gloire première.

La valeur personnelle est estimée. L'*Utilitas*, clef
de voûte de tout. La naissance rien, à moins qu'elle
n'apporte avec elle la valeur; la loi de primogéniture

inconnue; et la décence de la conduite apparemment
aussi (mais rappelez-vous que nous sommes tous encore païens).

12. Dégageons en tout cas nos dates et notre géographie du grand « nulle part » de la mémoire confuse,
et groupons-les bien avant d'aller plus loin.

457. Mérovée meurt. L'utile Childéric, en comptant
son exil et son règne à Amiens, est roi en tout vingt-
quatre ans, de 457 à 481, et pendant son règne
Odoacre met fin à l'empire romain en Italie (476).

481. Clovis n'a que quinze ans quand il succède à
son père, comme roi des Francs à Amiens. A ce moment un débris de la puissance romaine persiste isolé
dans la France centrale, pendant que quatre nations
fortes et en partie sauvages forment une croix autour
de ce centre mourant; les Francs au nord, les Bretons
à l'ouest, les Burgondes à l'est, les Wisigoths, les plus
puissants de tous et les plus affinés, de la Loire à la
mer.

Tracez vous-même d'abord une carte de France de
la dimension qui vous conviendra comme dans la
planche I [1] (*fig.* 1), en indiquant seulement le cours

1. Les quatre premières figures de cette illustration sont expli-
quées dans le texte. La cinquième représente les relations de la
Normandie, du Maine, de l'Anjou et de l'Aquitaine. Voyez Viollet-
le-Duc, *Dict. Arch.*, vol. I, p. 136. — (Note de l'Auteur.)
Voici l'aspect que présentent les quatre premières cartes de
France, que nous n'avons pas reproduites ici. La première est
simplement une carte physique de la France. Dans la seconde,
il y a au nord, jusqu'à la Somme, deux petites rangées de fleurs
de lis, c'est-à-dire des Francs. De la Somme à la Loire, un
espace laissé en blanc figure, je crois, la domination romaine.
La Bretagne est couverte de hachures diagonales descendant de
gauche à droite, qui signifient les Bretons; la Burgondie, de
hachures diagonales descendant de droite à gauche, qui signi-

des cinq fleuves, Somme, Seine, Loire, Saône et
et Rhône ; puis, sommairement, vous voyez qu'elle
était divisée à cette époque comme cela est indiqué
sur la figure 2 : la partie fleur-de-lysée figurant les
Francs, le signe[1] les Bretons, [2] les Burgondes, [3]
les Wisigoths. Je ne sais pas exactement jusqu'où
ceux-ci entrés en Provence par le Rhône y pénétrèrent;
mais je crois que le mieux est d'indiquer la Provence
comme semée de roses.

13. Maintenant sous Clovis les Francs livrèrent trois
grandes batailles. La première contre les Romains,
près de Soissons, qu'ils gagnent, et ils deviennent
maîtres de la France jusqu'à la Loire. Copiez la carte
rudimentaire (*fig.* 2) et mettez la fleur de lis sur tout
le milieu, couvrant les Romains (*fig.* 3). Cette bataille
fut gagnée par Clovis, je crois, avant qu'il n'épousât
Clotilde. Il gagne par elle sa princesse ; cependant, ne
peut pas obtenir son joli vase pour lui en faire présent.
Retenez bien cette histoire, ainsi que la bataille de
Soissons, comme donnant le centre de la France aux
Français et mettant fin ici pour toujours à la domina-

fient les Burgondes ; le midi de la France, de la Loire aux Pyrénées, de hachures horizontales qui indiquent les Wisigoths. Dans
les cartes 3 et 4, la Bretagne et la Burgondie resteront couvertes
respectivement de Bretons et de Burgondes. Mais ce sont les
seules parties de la France qui ne changeront pas. En effet, dans
la carte 3 qui expose les résultats de la bataille de Soissons,
l'espace, blanc tout à l'heure, qui est compris entre la Seine et
la Loire, est maintenant couvert de fleurs de lis (de Francs). Et
dans la carte 4, carte de la France après la bataille de Poitiers,
les fleurs de lis ont partout remplacé les hachures horizontales
(les Wisigoths) de la Loire aux Pyrénées, sauf dans la partie
comprise entre la Garonne et la mer. — (Note du Traducteur.)

1. Hachures diagonales descendant de gauche à droite.
2. Hachures diagonales descendant de droite à gauche.
3. Hachures horizontales.

tion romaine. Deuxièmement, après qu'il a épousé Clotilde, les farouches Germains venus du nord l'attaquent, *lui*, et il a à défendre sa vie et son trône à Tolbiac. Ceci est la bataille dans laquelle il invoque le Dieu de Clotilde et est délivré des Germains grâce à son appui. Sur quoi il est couronné à Reims par saint Rémi. Et maintenant dans la puissance nouvelle de son christianisme, de sa double victoire sur Rome et la Germanie, et son amour pour sa reine, et son ambition pour son peuple, il regarde souvent vers ce vaste royaume des Wisigoths situé entre la Loire et les montagne neigeuses. Est-ce que le Christ et les Francs ne seront pas plus forts que de vilains Wisigoths, « qui sont encore en plus Ariens »? Tous les Francs partagent avec lui cette opinion. Alors il marche contre les Wisigoths, les rencontre eux et leur Alaric à Poitiers, achève leur Alaric et leur arianisme et emmène ses fidèles Francs vers le Pic du Midi.

14. Et maintenant il vous faut dessiner de nouveau la carte de France et mettre la fleur de lis sur toute sa masse centrale de Calais aux Pyrénées. Seules restent encore en dehors la Bretagne à l'ouest, la Burgondie à l'est et la rose blanche de Provence au-delà du Rhône. Et maintenant le pauvre petit Amiens est devenu une simple ville frontière comme notre Durham, et la Somme un cours d'eau frontière comme notre Tyne. La Loire et la Seine sont maintenant les deux grands fleuves français, et les hommes auront l'idée de bâtir des villes sur leur cours, tandis que les plaines, bien arrosées, donnant non de la tourbe, mais de riches pâturages, pourront se reposer sous la protection des châteaux mutins des rochers et des tours fortifiées des îles. Mais examinons d'un peu plus

près ce que le changemement des signes sur notre carte peut signifier : cinq fleurs de lis au lieu des barres horizontales.

Ils ne signifient certainement pas que tous les Goths sont partis, et qu'il n'y a plus personne en France que les Francs? Les Francs n'ont pas massacré les hommes, femmes et enfants Wisigoths, de la Loire à la Garonne. Bien plus, là où leur propre trône est encore assis près de la Somme, le peuple né sur la tourbe qu'ils ont trouvé là y vit encore, quoique assujetti. Francs, Goths, ou Romains peuvent flotter çà et là par troupes, envahisseurs ou fuyards ; mais immuable à travers toutes les tourmentes de la guerre, le peuple rural dont ils pillent les cabanes, dont ils ravagent les fermes, et sur les arts duquel ils règnent, doit encore diligemment et silencieusement, et sans avoir le temps de se plaindre, labourer, semer, nourrir les troupeaux.

Sinon, comment Francs ou Huns, Wisigoths ou Romains pourraient-ils vivre là un mois, ou combattre un jour ?

15. Quels que soient le nom ou les mœurs des maîtres, au fond, la population laborieuse reste forcément la même ; et le chevrier des Pyrénées, le vigneron de la Garonne, la laitière de Picardie, quelques maîtres que vous leur donniez, demeureront toujours sur leur sol, fleurissants comme les arbres du champ, endurants comme les rochers du désert. Et ceux-ci, la trame et la substance première de la nation, sont divisés non par dynasties, mais par climats, et sont forts ici et impuissants là, de par des privilèges que la tyrannie d'aucun envahisseur ne peut abolir et des défauts que la prédication d'aucun ermite ne peut corriger. Aussi

laissons maintenant, si vous le voulez, pour une minute ou deux, notre histoire et lisons les leçons de la terre immuable et du ciel.

16. Dans l'ancien temps, quand on allait en poste de Calais à Paris, il y avait environ une demi-heure de trot sur terrain plat de la porte de Calais à la longue colline calcaire qu'il fallait gravir avant d'arriver au village de Marquise, où était le premier relai.

Cette colline de chaux, est à vrai dire la façade de la France ; le dernier morceau de plaine qui est au nord est, l'extrémité des Flandres ; au sud, s'étend maintenant une région de chaux et de belle pierre calcaire à bâtir ; si vous ouvrez bien les yeux, vous pouvez en voir une grande carrière à l'ouest du chemin de fer, à mi-chemin entre Calais et Boulogne, là où fut jadis une rocheuse petite vallée bénie, et qui s'ouvrait sur des pelouses veloutées ; cette région calcaire, élevée mais jamais montagneuse, s'étend autour du bassin calcaire de Paris, vers Caen d'un côté et Nancy de l'autre et au sud jusqu'à Bourges et le Limousin. Ce pays de pierre à chaux avec son air frais et vif, labourable en tous les points de sa surface et tout en carrières sous les prairies bien arrosées, est le vrai pays des Français. Ici seulement leurs arts ont trouvé leur développement original. Plus loin, au sud, ce sont des Gascons ou Limousins, ou Auvergnats, ou autre chose d'analogue. A l'ouest, des Bretons, d'une pâleur de granit, à l'est des Burgondes pareils aux ours des Alpes, ici seulement sur la chaux et le marbre aux beaux grains entre, disons Amiens et Chartres d'un côté, Caen et Reims de l'autre, vous avez la vraie *France.*

17. De laquelle avant que nous poursuivions l'histoire

de sa vraie vie, je dois demauder au lecteur d'examiner un peu avec moi, comment l'histoire, ou ce qu'on appelle ainsi, a été écrite la plupart du temps et en quels détails on la fait ordinairement consister.

Supposons que l'histoire du roi Lear fût une histoire vraie ; et qu'un historien moderne en donnât un résumé dans un manuel scolaire destiné à renfermer tous les faits essentiels de l'histoire d'Angleterre qui peuvent être utiles à la jeunesse anglaise au point de vue des concours. L'histoire serait racontée à peu près de cette manière :

« Le règne du dernier roi de la soixante-dix-neuvième dynastie se termina par une série d'événements dont il est pénible de salir les pages de l'histoire. Le faible vieillard désirait partager son royaume en douaires pour ses trois filles ; mais comme il leur proposait cet arrangement, voyant que la plus jeune l'accueillait avec froideur et réserve, il la chassa de sa cour et partagea son royaume entre les deux aînées.

« La plus jeune trouva asile à la cour de France où, à la fin, le prince royal l'épousa. Mais les deux aînées étant arrivées au pouvoir suprême traitèrent leur père d'abord avec irrespect, et bientôt avec mépris. Se voyant à la fin refuser le soutien nécessaire à ses déclinantes années, le vieux roi, dans un transport de douleur, quitta son palais avec, raconte-t-on, son fou de cour comme seul serviteur, et, en proie à une sorte de folie, il erra demi-nu, par les tempêtes de l'hiver, dans les bois de la Bretagne.

18. « A la nouvelle de ces événements, sa plus jeune fille rassembla en hâte une armée et envahit le territoire de ses sœurs ingrates, dans l'intention de rétablir son père sur son trône ; mais, rencontrant une force

bien disciplinée sous le commandement de l'amant de sa sœur aînée, Edmond, fils bâtard du comte de Glocester, elle fut elle-même vaincue, jetée en prison et bientôt après étranglée par les ordres de sa sœur adultère. Le vieux roi mourut en recevant la nouvelle de sa mort; et ceux qui participèrent à ces crimes reçurent bientôt après leur récompense; car les deux méchantes reines se disputant l'amour du bâtard, celle qu'il regardait avec le moins de faveur empoisonna l'autre et après se tua. Edmond reçut ensuite la mort de la main de son frère, le fils légitime de Glocester, sous l'autorité duquel, ainsi que celle du comte de Kent, le royaume demeura pendant plusieurs années. »

Imaginez cet exposé succinctement gracieux de ce que les historiens considèrent être les faits, orné de gravures sur bois aux dures oppositions de blanc et de noir qui représenteraient le moment où on arrache les yeux à Glocester, le délire de Lear, la strangulation de Cordelia et le suicide de Goneril, et vous avez le type de l'histoire populaire du xixe siècle, qui, vous pouvez vous en apercevoir après un peu de réflexion, est une lecture aussi profitable aux jeunes personnes (en ce qui concerne la teinte générale et la pureté de leurs pensées) que le serait la statistique de New Gate, avec cette circonstance infiniment aggravante que, tandis que le tableau des crimes de la prison enseignerait à une jeunesse réfléchie les dangers d'une vie basse et des mauvaises fréquentations, le tableau des crimes royaux détruit son respect pour toute espèce de gouvernement et sa foi dans les décrets de la Providence elle-même.

19. Des livres ayant de plus hautes prétentions,

écrits par des banquiers, des membres du Parlement
ou des clergymens orthodoxes ne manquent pas non
plus ; ils montrent que le progrès de la civilisation
consiste dans la victoire de l'usure sur le préjugé
ecclésiastique ou dans l'extension des privilèges parle-
mentaires à quelque bourg de Puddlecombe, ou dans
l'extinction des ténébreuses superstitions de la Papauté
en la glorieuse lumière de la Réforme. Finalement
vous avez un résumé d'histoire philosophique qui vous
prouve qu'il n'y a aucune apparence que jamais, en
quoi que ce soit, la Providence ait gouverné les affaires
humaines ; que toutes les actions vertueuses ont des
motifs égoïstes ; et qu'un égoïsme scientifique avec
des communications télégraphiques appropriées et
une connaissance parfaite de toutes les espèces de
bactéries, assureront d'une manière complète le futur
bien-être des classes supérieures de la société et la
résignation repectueuse des classes inférieures.

En attendant, les deux influences laissées de côté, la
Providence du ciel et la vertu des hommes ont gouverné
et gouvernent le monde, et non de façon invisible :
et elles sont les seules puissances au sujet de qui
l'histoire ait jamais à nous apprendre quelque vérité
profitable. Cachée sous toute douleur, il y a la force de
la vertu ; au-dessus de toutes les ruines, la charité
réparatrice de Dieu. Ce sont-elles seules que nous
avons à considérer ; en elles seules nous pouvons
comprendre le passé et prédire l'avenir, la destinée
des siècles.

20. Je reviens à l'histoire de Clovis, roi maintenant
de toute la France centrale. Fixez l'année 500 dans
vos esprits comme la date approximative de son baptême à Reims et du sermon que lui fait saint Rémi

lui parlant des souffrances et de la passion du Christ jusqu'à ce que Clovis s'élance de son trône, saisissant sa lance et s'écriant : « Si j'avais été là avec mes braves Francs j'aurais vengé ses injures. »

« Il y a peu de doute », poursuit l'historien cockney, que la conversion de Clovis fût affaire de politique autant que de foi. » Mais l'historien cockney ferait mieux de limiter ses remarques sur les caractères et les croyances des hommes à ceux des curés qui sont récemment entrés dans les ordres dans son voisinage fashionable ou des évêques qui ont prêché, ces derniers temps, à la population de ses faubourgs manufacturiers. Les rois francs étaient pétris d'une autre argile.

21. Le christianisme de Clovis ne produit, en effet, aucun fruit du genre de ceux qu'on remarque chez un moderne converti. Nous n'apprenons pas qu'il se soit repenti du moindre de ses péchés ni qu'il ait résolu de mener une vie en quoi que ce soit nouvelle. Il n'a pas été pénétré de la doctrine du péché à la bataille de Tolbiac ; ni en invoquant le secours du Dieu de Clotilde, il n'a senti naître en lui ni manifesté l'intention la plus lointaine de changer son caractère ou d'abandonner ses projets. Ce qu'il était avant qu'il crût au Dieu de sa reine, il le resta, avec beaucoup plus de force seulement, dans sa confiance nouvelle en l'appui surnaturel de ce Dieu auparavant inconnu. Sa gratitude naturelle envers la Puissance Libératrice et l'orgueil d'en être protégé, ajoutèrent seulement de la violence à ses habitudes de soldat, et accrurent sa haine politique de toute la force de l'indignation religieuse. Les démons n'ont jamais tendu de piège plus dangereux à la fragilité humaine que la croyance que nos ennemis sont aussi les ennemis de Dieu ;

et je conçois parfaitement que la conduite de Clovis ait pu être plus dénuée de scrupules précisément dans la mesure où sa foi était plus sincère.

Si Clovis ou Clotilde avaient pleinement compris les préceptes de leur maître, l'histoire à venir de la France et de l'Europe aurait été autre qu'elle n'est. Ce qu'ils étaient capables de comprendre ou en tous cas ce qui leur fut enseigné, vous verrez qu'ils y obéirent, et qu'ils furent bénis en y obéissant. Mais leur histoire est compliquée de celle de plusieurs autres personnages relativement auxquels nous devons noter maintenant quelques détails trop oubliés.

22. Si au pied de l'abside de la cathédrale d'Amiens, nous prenons la rue qui conduit exactement au sud, après avoir laissé la route du chemin de fer à gauche, elle nous amène au bas d'une côte qui monte graduellement — à peu près la longueur d'un demi-mille; c'est une promenade assez agréable et douce, qui se termine au niveau du terrain le plus élevé qu'il y ait près d'Amiens; d'où, regardant en arrière, nous voyons au-dessous de nous la cathédrale entière, excepté la flèche, le sommet que nous avons atteint étant de niveau avec le faîte de la cathédrale; et, au sud, la plaine de France.

C'est à peu près à cet endroit, ou sur le chemin qui va de là à Saint-Acheul, que se trouvait l'ancienne porte romaine des Jumeaux où l'on voyait Romulus et Rémus nourris par la louve; et par laquelle sortit d'Amiens à cheval, un jour de dur hiver, cent soixante-dix ans avant que Clovis fût baptisé, un soldat romain enveloppé dans son manteau de cavalier [1], sur la

_____

1. Plus exactement son manteau de chevalier, selon toute probabilité la trabea à raies rouges et blanches, le vêtement

chaussée qui faisait partie de la grande route romaine de Lyon à Boulogne.

23. Et cela vaut bien aussi que, quelque jour glacé d'automne ou d'hiver, quand le vent d'est est fort, vous restiez quelques moments à cette place à sentir son souffle, en vous rappelant ce qui s'est passé là, mémorable pour tous les hommes, et profitable, dans cet hiver de l'année 332, pendant que les gens mouraient de froid dans les rues d'Amiens ; notamment ceci : que le cavalier romain, à peine sorti de la porte de la ville, rencontra un mendiant nu, tremblant de froid ; et que, ne voyant pas d'autre moyen de l'abriter, il tira son épée, partagea son manteau en deux, et lui en donna une moitié.

Pas un don ruineux, ni même d'une générosité enthousiaste : la coupe d'eau fraîche de Sidney exigeait plus d'abnégation ; et je suis bien certain que plus d'un enfant chrétien de nos jours, lui-même bien réchauffé et habillé, rencontrant un homme nu et gelé, serait prêt à retirer son manteau de ses épaules et à le donner *tout entier* au nécessiteux si sa nourrice mieux avisée, ou sa maman, le lui laissaient faire. Mais le soldat romain n'était pas un chrétien et accomplissait sa charité sereine en toute simplicité, et pourtant avec prudence.

Quoi qu'il en soit, cette même nuit il contempla dans un rêve le Seigneur Jésus, qui était devant lui, au milieu des anges, ayant sur ses épaules la moitié du manteau dont il avait fait don au mendiant.

Et Jésus dit aux anges qui étaient autour de lui :

même des rois de Rome et principalement de Romulus. — (Note de l'Auteur.)

« Savez-vous qui m'a ainsi vêtu ? Mon serviteur Martin,
quoique non baptisé encore, a fait cela. » Et Martin,
après cette vision, s'empressa de recevoir le baptême,
étant alors dans sa vingt-deuxième année [1]. Que ces
choses se soient jamais passées ainsi, ou jusqu'à quel
point elles se sont passées ainsi, lecteur crédule ou
incrédule, n'est ni votre affaire, ni la mienne. Mais de
ces choses, ce qui est et sera éternellement *ainsi* —
notamment la vérité infaillible de la leçon ici enseignée, et les conséquences actuelles de la vie de saint
Martin sur l'esprit de la chrétienté — est, très absolument, l'affaire de tout être raisonnable dans un
royaume chrétien quelconque.

24. Vous devez d'abord comprendre avant tout que
le caractère propre de saint Martin est une charité sereine et douce envers toutes les créatures. Il n'est pas
un saint qui prêche — encore moins qui persécute,
pas même un saint inquiet. De ses prières, nous en-
tendons peu, — de ses vœux, rien. Ce qu'il fait toujours, c'est seulement la chose juste au moment juste ;
la rectitude et la bonté ne faisant qu'un dans son âme :
un saint extrêmement exemplaire, à mon avis.

Converti, baptisé, et conscient d'avoir vu le Christ,
il ne tourmente pas ses officiers pour cela, ne cherche
pas à faire de prosélytes dans sa cohorte. « C'est l'affaire du Christ, assurément ! — S'il a besoin d'eux, il
peut leur apparaître comme il m'est apparu » paraît
être son sentiment dans les jours qui suivent son baptême. Il reste soixante-dix ans dans l'armée, toujours
aussi calme. Au bout de ce temps, pensant qu'il pour-

1. MM. Jameson, *Art légendaire*, vol. II, p. 721. — (Note de
l'Auteur.)

rait être bien de prendre d'autres fonctions, il demande
à l'empereur Julien d'accepter sa démission. Celui-ci,
l'ayant accusé de pusillanimité, Martin lui offre de conduire sa cohorte au combat, sans armes et portant
seulement le signe de la croix. Julien le prend au mot,
le garde jusqu'à ce que l'époque du combat approche,
mais la veille du jour où il compte le mettre ainsi à
l'épreuve, l'ennemi envoie une ambassade avec des
offres de soumission et de paix.

25. On n'insiste pas souvent sur cette histoire;
jusqu'où elle est littéralement vraie, remarquez-le de
nouveau, ne nous importe pas le moins du monde; ici la
leçon *est* donnée pour toujours de la manière dont un
soldat chrétien devrait rencontrer ses ennemis. Leçon
grâce à laquelle, si le Mr Greatheart[1] de John Bunyan l'avait comprise, les portes célestes se seraient
ouvertes de nos jours à plus d'un pèlerin qui n'a pas su se
frayer un chemin jusqu'à elles avec l'épée de violence.

Mais l'histoire *est* vraie en quelque façon pratiquement et effectivement; car, après un certain temps,
sans aucun discours, ni anathème, ni agitation d'aucune
sorte, nous trouvons le chevalier romain fait évêque
de Tours et devenant une influence de bien sans
mélange pour toute l'humanité, alors et dans la suite.
Et de fait l'histoire de son manteau de chevalier se
répète pour sa robe d'évêque, et il ne faut pas la
rejeter parce qu'il est probable que c'est une invention
car il est tout aussi probable que ce fut une action.

28. Allant dans ses plus beaux habits dire les prières
à l'église, avec un de ses diacres, il rencontra sur la

---

1. Personnage du *Pilgrims Progress* de John Bunyan. — (Note
du Traducteur.)

route un malheureux sans vêtements, et ordonna à son
diacre de lui donner une cotte ou tunique quelconque.

Le diacre objectant qu'il n'avait sous la main aucun
habillement profane, saint Martin, avec sa sérénité
accoutumée, enlève son étole épiscopale ou telle autre
majestueuse et flottante parure que cela pouvait être,
la jette sur les épaules nues du mendiant, et, continuant
son chemin, va accomplir le service divin, incorrect,
en gilet ou tel vêtement de dessous du moyen âge qui
lui restait.

Mais, comme il était debout devant l'autel, un globe
de lumière parut au-dessus de sa tête, et quand il
éleva ses bras nus avec l'Hostie on vit autour de lui les
anges qui tenaient au-dessus de sa tête des chaînes
d'or et des joyaux qui n'avaient rien de terrestre.

27. Ce n'est pas croyable pour vous, ni dans la nature des choses, sage lecteur, et trop évidemment ce
n'est qu'une glose que l'extravagance monastique
donne du récit primitif.

Soit. Toutefois cette création de l'extravagance monastique comprise par le cœur eût été le châtiment et
le frein de toute forme de l'orgueil et de la sensualité
de l'Église qui, de nos jours, a littéralement abaissé
le service de Dieu et de ses pauvres au service du
clergyman et de ses riches; et fait de ce qu'était jadis
pour l'esprit découragé la parure de la louange, les pail-
lettes des paillasses dans une mascarade ecclésiastique.

28. Mais encore une légende, et nous en aurons assez
pour voir les racines de l'influence étrange et universelle de ce saint sur la chrétienté.

« Ce qui distingue particulièrement saint Martin fut
sa sérénité douce, sérieuse et inaltérable; personne ne
l'avait jamais vu ni en colère, ni triste, ni gai, il n'y

avait rien dans son cœur que la piété envers Dieu et la
pitié envers les hommes. Le diable qui était particulièrement jaloux de ses vertus détestait par-dessus tout
son extrême charité, parce qu'elle était le plus nui-
sible à sa propre puissance et, un jour, il lui reprocha
ironiquement de si vite accueillir favorablement les
pécheurs et les repentis. Mais saint Martin lui répondit tristement : « Oh ! malheureux que tu es ! si *toi*
aussi tu pouvais cesser de poursuivre et de séduire de
misérables créatures, si, toi aussi, tu pouvais te repentir,
tu obtiendrais de Jésus-Christ ta grâce et ton pardon [1]. »

29. Dans cette douceur était sa force ; et l'on ne
peut mieux en apprécier l'efficacité pratique qu'en
comparant la portée de son œuvre à celle de l'œuvre
de saint Firmin.

L'impatient missionnaire tapage et crie comme un
énergumène dans les rues d'Amiens, insulte, exhorte,
persuade, baptise, met tout, comme nous l'avons dit,
sens dessus dessous pendant quarante jours : après
quoi il a la tête tranchée, et son nom n'est plus jamais
prononcé *hors* d'Amiens.

Saint Martin ne contrarie personne, ne dépense
pas un souffle en une exhortation désagréable, comprend par la première leçon du Christ à lui-même que
des gens non baptisés peuvent être aussi bons que des
baptisés si leurs cœurs sont purs ; il aide, pardonne,
console (sociable jusqu'à partager la coupe de l'amitié)
avec autant d'empressement le manant que le roi ; il
est le patron d'une honnête boisson [2], l'odeur de la

---

1. MM. Jameson, vol. II, p. 722. — (Note de l'Auteur.)
2. Ce n'est pas seulement Ruskin, il me semble, qui aime à se
représenter un saint sous ces traits. Les meilleurs d'entre les
clergymens de George Eliot et d'entre les prophètes de Carlyle

farce de votre oie de la Saint-Martin est agréable à ses
narines et sacrés sont pour lui les rayons de l'été qui
s'en va. Et, de façon ou d'autre, près et loin, les idoles
chancellent devant lui, les dieux païens s'évanouissent,
son Christ devient le Christ de tous les hommes, son

ne sont pas davantage des « saints qui prêchent », ni « des
sortes de saints à la saint Jean-Baptiste ». Ils « ne dépensent pas
non plus un souffle en une exhortation désagréable ». Ils sont
aussi aimables « pour le manant que pour le roi », aiment eux
aussi « une honnête boisson ».

D'abord, dans Carlyle, voyez Knox : « Ce que j'aime beaucoup
en ce Knox, c'est qu'il avait une veine de drôlerie en lui. C'était
un homme de cœur, honnête, fraternel, frère du grand, frère
aussi du petit, sincère dans sa sympathie pour les deux ; il avait
sa pipe de Bordeaux dans sa maison d'Edimbourg, c'était un homme
joyeux et sociable. Ils errent grandement, ceux qui pensent que
ce Knox était un fanatique sombre, spasmodique, criard. Pas du
tout : c'était un des plus solides d'entre les hommes. Pratique,
prudent, patient, etc..» De même Burns : « était habituellement
gai de paroles, un compagnon d'infini enjouement, rire, sens et
cœur. Ce n'est pas un homme lugubre ; il a les plus gracieuses
expressions de courtoisie, les plus bruyants flots de gaieté, etc. »
C'est encore Mahomet : « Mahomet sincère, sérieux, cependant
aimable, cordial, sociable, enjoué même, un bon rire en lui avec
tout cela. » Et de même Carlyle aime à parler du rire de Luther.
(Carlyle, *les Héros*, traduction Izoulet, pages 237, 298, 299, 85, etc.)

Et dans Georges Eliot, voyez M. Irwine dans *Adam Bede*,
M. Gilfil dans les *Scènes de la vie du Clergé*, M. Farebrother
dans *Middlemavch*, etc.

« Je suis obligé de reconnaître que M. Gilfil ne demanda pas à
Mme Fripp pourquoi elle n'avait pas été à l'église et ne fit pas le
moindre effort pour son édification spirituelle. Mais le jour suivant
il lui envoya un gros morceau de lard, etc. Vous pouvez conclure
de cela que ce vicaire ne brillait pas dans les fonctions spirituelles de sa place et, à la vérité, ce que je puis dire de mieux
sur son compte, c'est qu'il s'appliquait à remplir ses fonctions
avec célérité et laconisme. » Il oubliait d'enlever ses éperons
avant de monter en chaire et ne faisait pour ainsi dire pas de
sermons. Pourtant jamais vicaire ne fut aussi aimé de ses
ouailles et n'eut sur elles une meilleure influence. « Les fermiers
aimaient tout particulièrement la société de M. Gilfil, car non
seulement il pouvait fumer sa pipe et assaisonner les détails des

nom est invoqué au pied d'innombrables nouveaux
autels dans tous les pays, sur les hauteurs des collines
romaines comme au fond des champs anglais. Saint
Augustin baptisa les premiers Anglais qu'il convertit
dans l'église de Saint-Martin à Cantorbéry ; et à

affaires paroissiales de force plaisanteries, etc. Aller à cheval
était la principale distraction du vieux monsieur maintenant que
les jours de chasse étaient passés pour lui. Ce n'était pas aux
seuls fermiers de Shepperton que la société de M. Gilfil était
agréable, il était l'hôte bienvenu des meilleures maisons de ce
côté du pays. Si vous l'aviez vu conduire Lady Sitwell à la salle
à manger (comme tout à l'heure saint Martin l'impératrice de
Germanie) et que vous l'eussiez entendu lui parler avec sa galan-
terie fine et gracieuse, etc». « Mais le plus souvent il restait à
fumer sa pipe en buvant de l'eau et du gin. Ici, je me trouve
amené à vous parler d'une autre faiblesse du vicaire, etc. » (le
Roman de M. Gilfil, traduction d'Albert-Durade, pages 116, 117,
121, 124, 125, 126). « Quant au ministre, M. Gilfil, vieux monsieur
qui fumait de très longues pipes et prêchait des sermons très
courts. » (*Tribulations du Rév. Amos. Barton*, même trad., p. 4.)
« M. Irwine n'avait effectivement ni tendances élevées, ni enthousiasme religieux et regardait comme une vraie perte de temps
de parler doctrine et réveil chrétien au vieux père Taft ou à
Cranage, le forgeron. Il n'était ni laborieux, ni oublieux de lui-
même, ni très abondant en aumônes et sa croyance même était
assez large. Ses goûts intellectuels étaient plutôt païens, etc.
Mais il avait cette charité chrétienne qui a souvent manqué
à d'illustres vertus. Il était indulgent pour les fautes du prochain
et peu enclin à supposer le mal, etc. Si vous l'aviez rencontré
monté sur sa jument grise, ses chiens courant à ses côtés, avec
un sourire de bonne humeur, etc. L'influence de M. Irwine dans
sa paroisse fut plus utile que celle de M. Ryde qui insistait fortement sur les doctrines de la Réformation, condamnait sévèrement les convoitises de la chair, etc., qui était très savant.
M. Irwine était aussi différent de cela que possible, mais il était
si pénétrant ; il comprenait ce qu'on voulait dire à la minute, il
se conduisait en gentilhomme avec les fermiers, etc. Il n'était
pas un fameux prédicateur, mais ne disait rien qui ne fût propre
à vous rendre plus sage si vous vous en souveniez. » (*Adam
Bede*, même trad., pages 84, 85, 226, 227, 228, 230). — (Note du
Traducteur.)

Londres la station de Charing Cross elle-même n'a pas
entièrement effacé des esprits sa mémoire ou son nom.

30. L'histoire de la Robe épiscopale est la dernière
histoire relative à saint Martin dont je me risquerai à
vous dire qu'il est plus sage de la tenir pour littéralement vraie que pour un simple mythe ; bien qu'elle
reste assurément un mythe de la valeur et de la beauté la
plus grande ; enfin j'ai encore à vous conter une histoire.
cette fois-ci vraiment la dernière et où je reconnais
que vous serez plus sage de voir une fable que l'exacte
expression de la vérité, bien que quelque grain de vérité
soit sans nul doute à sa base. Ce grain de vérité, de
ceux qui, jetés sur un bon terrain, se multiplient au
centuple en poussant, ce doit être quelque trait
tangible et inoubliable de la façon dont saint Martin
se comportait dans la haute société ; quant au mythe,
sa valeur et sa signification sont de tous les temps.

Saint Martin donc, comme le veut le récit, était un
jour à dîner à la première table du globe terrestre — à
savoir, chez l'empereur et l'impératrice de Germanie !
Vous n'avez pas besoin de chercher quel empereur, ou
laquelle des femmes de l'empereur ! L'empereur de
Germanie est dans tous les anciens mythes l'expression
du plus haut pouvoir sacré dans l'État, comme le pape
est le plus haut pouvoir sacré dans l'Église. Saint
Martin était donc à dîner, comme nous l'avons dit,
avec naturellement l'empereur assis à côté de lui à
gauche, l'impératrice à droite ; tout se passait dans les
règles. Saint Martin prenant grand plaisir au dîner,
et se rendant agréable à la compagnie, pas le moins du
monde une sorte de saint à la saint Jean-Baptiste. Vous
savez aussi que dans les fêtes royales de ce temps,
des gens d'un rang social très inférieur avaient accès

dans la salle à manger : ils arrivaient derrière les chaises des invités, voyaient et entendaient ce qui se passait et, pendant ce temps-là, sans être importuns ils ramassaient les miettes et léchaient les plats.

Quand le dîner fut un peu avancé, et que vint le moment de servir les vins, l'empereur remplit sa coupe, remplit celle de l'impératrice, remplit celle de saint Martin, choque affectueusement son verre contre celui de saint Martin. L'impératrice, également aimable et encore plus sincèrement croyante, regarde à travers la table, humblement, mais aussi royalement, s'attendant, naturellement, à ce que saint Martin approche de suite son verre du sien pour le toucher. Saint Martin regarde d'abord autour de lui d'un air de réflexion, s'aperçoit qu'il a à côté de sa chaise un pauvre mendiant déguenillé, ayant l'air altéré, qui a réussi à se faire remplir *sa* coupe d'une manière ou d'une autre, par un laquais charitable.

Saint Martin tourne le dos à l'impératrice et trinque avec *lui !*

31. Pour laquelle charité — mythique si vous voulez, mais éternellement exemplaire — il reste, comme nous l'avons dit, le patron des buveurs bons chrétiens à cette heure.

Comme les années passaient sur lui, il paraît avoir senti qu'il avait porté le poids de la crosse assez longtemps, que l'active Tours avait besoin maintenant d'un évêque plus actif, que pour lui-même il pourrait dorénavant prendre innocemment son plaisir et son repos là où la vigne poussait et l'alouette chantait. Pour palais épiscopal il prend une petite excavation dans les rochers calcaires du bassin supérieur du fleuve, organise toutes choses pour le lit et la table, à peu de

8*

frais. Nuit par nuit, pour lui le ruisseau murmure,
jour par jour, les feuilles de la vigne lui donnent leur
ombre ; et le soleil, son héraut, trouant l'horizon
chaque jour rapproché, descend pour lui dans l'eau
qu'il empourpre — là, où maintenant, la paysanne
trotte vers la maison entre ses paniers, où la scie
est arrêtée dans le bois à demi fendu, et où le clocher
du village s'élève gris contre la lumière la plus éloi-
gnée dans le *Bord de la Loire* de Turner [1].

32. Toutes choses que je ne vous ai pas racontées,
à présent, bien qu'elles ne soient pas par elles-mêmes
sans profit, sans avoir pour cela une raison spéciale, qui
était de vous rendre capables de comprendre la signification d'un fait qui marqua le début de la marche de
Clovis dans le sud contre les Wisigoths.

Ayant passé la Loire à Tours, il traversa les do-
maines de l'abbaye de Saint-Martin qu'il déclara invio-
lables, et refusa à ses soldats l'autorisation de toucher
à rien, excepté à l'eau et à l'herbe pour leurs chevaux.
Ses ordres furent si sévères et si inflexible la rigueur
avec laquelle il exigea qu'ils fussent obéis, qu'un soldat
franc ayant pris sans le consentement du propriétaire
du foin qui appartenait à un pauvre homme, et disant
en plaisantant « que ce n'était que de l'herbe », il fit
mettre l'agresseur à mort, s'écriant qu' « on ne pouvait attendre la victoire, si l'on offensait saint Martin ».

33. Maintenant remarquez-le bien, ce passage de la
Loire à Tours contient en puissance l'accomplissement
des propres destinées du royaume de France et la
devise de son pouvoir reconnu et sûrement établi est :
« Honneur aux pauvres ! » Même un peu d'herbe ne

1. *Modern Painters*, planche LXXIII. — (Note de l'Auteur.)

doit pas être volé à un pauvre homme sous peine de
mort. Ainsi le veut le chevalier chrétien des armées
romaines ; placé maintenant sur un trône élevé auprès
de Dieu. Ainsi le veut le premier roi chrétien des
Francs au loin victorieux ; baptisé par Dieu, ici, dans
le Jourdain de sa terre promise, alors qu'il le traverse
pour en prendre possession.

Pour combien de temps?

Jusqu'à ce que cette même devise soit lue à rebours
par un trône dégénéré ; jusqu'à ce que, la nouvelle
étant apportée que les pauvres du peuple de France
n'avaient pas de pain à manger, il leur fût répondu :
« Qu'ils pouvaient manger de l'herbe[1]. » Sur quoi,
près du faubourg Saint-Martin et de la porte Saint-
Martin, furent données par le chevalier des Pauvres
contre le Roi, des ordres qui terminèrent son festin.

Et souvenez-vous de tous ces exemples, de l'influence
sur les âmes françaises présentes et à venir, de saint
Martin de Tours.

1. Parole faussement attribuée à Foulon, commissaire des
guerres, et pour laquelle il fut égorgé (juillet 1789). — (Note du
Traducteur.)

34. Le lecteur voudra bien remarquer que des notes immédiatement nécessaires à l'intelligence du texte sont données, avec un numéro d'ordre, au bas même de la page; tandis que les références aux écrivains qui font autorité dans la matière en discussion, ou aux textes qu'on peut citer à l'appui, sont indiquées par une lettre et rejetées à la fin de chaque chapitre. Un bon côté de cette méthode[1] sera que, après la mise en ordre des notes numérotées, je pourrai, si je vois, en relisant l'épreuve, la nécessité d'une plus ample explication, insérer une lettre renvoyant à une note *finale* sans possibilité de confusion typographique. Les notes finales auront aussi cette utilité de résumer les chapitres et de faire ressortir ce qui est le plus important à se rappeler. Ainsi il est pour le moment sans importance de se rappeler que la première prise d'Amiens fut en 445, parce que ce n'est pas de là que date la fondation de la dynastie mérovingienne ; ou que Mérovée s'empara du trône en 447 et mourut dix ans plus tard. La vraie date à se rappeler est 481 qui est celle de l'avènement au trône de Clovis à l'âge de quinze ans ;

1. Cette méthode n'est, du reste, pas suivie dans les chapitres suivants. — (Note de l'Auteur.)

et les trois batailles du règne de Clovis à retenir sont
Soissons, Tolbiac et Poitiers — en se souvenant aussi
que celle-ci fut la première des trois grandes batailles
de Poitiers ; — comment ce pays de Poitiers arriva-t-il
à avoir une telle importance comme champ de bataille,
nous le découvrirons après si nous le pouvons. De la
reine Clotilde et de sa fuite de Bourgogne pour
retrouver son amant frank, nous apprendrons davantage dans le chapitre suivant ; l'histoire du vase de
Soissons est donnée dans l'*Histoire de France illustrée*,
mais nous la reporterons aussi avec tels commentaires
dont elle a besoin au chapitre suivant ; car je veux que
l'esprit du lecteur, à la fin de ce premier chapitre, soit
fixé sur deux descriptions du Frank moderne (en prenant ce mot dans son sens sarrasin) comme distinct du
Sarrasin moderne. La première description est du colonel Butler, entièrement vraie et admirable sans réserve,
excepté l'extension (qu'elle semble impliquer) de ce
contraste à l'ancien temps, car l'âme saxonne sous
Alfred, l'âme teutonne sous Charlemagne, l'âme
franque sous saint Louis, étaient tout aussi religieuses
que celles d'aucun Asiatique, quoique plus pratique ;
c'est seulement la tourbe moderne occidentale de
mécréants sans rois qui s'est abaissée par le jeu,
l'escroquerie, la construction des machines, et la
gloutonnerie jusqu'à comprendre les plus méprisables
rustres qui aient jamais foulé la terre avec les car-
casses qu'elle leur a prêtées.

35. « Des traits du caractère anglais mis en lumière
par l'extension de la domination anglaise en Asie, il
n'en est pas de plus remarquable que le contraste entre
la tendance religieuse de la pensée orientale et l'absence innée de religion dans l'esprit anglo-saxon.

Le Turc et le Grec, le Bouddhiste et l'Arménien, le
Copte et le Parsi, tous manifestent dans une centaine
d'actes de la vie quotidienne le grand fait de leur
croyance en Dieu. Avant tout leurs vices comme leurs
vertus témoignent qu'ils reconnaissent un Dieu.

« Pour les occidentaux, au contraire, toute pratique
extérieure est un objet de honte, une chose à cacher.
Une procession de prêtres dans quelque Strade Reale
serait probablement regardée par un Anglais ordinaire
d'un œil moins tolérant qu'une fête de *Juggernaut*[1] à
Orissa; mais devant l'une comme devant l'autre il
laissera paraître le même zèle inconoclaste, elles lui
inspireront toutes deux la même idée, qui n'en est pas
moins arrêtée parce qu'elle est rarement affirmée en
paroles. « Vous priez, c'est pourquoi je fais peu de cas
de vous. »

Mais, en réalité, cette impatience d'humeur des Anglais modernes à accepter le tour religieux de la
pensée orientale semble cacher une différence plus
profonde entre l'Orient et l'Occident. Tous les peuples
orientaux possèdent cette tournure d'esprit religieuse.
C'est le lien qui rattache ensemble leurs races si profondément différentes. Voici qui pourra servir d'illustration à ce que je veux dire.

Sur un bateau à vapeur autrichien de la Compagnie
Lloyd dans le Levant, un voyageur de Beyrouth verra
souvent d'étranges groupes d'hommes rassemblés sur
le gaillard d'arrière. Le matin les missels de l'église
grecque seront posés sur les bastingages, et une couple

---

1. Nom de la déesse Kim, une des incarnations de Siva, donné
par extension au temple et à la ville de Pouri sur la côte d'Orissa
(Coromandel). — (Note du Traducteur.)

de prêtres russes venant de Jérusalem occupés à murmurer la messe. A un yard de distance, à droite ou à gauche, est assis un pèlerin turc revenant de la Mecque, respectueux spectateur de la scène. C'est en effet la prière et, par conséquent, quelque chose de sacré à ses yeux. De même aussi quand l'heure du soir est venue, et que le Turc étend son morceau de tapis pour les prières du coucher du soleil et les salutations vers la Mecque, le Grec regarde en silence sans aucun air de dédain, car il s'agit encore de l'adoration du Créateur par sa créature. Tous deux accomplissent la *première* loi de l'Orient, la prière à Dieu; et que l'autel soit Jérusalem, la Mecque cu Lassa[1], la sainteté du culte se communique au fidèle et protège le pèlerin.

Dans cette société vient l'Anglais généralement dépourvu de tout sentiment de sympathie pour les prières d'aucun peuple ou la foi en aucune idée religieuse; c'est pourquoi notre autorité en Orient a toujours reposé et reposera toujours sur la baïonnette. Nous n'avons jamais pu dépasser l'état de conquête; jamais assimilé un peuple à nos coutumes, jamais même civilisé une seule tribu dans le vaste domaine de notre empire. Il est curieux de voir combien il arrive souvent qu'un Anglais bien intentionné parle d'une église ou d'un temple étranger comme si son esprit le voyait sous le même jour où la cité de Londres apparaissait à Blucher, comme un objet de pillage. L'autre idée, à savoir qu'un prêtre est un homme bon à être pendu, est une idée aussi souvent observable dans

1. Capitale du Thibet. Aux environs de Lassa le Dalaï Lama habite dans un monastère. C'est un lieu de pèlerinage extrêmement fréquenté. — (Note du Traducteur.)

le cerveau anglais. Un jour que nous nous efforcions
de mettre un peu de lumière dans nos esprits sur la
question grecque, en questionnant un officier de marine dont le vaisseau avait stationné dans les eaux
grecques et adriatiques durant notre occupation de
Corfou et des autres îles Ioniennes, nous pûmes
seulement tirer de notre informateur qu'un matin,
avant déjeuner, il avait pendu soixante-dix-sept prêtres.

36. Le second passage que je mets en réserve dans
ces notes pour l'utilité que nous en tirerons plus tard
est le suivant, absolument merveilleux, pris dans un
livre plein de merveilles — si on peut mettre une idée
vraie sur le même rang que des faits et lui attribuer la
même valeur : les *Grains de bon sens* d'Alphonse Karr.
Je ne puis louer ce livre ni son plus récent : *Bourdonnements*, au gré de mon cœur, simplement parce
qu'ils sont d'un homme qui est entièrement selon mon
propre cœur, qui a dit en France depuis bien des années ce que, moi aussi, depuis bien des années, je dis
en Angleterre, sans nous connaître l'un l'autre, et
tous deux en vain (Voir § 11 et 12 de *Bourdonnements*).

Le passage donné ici est le chapitre LXIII des *Grains
de bon sens*.

« Et tout cela, Monsieur, vient de ce qu'il n'y a plus
de croyances, — de ce qu'on ne croit plus à rien.

« Ah ! saperlipopette, Monsieur, vous me la baillez
belle ! Vous dites qu'on ne croit plus à rien ! Mais
jamais, à aucune époque, on n'a cru à tant de billeve-
sées, de bourdes, de mensonges, de sottises, d'absur-
dités qu'aujourd'hui.

« D'abord, on *croit* à l'incrédulité — l'incrédulité est
une croyance, une religion très exigeante, qui a ses
dogmes, sa liturgie, ses pratiques, ses rites !... son

intolérance, ses superstitions. Nous avons des incrédules et des impies jésuites et des incrédules et des
imples jansénistes; des impies molinistes, et des impies
quiétistes; des impies pratiquants, et non pratiquants;
des impies indifférents et des impies fanatiques; des
incrédules cagots et des impies hypocrites et tartuffes.
— La religion de l'incrédulité ne se refuse pas même
le luxe des hérésies.

« On ne croit plus à la Bible, je le veux bien, mais
on *croit* aux écritures des journaux, on *croit* au sacer-
doce des gazettes et carrés de papier, et à leurs oracles
quotidiens.

« On *croit* au « baptême » de la police correctionnelle
et de la Cour d'Assises — on appelle « martyrs » et
« confesseurs » les « absents » à Nouméa et les « frères »
de Suisse, d'Angleterre et de Belgique — et quand on
parle des « martyrs » de la Commune ça ne s'entend
pas des assassinés mais des assassins.

« On se fait enterrer « civilement », on ne veut plus
sur son cercueil des prières de l'Église, on ne veut ni
cierges, ni chants religieux, mais on veut un cortège
portant derrière la bière des immortelles rouges; —
on veut une « oraison », une « prédication » de Victor
Hugo qui a ajouté cette spécialité à ses autres spécia-
lités, si bien qu'un de ces jours derniers, comme il
suivait un convoi en amateur, un croque-mort s'approcha
de lui, le poussa du coude, et lui dit en souriant:
« Est-ce que nous n'aurons pas quelque chose de vous
aujourd'hui? » — Et cette prédication il la lit ou la récite
— ou, s'il ne juge pas à propos « d'officier » lui-même,
s'il s'agit d'un mort de peu, il envoie, pour la psalmo-
dier, M. Meurice ou tout autre « prêtre » ou enfant de
chœur du « Dieu ». — A défaut de M. Hugo, s'il s'agit

d'un citoyen obscur, on se contente d'une homélie improvisée pour la dixième fois par n'importe quel député
intransigeant — et le *Miserere* est remplacé par les
cris de « Vive la République » poussés dans le cime-
tière.

« On n'entre plus dans les églises, mais on fréquente
les brasseries et les cabarets, on y officie, on y célèbre
les mystères, on y chante les louanges d'une prétendue
république *sacro-sainte*, une, indivisible, démocra-
tique, sociale, athénienne, intransigeante, despotique,
invisible quoique étant partout. On y communie sous
différentes espèces ; le matin (*matines*) on « tue le ver »
avec le vin blanc ; — il y a plus tard les vêpres de
l'absinthe, auxquelles on se ferait un crime de manquer d'assiduité. On ne croit plus en Dieu, mais on
croit pieusement en M. Gambetta, en MM. Marcou,
Naquet, Barodet, Tartempion, etc., et en toute une
kyrielle de saints et de *dii minores*, tels que Goutte-
Noire, Polosse Bariasse et Silibat, le héros lyonnais.

« On *croit* à l' « immuabilité » de M. Thiers, qui a dit
avec aplomb : « Je ne change jamais », et qui aujourd'hui
est à la fois le protecteur et le protégé de ceux qu'il a
passé une partie de sa vie à fusiller et qu'il fusillait
encore hier.

« On *croit* au républicanisme immaculé de l'avocat
de Cahors, qui a jeté par-dessus bord tous les principes
républicains, — qui est à la fois de son côté le protecteur et le protégé de M. Thiers qui, hier, l'appelait
« fou furieux », déportait et fusillait ses amis.

« Tous deux, il est vrai, en même temps protecteurs
hypocrites, et protégés dupés.

« On ne croit plus aux miracles anciens, mais on
croit à des miracles nouveaux.

« On *croit* à une république sans le respect religieux et presque fanatique des lois.

« On *croit* qu'on peut s'enrichir en restant imprévoyants, insouciants et paresseux, et autrement que par le travail et l'économie.

« On se *croit* libre en obéissant aveuglément et bêtement à deux ou trois coteries.

« On se *croit* indépendant parce qu'on a tué ou chassé un lion, et qu'on l'a remplacé par deux douzaines de caniches teints en jaune.

« On *croit* avoir conquis le « suffrage universel » en votant par des mots d'ordre qui en font le contraire du suffrage universel — mené au vote comme on mène un troupeau au pâturage, avec cette différence que ça ne nourrit pas. — D'ailleurs par « ce suffrage universel » qu'on croit avoir et qu'on n'a pas, il faudrait *croire* que les soldats doivent commander au général, les chevaux mener le cocher, *croire* que deux radis valent mieux qu'une truffe, deux cailloux mieux qu'un diamant, deux crottins mieux qu'une rose.

« On se *croit* en République, parce que quelques demi-quarterons de farceurs occupent les mêmes places, émargent les mêmes appointements, pratiquent les mêmes abus que ceux qu'on a renversés à leur bénéfice.

« On se *croit* un peuple opprimé héroïque, qui brise ses fers, et n'est qu'un domestique capricieux qui aime à changer de maîtres.

« On *croit* au génie d'avocats de sixième ordre, qui ne se sont jetés dans la politique et n'aspirent au gouvernement despotique de la France que faute d'avoir pu gagner honnêtement, sans grand travail, dans l'exercice d'une profession correcte, une vie obscure humectée de chopes.

« On *croit* que des hommes dévoyés, déclassés, dé-
cavés, fruits secs, etc., et qui n'ont étudié que « le domino
à quatre » et le « bezigue en quinze cents » se réveillent
un matin, après un sommeil alourdi par le tabac et
la bière, possédant la science de la politique, et l'art
de la guerre, et aptes à être dictateurs, généraux,
ministres, préfets, sous-préfets, etc.

« Et les soi-disant conservateurs eux-mêmes *croient*
que la France peut se relever et vivre tant qu'on
n'aura pas fait justice de ce prétendu suffrage universel qui est le contraire du suffrage universel.

« Les croyances ont subi le sort de ce serpent de la
fable, coupé, haché par morceaux, dont chaque tron-
çon devenait un serpent.

« Les croyances se sont changées en monnaie, en
billon des crédulités.

« Et pour finir la liste bien incomplète des croyances
et des crédulités, vous *croyez*, vous, qu'on ne croit à
rien ! »

CHAPITRE II

SOUS LE DRACHENFELS

Ne voulant pas recourir lâchement aux stratagèmes de la mémoire artificielle et encore moins dédaigner ce que donne de force réelle une mémoire ferme et réfléchie, mes jeunes lecteurs s'apercevront qu'il est extrêmement utile de noter tous les rapports de coïncidence, ou autres, entre les nombres, qui aident à retenir ce qu'on pourrait appeler les dates d'ancrage : autour d'elles, d'autres, moins importantes, peuvent osciller au bout de câbles de longueurs variées.

Ainsi on usera d'abord d'un procédé des plus simples et des plus commodes pour compter les années à partir de la naissance du Christ, en les partageant par périodes de cinq siècles, c'est-à-dire par les périodes appelées v^e, x^e et xve siècles, et celle qui s'approche de nous maintenant, le xxe siècle.

Et cette division, qui paraît au premier abord formelle et arithmétique, nous la verrons, à mesure que nous en ferons usage, recevoir une signification singulière d'événements qui marquent un changement notable dans le savoir, la discipline et la morale du genre humain.

Toute date, il faudra plus loin s'en souvenir, appartenant au vᵉ siècle, commencera par le nombre 4 (401,402, etc.). Toute date du xᵉ siècle, par le nombre 9 (901,902, etc.) et toute date du xvᵉ siècle, par le nombre 14 (1401,1402, etc.).

Dans le sujet qui fait notre étude immédiate, nous avons à nous occuper du premier de ces siècles, le vᵉ, dont je vais, en conséquence, vous demander d'observer deux divisions très intéressantes.

Toutes les dates, nous l'avons dit, doivent dans ce siècle commencer par le nombre 4.

Si vous mettez la moitié de ce nombre comme second chiffre vous avez 42.

Et si vous en mettez à la place le double, vous avez 48 ; ajoutez 1 comme troisième chiffre à chacun de ces nombres et vous avez 421 et 481, deux dates que vous voudrez bien fixer dans vos têtes sans vous permettre le moindre vague à leur égard.

Car la première est la date de la naissance de Venise elle-même et de son duché (Voyez *le Repos de saint Marc*, Iʳᵉ partie, p. 30) ; et la seconde est la date de la naissance de la Venise française et de son royaume, Clovis étant, cette année-là, couronné à Amiens.

3. Ce sont les deux grands anniversaires de naissance, « jours de naissance », de nations, au vᵉ siècle ; leurs anniversaires de mort, nous en donnerons les dates une autre fois.

Et ce n'est pas seulement à cause du duché du sombre Rialto, ni à cause du beau royaume de France, que ces deux dates doivent dominer toutes les autres dans le farouche vᵉ siècle, mais parce qu'elles sont aussi les années de naissance d'une grande dame et d'un plus

grand seigneur, de toute la future chrétienté, sainte
Geneviève et saint Benoît[1].

Geneviève, « la vague blanche » (Eau riante), la plus
pure de toutes les vierges qui aient tiré leur nom de
l'écume de la mer ou des bouillons du ruisseau, sans
tache, non la troublée et troublante Aphrodite, mais
la Leucothéa d'Ulysse, la vague qui conduit à la délivrance.

Vague blanche sur le bleu du lac ou de la mer enso-
leillée qui sont depuis les couleurs de France, lis
d'argent sur champ d'azur; elle est à jamais le type
de la pureté, dans l'active splendeur de l'âme entière
et de la vie (distincte en cela de l'innocence plus tranquille et plus réservée de sainte Agnès) et toutes les
légendes de chagrin dans l'épreuve ou de chute de
toute âme noble de femme sont liées à son nom,
en Italien Ginevra devenant l'Imogène de Shakespeare; et Guinevere[2], la vague torrentueuse des eaux
des montagnes de la Grande-Bretagne de la pollution
desquelles vos modernes ménestrels sentimentaux se
lamentent dans leurs chants lugubrement inutiles;
mais aucun ne vous dit rien, autant que je sache, de la
victoire et de la puissance de cette blanche vague de
France.

4. Elle était bergère, une chétive créature, nu-pieds,
nu-tête, telle que vous en pouvez voir courant dans leur
inculte innocence et dont on s'occupe moins que de leur
troupeau, sur bien des collines de France et d'Italie.

---

1. Sur saint Benoît, voir dans *Verona and other lectures*
les deux chapitres qui devaient faire partie de *Nos pères nous ont
dit*, dans le VI° volume *Valle Crucis*, sur l'Angleterre. Et notamment les pages 124-128 de *Verona*. — (Note du Traducteur.)

2. Personnage des romans chevaleresques, introduit par Tenny-
son dans *Idylles du roi*. — (Note du Traducteur.)

Assez chétive, âgée de sept ans, c'est tout ce qui en est dit quand on entend d'abord parler d'elle : « Sept fois 1 font 7 (je suis vieille, tu peux me croire, linotte, linotte [1]) et tout autour d'elle, déchaînées comme les Furies, farouches comme les vents du ciel, les armées gothes, dont le tonnerre retentit sur les ruines de l'Univers.

5. A deux lieues de Paris (le Paris *Romain* appelé à bientôt disparaître avec Rome elle-même), la petite créature garde son troupeau, pas même le sien propre, ni le troupeau de son père, comme David ; elle est la servante louée d'un riche fermier de Nanterre. Qui peut me dire quoi que ce soit sur Nanterre? Quel pèlerin de notre époque omni-spéculante, omni-ignorante, a eu la pensée d'aller voir quelles reliques il peut y avoir encore là? Je ne sais pas même de quel côté de Paris ce lieu est situé [2], ni sous quel amas de poussière charbonneuse de chemin de fer et de fer, il faut se représenter les pâturages et les champs fleuris de cette sainte Phyllis de féerie [3]. Il y avait encore de tels champs, même de mon temps, entre Paris et Saint-Denis (voyez le plus joli de tous les chapitres des *Mystères de Paris*, où Fleur-de-Marie y court librement pour la première fois) ; mais, à présent, je suppose que la terre natale de sainte Phyllis a servi toute à élever des bastions et des glacis (profitables et bénis de tous les saints et d'elle comme ils en ont depuis donné la preuve), ou est couverte de manufactures et de cabarets.

1. Miss Ingelow. — (Note de l'Auteur.)
2. Après enquête je trouve dans la plaine entre Paris et Sèvres. — (Note de l'Auteur.)
3. On les montrerait encore à Nanterre sous les noms de Parc de Sainte-Geneviève et de Clos de Sainte-Geneviève (abbé Vidieu, *Sainte Geneviève, patronne de Paris*). — (Note du Traducteur.)

Elle avait sept ans quand, allant d'Auxerre en Angleterre, saint Germain s'arrêta une nuit dans son village, et, parmi les enfants qui, le matin, le mirent dans son chemin d'une manière plus aimable que l'escorte d'Elisée, remarqua celle-ci qui le regardait de ses yeux plus écarquillés par le respect que ceux des autres ; il la fit venir à lui, la questionna, et il lui fut répondu par elle avec douceur qu'elle serait contente d'être la servante du Christ. Et il suspendit à son cou une petite pièce de cuivre marquée de la croix. A partir de ce moment Geneviève se tint pour « séparée du monde ».

Il n'en advint pas ainsi cependant. Bien au contraire, il vous faut penser à elle au lieu de cela comme à la première des Parisiennes. Reine de la Foire aux Vanités, voilà ce que devait devenir la tranquille pauvre sainte Phyllis avec son liard de cuivre marqué de la croix autour du cou ! Plus que Nicotris ne fut pour l'Égypte, plus que Sémiramis pour Ninive, plus que Zénobie pour la cité des palmiers, voilà ce que cette bergère de sept ans devint pour Paris et sa France. Vous n'avez jamais entendu parler d'elle sous cet aspect ? Non, comment l'auriez-vous pu ? Car elle ne conduisit pas d'armées, mais les arrêta, et toute sa puissance fut dans la paix.

7. Il y a cependant quelque vingt-sept ou vingt-huit vies d'elle, je crois, dans la littérature desquelles je ne puis ni n'ai besoin d'entrer, toutes s'étant montrées également impuissantes à éveiller d'elle une image claire dans l'esprit des Français ou Anglais d'aujourd'hui, et je laisse les pauvres sagacités et imaginations de chacun toucher à sa sainteté, la modeler et lui donner une forme intelligible, je ne dis pas croyable, car il n'est pas question ici de croyance, la créature est aussi réelle que

9*

Jeanne d'Arc et a en elle beaucoup plus de puissance.
Elle se distingue par le calme de sa force (exactement
comme saint Martin par sa patience se distingue des
prélats combatifs) — de la foule digne de pitié des
saintes femmes martyres.

Il y a des milliers de jeunes filles pieuses qui n'ont
jamais figuré dans aucun calendrier, mais qui ont passé
et gâché leur vie dans la désolation, Dieu sait pourquoi,
car nous ne le savons pas, mais en voici une, en tout
cas, qui ne soupire pas après le martyre et ne se consume pas dans les tourments, mais devient une Tour
du Troupeau [1] et toute sa vie lui construit un bercail.

8. La première chose ensuite que vous avez à remarquer à son sujet c'est qu'elle est absolument gauloise
de naissance. Elle ne vient pas comme missionnaire
de Hongrie ou d'Illyrie, ou d'Égypte, ou de quelque
région mystérieuse dont on ne dit pas le nom, mais
elle grandit à Nanterre, comme une marguerite dans
la rosée, la première « Reine Blanche » de Gaule.

Je n'ai pas encore fait usage de ce vilain mot
« Gaule », et nous devons tout de suite nous bien
assurer de sa signification, bien que cela doive nous
coûter une longue parenthèse.

9. Au temps de la puissance grandissante de Rome,
son peuple appelait Gaulois tous ceux qui vivaient au
nord des sources du Tibre. Si cette définition générale
ne vous suffit pas, vous pouvez lire l'article *Gallia*
dans le *Dictionnaire* de Smith qui tient soixante et
onze colonnes d'impression serrée, chacune de la longueur de trois de mes pages : et il vous dit à la fin :
« Quoique long, ce n'est pas complet. » Vous pouvez

1. Allusion à Michée, IV, 8. — (Note du Traducteur.)

cependant, après une lecture attentive, en tirer à peu près autant que je vous en ai dit plus haut.

Mais dès le ii° siècle après le Christ et, d'une manière beaucoup plus nette à l'époque dont nous nous occupons — le v° siècle — les nations barbares ennemies de Rome, en partie subjuguées ou tenues en échec par elle, s'étaient constituées en deux masses distinctes, appartenant à deux *latitudes* distinctes. L'une ayant fixé sa demeure dans l'agréable zone tempérée d'Europe : l'Angleterre avec ses montagnes occidentales, les salubres plateaux calcaires et les montagnes granitiques de France, les labyrinthes germaniques de montagnes boisées et de vallées sinueuses du Tyrol au Harz, et tout le vaste bassin fermé des Carpathes avec le réseau de vallées qui en rayonnent. Rappelez-vous ces quatre contrées d'une manière succincte et claire en les appelant la « Bretagne », la « Gaule », la « Germanie » et la « Dacie ».

10. Au nord de ces populations sédentaires, frustes mais endurantes, possédant des champs et des vergers, des troupeaux paisibles, des homes à leur manière, des mœurs et des traditions qui n'étaient pas sans grandeur, habitait, ou plutôt flottait à la dérive et s'agitait une chaîne, çà et là interrompue, de tribus plus tristes, surtout pillardes et déprédatrices, essentiellement nomades ; sans foyer, par la force des choses, ne trouvant ni repos, ni réconfort dans la terre et le ciel triste ; errant désespérement le long des sables arides et des eaux marécageuses du pays plat qui s'étend des bouches du Rhin à celles de la Vistule, et, au delà de la Vistule, nul ne sait où, ni n'a besoin de le savoir. Des sables déserts et des marécages à fleur de sol, telle était leur part ; une prison de glace et l'ombre des

nuages pendant de longs jours de la rigoureuse année, des flaques sans profondeur, les infiltrations ou les méandres de cours d'eau ralentis, le noir dépérissement des bois en friche, pays difficile à habiter, impossible à aimer. Depuis cette époque l'intérieur des terres ne s'est guère amélioré [1]. Et des temps encore plus tristes sont maintenant venus pour leurs habitants.

11. Car au ve siècle ils avaient des troupeaux de bétail [2] à conduire et à manger, des terres qui étaient de vraies chasses non gardées, pleines de gibier et de cerfs et aussi des rennes apprivoisables, même dans le sud, des sangliers fougueux bons pour le combat, comme au temps de Méléagre, et ensuite pour le lard ; d'innombrables bêtes à fourrures dont on utilisait la chair et le pelage. Les poissons de la mer infinie à rompre leurs filets, des oiseaux innombrables, errant dans les cieux, comme cibles à leurs flèches aux pointes aiguës, des chevaux dressés à recevoir un cavalier, des vaisseaux, et non de taille médiocre, et de toutes sortes, à fond plat pour les flaques boueuses, à quille et à pont pour l'impétueux courant de l'Elbe et la furieuse Baltique d'un côté, au sud pour le Danube, qui fend les montagnes et le lac noir de Colchos.

12. Et ils étaient dans tout leur aspect extérieur et aussi dans toute leur force éprouvée, les puissances

1. Voyez, d'une manière générale, toutes les descriptions que Carlyle a eu occasion de donner de la terre prussienne et polonaise, ou de l'extrémité des rivages de la Baltique. — (Note de l'Auteur.)

2. Gigantesque — et pas encore fossile ! Voyez la note de Gibbon sur la mort de Théodebert : « le roi pointa sa lance — le taureau *renversa un arbre sur sa tête* — il mourut le même jour » (VII, 255). La corne d'Uri et son bouclier surmonté des hauts panaches du casque allemand attestent la terreur qu'inspiraient ces troupeaux d'aurochs. — (Note de l'Auteur.)

vivantes du monde, dans cette longue heure de sa transfiguration. Tout le reste qui avait été tenu à une époque
pour redoutable était devenu formalisme, démence ou
infamie. Les armées romaines rien qu'un mécanisme
armé d'une épée, s'abattant en désordre chaque épée
contre l'épée amie ; — la Rome civile une multitude mêlée
d'esclaves, de maîtres d'esclaves, et de prostituées.
L'Orient, séparé de l'Europe par les Grecs impuissants.
Ces troupes affamées des forêts Noires et des mers
Blanches, elles-mêmes à moitié loups, à moitié bois flot-
tants (comme nous nous appelions Cœurs de Lion, Cœurs
de Chêne, eux faisaient de même) sans pitié comme
le chien du troupeau, endurants comme le bouleau
et le pin sauvages. Vous n'entendez guère parler
que d'eux pendant les cinq siècles encore à venir ;
Wisigoths, à l'ouest de la Vistule ; Ostrogoths, à l'est
de la Vistule, et, rayonnant autour de la petite Holy
Island (Heligoland), nos propres Saxons et Hamlet le
Danois, et en traîneau sur la glace, son ennemi le Po-
lonais, tous ceux-ci au sud de la Baltique ; et jetant
sans arrêter par-dessus la Baltique sa force, issue des
montagnes, la Scandinavie, — jusqu'à ce qu'enfin pour
un temps *elle* gouverne tout, et que le nom de Normand,
voie son autorité incontestée du Cap Nord à Jérusalem.

13. *Ceci* est l'histoire apparente, ceci est la seule histoire connue du monde, comme je l'ai dit, pour les cinq
siècles qui vont venir. Et cependant ce n'est que la surface, au-dessous de laquelle se passe l'histoire réelle.

Les armées errantes ne sont, en réalité, que de la
grêle et du tonnerre et du feu vivants sur la terre.
Mais la Vie Souffrante, le cœur profond de l'humanité
primitive, se développant dans une éternelle douceur
et bien que ravagée, oubliée, dépouillée, elle-même

restant sur place et jamais dévastatrice, ni meurtrière, mais ne pouvant être vaincue par la douleur, ni par la mort, — devint la semence de tout l'amour qui était appelé à naître et le moment venu donna alors à l'humanité mortelle ce qu'elle était capable de recevoir d'espérance, de joie ou de génie et, — s'il y a une immortalité — amena, par-delà le tombeau, à l'Église ses Saints protecteurs et au Ciel ses Anges secourables.

14. De cet ordre de créatures d'humble condition, silencieuses, inoffensives, infiniment soumises, infiniment dévouées, aucun historien ne s'occupe jamais le moins du monde, excepté quand elles sont volées ou tuées. Je ne puis vous en donner aucune image, en amener jusqu'à votre oreille aucun murmure, aucun cri. Je puis seulement vous montrer l'absolu « doit avoir été » de leur passé non récompensé, et l'idée que tous nous nous sommes faite d'elles, et les choses qui nous en ont été dites reposent sur des faits plus profonds de leur histoire, qui n'ont jamais été ni conçus, ni racontés.

15. La grande masse de cette innocente et invincible vie paysanne, est, comme je vous l'ai dit plus haut, groupée dans les districts féconds et tempérés (relativement) de l'Europe montagneuse, allant, de l'ouest à l'est, de l'extrémité du pays de Cornouailles à l'embouchure du Danube.

Déjà, dans les temps dont nous nous occupons en ce moment, elle était pleine d'une ardeur naturellement généreuse et d'une intelligence ouverte à tout. La Dacie donne à Rome ses quatre derniers grands empereurs[1] ;

1. Claudius, Aurélien, Probus, Constantius; et après le partage de l'empire, à l'est Justinien. « L'empereur Justinien était né d'une obscure race de barbares, les habitants d'un pays sauvage et désolé, auquel les noms de Dardanie, de Dacie, et de Bulgarie

la Bretagne donne à la chrétienté les premiers exploits et les légendes dernières de sa chevalerie ; la Germanie à tous les hommes la sincérité et la flamme du Franc ; la Gaule, à toutes les femmes la patience et la force de sainte Geneviève.

16. La *sincérité* et la flamme du Franc, il faut que je le répète avec insistance, car mes plus jeunes lecteurs ont été probablement habitués à penser que les Français étaient plus polis que sincères. Ils trouveront, s'ils approfondissent la matière, que la sincérité seule peut être policée, et que tout ce que nous reconnaissons de beauté, de délicatesse et de proportions dans les manières, le langage ou l'architecture des Français, vient d'une pure sincérité de leur nature, que vous sentirez bientôt dans les créatures vivantes elles-mêmes si vous les aimez ; et si vous comprenez sainement jusqu'à leurs pires fautes, vous verrez, que leur Révolution elle-même fut une révolte contre les mensonges, et la révolte de l'amour trahi. Jamais peuple ne fut si vainement loyal.

17. Qu'ils aient été à l'origine, des Germains, eux-mêmes je suppose seraient bien aises de l'oublier maintenant ; mais comment ils secouèrent de leurs pieds la poussière de Germanie et se donnèrent un nom nouveau est le premier des phénomènes que nous ayons maintenant à observer attentivement en ce qui les concerne. « Les critiques les plus sagaces », dit M. Gibbon dans son x⁰ chapitre, « *admettent* que *vers* l'an 240 envi-

ont été successivement appliqués. Les noms de ces paysans Dardaniens sont goths, et presque anglais, Justinien est une traduction de Uprauder (upright) ; son père Sabatius (en langue gréco-barbare, Stipes) était appelé dans son village « Istock » (Stock). (Gibbon, commencement du chap. xi et note.) — (Note de l'Auteur.)

ron » (nous *admettrons* alors, pour plus de commodité, que ce fut *vers* l'an 250 environ, à moitié chemin de la fin du v° siècle, là où nous sommes, — dix ans de plus ou de moins dans les cas de « admettons que vers... environ », importent peu, mais nous aurons au moins quelque bouée flottante de date à la portée de la main).

« Vers A. D. 250, donc, « une nouvelle confédération » fut formée sous le nom de Francs par les anciens habitants du Bas-Rhin et du Weser. »

18. Ma propre impression relativement aux anciens habitants du Bas-Rhin et du Weser, eût été qu'ils se composaient surtout de poissons, avec des grenouilles et des canards à la surface, mais une note ajoutée par Gibbon, à ce passage, nous fait savoir que la nouvelle confédération se composait de créatures humaines, dans les items suivants :

1° Les Chauces, qui vivaient on ne nous dit pas où ;
2° Les Sicambres, » dans la Principauté de Waldeck ;
3° Les Attuarii, » dans le duché de Berg ;
4° Les Bructères, » sur les bords de la Lippe ;
5° Les Chamaves, » dans le pays des Bructères ;
6° Les Cattes, » en Hesse.

Tout cela sera, je crois, plutôt plus clair dans vos têtes si vous l'oubliez que si vous vous le rappelez ; mais, s'il vous plaît de lire ou relire (ou le mieux de tout, de trouver pour vous lire quelque réelle Miss Isabelle Wardour [1]) l'histoire de Martin Waldeck dans l'*Antiquaire*, vous y gagnerez une notion suffisante du caractère principal de « la principauté de Waldeck », certainement lié à cet important mot germain « woody »

1. Personnage de l'*Antiquaire*. — (Note du Traducteur.)

(c'est-à-dire « woodish », je suppose?) — descriptif de rochers et de forêts à moitié poussées ; en même temps qu'un respect salutaire pour les bases profondes que Scott donne instinctivement aux noms propres dans son œuvre.

Mais ne perdons pas de vue notre but. Le plus pressé est de revenir sérieusement maintenant à nos cartes, et de situer les choses dans un espace déterminé par des limites linéaires.

Toutes les cartes de Germanie que j'ai personnellement l'avantage de posséder, deviennent extrêmement confuses juste au nord de Francfort, et ressemblent alors à un vitrail peint qui aurait été brisé en mille morceaux par la rancune puritaine, et restauré par d'ingénieux gardiens d'église qui auraient remis chaque morceau à l'envers, cette curieuse vitrerie se proposant de représenter les soixante, soixante-dix, quatre-vingts ou quatre-vingt-dix duchés, marquisats, comtés, baronnies, électorats, etc., héréditaires, en lesquels s'est craquelée et morcelée l'Allemania, sous cette latitude.

Mais sous les couleurs bigarrées et à travers les alphabets interpolés et surchargés de dignités tronquées auxquelles s'ajoutent les trois réseaux des chemins de fer mis sur le tout, réseaux non pas unis, mais hérissés de jambes comme des myriapodes, un dur travail d'une journée avec une bonne loupe vous met en état de découvrir approximativement le cours du Weser, et les noms de certaines villes voisines de ses sources, lesquels méritent d'être retenus.

20. Au cas où vous n'avez pas à disposer d'un après midi, ni votre vue à user, vous devrez vous contenter de ceci, qui est forcément un simple abrégé : à savoir

que du Drachenfels[1] et de ses six frères Fels, se
dirigeant de l'est au nord, court et s'étend une troupe
éparpillée de petits rochers noueux, de mystérieuses
crêtes qui surplombent, sourcilleuses, des vallées bor-
dées de petits bois, où un torrent met tantôt sa fureur
et tantôt sa mélodie ; les crêtes, la plupart couronnées
de châteaux par la piété chrétienne des vieux âges
dans des buts lointains ou chimériques ; les vallées
résonnant du bruit des bucherons, et creusées par les
mineurs, habitées sous la terre par les gnomes et
dessus par les génies sylvestres et autres. Le pays
entier agrafant rocher par rocher, rattachant de vallon en vallon pendant quelque 150 milles (avec des inter-
valles) la montagne du Dragon, au-dessus du Rhin à
la montagne Résine, le « Harz », encore obscur
aujourd'hui, vers le sud des terrains foulés par les
noirs Brunswickois, de réalité corporelle indiscutable ;
anciennement obscurci par la forêt « Hercynienne »
(haie ou barrière) d'où par corruption Harz, où se
trouve aujourd'hui le Harz ou la forêt Résine, hantée
de sombres forestiers, de souche au moins résineuse,
pour ne pas dire sulfureuse.

21. Cent cinquante milles de l'est à l'ouest, disons
moitié autant du nord au sud, environ dix mille milles
carrés en tout de montagnes métallifères, conifères et
fantomifères, fluidifiées et diffluant pour nous, au moyen
âge et dans les temps modernes, en l'huile la plus essentielle de térébenthine, et cette myrrhe, ou cet encens, de
l'imagination et du caractère que produit naturellement
la Germanie et dont l'huile de térébenthine est le symbole. Je songe particulièrement au développement

1. Voir le *Childe Harold* de Byron. — (Note du Traducteur.)

qu'ont pris les usages les plus délicats de la résine, en tant qu'indispensable à l'archet du violon, depuis les jours de sainte Elisabeth de Marbourg, à ceux de saint Méphistophélès de Weimar.

22. Autant que je sache, ce bouquet de rochers capricieux et de vallées n'a pas de nom général comme groupe de collines ; et il est tout à fait impossible de découvrir ses différentes ramifications sur aucune des cartes que je peux me procurer, mais nous pouvons nous rappeler facilement, et utilement, que c'est *tout* le nord du Mein, qu'il s'appuie sur le Drachenfels à une extrémité, et s'élance tout à coup par voûtes vers la lumière du matin, jusqu'au Harz (sommet du Brocken 3.700 pieds au-dessus de la mer, c'est le plus haut), avec un large espace réservé au cours du Weser, dont nous parlerons tout à l'heure.

23. Nous appellerons ceci désormais la chaîne ou le groupe des Montagnes Enchantées ; et alors nous les relierons d'autant plus facilement aux montagnes des Géants, Riesen Gebirge, quand nous aurons besoin d'elles ; mais celles-ci sont toutes plus hautes, plus sévères, et nous n'avons pas encore à les approcher ; celles plus proches au travers desquelles se trouve notre route, nous pourrions peut-être plus justement les nommer les montagnes des Démons ; mais ce ne serait guère respectueux pour sainte Élisabeth ni pour les innombrables jolies châtelaines des tours, ou pour les princesses du parc et de la vallée, qui ont rendu les mœurs domestiques germaines douces et exemplaires et ont coulé le flot transparent et léger de leur vie jusqu'au bas des vallées des âges avant que l'enchantement prenne une forme peut être trop canonique dans l'Almanach de Gotha.

Nous les appellerons donc les Montagnes Enchantées, non les Démons ; remarquant aussi avec reconnaissance que les esprits de leurs rochers ont réellement beaucoup plus du caractère des fées guérissantes que des gnomes, chacun (comme s'il portait une baguette magique de coudrier au lieu d'une verge cinglante), faisant surgir des souterrains ferrugineux des sources effervescentes, salutairement salées et chaudes.

24. Au cœur même de cette chaîne enchantée, jaillit (et la plus bienfaisante, si on en use et la dirige bien de toutes les fontaines de la région) la source de la plus ancienne race franque ; « dans la principauté de Waldeck », vous ne pouvez la faire remonter à aucune plus lointaine ; là elle sort de la terre.

« Frankenberg » (burg) sur la rive droite de l'Eder et à dix-neuf milles au nord de Marbourg, clairement indiqué dans la carte numéro 13 de l'*Atlas général* de Black, dans lequel le groupe de Montagnes Enchantées qui l'entourent et la vallée de l'Eder, autrement « Engel-Bach », « Ruisseau des Anges » (comme se nomme encore le village situé plus haut dans le vallon) qui rejoint la Fulda, juste au-dessus de Cassel, sont aussi tracés d'une manière intelligible pour des regards mortels qui font un peu attention. Je serais gêné par les noms si j'essayais un dessin ; mais quelques traits de plume un peu minutieux ou quelques esquisses que vous feriez vous-même à la main, vous donneraient toutes les sources actuelles du Weser avec une clarté suffisante, ainsi que les villes à se rappeler qui sont sur son cours ou juste au sud sur l'autre pente de la ligne de partage vers le Mein : Frankenberg et Waldeck sur l'Eder, Fulda et Cassel sur la Fulda, Eisenach sur la Werra, qui forme le Weser après avoir pris la Fulda comme épouse (comme le Tees la Greta[1]), au delà d'Eisenach, sous la Wartbourg (dont vous avez entendu parler comme château affecté aux missions chrétiennes, et aux besoins de la Société Biblique). Les rues de la ville sont pavées en dure basalte (son nom — eau de fer — rappelant les armures Thuringiennes de l'ancien temps), elle est encore en pleine activité avec ses moulins qui servent à tout.

25. Les rochers sur tout le chemin depuis le Rhin sont jusque-là des jaillissements et des soulèvements de basalte à travers des roches ferrugineuses, avec un ou deux gisements de charbon vers le nord, ne valant pas, grâce à Dieu, la peine d'être extraits ; à Frankenberg même une mine d'or ; encore la pitié du ciel veut-elle qu'elle soit assez pauvre en métal ; mais du bois et du fer le pays en produit en quantité suffisante si l'on met à l'avoir la peine voulue ; et il y a des richesses plus douces à la surface de la terre, du gibier, du blé, des fruits, du lin, du vin, de la laine et du chanvre. Enfin couronnant le tout, le zèle monastique dans les maisons de Fulda et de Walter que je trouve indiquée par une croix comme ayant été bâtie par un certain pieux Walter, chevalier de Meiningen sur le Bodenwasser « eau du fond », c'est-à-dire une eau ayant finalement bien trouvé sa voie vers sa chute (dans le sens où « Boden See » est dit du Rhin descendu de la Via Mala).

26. Et ainsi, ayant bien dégagé des rochers vos sources du Weser, et pour ainsi dire rassemblé les

1. Sur le confluent du Teess et de la Greta, voir les pages de *Modern Painters* où sont cités les vers de Walter Scott (*Modern Painters*, III, IV, 16, § 36 et 37. Sur la Greta par Turner, voir *Lectures on art*, § 170). — (Note du Traducteur.)

rênes de votre fleuve, vous pouvez dessiner assez facilement pour votre usage personnel la partie plus éloi-
gnée de son cours allant au nord en ligne droite, vers la
mer du Nord. Et tracez-le d'un trait énergique sur votre
esquisse de la carte d'Europe, après la frontière de la
Vistule, laissant de côté l'Elbe pour un temps. Pour le
moment, vous pouvez tenir tout l'espace compris entre le
Weser et la Vistule (au nord des montagnes) pour sauvage et barbare (Saxon et Goth); mais donnez passage
à la source des Francs à Waldeck et vous les verrez
graduellement mais rapidement remplir tout l'espace
entre le Weser et les Bouches du Rhin et, écumeux
dans les montagnes, se répandre en une nappe plus
tranquille sur les Pays-Bas, où leur errante vie fores-
tière et pastorale trouve enfin à s'endiguer dans la
culture des champs de boue, et oublie dans la brume
glacée qui flotte sur la mer l'éclat du soleil sur les
rochers de basalte.

27. Sur quoi nous aussi devons-nous arrêter pour
nous endiguer quelque peu ; et avant toute autre chose,
voir ce que nous pouvons comprendre à ce nom de
Francs relativement auquel Gibbon nous dit de son ton
le plus doux de sérénité morale satisfaite : « L'amour
de la liberté était la passion maîtresse de ces Germains.
Ils méritèrent, ils prirent, ils gardèrent l'épithète honorable de Francs, ou hommes libres. » Il ne nous dit
pas toutefois en quelle langue de l'époque (Chaucien,
Sicambrien, Chamave ou Catte) « Franc » a jamais
signifié Libre ; et je ne puis moi-même découvrir à
quelle langue, de quelque temps que ce soit, ce mot
appartient d'abord ; mais je ne doute pas que Miss Yonge
(*Histoire des Noms Chrétiens*, articles sur *Frey* et *Frank*)
ne donne la vraie racine quand elle parle de ce qu'elle

appelle le « Puissant Germain, « Frang » Free *Lord*
Nullement un libre homme du peuple, rien de pareil ;
mais une personne dont la nature et le nom impliquaient
l'existence autour de lui et au-dessous de lui d'un nombre
considérable d'autres personnes qui n'étaient en rien
« Frang » ni Frangs. Son titre est un des plus fiers
de ceux qui existaient alors ; consacré à la fin par la
dignité de l'âge ajoutée à celle de la valeur dans le
nom de Seigneur, ou Monseigneur, pas encore dans
sa dernière forme cokney de « Mossoo » prise dans une
acception tout à fait républicaine !

28. De sorte que, en y réfléchissant bien, la qualité
de franchise ne donne que son bord plat dans la signification de « Libre », mais du côté du tranchant
et de la pointe, sans aucun doute et en tout temps
signifie brave, fort, et honnête, au-dessus des autres
hommes [1].

Le vieux peuple du pays de forêts ne fut jamais en

1. Gibbon serre le sujet de plus près dans une phrase de son
XXIIe chapitre : « Les guerriers indépendants de Germanie *qui
considéraient la sincérité comme la plus noble de leurs vertus* et
la liberté comme le plus précieux de leurs biens. » Il parle spécialement de la tribu franque des Attuarii contre laquelle l'empereur Julien eut à refortifier le Rhin de Clèves à Bâle. Mais les
premières lettres de l'empereur Jovien, après la mort de Julien
« déléguaient le commandement militaire de la Gaule et de
l'Illyrie (quel vaste commandement c'était, nous le verrons plus
tard) à Malarich, un *brave et fidèle* officier de la nation des
Francs » ; et ils restent les loyaux alliés de Rome dans sa dernière
lutte avec Alaric. Apparemment, pour le plaisir seul de varier
d'une façon captivante sa manière de dire et, en tout cas, sans
donner à entendre qu'il y eut une cause quelconque à un si
grand changement dans le caractère national, nous voyons
M. Gibbon, dans son volume suivant, adopter tout à coup les
épithètes abusives de Procope et appeler les Francs « une
nation légère et perfide » (VII, 251). Les seuls motifs discernables
de cette définition inattendue sont qu'ils refusent de vendre

aucune méchante acception « libre » ; mais dans un sens vraiment humain il fut Franc, pensant ce qu'il disait tout haut, et s'y tenant jusqu'à ce qu'il l'eût réalisé. Prompts et nets dans les paroles et dans l'action, absolument sans peur et toujours sans repos ; mais sans loi, indisciplinés par laisser-aller ou prodigues par faiblesse, cela ils ne le sont ni en action ni en paroles. Leur franchise, si vous lisez le mot comme un savant et un chrétien, et non comme un moderne infidèle de demi-culture et n'ayant qu'une moitié de cerveau, ne connaissant de toutes les langues de l'univers que son argot, est, en réalité, opposée non à servitude, mais à timidité [1].

leur amitié ou leur alliance à Rome et Ravenne ; et que dans son invasion d'Italie le petit-fils de Clovis n'envoya pas préalablement l'avis direct de la route qu'il se proposait de suivre, ni même ne signifia entièrement ses intentions avant qu'il ne se fût assuré du Pô à Pavie ; dévoilant son plan ensuite avec une clarté suffisante, en « attaquant presque au même instant les camps hostiles des Goths et des Romains qui, au lieu d'unir leurs armes, fuirent avec une égale précipitation ». — (Note de l'Auteur.)

1. Pour illustrer en détail ce mot, voyez « Val d'Arno », *Cours* VIII ; *Fors Clavigera*, lettres XLVI, 231, LXXVII, 137 ; — et Chaucer, *le Roman de la rose* (1212). A côté de lui (le chevalier Arthur) « dansait dame Franchise ». Les vers anglais sont cités et commentés dans le premier *cours* de *Ariadne Florentina* (§ 26) ; je donne ici le français :

> « Après tous ceulx estait Franchise
> Que ne fut ne brune ne bise
> Ains fut comme la neige blanche
> *Courtoyse* estait, *joyeuse*, et *franche*
> Le nez avait long et tretis
> Yeulx vers, riants ; sourcils faitis ;
> Les chevoulx eut très blons et longs
> Simple fut comme les coulons
> Le cœur eut doux et débonnaire.
> *Elle n'osait dire ni faire*
> *Nulle riens que faire ne deust.* »

Et j'espère que mes lectrices ne confondront plus Franchise avec Liberté. (Note de l'Auteur.)

C'est aujourd'hui la marque de ce qu'il y a de plus doux et de plus français dans le caractère français qu'il produit des serviteurs qui sont tout bonnement parfaits. Infatigablement attachés à leurs protecteurs, dans une douce adresse à tout faire, sous une tutelle latente ; les plus aimablement utiles des valets, les plus gentilles (de mentalité et de personnalité tout à fait bonnes) des bonnes. Mais à aucun degré, ne seront intimidés par vous. Vous aurez beau être le duc ou la duchesse de Montaltissimo vous ne les verrez pas troublés par votre rang élevé. Ils entameront la conversation avec vous s'ils en ont envie.

29. Les meilleurs des serviteurs ; les meilleurs des sujets aussi quand ils ont un roi, ou un comte, ou un chef, franc aussi, pour les conduire ; ce dont nous verrons la preuve en temps voulu ; mais, en ce moment, notez encore ceci, quelque éclat accessoire de la chose appelée par eux dans la suite Liberté que puisse suggérer le nom Frank, vous devez dès maintenant, et toujours dans l'avenir, vous garder de confondre leurs Libertés avec leur Puissance d'agir. Ce que l'attitude de l'armée peut être vis-à-vis de son chef est une question ; si chef ou armée peut se tenir en repos six mois, une autre et toute différente. Il leur faut toujours combattre quelqu'un ou aller quelque part, la vie ne leur paraît pas valoir sans cela la peine d'être vécue ; et cette activité, cet éclat et cet éclair de vif-argent qui brille à la fois ici et là, qui dans son essence n'est l'amour ni de la guerre ni de la rapine, mais seulement le besoin de changer de place et d'humeur (pour ainsi dire de modes et de temps — et d'intensité —) chez des gens qui ne veulent jamais laisser reposer leurs éperons mais les ont toujours brillants et

aux pieds, et préfèrent jeûner à cheval que festoyer au
repos, cette peur enfantine d'être mis dans le coin,
et ce besoin continuel d'avoir quelque chose à faire,
tout cela doit être considéré par nous avec une sympathie étonnée dans toutes ses conséquences quelquefois éblouissantes, mais trop souvent malheureuses
et désastreuses pour la nation elle-même aussi bien que
pour ses voisins.

30. Et cette activité que nous, lourds mangeurs de
bœufs que nous sommes, nous avions l'habitude, avant
que la science moderne nous eût enseigné que nous
n'étions nous-mêmes rien de mieux que des babouins,
de comparer discourtoisement à celle des tribus plus
vives des singes, fit en réalité une si grande impression sur les Hollandais (quand pour la première fois
l'irrigation franque donna quelque mouvement et
quelque courant à leurs marais) que les plus anciennes
armoiries dans lesquelles nous trouvions un blason
rappelant la puissance franque, paraissent avoir été
l'œuvre d'un Hollandais qui voulait en donner une
représentation dédaigneusement satirique.

« Car, dit un très ingénieux historien, M. André Favine, « Parisien et avocat à la Haute-Cour du Parlement français en l'an 1626 », ces peuples qui bordaient
la Sala appelés « Salts » par les Allemagnes, furent à
leur descente dans les pays hollandais appelés par les
Romains « Francs Saliques » (d'où la future loi « Salique », remarquez-le) et par abréviation « Salii », apparemment du verbe *salire*, c'est-à-dire « saulter », « sauter » (et dans l'avenir par conséquent dûment aussi
danser — d'une manière incomparable), être « vif et
agile du pied, bien sauter et monter, qualités tout particulièrement requises chez ceux qui habitent des lieux

humides et marécageux. Aussi pendant que tels des Français comme ceux qui habitaient sur le bras principal du fleuve (Rhin) étaient nommés « Nageurs » (Swimmers), ceux des marais étaient appelés « Saulteurs » (Leapers); c'était un sobriquet donné aux Français en raison et de leur disposition naturelle et de leur résidence; et encore aujourd'hui, leurs ennemis les appellent les Crapauds Français (ou Grenouilles plus exactement), d'où est venue la fable que leurs anciens rois portaient de telles créatures dans leurs armes. »

31. Sans aborder en ce moment la question de savoir si c'est une fable ou non, vous vous rappellerez aisément l'épithète « Salien », caractérisant les gens qui sautent les fossés, traversent les fleuves à la nage, si bien que, comme nous l'avons dit précédemment, toute la longueur du Rhin dut être refortifiée contre eux, épithète toutefois, où il paraît à l'origine y avoir un certain Sel délicat, de sorte que nous pouvons justement, comme nous appelons « vieux Salés » nos marins endurcis, songer à ces Francs plus brillants, plus étincelants, comme à de « Jeunes Salés » ; mais les Romains joueront en quelque sorte sur le mot, et dans leur respect naturel pour la flamme martiale et « l'élan » de ces Franks, ils en feront « Salii exsultantes [1] » du nom même de leurs propres prêtres armés qui les suivaient à la guerre.

1. Leur première mauvaise exultation, en Alsace, avait été provoquée par les Romains eux-mêmes (ou du moins par Constantin dans sa jalousie de Julien) qui y avaient employé « présents et promesses, l'espoir du butin et la concession perpétuelle de tous les territoires qu'ils seraient capables de conquérir » (Gibbon, chap. ix, 3-208). Chez tout autre historien que Gibbon (qui n'a réellement aucune opinion arrêtée sur aucun caractère ni sur aucune question, mais s'en tient au truisme

Allant jusqu'à une dérivation un peu plus lointaine, mais subtile, nous pouvons considérer ce premier « Saillant » comme un promontoire en bec d'aigle sur la France que nous connaissons, vers ce que nous appelons aujourd'hui la France; et à jamais dans sa brillante élasticité de tempérament, une nation à sauts et saillies, nous fournissant à nous Anglais, car nous pouvons risquer pour cette fois ce peu d'érudition héraldique, leur « Léopard » (non comme une créature mouchetée et tachetée, mais naturellement élancée et bondissante) pour nos écussons royaux et princiers.

En voilà assez sur leur nom de « Salien », mais de l'interprétation de la Franchise nous sommes aussi loin que jamais, et il faut nous contenter cependant d'en rester là, en notant toutefois deux idées liées dans la suite à ce nom, qui sont pour nous d'une très grande importance de définition.

32. « Le poète français dans les premiers livres de sa Franciade, dit M. Favine » (mais quel poète, je ne sais, ni ne puis me renseigner là-dessus)[1], « raconte »[2] (dans le sens de écartèle, ou peint comme fait un héraldiste) « certaines fables sur le nom

général que les pires hommes agissent quelquefois bien, et les meilleurs souvent mal, loue quand il a besoin d'arrondir une phrase et blâme quand il ne peut pas, sans cela, en terminer une autre), — nous aurions été surpris d'entendre dire de la nation « qui mérita, prit et garde le nom honorable d'hommes libres », que « ces voleurs indisciplinés traitaient comme leurs ennemis naturels tous les sujets de l'empire possédant une propriété qu'ils désiraient acquérir ». La première campagne de Julien qui rejette les Francs et les Allemands au-delà du Rhin, mais accorde aux Francs Saliens, sous serment solennel, les territoires situés dans les Pays-Bas, sera retracée une autre fois. — (Note de l'Auteur.)

1. Il s'agit pourtant de Ronsard. — (Note du Traducteur.)
2. « Encounters, en quartiers ».

des Français pour lequel on aurait adopté et réuni
deux mots gaulois ensemble, Phere-Encos qui signifie
« Porte-Lance » (Brandit-Lance, pourrions-nous peut-
être nous risquer à traduire), une arme plus légère que
la pique commençant ici à s'agiter dans les mains de
leur chevalerie et Fere-Encos devenant assez vite dans
le langage parlé « Francos » ; — une dérivation certes
à ne pas accepter, mais à cause de l'idée qu'elle donne
de l'arme elle vaut qu'on y prête attention de même
qu'à la suivante : parmi les armes des anciens Français,
au-dessus et à côté de la lance, il y avait la hache
d'arme qu'ils appelaient anchon, et qui existe encore
aujourd'hui dans beaucoup de provinces de France où
on l'appelle un achon ; ils s'en aidaient à la guerre en
le jetant au loin sur l'ennemi dans le seul but de
le mettre à découvert et pour fendre son bouclier.
Cet *achon* était dardé avec une telle violence qu'il
pourfendait le bouclier, forçait son possesseur à
abaisser le bras et ainsi le laissait découvert et dé-
sarmé et permettait de le surprendre plus facilement
et plus vite. Il paraît que cette arme était proprement
et spécialement l'arme du soldat français, aussi bien
à pied qu'à cheval. Pour cette raison, on l'appelait
Franciscus. Francisca, *securis oblonga, quam Franci
librabant in hostes.* Car le cavalier, outre son bouclier et
sa francisca (arme commune, comme nous l'avons dit, au
fantassin et au cavalier), avait aussi la lance ; lorsqu'elle
était brisée et ne pouvait plus servir, il portait la main
sur sa francisca, sur l'usage de laquelle nous ren-
seigne l'archevêque de Tours, dans son second livre,
chapitre XXVII. »

33. Il est agréable de voir avec quel respect les
leçons de l'archevêque de Tours étaient écoutées par

les chevaliers français, et curieux de noter la préférence
des meilleurs d'entre eux à user de la francisca, non
seulement aux temps de Cœur de Lion, mais même aux
jours de Poitiers. Dans le dernier engagement de cette
bataille aux portes de Poitiers : « Là, fit le roi Jehan
de sa main merveilles d'armes, et tenait une hache de
guerre dont bien se déffendait et combattait, si la
quartre partie de ses gens luy eussent ressemblé, la
journée eust été pour eux. » Plus remarquable encore
à ce point de vue est l'épisode du combat que Froissart
s'arrête pour nous dire avant de commencer son récit,
et qui met aux prises le Sire de Verclef (sur la Severn)
et l'écuyer Picard Jean de Helennes; l'Anglais perdant
son sabre descend pour le reprendre ; sur quoi Helennes
lui *jette* le sien avec un tel visé et une telle force « qu'il
accousuit l'Anglais es cuisses, tellement que l'épée
entre dedans et le cousit tout parmi, jusqu'au hans ».

Là-dessus, le chevalier se rendant, l'écuyer bande
sa plaie, et le soigne, restant quinze jours « pour
l'amour de lui », à Châtellerault, tant que sa vie fut en
danger, et ensuite lui faisant faire toute la route en
litière jusqu'à son propre château de Picardie. Sa ran-
çon est de 6.000 nobles. Je pense environ 25.000 livres
de notre valeur actuelle et vous pouvez tenir pour
un signe particulièrement fatal du proche déclin des
temps de la chevalerie ce fait que « devint celuy Escuyer,
chevalier, pour le grand profit qu'il eut du Seigneur
de Verclef ».

Je reviens volontiers à l'aube de la chevalerie, alors
qu'heure par heure, année par année, les hommes
devenaient plus doux et plus sages, alors que même au
travers des pires cruautés et des pires erreurs on pouvait voir les qualités natives de la caste la plus noble

s'affirmer d'abord, en vertu d'un principe inné, se soumettre ensuite en vue des tâches futures.

34. Les deux principales armes, voilà tout ce que nous connaissons jusqu'ici du Franc salien ; pourtant sa silhouette commence à se dessiner pour nous dans le brouillard du Brocken, portant la lance légère qui deviendra le javelot; mais la hache, son arme de bûcheron, est lourde ; — pour des raisons économiques, comme la rareté du fer, c'est l'arme préférable à toutes, donnant la plus grande force d'impulsion et la plus grande puissance de choc avec la plus petite quantité de métal, et le travail de forge le plus sommaire. Gibbon leur donne aussi une « pesante » épée, suspendue à un « large » ceinturon; mais les épithètes de Gibbon sont toujours données gratis[1], et l'épée à ceinturon, quelle que fut sa mesure, était probablement destinée aux chefs seulement ; le ceinturon, lui-même en or, celui-là même qui distinguait les comtes romains et sans aucun doute adopté, à leur exemple, par les chefs francs alliés; prenant par la suite la signification symbolique que lui donne saint Paul[2] de ceinturon de vérité ; enfin, l'emblème principal de l'Ordre de la Chevalerie.

1. C'est, pour Ruskin, la caractéristique des mauvais écrivains Cf. « N'ayez jamais la pensée que Milton emploie ces épithètes pour remplir son vers, comme ferait un écrivain vide. Il a besoin de toutes, et de pas une de plus que celles-ci. » (*Sesame and Liles, of Kings Treasuries*, 21). Voir également plus loin. — (Note du Traducteur.)

2. Allusion à l'Epître aux Ephésiens : « Ayez à vos reins la vérité pour ceinture » (Saint Paul, Epître aux Ephésiens, VI, 14). Saint Paul ne fait, d'ailleurs, ici, que reprendre une image d'Isaïe. « Et la justice sera la ceinture de ses reins » (Isaïe, XI, 5). Voir aussi saint Pierre : « Venez donc, ayant ceint les reins de votre esprit. » (Ire Epître, I, 13.) — (Note du Traducteur.)

35. Le bouclier pour tous était rond, se maniant comme le bouclier d'un highlander : armure qui probablement n'était rien que du cuir fortement tanné, ou du chanvre patiemment et solidement tricoté : « Leur costume collant », dit M. Gibbon, « figurait exactement la forme de leurs membres », mais « costume » est seulement une expression Miltono-Gibbonienne pour signifier « personne sait quoi ». Il est plus intelligible en ce qui concerne leurs personnes. « La stature élevée des Francs, leurs yeux bleus, dénotaient une origine germanique ; les belliqueux barbares étaient formés dès leur première jeunesse à courir, sauter, nager, lancer le javelot et la hache d'armes sans manquer le but, à marcher sans hésitation contre un ennemi supérieur en nombre, et à garder dans la vie ou la mort la réputation d'invincibles qui était celle de leurs ancêtres » (VI, 93). Pour la première fois, en 358, épouvanté par la victoire de l'empereur Julien à Strasbourg, et assiégé par lui sur la Meuse, un corps de six cents Francs « méconnut l'ancienne loi qui leur ordonnait de vaincre ou de mourir ». « Bien que l'espoir de la rapine eût pour les entraîner une force extrême, ils professaient un amour désintéressé de la guerre qu'ils considéraient comme le suprême honneur et la suprême félicité de la nature humaine, et leurs esprits et leurs corps étaient si endurcis par une activité perpétuelle, que selon la vivante expression d'un orateur, les neiges de l'hiver étaient aussi agréables pour eux que les fleurs du printemps » (III, 220).

36. Ces vertus morales et corporelles ou cet endurcissement étaient probablement universels dans les rangs militaires de la nation ; mais nous apprendrons tout à l'heure avec surprise, d'un peuple si remarqua-

blement « libre » que seuls le Roi et la famille royale
y pouvaient porter leur chevelure comme il leur plaisait.
Les rois portaient la leur en boucles flottantes sur le dos et
les épaules, les reines en tresses ondulantes jusqu'à leurs
pieds, mais tout le reste de la nation était obligé par la
loi ou l'usage de se raser la partie postérieure de la
tête, de porter ses cheveux courts sur le front, et de se
contenter de l'ornement de deux petites whiskers [1].

37. Moustaches, veut dire M. Gibbon j'imagine, et je
me permets de supposer aussi que les nobles et leurs
femmes pouvaient porter leurs tresses et leurs boucles
comme il leur convenait. Mais, de nouveau, il nous
ouvre un jour inattendu et gênant sur les institutions
démocratiques des Francs en nous apprenant « que les
différents commerces, les travaux de l'agriculture et
les arts de la chasse et de la pêche étaient *exercés* par
des mains *serviles* pour un *salaire* du souverain ».

« Servile et salaire » toutefois, quoiqu'ils donnent
d'abord l'idée terrible d'un ordre de choses injuste ne
sont que les expressions Miltono-Gibboniennes du
fait général que les rois francs avaient des laboureurs
dans leurs champs, employaient des tisserands et des
forgerons pour faire leurs vêtements et leurs épées,
chassaient avec des veneurs, au faucon avec des faucon-

---

1. Cf. Val d'Arno à propos d'une statue de la cathédrale de
Chartres et d'une peinture de l'abbaye de Westminster : « A
Chartres et à Westminster... le plus haut rang a pour signe
distinctif la chevelure flottante, etc. Si vous ne savez pas lire
ces symboles vous n'avez plus devant vous qu'une figure raide
et sans intérêt » (Val d'Arno, VIII, 212). Il y a là, d'ailleurs, bien
d'autres choses que cela — et qu'on peut aimer sans savoir lire
ces symboles — dans ces statues de Chartres. Et Ruskin l'a lui-
même montré dans des pages admirables (*los Deux sentiers*, I,
33 et suivants) que j'ai citées plus loin, pages 260, 261 et 262,
en note. — (Note du Traducteur.)

niers, et étaient sous les autres rapports tyranniques
dans la proportion où peut l'être un grand propriétaire
de terres anglais. « Le château des rois à longs cheveux était entouré de cours commodes et d'écuries pour
la volaille et le bétail, le jardin était planté de légumes
utiles, les magasins remplis de blé, de vins, soit pour la
vente, soit pour la consommation, et toute l'administra-
tion, conduite dans les règles les plus strictes de l'éco-
comie privée. »

38. J'ai rassemblé ces remarques souvent incomplètes
et pas toujours très consistantes, de l'aspect et du
caractère des Francs, extraites des références de
M. Gibbon, pendant une période de plus de deux siècles,
— et le dernier passage cité, — qu'il accompagne de la
constatation que « cent-soixante de ces palais ruraux
étaient disséminés à travers les provinces de leur
royaume », sans nous dire quel royaume, ou à quelle
époque, — doit être tenu pour descriptif des coutumes
et du système général de leur monarchie après les victoires de Clovis. Mais dès la première heure où vous
entendrez parler de lui, le Franc, à le bien considérer,
est toujours un personnage extrêmement ingénieux,
bien intentionné et industrieux ; s'il est impatient d'acquérir, il sait aussi intelligemment conserver et édifier ;
il y a là tout un don d'ordonnance et de claire architecture qui trouvera un jour sa suprême expression
dans les bas-côtés d'Amiens ; et des choses en tout
genre sans rivales et qui eussent été indestructibles
si ceux qui vécurent au milieu d'elles avaient eu même
force de cœur que ceux qui les avaient construites bien
des années auparavant [1].

1. On entrera plus avant dans la pensée de cette phrase en la rap-
prochant de la fin du 11ª chapitre des *Sept temps de l'architecture*

39. Mais pour le moment il nous faut revenir sur nos pas, car dernièrement, relisant quelques-uns de mes livres pour une édition revue et corrigée, j'ai remarqué et non sans remords, que toutes les fois que dans un paragraphe ou un chapitre je promets pour le chapitre suivant un examen attentif de quelque point particulier le paragraphe suivant n'a trait en quoi que ce soit au point promis, mais ne manque pas de s'attacher passionnément à quelque point antithétique, antipathique ou antipodique, dans l'hémisphère opposé; je trouve cette façon de composer un livre extrêmement favorable à l'impartialité et la largeur des vues; mais je puis concevoir qu'elle doit être pour le commun des lecteurs non seulement décevante (si je puis vraiment me flatter d'intéresser jamais suffisamment pour décevoir) mais même

(*Lampe de vérité*, p. 139 de la traduction Elwall) : « L'architecture du moyen âge s'écroula parce qu'elle avait perdu sa puissance et perdu toute force de résistance, en manquant à ses propres lois, en sacrifiant une seule vérité. Il nous est bon de nous le rappeler en foulant l'emplacement nu de ses fondations et en trébuchant sur ces pierres éparses. Ces squelettes brisés de murs troués où mugissent et murmurent nos brises de mer, les jonchant morceau par morceau et ossement par ossement, le long des mornes promontoires, sur lesquels jadis les maisons de la Prière tenaient lieu de phares, — ces voûtes grises et ces paisibles nefs sous lesquelles les brebis de nos vallées paissent et se reposent dans l'herbe qui a enseveli les autels — ces morceaux informes, qui ne sont point de la terre, qui bombent nos champs d'étranges talus émaillés, ou arrêtent le cours de nos torrents de pierres qui ne sont pas à eux, réclament de nous d'autres pensées que celles qui déploreraient la rage qui les dévasta ou la peur qui les délaissa. Ce ne fut ni le bandit, ni le fanatique, ni le blasphémateur qui mirent là le sceau à leur œuvre de destruction; guerre, couroux, terreur auraient pu se déchaîner et les puissantes murailles se seraient de nouveau dressées et les légères colonnes se seraient élancées de nouveau de dessous la main du destructeur. Mais elles ne pouvaient surgir des ruines de leur propre vérité violée. » — (Note du Traducteur.)

capable de confirmer dans son esprit quelques-unes des insinuations fallacieuses et absolument absurdes de critiques hostiles, concernant mon inconsistance, mes vacillations, et ma facilité à être influencé par les changements de température dans mes principes ou dans mes opinions. Aussi je me propose dans ces esquisses historiques, pour le moins de me surveiller, et j'espère de me corriger en partie de ce travers de manquer à mes promesses, et, dût-il en coûter aux flux et reflux variés de mon humeur, de dire dans une certaine mesure en chaque chapitre ce que le lecteur à le droit de compter qui y sera dit.

40. J'ai abandonné dans mon chapitre 1er après y avoir jeté un simple coup d'œil, l'histoire du vase de Soissons. On peut la trouver (et c'est bien à peu près la seule chose que l'on y puisse trouver concernant la vie ou le caractère individuel du premier Louis) dans toute histoire de France populaire à bon marché avec sa moralité populaire à bon marché imprimée à la suite. Si j'avais le temps de remonter à ses premières sources, peut-être prendrait-elle un autre aspect. Mais je vous la donne telle qu'on peut la trouver partout en vous demandant seulement d'examiner si — même lue ainsi — elle ne peut pas porter en elle une signification quelque peu différente.

41. L'histoire dit donc que, après la bataille de Soissons, dans le partage des dépouilles romaines ou gauloises, le roi revendiqua un vase d'argent d'un superbe travail pour — « lui », étais-je sur le point d'écrire, — et dans mon dernier chapitre, j'ai inexactement *supposé* qu'il le voulait pour son meilleur lui-même, sa reine. Mais il ne le voulait ni pour l'un ni pour l'autre, c'était pour le rendre à saint Rémi, afin qu'il pût rester

parmi les trésors consacrés à Reims. Ceci est le premier point sur lequel les historiens populaires n'insistent pas, et qu'un de ses guerriers qui réclama
l'égal partage du trésor préféra aussi ignorer. Le
vase était demandé par le roi en supplément de sa
propre part et les chevaliers francs tout en rendant
fidèle obéissance à leur roi comme chef n'avaient pas
la moindre intention de lui accorder ce que des rois plus
modernes appellent des taxes « régaliennes » prélevées
sur tout ce qu'ils touchent. Et un de ces chevaliers ou
comtes francs, un peu plus franc que les autres et aussi
incrédule à la sainteté de saint Rémi qu'un évêque
protestant ou un philosophe positiviste, prit sur lui de
discuter la prétention du roi et de l'Église, à la façon,
supposez, d'une opposition libérale à la Chambre des
Communes; et la discuta avec une telle confiance
d'être soutenu par l'opinion publique du v° siècle, que
le roi persistant dans sa requête le soldat sans peur
mit le vase en pièces avec sa hache de guerre en
s'écriant: « Tu n'auras pas plus que ta part de butin. »

42. C'est la première et nette affirmation de la
« Liberté, Fraternité et Égalité » françaises, soutenue
alors comme maintenant par la destruction qui est la
seule manifestation artistique active possible à des
personnages « libres », incapables de rien créer.

Le roi ne donna pas suite à la querelle. Les poltrons
penseront qu'il en resta là par poltronnerie, et les
méchants par méchanceté. Il est certain, en tous cas
c'est fort à croire, qu'il en resta là; mais il attendit son
heure; ce que la colère d'un homme fort peut toujours,
ainsi que s'échauffer plus ardemment dans l'attente, et
c'est une des principales raisons pourquoi on enseigne
aux chrétiens de ne pas laisser le soleil se coucher sur

elle [1]. Précepte auquel les chrétiens de nos jours sont parfaitement prêts à obéir si c'est quelqu'un d'autre qui a été offensé, et en effet dans ce cas la difficulté est habituellement de les faire penser à l'injure, même dans la minute où le soleil n'est pas encore couché sur leur indignation [2].

43. La suite est vraiment choquante pour la sensibilité moderne. Je la donne dans le langage sinon poli du moins délicatement verni de l'histoire illustrée.

« Environ un an après, passant la revue de ses troupes, il alla à l'homme qui avait brisé le vase, et, *examinant ses armes, se plaignit* qu'*elles* fussent en mauvais état! » (l'italique est de moi) et « les jeta » (Quoi? le bouclier et l'épée?) « à terre ». Le soldat se baissa pour les ramasser et à ce moment le roi le frappa à la tête de sa hache de guerre en s'écriant : « Ainsi fis-tu au vase de Soissons. » L'historien moral moderne ajoute cette remarque que : « Ceci comme document sur l'état des Francs et les liens par lesquels ils étaient unis ne donne que l'idée d'une bande de voleurs et de leur chef. » Ce qui est en effet autant que je puis moi-même pénétrer et déchiffrer la nature des choses l'idée première à concevoir relativement à la plupart des organisations royales et militaires dans ce monde jusqu'à nos jours (à moins par hasard que ce ne soient les Afghans et les Zoulous qui volent nos propres terres en Angleterre au lieu de nous les leurs dans leurs pays respectifs). Mais en ce qui regarde la manière dont fut accomplie cette exécution militaire type, je

---

1. « Ne laissez pas le soleil se coucher sur votre colère » (saint Paul, Epître aux Éphésiens, IV, 26). — (Note du Traducteur.)
2. Lire comme exemple l'article de M. Plinsoll sur les mines de charbon. — (Note de l'Auteur.)

dois pour le moment demander au lecteur la permission de rechercher avec lui, s'il est moins royal, ou plus cruel de frapper un soldat insolent sur la tête avec sa hache d'armes à soi, que de frapper une personne telle que Sir Thomas More[1] sur le cou avec celle d'un exécuteur, ayant recours au fonctionnement mécanique — comme serait celui du couperet, de la guillotine ou de la corde, pour donner le coup de grâce — des formes accommodantes de la loi nationale et de l'intervention gracieusement mêlée d'un groupe élégant de nobles et d'évêques.

44. Il y a des choses bien plus noires à dire de Clovis que celle-ci, alors que sa vie fière tirait vers sa fin, des choses qui vous seraient racontées dans toute leur vérité, si aucun de nous pouvait voir clair dans la noirceur. Mais nous ne pouvons jamais savoir la vérité sur le péché ; car sa nature est de tromper également le pécheur d'une part, et le juge de l'autre. Diabolique, nous trompant si nous y succombons, ou le condamnons ; voici à ce sujet les facéties de Gibbon si vous vous en souciez ; mais j'extrais d'abord des paragraphes confus qui y amènent, des phrases de louange que le sage de Lausanne n'accorde pas d'ordinaire aussi généreusement qu'en cette circonstance à ceux de ses héros qui ont confessé la puissance du christianisme.

45. « Clovis n'avait pas plus de quinze ans, quand, par la mort de son père, il lui succéda comme chef de la tribu salienne. Les limites étroites de son royaume s'arrêtaient à l'île des Bataves, avec les anciens dio-

---

1. Décapité en 1535, sur l'ordre de Henri VIII, pour avoir refusé de prêter le serment de suprématie. — (Note du Traducteur.)

cèses de Tournay et Arras ; et au baptême de Clovis le nombre de ses guerriers ne pouvait pas excéder 5.000. Les tribus de même race que les Francs qui s'étaient installées le long de l'Escaut, de la Meuse, de la Moselle et du Rhin, étaient gouvernées par leurs rois autonomes de race mérovingienne, les égaux et les alliés, et quelquefois les ennemis, du prince salique. Quand il avait commencé la campagne, il n'avait ni or ni argent dans ses coffres, ni vin ni blé dans ses magasins ; mais il imita l'exemple de César qui dans le même pays s'était enrichi à la pointe de l'épée, et avait acheté des mercenaires avec les fruits de la conquête.

« L'esprit indompté des Barbares apprit à reconnaître les avantages d'une discipline régulière. A la revue annuelle du mois de Mars, leurs armes étaient exactement inspectées ; et, quand ils traversaient un territoire pacifique, il leur était défendu de toucher à un brin d'herbe. La justice de Clovis était inexorable ; et ceux de ses soldats qui se montraient insouciants ou désobéissants étaient à l'instant punis de mort. Il serait superflu de louer la valeur d'un Franc ; mais la valeur de Clovis était gouvernée par une prudence froide et consommée. Dans toutes ses relations avec les hommes il faisait la balance entre le poids de l'intérêt, de la passion et de l'opinion ; et ses mesures étaient tantôt en harmonie avec les usages sanguinaires des Germains, tantôt modérées par le génie plus doux de Rome et du christianisme.

46. « Mais le farouche conquérant de la Gaule était incapable de discuter la valeur des preuves d'une religion qui repose sur l'investigation laborieuse du témoignage historique et sur la théologie spéculative. Il était encore plus incapable de ressentir la douce in-

. fluence de l'Évangile qui persuade et purifie le cœur
d'un véritable converti. Son règne ambitieux fut une
violation perpétuelle des devoirs moraux et chrétiens :
ses mains furent tachées de sang dans la paix comme
dans la guerre ; et, dès que Clovis se fût débarrassé
d'un synode de l'Église Gallicane, il assassina avec
tranquillité *tous* les princes de la race mérovingienne. »

47. C'est trop vrai [1] ; mais d'abord c'est de la rhétorique
— car nous aurions besoin qu'on nous dise combien
étaient *tous* les princes — en second lieu nous devons
remarquer qu'en admettant que Clovis ait à un degré
quelconque « étudié les Écritures » telles qu'elles étaient
présentées au monde occidental par saint Jérôme, il
était à présumer que lui, roi-soldat, penserait davantage à la mission de Josué [2] et de Jéhu qu'à la patience

---

1. Dans tout ce portrait de Clovis se fait jour, chez Ruskin,
une tendance à ne pas donner de la dureté une interprétation
morale trop défavorable, tendance qui existe aussi, il me semble,
chez Carlyle (voir dans Carlyle, *Cromwell*, etc.). En ceci, il y a,
je crois, deux choses. D'abord, une sorte de don historique ou
sociologique qui sait découvrir dans des actions en apparence
identiques une intention morale différente, selon le temps et la
civilisation, et apparenter les formes extrêmement diverses que
revêt une même moralité ou immoralité à travers les âges. Ce
don existe à un très haut degré chez des écrivains comme Ruskin,
et plus encor chez George Eliot. Il existe aussi chez M. Tarde.
Deuxièmement une sorte de goût, d'imagination assez naturel
chez un lettré très bon pour la sauvagerie inculte. Ce goût se
reconnaît même parfois jusque dans les lettres de Ruskin, à une
certaine affectation de dureté et de non-conformisme. Lire dans
· le livre de M. de la Sizeranne, page 61, la réponse de Ruskin à un
révérend endetté : « Vous devriez mendier d'abord ; je ne vous
défendrais pas de voler si cela était nécessaire. Mais n'achetez
pas de choses que vous ne puissiez payer. Et de toutes les espèces
de débiteurs les gens pieux qui bâtissent des églises sont, à mon
avis, les plus détestables fous. Et vous êtes, de tous, les plus
absurdes, etc., etc. » — (Note du Traducteur.)

2. La légende s'empara plus tard de ce rapprochement et les

du Christ, dont il songeait plutôt à venger qu'à imiter la passion ; et la crainte que les autres rois francs lui succèdent, ou par envie du vaste royaume qu'il avait agrandi l'attaquent et le détrônent, pouvait facilement lui apparaître comme inspirée non par un danger personnel, mais par le retour possible de la nation tout entière à l'idolâtrie. De plus, dans les derniers temps, sa foi dans la protection divine accordée à sa cause avait été ébranlée par la défaite que les Ostrogoths lui avaient infligée devant Arles, et le léopard franc n'avait pas assez complètement perdu ses taches [1] pour abandonner à un ennemi l'occasion du premier bond.

48. Pour en finir, et nous plaçant au-dessus de ces questions de personnes, les diverses formes de la cruauté et de la ruse — la première, remarquez-le, provenant beaucoup d'un mépris de la souffrance qui était une condition d'honneur pour les femmes aussi bien que pour les hommes, — sont dans ces races barbares toujours fondées sur leur amour de la gloire dans la guerre; ce qui ne peut être compris qu'en se rapportant à ce qui reste de ces mêmes caractères dans les castes les plus élevées des Indiens de l'Amérique du Nord; et, avant d'exposer clairement pour finir les événements

murs d'Angoulême, après la bataille de Poitiers, passent pour être tombés aux sons des trompettes de Clovis. « Un miracle, dit Gibbon, qui peut être réduit à la supposition que quelque ingénieur clérical aura secrètement ruiné les fondations du rempart. » Je ne puis trop souvent mettre nos honnêtes lecteurs en garde contre l'habitude moderne de réduire toute histoire quelconque à la « supposition que », etc. La légende est, sans doute, l'expansion naturelle et fidèle d'une métaphore. — (Note de l'Auteur.)

1. Allusion, me dit Robert d'Humières, à ce proverbe anglais : « L'Éthiopien ne peut changer sa peau ni le léopard ses taches. » — (Note du Traducteur.)

certains du règne de Clovis jusqu'à la fin, le lecteur
fera bien d'apprendre cette liste des personnages du
grand Drame, en prenant à cœur la signification du
nom de chacun, à cause à la fois de son influence probable
sur l'esprit de celui qui le portait, et comme une expression fatale de l'ensemble de ses actes et de leurs conséquences pour les générations futures.

I. Clovis. — En forme franque, Hluodoveh[1]. « Glorieuse sainteté » ou sacre. En latin *Chlodovisus*,
quand il fut baptisé par saint Remi, s'adoucissant à
travers les siècles en *Lhodovisus*, *Ludovicus*, Louis.

II. Albofleda. — « Blanche fée domestique? » Sa
plus jeune sœur épouse Théodoric (« Theudreich », le
maître du peuple), le grand roi des Ostrogoths.

III. Clotilde. — Hlod-hilda, « Glorieuse vierge de
batailles ». Sa femme. « Hilda » signifiant d'abord
bataille, pure ; et devenant ensuite Reine ou vierge de
bataille. Christianisée en sainte Clotilde en France et
sainte Hilda du rocher de Whitly.

III. Clotilde. — Sa seule fille, morte pour la foi
catholique, sous la persécution arienne.

IV. Childebert, l'aîné des fils qu'il eut de Clotilde,
le premier roi franc à Paris. « Splendeur des Batailles », s'adoucissant en Hildebert, et ensuite Hilde-
brant comme dans les Nibelung.

V. Chlodomir. — « Glorieuse Renommée ». Son
second fils du lit de Clotilde.

VI. Clotaire. — Son plus jeune fils du lit de Clotilde;

---

1. Augustin Thierry, d'après la grammaire des langues germaniques de Grimm donnait : « Hlodo-wig célèbre guerrier, Hildebert, brillant dans les combats, Hlodo-mir chef célèbre ». — Note
du Traducteur.

de fait le destructeur de la maison de son père. « Glorieux guerrier ».

VII. Chlodowald. — Le plus jeune fils de Chlodomir. « Glorieux Pouvoir », plus tard, saint Cloud.

49. Je suivrai maintenant sans plus de détours, à travers sa lumière et son ombre, la suite du règne de Clovis et de ses actes.

A. D. 481. — Couronné quand il n'avait que quinze ans. Cinq ans après il provoque « dans l'esprit et presque dans le langage de la chevalerie « le gouverneur romain Syagrius, qui se maintenait dans le district de Reims et de Soissons : *Campum sibi præparari jussit*, il provoqua son adversaire comme en champ clos » (Voyez la note et la référence de Gibbon, chap. xxxviii). L'abbaye bénédictine de Nogent fut dans la suite bâtie sur le champ de bataille indiqué par un cercle de sépulcres païens. « Clovis donne les terres adjacentes de Leuilly et Coucy à l'église de Reims[1]. »

A. D. 485. — La bataille de Soissons. Gibbon n'en donne pas la date : suit la mort de Syagrius à la cour d'Alaric (le Jeune) en 486, prenez 485 pour la bataille.

30. A. D. 493. — Je ne puis trouver aucun récit des relations de Clovis avec le roi des Burgondes, l'oncle de Clotilde, qui précédèrent ses fiançailles avec la princesse orpheline. Son oncle, disent tous les historiens, avait tué son père et sa mère et forcé sa sœur à prendre le voile. On ne donne aucun motif, et on ne cite aucune source. Clotilde elle-même fut poursuivie comme elle

---

1. Quand? car cette tradition, comme celle du vase, implique l'amitié de Clovis et de saint Rémi, et un singulier respect de la part du roi pour les chrétiens de Gaule, bien que lui-même ne fût pas encore converti. — (Note de l'Auteur.)

faisait route pour la France¹ et la litière dans laquelle elle voyageait capturée avec une partie de sa dot. Mais la princesse elle-même monta à cheval, se dirigea avec une partie de son escorte vers la France, « ordonnant à ses serviteurs de mettre le feu à toute chose appar-

1. C'est une preuve curieuse de l'absence, chez les historiens médiocres, du plus léger sens de l'intérêt véritable de la chose qu'ils racontent, quelle qu'elle soit, que ni dans Gibbon, ni dans MM. Bussey et Gaspey, ni dans la savante *Histoire des villes de France,* je ne puis trouver, dans les recherches les plus consciencieuses que me permet de faire ma matinée d'hiver, quelle ville était en ce temps la capitale de la Burgondie ou au moins dans laquelle de ses quatre capitales nominales — Dijon, Besançon, Genève et Vienne — fut élevée Clotilde. La probabilité me paraît en faveur de Vienne (appelée toujours par MM. B. et G. « Vienna » avec l'espoir de quel profit pour l'esprit de leurs lecteurs peu géographes, je ne puis le dire) surtout parce qu'on dit que la mère de Clotilde a été « jetée dans le Rhône avec une pierre au cou ». L'auteur de l'introduction de la *Bourgogne* dans l'*Histoire des Villes* est si impatient d'avoir à donner son petit coup de dent à ce qui peut, en quoi que ce soit, avoir rapport à la religion, qu'il oublie entièrement l'existence de la première reine de France, ne la nomme jamais, ni, comme tel, le lieu de sa naissance, mais fournit seulement à l'instruction des jeunes étudiants ce contingent bienfaisant que Gondebaud « plus politique que guerrier, trouva au milieu de ses controverses théologiques avec Avitus, évêque de *Vienne,* le temps de faire mourir ses trois frères et de recueillir leur héritage ».

Le seul grand fait que mes lecteurs auront tout avantage à se rappeler, c'est que la Bourgogne, en ce temps-là, par quelque roi ou tribu victorieuse que ses habitants puissent être soumis, comprend exactement la totalité de la Suisse française, et même allemande; jusque Vindonissa à l'est, la Reuss, de Vindonissa au Saint-Gothard, en passant par Lucerne, étant sa limite effective à l'est; qu'à l'ouest, il faut entendre par Bourgogne tout le Jura, et les plaines de la Saône, et qu'au sud elle comprenait toute la Savoie et le Dauphiné. Selon l'auteur de la *Suisse historique,* le messager de Clovis fut d'abord envoyé à Clotilde, déguisé en mendiant, tandis qu'elle distribuait des aumônes à la porte de Saint-Pierre à Genève, et c'est de Dijon qu'elle partit et s'enfuit, en France, poursuivie par les émissaires de son oncle. — (Note de l'Auteur).

tenant à son oncle et à ses sujets qu'ils pourraient
rencontrer sur la route ».

51. Le fait n'est pas raconté, habituellement, dans les
dicts ou les actes des saints ; mais punir les rois en
détruisant les propriétés de leurs sujets est un usage
de guerre trop accepté aujourd'hui pour permettre à
notre indignation d'être bien vive contre Clotilde qui
agissait sous l'empire de la douleur et de la colère.
Les années de sa jeunesse ne nous sont pas racontées :
Clovis avait déjà vingt-sept ans et avait pendant trois
ans maintenu la foi de ses ancêtres contre toute l'influence de sa reine.

52. A. D. 496. — Je n'ai pas dans le chapitre du
début attaché tout à fait assez d'importance à la bataille
de Tolbiac, m'en occupant simplement en tant
qu'elle obligeait les Alamans à repasser le Rhin, et
établissait la puissance des Francs sur sa rive occidentale. Mais des résultats infiniment plus vastes sont
indiqués dans la courte phrase par laquelle Gibbon
clôt son récit de la bataille. « Après la conquête des
provinces de l'ouest, les Francs *seuls* gardèrent leurs
anciennes possessions d'au delà du Rhin. Ils soumirent
et *civilisèrent* graduellement les peuples dont ils avaient
brisé la résistance jusqu'à l'Elbe et aux montagnes de
Bohème ; et la *paix de l'Europe* fut assurée par la soumission de la Germanie. »

53. Car, dans le sud, Théodoric avait déjà « remis le
sabre au fourreau dans l'orgueil de sa victoire et la
vigueur de son âge et son règne qui continue pendant
trente-trois ans fut consacré aux devoirs du gouvernement civil ». Même quand son beau-fils Alaric périt de
la main de Clovis à la bataille de Poitiers, Théodoric
se contenta d'arrêter la puissance des Francs à Arles,

sans poursuivre son succès, et de protéger son petit-fils en bas-âge, corrigeant en même temps certains abus dans le gouvernement civil de l'Espagne. En sorte que la souveraineté bienfaisante du grand Goth fut établie de la Sicile au Danube et de Sirmium à l'Océan Atlantique.

54. Ainsi donc, à la fin du ve siècle, vous avez une Europe divisée simplement par la ligne de partage de ses eaux ; et deux rois chrétiens[1] régnant, avec un pouvoir entièrement bienfaisant et sain — l'un au nord — l'autre au sud — le plus puissant et le plus digne des deux marié à la plus jeune sœur de l'autre : une sainte reine au nord, une reine-mère catholique, pieuse et sincère, au sud. C'est là une conjonction de circonstances assez mémorable dans l'histoire de la terre et certes à méditer, si jamais dans le tourbillon de vos voyages, ô lecteur, vous pouvez vous séparer pour une heure du bétail parqué qu'on pousse sur le Rhin ou l'Adige et vous promener en paix, passé la porte sud de Cologne, ou sur le pont de Fra-Gia-condo à Vérone. — Alors, arrêtez-vous et regardez dans l'air limpide au delà du champ de bataille de Tolbiac, vers le bleu Drachenfels, ou, par la plaine de Saint-Ambrogio vers les montagnes de Garde. Car là furent remportées si vous voulez y penser sérieusement, les deux grandes victoires du monde chrétien. Celle de Constantin donna seulement une autre forme et une nouvelle couleur aux murs tombants de Rome ; mais les races Franque et Gothique, par ces conquêtes et sous ces gouvernements, fondèrent les arts et établirent les lois qui donnèrent à toute l'Europe future sa joie et sa

1. Clovis et Théodoric. — (Note du Traducteur.)

vertu. Et il est charmant de voir comment, d'aussi bonne heure, la chevalerie féodale avait déjà sa vie liée à la noblesse de la femme.

Il n'y eut pas d'apparition à Tolbiac et la tradition n'a pas prétendu depuis qu'il y en ait eu. Le roi pria simplement le Dieu de Clotilde. Le matin de la bataille de Vérone, Théodoric visita la tente de sa mère et de sa sœur « et demanda que pour la fête la plus brillante de sa vie, elles le parassent des riches vêtements qu'elles avaient faits de leurs propres mains ».

55. Mais sur Clovis s'étendit encore une autre influence — plus grande que celle de sa reine. Lorsque son royaume atteignit la Loire, la bergère de Nanterre était déjà âgée ; — elle n'était ni une vierge porte-flambeau des batailles, comme Clotilde, ni un guide chevaleresque de délivrance comme Jeanne ; elle avait blanchi dans la douceur de la sagesse et était maintenant « pleine de plus en plus d'une lumière cristalline ». Le père de Clovis l'avait connue ; lui-même en avait fait son amie, et quand il quitta Paris pour la plaine de Poitiers, il fit le vœu que, s'il était victorieux, il bâtirait une église chrétienne sur les collines de la Seine. Il revint victorieux et, avec sainte Geneviève à son côté, s'arrêta sur l'emplacement des ruines des Thermes Romains, juste au-dessus de l' « Ile » de Paris, pour accomplir son vœu : et pour déterminer les limites des fondations de la première église métropolitaine de la Chrétienté franque [1].

Le roi donne le branle à sa hache de guerre et la

[1]. La basilique de Saint-Pierre et Saint-Paul. Voir l'abbé Vidieu, *Sainte Geneviève, patronne de Paris.* — (Note du Traducteur.)

lança de toute sa force. — Mesurant ainsi dans son vol
la place de son propre tombeau, et de celui de Clotilde,
et de sainte Geneviève.

« Là ils reposèrent et reposent, — en âme, —
ensemble. La colline tout entière porte encore le nom de
la patronne de Paris ; une petite rue obscure a gardé
celui du Roi Conquérant. »

CHAPITRE III

LE DOMPTEUR DE LIONS

1. On a souvent proclamé dans ces derniers temps, comme une découverte toute nouvelle, que l'homme est un produit des circonstances, et on appelle avec insistance notre attention sur ce fait, dans l'espoir, si séduisant aux yeux de certaines personnes, de pouvoir résoudre en une succession de clapotements dans la boue ou de tourbillons de l'air, les circonstances responsables de sa création. Mais le fait plus important que sa nature ne dépend pas comme celle d'un moustique des brouillards d'un marais, ni comme celle d'une taupe des éboulements d'un terrier, mais a été dotée de sens pour discerner, et d'instinct pour adopter les conditions qui lui feront tirer de sa vie le meilleur parti possible est très nécessairement ignoré par les philosophes qui proposent à l'humanité, comme un bel accomplissement de ses destinées, une vie alimentée par le bavardage scientifique dans une cave éclairée par des étincelles électriques, chauffée par des conduites de vapeur, où le drainage est confié à des rivières enfouies, et que l'entremise de races moins

instruites, et mieux approvisionnées, nourrit d'extrait de bœuf et de crocodile mis en pot[1].

2. De ces conceptions chimiquement analytiques d'un Paradis dans les catacombes, qui n'est troublé dans ses vertus alcalines ou acides ni par la crainte de la Divinité, ni par l'espoir de la vie future, je ne sais jusqu'à quel point le lecteur moderne pourra consentir à s'abstraire quelque temps pour entendre parler d'hommes qui dans leurs jours les plus sombres et les moins sensés cherchèrent par leur labeur à faire du désert même le jardin du Seigneur et par leur amour à mériter la permission de vivre avec lui pour toujours.

Et pourtant jusqu'ici ce n'est jamais que dans un tel travail et dans une telle espérance que l'homme a pu trouver le bonheur, le talent et la vertu; et même à la veille de la nouvelle loi et au seuil du Chanaan promis, riche en béatitudes de fer, de vapeur et de feu, il en est çà et là quelques-uns parmi nous qui dans un sentiment de piété filiale s'arrêteront pour jeter un regard en arrière vers cette solitude du Sinaï, où leurs pères adorèrent et moururent.

3. Même en admettant pour le moment que les larges rues de Manchester, le district qui entoure immédiatement la Banque de Londres, la Bourse et les boulevards de Paris, fassent déjà partie du futur royaume du Ciel où la Terre sera tout Bourse et Boulevards, l'Univers dont nos pères nous entretiennent était divisé selon eux, comme vous le savez déjà, à la fois en

1. « On vous a appris que, puisque vous aviez des tapis..., des « kickshaws » au lieu de bœuf pour votre nourriture, des égouts au lieu de puits sacrés pour votre soif, vous étiez la crème de la création et chacun de vous un Salomon » (*Pleasures of England*, p. 49, cité par M. Bardoux, p. 237).

zones climatériques, en races, en périodes historiques,
et les circonstances dans lesquelles une créature humaine a été appelée à la vie devaient être considérées
sous ces trois chefs : Sous quel climat est-il né? De
quelle race? A quelle époque?

. Il ne saurait être autre chose que ce que ces conditions lui permettent d'être. C'est en se référant à celle-
ci qu'il doit être entendu — compris, s'il est possible ;
— jugé — par notre amour d'abord — par notre pitié,
s'il en a besoin, par notre humilité en fin de compte et
toujours.

4. Pour en arriver là il est évidemment nécessaire
que nous ayons pour commencer des cartes véridiques du monde et pour finir des cartes véridiques
de nos propres cœurs; et ni les unes ni les autres
de ces cartes ne sont faciles à tracer en aucun
temps et moins que jamais peut-être aujourd'hui où
l'objet d'une carte est principalement d'indiquer les
hôtels et les chemins de fer, et où des sept péchés
mortels l'humilité est tenue pour le plus déplaisant et
le plus méprisable.

5. Ainsi au début de l'histoire d'Angleterre de Sir
Edward Creasy vous trouvez une carte dont l'objet est
de mettre en évidence les possessions de la nation britannique, et qui fait ressortir la conduite extrêmement
sage et courtoise de M. Fox envers un Français de la
suite de Napoléon, quand, « s'avançant vers un globe
terrestre d'une dimension et d'une netteté peu communes et l'entourant de ses bras passés à la fois autour
des océans et sur les Indes » il lui fit observer dans cette
attitude impressionnante que « tant que les Anglais
vivraient, ils s'étendraient sur le monde entier et l'en-
serreraient dans le cercle de leur puissance ».

6. Enflammé par l'enthousiasme de M. Fox, Sir Edward qui, à cette exception près, se fait rarement remarquer par sa fougue, nous dit alors « que notre home insulaire est la demeure favorite de la liberté, de la domination et de la gloire ».

Il ne se donne pas à lui-même ni à ses lecteurs l'ennui de se demander combien de temps les nations assujetties par le peuple libre que nous sommes et de l'opprobre desquelles est faite notre gloire, pourront trouver leur satisfaction dans cet arrangement du globe et de ses affaires ; ou même si dès à présent la méthode qu'il emploie dans le tracé des cartes, ne peut pas suffir à les convaincre de la situation avilissante qu'elles y occupent.

Car la carte, étant dessinée d'après le système de projection de Mercator, se trouve représenter les possessions britanniques en Amérique comme ayant deux fois la dimension des États-Unis et comme considérablement plus grandes que toute l'Amérique du Sud ensemble, tandis que le cramoisi éclatant dont toute notre propriété foncière est teinte ne peut que graver profondément dans l'esprit de l'innocent lecteur l'impression d'un flux universel de liberté et de gloire s'élançant à travers tous ces champs et de tous ces espaces.

Aussi est-il peu probable qu'il aille chicaner sur des résultats aussi merveilleux et chercher à s'instruire sur la nature et le degré de perfection du gouvernement que nous exerçons dans tel lieu ou dans tel autre, par exemple en Irlande, aux Hébrides ou au Cap.

7. Dans le chapitre qui termine le premier volume des *Lois de Fiesole*, j'ai posé les principes mathématiques du tracé exact des cartes, — principes que pour beaucoup de raisons il est bon que mes jeunes lecteurs

apprennent et dont le plus important est que vous ne pouvez pas rendre plane l'écorce d'une orange sans l'ouvrir et que vous ne devez pas, si vous dessinez des pays sur l'écorce non entamée, les étendre ensuite pour remplir les vides.

L'orgueil britannique qui ne se refuse pas le luxe de Walter Scott et de Shakespeare à un penny, pourra assurément dans sa grandeur future se rendre possesseur d'univers à un penny pirouettant convenablement sur leur axe. Je peux donc supposer que mes lecteurs pourront suivre sur une sphère pendant que je parlerai du globe terrestre ; et sur un tracé convenablement réduit de ses surfaces pendant que je parlerai d'un pays.

8. Si le lecteur peut les avoir maintenant sous les yeux ou au moins recourir à une carte bien dessinée des deux hémisphères avec des méridiens convergents, je le prierai d'abord de remarquer que, bien que l'ancienne division du monde en quatre quartiers soit à peu près effacée aujourd'hui par l'émigration et le cable transatlantique, pourtant la grande question qui domine l'histoire du globe n'est pas de savoir comment il est divisé ici et là, au gré des rentrants et des saillies de terre et de mer mais comment il est divisé en zones de latitude par les lois irrésistibles de la lumière et de l'air. Il n'y a souvent qu'un intérêt très secondaire à savoir si un homme est Américain ou Africain, Européen ou Asiatique ; mais c'est un point d'un intérêt extrême et décisif de savoir s'il est Brésilien ou Patagon, Japonais ou Samoyède.

9. Au cours du dernier chapitre j'ai demandé au lecteur de bien retenir la conception de la grande division climatérique qui séparait les races errantes de

Norvège et de Sibérie des nations tranquillement sédentaires de Bretagne, de Gaule, de Germanie et de
Dacie.

Fixez maintenant cette division dans votre esprit
d'une manière définitive en dessinant même gros-
sièrement le cours de deux fleuves, auxquels habituellement pensent peu les géographes, mais qui sont
d'une indicible importance dans l'histoire de l'humanité, la Vistule et le Dniester.

10. Ils prennent leur source à trente milles l'un de
l'autre[1] et chacun coule, ses trois cents milles (sans
compter les détours) — la Vistule au nord-ouest, le
Dniester au sud-est ; les deux ensemble coupent l'Europe au cou pour ainsi dire et séparent, pour examiner
la chose d'une manière plus profonde, l'Europe proprə-
ment dite (celle même d'Europe et de Jupiter) le petit
fragment éducable, civilisable, et d'une mentalité plus
ou moins raisonnable du globe, — du grand désert mos-
covite, tant Cis-Ouralien que Trans-Ouralien ; l'espace
chaotique que nous ne pouvons concevoir, occupé depuis des temps indéterminés et sans histoire par des
Scythes, des Tartares, des Huns, des Cosaques, des
Ours, des Hermines et des Mammouths, avec une
épaisseur variable de peau, un engourdissement variable du cerveau et des souffrances diverses selon
qu'ils étaient sédentaires ou errants. Aucune histoire
valant la peine d'être retracée ne s'y rattache ; car la
force de la Scandinavie n'a jamais cherché son issue
par l'isthme de Finlande, mais a toujours navigué
à grand renfort de barques et de rames à travers la

---

1. En prenant la San, bras de la Vistule supérieure. — (Note de
l'Auteur.)

Baltique ou en descendant la côte rocheuse ouest ;
et la pression des glaces sibériennes et russes amène
simplement les races réellement mémorables à un
plus haut degré de concentration, et les pétrit en
masses exploratrices rendues par la nécessité plus
farouches.

Mais par ces masses exploratrices, de vraie naissance européenne, notre propre histoire fut façonnée
pour toujours ; et par conséquent, ces deux fleuves
frontière et barrière devront être marqués sur votre
carte avec une clarté extrême : la Vistule, avec Varsovie
à cheval sur elle à la moitié de son cours, qui se jette,
dans la Baltique, le Dniester, dans l'Euxin, le cours
de chacun d'eux mesurant en ligne droite une distance
égale à celle d'Edimbourg à Londres. Et si on tient
compte des ·méandres[1], la Vistule, 600 milles, le
Dniester, 500[2] ; mis bout à bout ils forment un fossé
de 1.000 milles entre l'Europe et le désert, allant de
Dantzick à Odessa.

11. Votre Europe ainsi enfermée par ce fossé dans
un espace clair et distinct, vous aurez ensuite à fixer
les frontières qui séparent les quatre contrées gothiques,
la Bretagne, la Gaule, la Germanie et la Dacie, des

---

1. Remarquez, toutefois, que généralement, la force d'une
rivière, *ceteris paribus*, doit être estimée d'après son cours
direct, les plaines (qui donnent presque toujours naissance aux
méandres) ne pouvant leur apporter aucun affluent. (Note de
l'Auteur.)

2. Les considérations sur la Vistule et le Dniester, fleuves-fossés
de l'Europe, sont reprises dans *Candida Casa* (§ 22), quatrième
conférence du recueil *Vérona* et premier chapitre de *Valle Crucis*.
Valle Crucis devait prendre place dans nos *Nos Pères nous ont dit*.
Du reste cette partie de *Candida Casa* rappelle beaucoup par ses
vues historiques et géographiques et par les citations ironiques
de Gibbon le chapitre du *Drachenfels*. — (Note du Traducteur.)

quatre contrées classiques, l'Espagne, l'Italie, la Grèce,
la Lydie. Il n'y a généralement pas d'autre terme
opposé à gothique que classique ; je l'emploie volontiers
par amour des divisions pratiques et de la clarté,
bien que sa signification précise doive rester pour
quelque temps encore indéterminée. Mettez bien seulement la géographie dans votre tête et la nomencla-
ture se placera à son heure.

12. En gros, vous avez la mer entre la Bretagne et
l'Espagne, les Pyrénées entre la Gaule et l'Espagne,
les Alpes entre la Germanie et l'Italie, le Danube
entre la Dacie et la Grèce. Vous devez considérer tout
ce qui est au sud du Danube comme Grec, diverse-
ment influencé par Athènes d'un côté et Byzance de
l'autre ; puis de l'autre côté de la mer Egée, vous avez
la vaste contrée absurdement appelée Asie Mineure (car
nous pourrions tout aussi bien appeler la Grèce, l'Europe
Mineure, ou la Cornouailles, l'Angleterre Mineure),
mais dont il faut se souvenir comme étant la « Lydie »
la contrée qui éveille la passion et tente par la richesse,
qui enseigna aux Lydiens la mesure en musique et
adoucit le langage grec sur les confins de l'Ionie, qui
a donné à l'histoire ancienne tout ce qui se rattache à
Troie, et à l'histoire chrétienne, la grandeur et le déclin des sept Églises [1].

1. « Elles » (les sept églises d'Ephèse, de Smyrne, de Pergame,
de Thyatire, de Sardes, de Philadelphie et de Laodicée) sont
bâties le long des collines, et par les plaines de Lydie, dessinant
une large courbe comme un vol d'oiseaux ou comme un tourbillon de nuages, toutes en Lydie même ou sur la frontière,
toutes de caractère essentiellement lydien, les plus enrichies
d'or, les plus délicatement luxueuses, les plus doucement musi-
cales, les plus tendrement sculptées des églises d'alors. En elles
s'étaient réunis les talents et les félicités de l'Asiatique et du
Grec. Si le dernier message du Christ eût été adressé aux églises

13. Placés au sud en face de ces quatre pays, mais séparés d'eux par la mer ou le désert, il y en a quatre autres, dont il est aussi facile de se souvenir — le Maroc, la Libye, l'Égypte et l'Arabie.

Le Maroc consiste essentiellement dans la chaîne de l'Atlas, et dans les côtes qui en dépendent ; le plus simple est de vous le rappeler comme comprenant le Maroc moderne et l'Algérie, avec, comme dépendance, le groupe des îles Canaries.

La Lybie, de même, comprendra la Tunisie moderne, Tripoli : vous la ferez commencer à l'ouest avec Hippone, la ville de saint Augustin ; sa côte colonisée par Tyr et par la Grèce, la partage en deux districts, celui de Carthage et celui de Cyrène. L'Égypte, le pays du fleuve, et l'Arabie, le pays sans fleuve, resteront dans votre esprit comme les deux grands foyers méridionaux de religion non chrétienne.

14. Vous avez ainsi, faciles à se rappeler clairement, douze contrées à jamais distinctes de par les lois naturelles, et formant trois zones du nord au sud, toutes saines et habitées, mais les races de l'extrême nord habituées à supporter le froid, celles de la zone centrale rendues plus parfaites par la jouissance d'un soleil semblable l'été et l'hiver, celles de la zone sud

---

de Grèce il n'eût été que pour l'Europe et pour une durée limitée. S'il eût été adressé aux églises de Syrie, il n'eût été que pour l'Asie et pour une durée limitée. Adressé à la Lydie, il est adressé à l'univers et pour toujours » (*Fors Clavigere*, lettre LXXXIV). Ce message du Christ aux sept églises — qui est longuement commenté dans le reste de la lettre — est contenu, comme l'on sait, dans les trois premiers chapitres de l'Apocalypse de saint Jean ou plus exactement dans le II⁰ et le III⁰ chapitres. Dans le I⁰ʳ, Jésus ordonne à saint Jean d'écrire aux anges des sept églises. Voir aussi sur les églises d'Asie Mineure, le beau livre de M. de Vogüé. — (Note du Traducteur.)

entraînées à supporter la chaleur. En faisant maintenant un tableau de leurs noms :

Bretagne	Gaule	Germanie	Dacie
Espagne	Italie	Grèce	Lydie
Maroc	Lybie	Égypte	Arabie

vous aurez sous la forme la plus simple la carte du théâtre de tout ce qui, dans l'histoire profane, est utile à connaître.

Puis finalement vous avez à connaître parfaitement en tant qu'elle a été pour tous ces pays la source d'une inspiration que toutes les âmes qui en ont été douées ont tenue pour un pouvoir sacré et surnaturel, la petite région montagneuse de la Terre Sainte, avec la Philistie et la Syrie sur ses flancs, toutes deux les puissances du châtiment, mais la Syrie étant elle-même au début l'origine de la race élue : « Mon père fut un Syrien prêt à périr[1] » et la Syrienne Rachel devant toujours être regardée comme la véritable mère d'Israël.

15. Et rappelez-vous dans toute étude future des rapports de ces contrées entre elles, que vous ne devez jamais permettre à votre esprit de se préoccuper des variations accidentelles d'une délimitation politique. Peu importe, qui gouverne un pays, peu importe le nom qu'on lui donne officiellement ou ses frontières conventionnelles, des barrières et des portes éternelles y sont placées par les montagnes et les mers, et les nuages et les étoiles les courbent sous le joug de lois

1. « Puis prenant la parole, tu diras devant l'Eternel ton Dieu mon Père était un pauvre Syrien prêt à périr et il descendit en Egypte avec un petit nombre de gens et il y fit séjour et devint là une nation grande, forte et qui s'est fort multipliée. » (Deutéronome, xxvi, 5). — (Note du Traducteur.)

éternelles. Le peuple qui y est né est son peuple, fût-il
mille et mille fois conquis, exilé ou captif. L'étranger
ne peut pas être son roi, l'envahisseur son maître et,
bien que des lois justes, qu'elles soient instituées par
les peuples ou par ceux qui les ont conquis, aient toujours la vertu et la puissance qui sont l'apanage de la
justice, rien ne peut assurer à aucune race, ni à aucune
classe d'hommes de bienfaits durables que la flamme
qui est dans leur propre cœur, allumée par l'amour du
pays natal.

16. Naturellement, en disant que l'envahisseur d'un
pays ne pourra jamais le posséder, je parle seulement
d'invasions telles que celles des Vandales en Libye ou
telle que le nôtre aux Indes ; là où la race conquérante
ne peut pas devenir un habitant permanent. Vous ne
pourrez pas appeler la Libye Vandalie, ou l'Inde
Angleterre, parce que ces pays sont temporairement
sous la loi des Vandales et des Anglais, pas plus que
vous ne pourrez appeler l'Italie sous les Ostrogoths,
Gothie, ou l'Angleterre sous Canut, Danemark. Le
caractère national se modifie lorsque l'invasion ou la
corruption viennent l'affaiblir, mais si jamais il vient
à reprendre son éclat dans une vie nouvelle il faut que
cette vie soit façonnée par la terre et le ciel du pays
lui-même. Des douze noms de pays donnés à présent
dans leur ordre, nous en verrons changer un seul, en
avançant dans notre histoire ; la Gaule deviendra exactement la France lorsque les Francs viendont l'habiter
pour toujours. Les onze autres noms primitifs nous
serviront jusqu'à la fin.

17. Un moment de patience encore pour jeter un
coup d'œil vers l'Extrême-Orient, et nous aurons
établi les bases de toute la géographie qui nous est

nécessaire. De même que les royaumes du nord sont
séparés du désert scythe par la Vistule, ceux du sud
sont séparés des dynasties « Orientales » proprement
dites par l'Euphrate, qui « plongeant pendant une
partie de son cours dans le Golfe Persique va des
rives du Béloutchistan et de l'Oman aux montagnes
d'Arménie, et forme une immense cheminée d'air chaud
dont la base » (ou ouverture) « est sur les tropiques
tandis que son extrémité atteint le 37° degré de latitude nord.

« C'est pour cela que le Simoun lui-même (le spécifique et gazeux Simoun) rend à l'occasion visite à
Mossoul et à Djezéerat Omer, pendant que le baromètre
à Bagdad atteint en été une hauteur capable d'ébranler
la foi d'un vieil Indien lui-même[1]. »

18. Cette vallée dans les anciens jours formait le
royaume d'Assyrie comme la vallée du Nil formait celui
d'Égypte. Nous n'avons pas dans cette étude à nous
occuper de son peuple qui ne fut vis-à-vis des juifs rien
qu'ennemi, la nation même de la captivité, inexorable
comme l'argile de ses murailles, ou la pierre de ses
statues; et après la naissance du Christ, la maréca-
geuse vallée n'est plus qu'un champ de bataille entre
l'Ouest et l'Est. Au delà du grand fleuve, la Perse,
l'Inde et la Chine forment « l'Orient Méridional ». La
Perse doit être exactement conçue comme le pays qui
s'étend du Golfe Persique aux chaînes de montagnes qui
dominent et alimentent l'Indus, elle est la vraie puissance de vie de l'Orient aux jours de Marathon, mais n'a

1. Sir F. Palgrave, *Arabie*, vol. II, p. 155. J'adopte avec reconnaissance dans le paragraphe suivant sa division des nations
asiatiques (p. 160). — (Note de l'Auteur.)

eu d'influence sur l'histoire chrétienne que par l'inter-
médiaire de l'Arabie ; quant aux tribus asiatiques du
nord, Mèdes, Bactres, Parthes et Scythes, devenus plus
tard les Turcs et les Tartares, nous n'avons pas à nous
en préoccuper avant le jour où ils viennent nous en-
vahir chez nous, dans notre propre territoire historique.

19. Employant les termes « gothique » et « classique »
pour séparer simplement des zones septentrionales et
centrales notre propre territoire, nous pouvons avec
tout autant de justice nous servir du mot arabe[1] pour
toute la zone du sud. L'influence de l'Égypte disparaît
peu après le IVe siècle, tandis que celle de l'Arabie,
puissante dès le début, grandit au VIe siècle sous la
forme d'un empire dont nous n'avons pas encore vu
la fin[2]. Et vous pourrez apprécier de la manière la plus
juste le principe religieux sur lequel est édifié cet empire
en vous souvenant que, tandis que les Juifs prononçaient
eux-mêmes la déchéance de leur pouvoir prophétique
en exerçant la profession de l'usure sur toute la terre,
les Arabes revenaient à la simplicité de la prophétie,
telle qu'elle était à ses commencements auprès du

1. Le XXXVIe chapitre de Gibbon commence par une sentence
qui peut être prise comme l'épitome de l'histoire tout entière
que nous avons à étudier. « Les trois grandes nations du monde,
les Grecs, les Sarrazins, les Francs, se rencontrèrent toutes sur
le théâtre de l'Italie. »
J'emploie le mot plus général de Goths au lieu de Francs et le
mot plus précis Arabe au lieu de Sarrasins, mais en dehors de
cela le lecteur remarquera que la division est la même que la
mienne. Gibbon ne reconnaît pas le peuple romain comme nation,
mais seulement la puissance romaine comme empire. — (Note de
l'Auteur.)
2. De récents événements ont montré la force de ces paroles
(Note de la revision, mai 1885). — (Note de l'Auteur.)

puits d'Agar[1] et ne sont pas d'ailleurs des adversaires du Christianisme, mais seulement des fautes ou des folies des chrétiens. Ils gardent encore leur foi en un seul Dieu, celui qui parla à Abraham[2] leur père, et sont dans cette simplicité, bien plus véritablement ses enfants que les chrétiens de nom, qui vécurent et vivent seulement pour discuter dans des conciles vociférants ou dans un schisme furieux les rapports du Père, du Fils et du Saint-Esprit.

20. Comptant sur mon lecteur pour bien retenir désormais, et sans faire de confusion, la notion des trois zones, Gothique, Classique et Arabe, chacune divisée en quatre pays clairement reconnaissables à travers tous les âges de l'histoire ancienne ou moderne, je dois lui simplifier une autre notion encore, celle de l'*Empire* Romain (Voyez la note du dernier paragraphe), au point de vue où il a à s'en occuper. Son extension nominale, ses conquêtes temporaires ou ses vices internes n'ont pour ainsi dire pas d'importance historique ; seul, l'empire réel correspond à quelque chose de vrai, est un exemple de loi juste, de discipline militaire, d'art manuel, donné à des races indisciplinées, et comme une traduction de la pensée grecque en un système plus concentré et plus assimilable à elles. La zone classique, du commencement à la fin de son règne effectif, repose sur ces deux éléments : l'imagination grecque avec la règle romaine ; et les divisions ou les dislocations des III° et IV° siècles ne

1. Mais l'ange de l'Eternel la trouva auprès d'une fontaine d'eau au désert, près de la fontaine qui est au chemin de Sair. Et il lui dit : Agar, servante de Saraï, d'où viens-tu, etc. (Genèse, XVI, 7 et 8.) — (Note du Traducteur.)

2. Genèse, XII, 1. — (Note du Traducteur.)

font que laisser paraître d'une manière toute naturelle
leurs différences, quand le système politique qui les
dissimulait fut mis à l'épreuve par le christianisme.

Les historiens semblent ordinairement aussi avoir
presque entièrement perdu de vue que dans les guerres
des derniers Romains avec les Goths, les grands
capitaines goths étaient tous chrétiens; et que la
forme vigoureuse et naïve que la foi naissante prenait
dans leurs esprits est un sujet d'étude plus important
à approfondir que les guerres inévitables qui suivirent
la retraite de Dioclétien, ou que les schismes confus
et les crimes de la cour lascive de Constantin.

Je suis forcé cependant de noter les conditions dans
lesquelles les derniers partages arbitraires de l'empire eurent lieu afin qu'ils éclaircissent pour vous au
lieu de l'embrouiller, l'ordre des nations que je voudrais fixer dans votre mémoire.

21. Au milieu du IVᵉ siècle vous avez politiquement
ce que Gibbon appelle « la division finale des empires
d'Orient et d'Occident ». Ceci signifie surtout que
l'empereur Valentinien, cédant, non sans hésitation,
à ce sentiment qui dominait alors dans les légions, que
l'empire était trop vaste pour rester dans les mains
d'un seul, prend son frère comme collègue, et partage,
non pas à proprement parler leur autorité, mais leur
attention, entre l'Orient et l'Occident.

A son frère Valens il assigne l'extrêmement vague
« Préfecture de l'Est, du Danube inférieur aux confins
de la Perse », pendant qu'il réserve à son propre
gouvernement immédiat les « préfectures toujours en
guerre d'Illyrie, d'Italie et de Gaule, depuis l'extrémité
de la Grèce jusqu'au rempart calédonien et du rempart de Calédonie au pied du mont Atlas. » Ceci veut

dire, en prose moins poétiquement rythmée (Gibbon
eût mieux fait de mettre tout de suite son histoire en
hexamètres),que Valentinien garde sous sa propre sur-
veillance toute l'Europe et l'Afrique romaine et laisse
la Lydie et le Caucase à son frère. La Lydie et le
Caucase ne formèrent jamais et ne pouvaient pas former un empire d'Orient, c'étaient simplement des
sortes de colonies, utiles pour l'impôt en temps de
paix, dangereuses par le nombre en temps de guerre.
Il n'y eut jamais du viie siècle avant au viie siècle après
Jésus-Christ qu'un seul empire romain[1], expression du
pouvoir sur l'humanité d'hommes tels que Cincinnatus[2]
ou Agricola ; il expire quand leur race et leur caractère
expirent ; son extension nominale, son éclat à un moment quelconque, n'est rien de plus que le reflet plus
ou moins lointain sur les nuages de flammes s'élevant
d'un autel où leur aliment était de nobles âmes. Il n'y
a aucune date véritable de son partage, il n'y en a pas
de sa destruction. Que le Dacien Probus ou le Norique
Odoacre soit sur le trône, la force de son principe
vivant est seule à considérer, demeurant dans les arts,
dans les lois, dans les habitudes de la pensée, régnant
encore en Europe jusqu'au xiie siècle ; régnant encore
aujourd'hui comme langue et comme exemple sur tous
les hommes cultivés.

22. Mais, pour le partage nominal fait par Valentinien,

1. Cf. Il n'y eut jamais qu'un seul art grec, des jours d'Homère à ceux du doge Selvo (*St-Marks Rest*, VIII, § 92). — (Note
du Traducteur.)

2. Dans *Crown of wild olive* Cincinnatus symbolisait aussi la
force de Rome. « Elle fut (l'agriculture), la source de toute la force
de Rome et de toute sa tendresse, l'orgueil de Cincinnatus et
l'inspiration de Virgile (*la Couronne d'olivier sauvage*, p. 196).
— (Note du Traducteur.)

12*

remarquons la définition que donne Gibbon (je suppose que c'est la sienne et non celle de l'empereur) de l'empire romain d'Europe en « Illyrie, Italie et Gaule ». Je vous ai dit déjà que vous devez tenir tout ce qui est au sud du Danube pour grec. Les deux principales régions situées immédiatement au sud du fleuve sont la Mœsie inférieure et supérieure formées de la pente des montagnes Thraces au nord jusqu'au fleuve, avec les plaines qui les séparent du fleuve. Vous devrez faire attention à cette région à cause de l'importance qu'elle a eue en formant l'alphabet mœso-gothique dans lequel « le grec est de beaucoup l'élément principal[1] », fournissant seize lettres sur vingt-quatre. L'invasion gothique sous le règne de Valens est la première qui établisse une nation teutonne en deçà de la frontière de l'empire ; mais elle ne fait par là que venir se placer plus immédiatement sous son influence spirituelle. Son évêque, Ulphilas, adopte cet alphabet mœsien, aux deux tiers grec, pour sa traduction de la Bible, et cette traduction le répand partout et assure sa durée jusqu'à l'extinction ou l'absorption de la race gothique.

23. Au sud des montagnes thraces, vous avez la Thrace elle-même et les pays confusément appelés Dalmatie et Illyrie, bordant l'Adriatique, et allant à l'intérieur des terres dans la direction de l'est, jusqu'aux montagnes qui servent de ligne de partage des eaux. Je n'ai jamais pu me former par moi-même une notion très claire de ce qu'étaient, à aucune époque déterminée, les peuples de ces régions ; mais ils peuvent tous être considérés en masse comme

---

1. Milman, *Histoire du christianisme*, vol. III, p. 36. — (Note de l'Auteur.)

des Grecs du nord, plus ou moins de sang et de dialecte grec suivant le degré de leur proximité avec la Grèce proprement dite ; bien que ne partageant pas sa philosophie et ne se soumettant pas à sa discipline Mais il est en tous cas bien plus exact de parler en bloc de toutes ces régions illyriennes, mœsiennes et macédoniennes, comme étant toutes grecques, que de parler avec Gibbon ou Valentinien de la Grèce et de la Macédoine comme étant toutes illyriennes [1].

24. Dans la même généralisation impériale ou poétique nous trouvons l'Angleterre réunie à la France sous le terme de Gaule et limitée par « le rempart calédonien ». Tandis que, dans nos propres divisions, la Calédonie, l'Hibernie et le pays de Galles sont dès le début considérées comme des parties essentielles de la Bretagne [2] et leur lien avec le continent conçu

1. Je trouve la même généralisation fournie à l'étudiant moderne dans le terme « péninsule balkanique » qui éteint à la fois tout rayon et toute trace de l'histoire du passé. — (Note de l'Auteur.)

2. Gibbon dit plus clairement : « De la côte ou de l'extrémité de Caithness et d'Ulster le souvenir de l'origine celte fut distinctement conservé dans la ressemblance perpétuelle du langage, de la religion et des manières, et le caractère particulier des différentes tribus britanniques peut être naturellement attribué à l'influence de circonstances accidentelles et locales. » Les Ecossais des plaines, « mangeurs de froment », ou vagabonds et les Irlandais, sont entièrement identifiés par Gibbon à l'époque où commence notre propre histoire. « Il est certain (l'italique est de lui, non de moi) qu'à l'époque du déclin de l'empire romain la Calédonie, l'Irlande et l'île de Man étaient habitées par les Ecossais » (chap. xxv, vol. IV, p. 279). La civilisation plus avancée et le moindre courage des Anglais des plaines faisaient d'eux les victimes de l'Ecosse ou les sujets reconnaissants de Rome. Les montagnards, pictes dans les Grampians, ou autochtones dans la Cornouailles et le pays de Galles, n'ont jamais été instruits ni subjugués et restent aujourd'hui la force inculte et sans peur de la race britannique. — (Note de l'Auteur.)

comme formé par l'établissement des Bretons en
Bretagne et pas du tout par l'influence romaine au-
delà de l'Humber.

25. Ainsi, repassant encore une fois l'ordre de nos
contrées et remarquant seulement que les Iles Britanniques bien que situées pour la plupart, si on regarde
les degrés, très au nord de tout le reste de la zone
nord, sont placées par l'influence du Gulf Stream sous
le même climat, vous avez, à l'époque où commence
notre histoire de la chrétienté, la zone gothique pas
encore convertie, et n'ayant même encore jamais
entendu parler de la foi nouvelle. Vous avez la zone
classique qui en a connaissance à des degrés divers et
de plus en plus, la discutant et s'efforçant de l'éteindre,
et votre zone arabe, qui en est le foyer et le soutien,
enveloppant la Terre Sainte de la chaleur de ses
propres ailes et chérissant (cendres du Phénix[1] qui
s'est consumé pour toute la terre) l'espoir de la Résurrection[2].

26. Ce qu'eût été le cours, ou même le sort, du
Christianisme, s'il n'avait été prêché qu'oralement, au
lieu d'être soutenu par sa littérature poétique, pourrait
être l'objet de spéculations profondément instructives,
— si le devoir d'un historien était de réfléchir au lieu
de raconter. La puissance de la foi chrétienne fut toujours fondée en effet sur les prophéties écrites et les

---

1. « Le Phénix est, dès la plus haute antiquité chrétienne, le
symbole de l'immortalité » (Emile Male, *Histoire de l'art religieux
au XIII° siècle*). — (Note du Traducteur.)
2. Voir dans *On the old road*, l'Espoir de la Résurrection,
condition nécessaire du Chant pour les chrétiens. Même dans
l'antiquité le chant d'Orphée, le chant de Philomèle, le chant du
cygne, le chant d'Alcyon, sont inspirés par un espoir obscur de
résurrection (*On the old road*, II, 45 et 46). — (Note du Traducteur.)

récits de la Bible ; et sur les interprétations que les grands
ordres monastiques donnèrent de leur signification
beaucoup plus par leur exemple que par leurs préceptes.
La poésie et l'histoire des Testaments Syriens furent
fournies à l'Église latine par saint Jérôme pendant
que la vertu et l'efficacité de la vie monastique sont
résumées dans la règle de saint Benoit. Comprendre
la relation de l'œuvre accomplie par ces deux hommes
avec l'organisation générale de l'Église, est de première
nécessité pour l'intelligence de la suite de son
histoire.

Dans son chapitre xxxvii, Gibbon prétend nous donner un aperçu de l' « Institution de la vie monastique » au
iiie siècle. Mais la vie monastique a été instituée quelque
peu plus tôt et par beaucoup de prophètes et de rois.
Par Jacob quand il prit la pierre pour oreiller [1] ; par
Moïse quand il se détourna pour contempler le buisson ardent [2] ; par David avant qu'il eût laissé « ce petit troupeau de brebis dans le désert [3] » et par le prophète qui « fut dans les déserts jusqu'au moment de
paraître devant Israel [4] ». Nous en voyons la première
« institution » pour l'Europe sous Numa, dans ses
vierges vestales et son collège des Augures, fondés sur
la conception d'origine étrusque et devenue romaine

1. Allusion au verset de la Genèse qui précède le Songe de
Jacob : « Il prit donc des pierres du lieu et en fit son chevet et
s'endormit au même lieu (Genèse, xxviii, 11). — (Note du Traducteur.)

2. Allusion à la Bible : « Alors Moïse dit : Je me détournerai
maintenant et je verrai cette grande vision et pourquoi le buisson ne se consume pas » (Exode, iii, 3). — (Note du Traducteur.)

3. I Samuel, xvii, 28. — (Note du Traducteur.)

4. Saint Luc, i, 80. Il s'agit de saint Jean-Baptiste. — (Note
du Traducteur.)

d'une vie pure consacrée au service de Dieu et d'une
sagesse pratique conduite par lui [1].

La forme que l'esprit monastique prit plus tard tint
beaucoup plus à la corruption du monde dont il était
forcé de s'écarter, soit dans l'indignation, soit par épou-
vante, qu'à un changement amené par le christianisme
dans l'idéal de la vertu et du bonheur humains.

27. « L'Égypte » (M. Gibbon commence ainsi à nous
rendre compte de la nouvelle institution!), « la mère
féconde de la superstition, fournit le premier exemple
de la vie monastique. » L'Égypte eut ses superstitions
comme les autres pays ; mais elle fut si peu la mère de
la superstition qu'on peut dire que la foi d'aucun peuple
— entre les races imaginatives du monde entier — ne
connut peut-être aussi peu le prosélytisme que la
sienne. Elle ne prévalut pas même sur le plus proche
de ses voisins pour lui faire adorer avec elle des chats
et des cobras ; et je suis seul, à ce que je crois, parmi
les écrivains récents à conserver l'opinion d'Hérodote [2]

1. Je dois moi-même marquer comme particulièrement fatale
dans la déclin de l'empire romain, l'heure où Julien rejette le
conseil des augures. « Pour la dernière fois les Aruspices Étrusques
accompagnèrent un empereur romain, mais par une singulière
fatalité leur interprétation défavorable des signes du ciel fut
dédaignée, et Julien suivit l'avis des philosophes qui colorèrent
leur prédiction des teintes brillantes de l'ambition de l'empereur».
(Milman, *Histoire du christianisme*, chap. vi.) — (Note de l'Auteur.)

2. « Je suis seul, à ce que je crois, à penser encore avec Hérodote. » Toute personne ayant l'esprit assez fin pour être frappée des
traits caractéristiques de la physionomie d'un écrivain, et ne
s'en tenant pas au sujet de Ruskin à tout ce qu'on a pu lui dire,
que c'était un prophète, un voyant, un protestant et autres
choses qui n'ont pas grand sens, sentira que de tels traits, bien
que certainement secondaires, sont cependant très « ruskiniens ».
Ruskin vit dans une espèce de société fraternelle avec tous les
grands esprits de tous les temps, et comme il ne s'intéresse à
eux que dans la mesure où ils peuvent répondre à des questions

sur l'influence qu'elle a exercée sur la théologie ar-
chaïque de la Grèce. Mais cette influence, si influence
il y eut, consista seulement à en ébaucher la forme et
non à lui donner des rites ; de sorte que dans aucun
cas et pour aucun pays, l'Égypte ne fut la mère de la
superstition : tandis que sans discussion possible, elle
fut pour tous les peuples, et pour toujours, la mère de
la géométrie, de l'astronomie, de l'architecture et de la
chevalerie. Elle fut pour les éléments matériels et
techniques maîtresse de littérature, enseignant à des
auteurs qui auparavant ne pouvaient qu'écorcher la
cire et le bois, à fabriquer le papier et à graver le por-
phyre. Elle fut la première à exposer la loi du Jugement du Péché après la Mort. Elle fut l'Educatrice de
Moïse ; et l'Hôtesse du Christ.

éternelles, il n'y a pas pour lui d'anciens et de modernes et il
peut parler d'Hérodote comme il ferait d'un contemporain.
Comme les anciens n'ont de prix pour lui que dans la mesure
où ils sont « actuels », peuvent servir d'illustration à nos médi-
tations quotidiennes, il ne les traite pas du tout en anciens.
Mais aussi toutes leurs paroles ne subissant pas le déchet du
recul, n'étant plus considérées comme relatives à une époque,
ont une plus grande importance pour lui, gardent en quelque
sorte la valeur scientifique qu'elles purent avoir, mais que le
temps leur avait fait perdre. De la façon dont Horace parle à la
Fontaine de Bandusie, Ruskin déduit qu'il était pieux, « à la façon
de Milton ». Et déjà à onze ans, apprenant les odes d'Anacréon
pour son plaisir, il y apprit « avec certitude, ce qui me fut très
utile dans mes études ultérieures sur l'art grec, que les Grecs
aimaient les colombes, les hirondelles et les roses tout aussi
tendrement que moi » (*Præterita*, § 81). Evidemment pour un
Emerson la « culture » a la même valeur. Mais sans même nous
arrêter aux différences qui sont profondes, notons d'abord, pour
bien insister sur les traits particuliers de la physionomie de
Ruskin, que la science et l'art n'étant pas distincts à ses yeux
(Voir l'*Introduction*, p. 51-57) il parle des anciens comme savants
avec la même révérence que des anciens comme artistes. Il
invoque le 104* psaume quand il s'agira de découvertes d'his-

28. Il est à la fois probable et naturel que dans
un tel pays les disciples de toute nouvelle doctrine
spirituelle l'amenèrent à une perfection qu'elle n'eût
pas atteinte parmi les guerriers illettrés ou dans les
solitudes tourmentées par les tempêtes du Nord. Ce
serait pourtant une erreur absurde que d'attribuer à
l'ardeur isolée du monachisme égyptien la puissance
future de la fraternité des cloîtres. Les anachorètes des
trois premiers siècles s'évanouissent comme les
spectres de la fièvre, lorsque les lois rationnelles,
miséricordieuses et laborieuses des sociétés chrétiennes
sont établies ; et les récompenses clairement reconnaissables de la solitude céleste sont accordées à ceux-là
seulement qui cherchent le désert pour sa rédemption[1].

toire naturelle, se range à l'avis d'Hérodote (et l'opposerait volontiers à l'opinion d'un savant contemporain) dans une question
d'histoire religieuse, admire une peinture de Carpaccio comme
une contribution importante à l'histoire descriptive des perro-
quets (*St-Marks Rest : The Shripe of the Slaves*). Évidemment
nous rejoindrions vite ici l'idée de l'art sacré classique (Voir plus
loin les notes des pages 244, 245, 246 et des pages 338 et 339) « il
n'y a qu'un art grec, etc., saint Jérôme et Hercule », etc., chacune
de ces idées conduisant aux autres. Mais en ce moment nous
n'avons encore qu'un Ruskin aimant tendrement sa bibliothèque, ne faisant pas de différence entre la science et l'art, par
conséquent pensant qu'une théorie scientifique peut rester vraie
comme une œuvre d'art peut demeurer belle (cette idée n'est
jamais explicitement exprimée par lui, mais elle gouverne
secrètement, et seule a pu rendre possible toutes les autres) et
demandant à une ode antique ou à un bas-relief du moyen âge
un renseignement d'histoire naturelle ou de philosophie critique, persuadé que tous les hommes sages de tous les temps et
de tous les pays sont plus utiles à consulter que les fous, fus-
sent-ils d'aujourd'hui. Naturellement cette inclination est répri-
mée par un sens critique si juste que nous pouvons entièrement
nous fier à lui, et il l'exagère seulement pour le plaisir de faire de
petites plaisanteries sur « l'entomologie du XIIIᵉ siècle », etc., etc.
— (Note du Traducteur.)

1. Même les meilleurs historiens catholiques trop habituelle-

29. « La récompense clairement reconnaissable », je
le répète et avec une énergie voulue. Aucun homme ne
possède d'équivalent pour apprécier, encore moins
pour juger d'une manière certaine, jusqu'à ce qu'il ait
eu le courage de l'essayer lui-même, les résultats d'une
vie de renoncement sincère ; mais je ne crois pas
qu'aucune personne raisonnable voulût ou osât nier les
avantages à la fois de corps et d'esprit qu'elle a res-
sentis durant les périodes où elle a été accidentelle-
ment privée de luxe, ou exposée au danger. L'extrême
vanité de l'Anglais moderne qui fait de lui-même un
Stylite momentané sur la pointe d'un Horn [1] ou d'une
Aiguille et sa confession occasionnelle du charme de
la solitude dans les rochers, dont il modifie néanmoins
l'âpreté en ayant son journal dans sa poche et à la
prolongation de laquelle il échappe avec reconnaissance
grâce à la plus prochaine table d'hôte, devrait nous
rendre moins dédaigneux de l'orgueil, et plus com-
préhensifs de l'état d'âme dans lequel les anachorétes
des montagnes d'Arabie et de Palestine se condam-
naient à une vie de retraite et de souffrance sans autre réconfort que des visions surnaturelles ou l'espoir céleste.
Que des formes pathologiques de l'état mental soient
la conséquence nécessaire d'émotions excessives et
toutes subjectives, quelles que soient d'ailleurs ces
émotions, revient à l'esprit quand on lit les légendes
du désert ; mais ni les médecins ni les moralistes

ment ont fermé les yeux à la connexité inéluctable entre la
vertu monastique et la règle bénédictine du travail agricole. —
(Note de l'Auteur à la revision de 1885.)

1. Robert d'Humières me dit qu'il y a ici une allusion aux
montagnes de la Suisse, telles que le Matterhorn, etc. — (Note du
Traducteur.)

n'ont encore essayé de distinguer les états morbides
de l'intelligence[1] où vient finir un noble enthousiasme
de ceux qui sont les châtiments de l'ambition, de l'avarice ou de la débauche.

30. Laissant de côté pour le moment toute question
de cette nature, mes jeunes lecteurs doivent retenir
en somme, ce fait que durant tout le IVe siècle, des
multitudes d'hommes dévoués ont mené des vies de
pauvreté et de misère extrême pour s'efforcer d'arriver à une connaissance plus intime de l'Être et de la
Volonté de Dieu. Nous n'avons aucune lumière qui
nous permette de savoir utilement ni ce qu'ils souf-
frirent ni ce qu'ils apprirent. Nous ne pouvons pas apprécier l'influence édifiante ou réprobatrice de leurs

---

1. La conclusion hypothétique de Gibbon relativement aux
effets de la mortification et la constatation historique qui suit
doivent être remarquées comme contenant déjà tous les systèmes des philosophes ou des politiques modernes qui ont,
depuis, changé les monastères d'Italie en baraques et les églises
de France en magasins. « Ce martyre volontaire a forcément
détruit graduellement la sensibilité, aussi bien de l'esprit que
du corps ; car *on ne peut admettre* que les fanatiques qui se tor-
turent eux-mêmes soient capables d'aucune affection vive pour
le reste de l'espèce humaine. *Une sorte d'insensibilité cruelle a
caractérisé les moines de toute époque et de tout pays.* »
Combien de pénétration et de jugement, dénote cette sentence,
apparaîtra, j'espère, au lecteur, à mesure que je déroulerai devant
lui l'histoire véritable de sa foi ; mais étant moi-même, je crois,
un des derniers témoins de la vie recluse telle qu'elle existait
encore au commencement de ce siècle, je puis renvoyer au portrait parfait et digne de foi dans la lettre comme dans l'esprit
qui en est donné par Scott dans l'introduction du *Monasière* ;
quant à moi je puis dire que les sortes de caractères les plus
doux, les plus raffinés, les plus aimables, au sens le plus profond
du mot, que j'aie jamais connus, ont été ou ceux de moines, ou
ceux de serviteurs ayant été élevés dans la foi catholique. Et
quand je formulais ce jugement je ne connaissais pas
Mrs Alexander's Edwige (Note de la revision de 1885). — (Note
de l'Auteur.)

exemples sur le monde chrétien moins zélé ; et Dieu
seul sait jusqu'où leurs prières furent entendues ou leurs
personnes agréées. Nous pouvons seulement constater
avec respect que dans leur grand nombre pas un seul
ne semble s'être repenti d'avoir choisi cette sorte
d'existence, aucun n'a péri par mélancolie ou suicide ;
les souffrances auxquelles ils se condamnèrent eux-
mêmes, ils ne se les infligèrent jamais dans l'espoir
d'abréger les vies qu'elles rendent amères ou qu'elles
purifient ; et les heures de rêve ou de méditation sur la
montagne ou dans la grotte paraissent rarement s'être
traînées pour eux aussi lourdement que celles que,
sans vision ni réflexion, nous passons nous-mêmes sur
le quai et sous le tunnel.

31. Mais quelque jugement qu'on doive porter après
un dernier et consciencieux examen, sur les folies ou
les vertus de la vie d'anachorète, nous serions injustes
envers Jérôme si nous le regardions comme son intro-
ducteur dans l'Ouest de l'Europe. Il l'a traversée lui-
même comme une phase de la discipline spirituelle ;
mais il représente dans sa nature entière et dans son
œuvre finale, non pas l'inactivité chagrine de l'Ermite,
mais le labeur ardent d'un maître et d'un pasteur bienfaisants. Son cœur est dans une continuelle ferveur
d'admiration ou d'espérance — restant jusqu'à la fin non
seulement aussi impétueux que celui d'un enfant mais
aussi affectueux ; et les contradictions du point de vue
protestant qui ont dénaturé ou dissimulé son caractère
se reconnaîtront dans un obscur portrait de sa réelle
personnalité lorsque nous arriverons à comprendre la
simplicité de sa foi, et sympathiser un peu avec la charité ardente qui peut si facilement être froissée jusqu'à
l'indignation et n'est jamais contenue par le calcul.

32. Le peu de confiance que doivent nous inspirer les éditions modernes dans lesquelles nous le lisons peut se démontrer en comparant les deux passages dans lesquels Milman a exposé d'une façon entièrement différente les principes dirigeants de sa conduite politique. « Jérome commence (!) et finit sa carrière en moine de Palestine ; il n'arriva, *il n'aspira* à aucune dignité dans l'Église. Bien qu'ordonné prêtre contre son gré, il échappa à la dignité épiscopale qui fut imposée aux prêtres les plus distingués de son temps. » (*Histoire du Christianisme*, liv. III).

« Jérôme chérissait en secret l'espérance si même ce n'était pas l'objet avoué de son ambition, de succéder à Damas comme évêque de Rome. Le refus qui fut opposé à l'aspirant si singulièrement impropre à cette situation par ses passions violentes, sa façon insolente de traiter ses adversaires, son manque absolu d'empire sur soi-même, sa faculté presque sans rivale d'éveiller la haine, doit-il être attribué à la sagesse instinctive et avisée de Rome? (*Histoire du Christianisme latin*, liv. I, chap. II.)

33. Vous pouvez observer comme un caractère très fréquent de la « sagesse avisée » de l'esprit protestant clérical, qu'il suppose instinctivement que le désir du pouvoir et d'une situation n'est pas seulement universel dans le clergé, mais est toujours purement égoïste dans ses motifs. L'idée qu'il soit possible de rechercher l'influence pour l'usage bienfaisant qu'on peut en faire ne se présente pas une fois dans les pages d'un seul historien ecclésiastique d'époque récente. Dans nos études des temps passés nous mettrons tranquillement hors de cause, avec la permission des lecteurs, tous les récits des « espérances chéries en secret » et nous donnerons

fort peu d'attention aux raisons de la conduite des
hommes du moyen âge qui paraissent logiques aux
rationalistes, et probables aux politiciens[1]. Nous nous
occuperons seulement de ce que ces singuliers et fantastiques chrétiens du passé dirent d'audible et firent de
certain.

La vie de Jérôme ne commence en aucune façon
comme celle d'un moine de Palestine ; Dean Milman
ne nous a pas expliqué comment celle d'aucun homme
le pourrait ; mais l'enfance de Jérôme en tout cas fut
tout autre que recluse, ou précocement religieuse. Il
était né de riches parents vivant de leur propre bien ;
c'est peut-être le nom de sa ville natale au nord de
l'Illyrie (Stridon) qui s'est adouci aujourd'hui en
Strigi, près d'Aquileja[2]. En tout cas c'était sous le cli-

1. L'habitude de supposer à la conduite d'hommes de sens et
de cœur des motifs intelligibles aux insensés et probables à
ceux qui ont l'âme basse, prévaut, chez tous les historiens vulgaires, en partie par la satisfaction, en partie par l'orgueil qu'ils
en ressentent ; et il est horrible de contempler la quantité de
faux témoignages contre leurs voisins que portent des écrivains
médiocres, simplement pour arrondir leurs jugements superfi-
ciels et leur donner plus de force. « Jérôme admet, en effet, *avec
une humilité spécieuse mais sujette à caution*, l'infériorité du
moine non ordonné au prêtre ordonné », dit Dean Milman, dans
son chapitre xi, faisant suivre son doute gratuit sur l'humilité
de Jérôme d'une affirmation non moins gratuite de l'ambition de ses adversaires. « Le clergé, *cela est hors de doute*,
eut la sagesse de deviner le rival *dangereux*, quant à l'influence
et l'autorité, qui apparaissait dans la société chrétienne. — (Note
de l'Auteur.)

2. Le meilleur endroit pour lire ce chapitre est l'église San
Giorgio di Schiavoni à Venise. On prend une gondole et dans un
calme canal, un peu avant d'arriver à l'infini frémissant et mi-
roitant de la lagune on aborde à cet « Autel des Esclaves » où on
peut voir (quand le soleil les éclaire) les peintures que Carpaccio
a consacrées à saint Jérôme. Il faut avoir avec soi *Saint Marks
Rest* et lire tout entier le chapitre dont je donne ici un impor-

mat vénitien et en vue des Alpes et de la mer. Il avait
un frère et une sœur, un bon grand-père, un précepteur
désagréable, et était encore un jeune homme faisant
ses études de grammaire à la mort de Julien en 363.

tant extrait, non que ce soit un des meilleurs de Ruskin, mais
parce qu'il a été visiblement écrit sous l'empire des mêmes préoc-
cupations que le chapitre III de la *Bible d'Amiens*, — et pour
donner au « Dompteur du lion » une illustration où l'on voie « le
lion ». C'est de septembre 1876 à mai 1877, c'est-à-dire deux ou
trois ans avant de commencer la *Bible d'Amiens* que Ruskin
était allé étudier Carpaccio à Venise. Voici le passage de *Saint-
Marks Rest* :

« Mais le tableau suivant ! Comment a-t-on jamais pu permettre que pareille chose fût placée dans une église ! Assurément
rien ne pourrait être plus parfait comme art comique ; saint
Jérôme, en vérité, introduisant son lion novice dans la vie
monastique, et l'effet produit sur l'esprit monastique vulgaire.

« Ne vous imaginez pas un instant que Carpaccio ne voie pas
le comique de tout ceci, aussi bien que vous, peut-être même
un peu mieux. « Demandez après lui demain, croyez-moi, et vous
le trouverez un homme grave. »

« Mais aujourd'hui Mercutio lui-même n'est pas plus fantasque
ni Shakespeare lui-même plus gai dans sa fantaisie du « doux
animal et d'une bonne conscience » que n'est ici le peintre quand
il dessine son lion souriant délicatement avec sa tête penchée
de côté comme un saint du Pérugin, et sa patte gauche levée,
en partie pour montrer la blessure faite par l'épine, en partie en
signe de prière :

> Car si je devais, comme lion venir en lutte
> En ce lieu, ce serait pitié pour ma vie.

« Les moines s'enfuyant sont tout d'abord à peine intelligibles
et ne semblent que des masses obliques blanches et bleues ; et
il y a eu grande discussion entre M. Muray et moi pendant qu'il
dessinait le tableau pour le Musée de Sheffield, pour savoir si
l'action de fuir était, en réalité, bien rendue ou non : lui, maintenant que les moines couraient réellement comme des archers
olympiques... ; moi, au contraire, estimant que Carpaccio a
échoué, n'ayant pas le don de représenter le mouvement rapide.
Nous avons probablement raison tous deux, je ne doute pas que
l'action de courir, du moment que M. Murray le dit, soit bien
dessinée ; mais à cette époque les peintres vénitiens n'avaient

·Un jeune homme de dix-huit ans qui avait été bien commencé dans tous les établissements d'études clas-

appris à représenter qu'un mouvement lent et digne, et ce n'est que cinquante ans plus tard, sous l'influence classique, que vint la puissance impétueuse de Véronèse et du Tintoret.

« Mais il y a beaucoup de questions bien plus profondes à se poser relativement à ce sujet de saint Jérôme que celle de l'habileté artistique. Le tableau, en effet, est une raillerie ; mais n'est-ce qu'une raillerie ? La tradition elle-même est-elle une raillerie ? ou est-ce seulement par notre faute, et peut-être par celle de Carpaccio, que nous la faisons telle ?

« En tous cas, veuillez, en premier lieu, vous souvenir que Carpaccio, comme je vous l'ai souvent dit, n'est pas responsable lui-même en cette circonstance. Il commence par se préoccuper de son sujet, comptant, sans aucun doute, l'exécuter très sérieusement. Mais son esprit n'est pas plus tôt fixé dessus que la vision s'en présente à lui comme une plaisanterie et il est forcé de le peindre ainsi. Forcé par les destins... C'est à Atropos et non à Carpaccio que nous devons demander pourquoi ce tableau nous fait rire ; et pourquoi la tradition qu'il rappelle nous paraît purement chimérique et n'est plus qu'un objet de risée. Maintenant que ma vie touche à son déclin il n'est pas un jour qui ne passe sans avoir augmenté mes doutes sur le bien fondé des mépris où nous nous complaisons et mon désir anxieux de découvrir ce qu'il y avait à la racine des récits des hommes de bien, qui sont maintenant la fortune du moqueur.

« Et j'ai besoin de lire une bonne *Vie de saint Jérôme*. Et si je vais chez M. Ongania je trouverai, je suppose, l'autobiographie de George Sand, et la vie de M. Sterling peut-être ; et de M. Werner, écrit par mon propre maître et qu'en effet j'ai lu, mais j'oublie maintenant qui furent soit M. Sterling ou M. Werner ; et aussi peut-être j'y trouverai dans la littérature religieuse la vie de M. Wilberforce et de M⁰ Fry ; mais non le plus petit renseignement sur saint Jérôme. Auquel néanmoins, toute la charité de George Sand, et toute l'ingénuité de M. Sterling, et toute la bienfaisance de M. Wilberforce, et une grande quantité, sans que nous le sachions, du bonheur quotidien et de la paix de nos propres petites vies de chaque jour, sont véritablement redevables, comme à une charmante vieille paire de lunettes spirituelles sans lesquelles nous n'eussions jamais lu un mot de la *Bible protestante*. Il est, toutefois, inutile de commencer une vie de saint Jérôme à présent, et de peu d'utilité pourtant de regarder ces tableaux sans avoir une vie de saint Jérôme, mais il

siques, mais très loin d'être un moine, pas encore un
chrétien ni même disposé du tout à remplir les charges

faut seulement que vous sachiez clairement ceci sur lui, qui
n'est pas le moins du monde douteux ni mythique, mais entièrement vrai, et qui est le commencement de faits d'une importance sans limites pour toute l'Europe moderne — à savoir,
qu'il était né de bonne ou du moins de riche famille, en Dalmatie, c'est-à-dire à mi-chemin entre l'Orient et l'Occident ; qu'il
rendit le grand livre de l'Orient, la *Bible*, lisible pour l'Occident,
qu'il fut le premier grand maître de la noblesse du savoir et de
l'ascétisme affable et cultivé, comme opposés à l'ascétisme
barbare ; le fondateur, à proprement dire, de la cellule bien
arrangée et du jardin soigné, là où avant il n'y avait que le
désert et le bois inculte, — et qu'il mourut dans le monastère qu'il
avait fondé à Bethléem.

« C'est cette union d'une vie douce et raffinée avec une
noble continence, cet amour et cette imagination illuminant la
caverne de la montagne et en faisant un cloître couvert de
fresques, amenant ses bêtes sauvages à devenir des amis domestiques, que Carpaccio a reçu ordre de peindre pour nous, et
avec un incessant raffinement d'imagination exquise il remplit
ces trois canevas d'incidents qui signifiaient, à ce que je crois,
l'histoire de toute la vie monastique, et la mort, et la vie spirituelle pour toujours : le pouvoir de ce grand et sage et bienfaisant esprit régnant à jamais sur toute culture domestique ; et
le secours que la société des âmes des créatures inférieures
apporte avec elle à la plus haute intelligence et à la vertu de
l'homme. Et si au dernier tableau, — saint Jérôme en train de
travailler, pendant que son chien blanc » [dans *Prœterita* (III, II)
Ruskin dit que son chien Wisie était exactement pareil au
chien de saint Jérôme dans Carpaccio] « observe d'un air satis-
fait son visage, — vous voulez comparer, dans votre souvenir,
un morceau de chasse par Rubens ou Snyders, où les chiens
éventrés roulent sur le sol dans leur sang, vous commencerez
peut-être à sentir qu'il y a quelque chose de plus sérieux dans
ce kaléidoscope de la chapelle de Saint-Georges que vous ne
l'aviez cru d'abord. Et, si vous vous souciez de continuer à le
suivre avec moi, pensons à ce sujet risible un peu plus tranquillement.

« 180. Quel témoignage nous est apporté ici, volontairement
ou involontairement, au sujet de la vie monastique, par un
homme de la perception la plus subtile, vivant au milieu d'elle ?
Que tous les moines qui ont aperçu le lion sont terrifiés à en

trop sévères pour lui de la vie romaine elle-même! et
contemplant sans aversion les splendeurs mondaines

perdre l'esprit. Quelle preuve curieuse de la timidité du monachisme! Voici des hommes qui font profession de préférer à
la Terre le Ciel — se préparant à passer de l'une à l'autre —
comme à la récompense de tout leur sacrifice présent! Et voilà
la façon dont ils reçoivent la première chance qui leur est
offerte d'accomplir ce changement d'état.

« Evidemment l'impression de Carpaccio sur les moines doit
être qu'ils étaient plus braves ou meilleurs que les autres
hommes, mais qu'ils aimaient les livres, et les jardins, et la
paix, et avaient peur de la mort, par conséquent reculaient
devant les formes du danger qui étaient l'affaire des guerriers de
la chevalerie, d'une façon quelque peu égoïste et mesquine.

« Il les regarde clairement dans leur rôle de chevaliers. Ce
qu'il pourra nous dire ensuite de bien sur eux ne sera pas d'un
témoin prévenu en leur faveur. Il nous en dit cependant quelque
bien, même ici. L'arrangement, agréable dans la sauvagerie, des
arbres; les bâtiments pour les besoins religieux et agricoles
disposés comme dans une exploitation américaine de défriche-
ment, çà et là, comme si le terrain avait été préparé pour eux;
la grâce parfaite d'un art joyeux, pur, illuminant, remplissant
chaque petit coin de corniche de la chapelle, d'un portrait
de saint (*), enfin, et par-dessus tout, la parfaite bonté, la tendresse pour tous les animaux. N'êtes-vous pas, quand vous
contemplez cet heureux spectacle, mieux en état de comprendre
quelle sorte d'hommes furent ceux qui mirent à l'abri du
tumulte des guerres les doux coins de prairies qu'arrosent
vos propres rivières descendues des montagnes, à Bolton et Foun-
tains, Furnest et Tintern? Mais, du saint lui-même, Carpaccio n'a
que du bien à vous dire. Les moines vulgaires étaient, du moins,
des créatures inoffensives, mais lui est une créature forte et
bienfaisante. « Calme, devant le lion! » dit le Guide avec sa
perspicacité habituelle, comme si, seul, le saint avait le courage
d'affronter la bête furieuse, — un Daniel dans la fosse aux lions!
Ils pourraient aussi bien dire de la beauté vénitienne de Carpaccio qu'elle est calme devant le petit chien. Le saint fait entrer
son nouveau favori comme il amènerait un agneau, et il exhorte
vainement ses frères à ne pas être ridicules.

« L'herbe sur laquelle ils ont laissé tomber leurs livres est

(*) Voyez la partie du monastère qu'on aperçoit au loin, dans le
tableau du lion, avec ses fragments de fresque sur le mur, sa porte
couverte de lierre et sa corniche enluminée.

ou sacrées qui brillaient à ses yeux durant les années
de collège qu'il passait dans la capitale.

Car « le prestige et la majesté du paganisme étaient
encore concentrés à Rome, les divinités de l'ancienne
foi trouvaient leur dernier refuge dans la capitale de
l'Empire. Pour un étranger Rome offrait encore l'aspect
d'une cité païenne. Elle renfermait 132 temples et 180
plus petites chapelles ou autels encore consacrés à leur
Dieu tutélaire et servant à l'exercice public du culte.
Le Christianisme ne s'était jamais aventuré à s'emparer
de ces quelques monuments qui eussent pu être trans-
formés à son usage, encore moins avait-il le pouvoir
de les détruire. Les édifices religieux étaient sous la
protection du préfet de la ville et le préfet était habituellement un païen : en tout cas il n'eût souffert
aucune atteinte à la paix de la ville, aucune violation
de la propriété publique.

« Dominant toute la ville de ses tours, le Capitole,
dans sa majesté inattaquée et solennelle, avec ses
30 temples ou autels, qui portaient les noms les plus
sacrés des annales religieuses et civiles de Rome, ceux
de Jupiter, de Mars, de Romulus, de César, de la Victoire. Quelques années après l'avènement de Théodose à
l'empire d'Orient les sacrifices s'accomplissaient encore
comme rites nationaux aux frais du public, *les pontifes
en faisaient l'offrande au nom du genre humain tout*

ornée de fleurs ; il n'y a aucun signe de trouble ni d'ascétisme
sur le visage du vieillard, il est évidemment tout à fait heureux,
sa vie étant complète et la scène entière est le spectacle de la
simplicité et de la sécurité idéales de la sagesse céleste :
« Ses chemins sont des chemins charmants et tous ses sentiers sont la paix. » — (Note du Traducteur.)
Le verset biblique qui termine cette citation est tiré des
Proverbes (III, 17).

entier. L'orateur païen va jusqu'à déclarer que l'Empereur aurait craint en les abolissant, de mettre en danger la sûreté de l'État. L'empereur portait encore le titre et les insignes du Souverain Pontife ; les consuls avant d'entrer en fonctions montaient au Capitole, les processions religieuses passaient à travers les rues encombrées et le peuple se pressait aux fêtes et aux représentations qui faisaient encore partie du culte païen[1]. »

Là Jérôme a dû entendre parler de ce que toutes les sectes chrétiennes tenaient pour le jugement de Dieu entre elles et leur principal ennemi — la mort de l'empereur Julien. Mais nous ne possédons rien qui nous permette de retracer et je ne veux pas conjecturer le cours de ses propres pensées jusqu'au moment où la direction de sa vie tout entière fut changée par le baptême. Nous devons à la candeur qui est la base de son caractère une phrase de lui, relativement à ce changement qui vaut des volumes d'une confession ordinaire. « Je quittai non seulement mes parents et ma famille mais les habitudes luxueuses d'une vie raffinée. »

Ces mots mettent en pleine lumière ce qui, à nos natures moins courageuses semble l'interprétation exagérée par les nouveaux convertis des paroles du Christ : « Celui qui aime son père et sa mère plus que moi, n'est pas digne de moi[2]. » Nous nous contentons

1. Milman, *Histoire du Christianisme*, vol. III, p. 162. Remarquez la phrase en italique, car elle relate la vraie origine de la papauté. — (Note de l'Auteur.)

2. Saint Mathieu, x, 37. Cf. *Fors Clavigera* : « Il vient une heure pour tous ses vrais disciples où cette parole du Christ doit entrer dans leur cœur : « Celui qui aime son père et sa mère plus que moi n'est pas digne de moi. » Quitter la maison où est

de quitter pour des intérêts très inférieurs notre père
ou notre mère, et ne voyons pas la nécessité d'aucun
plus grand sacrifice; nous connaîtrions plus de nous-
mêmes et du christianisme si nous avions plus souvent
à soutenir l'épreuve que saint Jérôme trouvait la plus
difficile. J'ai vu que ses biographes lui donnaient çà et
là des marques de leur mépris parce qu'il est une jouissance à laquelle il ne fut pas capable de renoncer, celle
du savoir; et les railleries habituelles sur l'ignorance
et la paresse des moines se reportent dans son cas sur
la faiblesse d'un pèlerin assez luxueux pour porter sa
bibliothèque dans son havresac. Et il serait curieux de
savoir (en mettant comme il est de mode de le faire
aujourd'hui l'idée de la Providence entièrement de côté)
si, sans cet enthousiasme littéraire qui était dans une
certaine mesure une faiblesse du caractère de ce vieillard, la Bible fût jamais devenue la bibliothèque de
l'Europe.

Car, c'est, remarquez-le, la signification réelle dans
sa vertu première du mot *Bible*[1] : non pas livre simple-

votre paix, être en rivalité avec ceux qui vous sont chers :
c'est cela — si les paroles du Christ ont un sens — c'est bien cela
qui sera demandé à ses vrais disciples.» — (Note du Traducteur.)
1. Cf. *Sesame and lilies, of Kings Treasuries*, 17 : «Quel effet
singulier et salutaire cela aurait sur nous qui sommes habitués
à prendre l'acception usuelle d'un mot pour le sens véritable
de ce mot, si nous gardions la forme grecque *biblos* ou *biblion*
comme l'expression juste pour « livre », au lieu de l'employer
seulement dans le cas particulier où nous désirons donner de
la dignité à l'idée et en le traduisant en anglais partout ailleurs.
Par exemple, nous traduirions ainsi les *Actes des Apôtres* (xix, 19).
« Beaucoup de ceux qui exerçaient des arts magiques réunirent
leurs Bibles et les brûlèrent devant tous les hommes, et
en comptèrent le prix et le trouvèrent de cinquante mille pièces
d'argent. Et, si au contraire, nous traduisions là où nous la con-
servons, et parlons toujours du Saint Livre au lieu de la
Sainte Bible, etc. » — (Note du Traducteur.)

ment ; mais « Bibliotheca », Trésor de Livres ; et il serait,
je le repète, curieux de savoir jusqu'à quel point, —
si Jérôme, au moment même où Rome, qui l'avait
instruit, était dépossédée de sa puissance matérielle,
n'avait pas fait de sa langue l'oracle de la prophétie
hébraïque, ne s'en était pas servi pour constituer une
littérature originale et une religion dégagée des ter-
reurs de la loi mosaïque, — l'esprit de la Bible eût
pénétré dans les cœurs des Goths, des Francs et des
Saxons, sous Théodoric, Clovis et Alfred.

Le destin en avait décidé autrement et Jérôme était
un instrument si passif dans ses mains qu'il commença
l'étude de l'Hébreu seulement comme une discipline et
sans aucune conception de la tâche qu'il avait à
accomplir [1] encore moins de la portée de cet accomplissement. J'aurais de la joie à croire que les paroles

[1]. Cette sorte d'ignorance de ce qui est au fond de leur âme est
à la base de l'idée que Ruskin se fait de tous les prophètes, c'est-
à-dire de tous les hommes vraiment géniaux. Parlant de lui-
même il dit : « Ainsi, d'année en année, j'ai été amené à parler, ne
sachant pas, lorsque je dépliais le rouleau où était contenu mon
message, ce qui se trouverait plus bas, pas plus qu'un brin
d'herbe ne sait quelle sera la forme de son fruit (*Fors*, IV,
lettre LXXVIII, p. 121) et parlant des derniers jours de la vie
de Moïse : « Quand il vit se dérouler devant lui l'histoire entière
de ces quarante dernières années et quand le mystère de son
propre ministère lui fut enfin révélé » (*Modern Painters*, IV,
V, xx, 46, cité par M. Brunhes). Mais cet avenir que les hommes
ne voient pas, est déjà contenu dans leur cœur. Et Ruskin me
semble ne jamais l'avoir exprimé d'une façon plus mystérieuse
et plus belle que dans cette phrase sur Giotto enfant, quand
pour la première fois il vit Florence : « Il vit à ses pieds les
innombrables tours de la cité des lys ; mais la plus belle de
toutes (le Campanile) était encore cachée dans les profondeurs
de son propre cœur » (*Giotto and his work in Padua*, p. 321 de
l'édition américaine : *The Pœtry of Architecture; Giotto and
his work in Padua*). — (Note du Traducteur.)

du Christ : « S'ils n'entendent pas Moïse et les Prophètes ils ne seront pas persuadés quand même un
mort ressusciterait[1] », hantèrent l'esprit du reclus
jusqu'à ce qu'il eût résolu que la voix de Moïse et des
Prophètes serait rendue audible aux églises de toute
la terre. Mais, autant que nous en avons la preuve,
aucune telle volonté ni espérance n'exalta les tranquilles
instincts de son naturel studieux. Ce fut moitié par
exercice d'écrivain, moitié par récréation de vieillard
qu'il se plut à adoucir la sévérité de la langue latine,
ainsi qu'un cristal vénitien, au feu changeant de la
pensée hébraïque ; et le « Livre des livres » prit la forme
immuable dont tout l'art futur des nations de l'Occident devait être une interprétation de jour en jour
élargie.

Et à ce sujet vous avez à remarquer que le point
capital n'est pas la traduction des Écritures grecques
et hébraïques en un langage plus facile et plus général,
mais le fait de les *avoir présentées à l'Église comme
étant d'autorité universelle*. Les premiers Gentils
parmi les chrétiens avaient naturellement une tendance
à développer oralement en l'exagérant ou en l'altérant
l'enseignement de l'Apôtre des Gentils jusqu'à ce
que leur affranchissement de la servitude de la loi
judaïque fît place au doute sur son inspiration ; et
même après la chute de Jérusalem, à l'interdiction
épouvantée de son observance. De sorte que, peu d'années seulement après que le reste des Juifs exilés à
Pella eut élu le Gentil Marcus comme évêque, et
obtenu l'autorisation de retourner à l'Oelia Capitolina
bâtie par Adrien sur la montagne de Sion, « ce devint

1. Saint Luc, xvi, 31. — (Note du Traducteur.)

un sujet de doute et de controverse que de savoir si un homme qui sincèrement reconnaissait Jésus comme le Messie mais qui continuait à observer la loi de Moïse pouvait espérer le salut[1] ». « Pendant que d'un autre côté les plus instruits et les plus riches de ceux qui avaient le nom de chrétiens, désignés généralement par l'appellation de « sachant » (Gnostique), avaient plus insidieusement effacé l'autorité des évangélistes en se séparant pendant le cours du iiie siècle « en plus de cinquante sectes distinctes dont on peut faire le compte, et donnèrent naissance à une multitude d'ouvrages dans lesquels les actes et les discours du Christ et de ses apôtres étaient adaptés à leurs doctrines respectives[2]. »

Ce serait une tâche d'une difficulté très grande et sans profit que de déterminer dans quelle mesure le consentement de l'Église générale et dans quelle mesure la vie et l'influence de Jérôme contribuèrent à fixer dans leur harmonie et dans leur majesté restées depuis intactes, les canons des Écritures Mosaïque et Apostolique. Tout ce que le jeune lecteur a besoin de savoir c'est que, quand Jérôme mourut à Bethléem, ce grand fait était virtuellement accompli; et les suites de livres historiques et didactiques qui forment notre Bible actuelle (en comptant les apocryphes) régnèrent dès lors sur la pensée naissante des plus nobles races des hommes qui aient vécu sur le globe, comme un message

1. Gibbon, chap. xv (ii, 277).
2. *Ibid.*, ii, 283. — Son expression « les plus instruits et les plus riches » doit être retenue comme confirmation de ce fait qui apparaît éternellement dans le christianisme que des cerveaux modestes dans leurs conceptions, et des vies peu soucieuses du gain sont les plus aptes à recevoir ce qu'il y a d'éternel dans les principes chrétiens. — (Note de l'Auteur.)

que leur adressait directement leur créateur et qui, —
renfermant tout ce qu'il était nécessaire pour eux d'apprendre de ses desseins à leur égard, — leur com-
mandait, ou conseillait, avec une autorité divine et
une infaillible sagesse ce qui était pour eux le meilleur à faire et le plus heureux à souhaiter.

41. Et c'est seulement à ceux-là qui ont obéi sincèrement à la loi de dire jusqu'où l'espérance qui leur a
été donnée par le dispensateur de la loi a été réalisée.
Les pires « enfants de désobéissance[1] » sont ceux qui
acceptent de la parole ce qu'ils aiment et rejettent ce
qu'ils haïssent ; cette perversité n'est pas toujours
consciente chez eux, car la plus grande partie des
péchés de l'Église a été engendrée en elle par l'enthousiasme qui dans la méditation et la défense pas-
sionnée de parties de l'Écriture facilement saisies, a
négligé l'étude et finalement détruit l'équilibre du
reste. Quelles formes revêt et quel chemin suit l'esprit
d'opiniâtreté avant qu'il arrive à forcer le sens des Écritures pour la perdition d'un homme ? Ceci est à
examiner pour ceux qui ont la charge des consciences,
pas pour nous. L'histoire que nous avons à apprendre
doit absolument être tenue en dehors d'un tel débat,
et l'influence de la Bible observée exclusivement sur
ceux qui reçoivent la parole avec joie et lui obéissent
en vérité.

42. Il y a toujours eu cependant une plus grande difficulté à apprécier l'influence de la Bible qu'à distinguer les lecteurs honnêtes des lecteurs de mauvaise
foi. La prise du christianisme sur les âmes des hommes

1. Saint Paul, Ephésiens, ii, 2, et v, 6 ; — Colossiens, iii, 6.
— (Note du Traducteur.)

devra être considérée, quand nous viendrons à l'étudier de près, sous trois chefs : il y a d'abord le pouvoir de la croix elle-même, et de la théorie du salut, sur le cœur ; puis l'action des Écritures judaïques et grecques sur l'esprit ; puis l'influence sur la morale, de l'enseignement et de l'exemple de la hiérarchie existante. Et quand on veut comparer les hommes tels qu'ils sont et tels qu'ils pourraient avoir été, ces trois questions doivent se poser séparément dans l'esprit : premièrement qu'eût été le caractère de l'Europe sans la charité et le travail signifiés par « portant la Croix » ; puis, secondement, que serait devenue l'intellectualité de l'Europe sans la littérature biblique ; et enfin que serait devenu l'ordre social de l'Europe sans la hiérarchie de l'Église.

43. Vous voyez que j'ai réuni les mots « charité » et « travail » sous le terme général de « portant la croix ». « Si quelqu'un veut me suivre qu'il renonce à soi-même (par la charité) et porte sa croix (par le labeur) et me suive [1]. »

L'idée a été *exactement* renversée par le protestantisme moderne qui voit dans la croix non pas un gibet auquel il doit être cloué mais un radeau sur lequel lui et toutes ses propriétés de valeur [2] seront portés sur les flots jusqu'au paradis.

44. Aussi c'est seulement aux jours où la Croix était

---

1. Saint Matthieu, xvi, 24 ; — Saint Marc, viii, 34, et x, 21. Voir dans le post-scriptum de mon Introduction une phrase des *Lectures on Art* où cette parole de saint Matthieu est magnifiquement commentée. — (Note du Traducteur.)

2. Un des plus curieux aspects de la pensée évangélique moderne est l'aimable connexité qu'elle établit entre la vérité de l'Évangile et l'extension du commerce lucratif ! Voyez plus loin la note pages 237, 238, 239. — (Note de l'Auteur.)

reçue avec courage, l'Écriture méditée avec conscience
et le Pasteur écouté avec foi, que la pure parole de
Dieu, la brillante épée de l'Esprit[1] peuvent être recon-
nues dans le cœur et dans la main de la Chrétienté.
L'effet de la poésie et de la légende bibliques sur sa
pensée peut se suivre plus loin à travers les âges de
décadence et dans les champs sans limites ; donnant
naissance pour nous au *Paradis perdu*, non moins qu'à
la *Divine Comédie;* — au *Faust* de Gœthe et au *Caïn*
de Byron non moins qu'à l'*Imitation de Jésus-Christ.*

43. Bien plus, l'écrivain qui veut comprendre le plus
complètement possible, l'influence de la Bible sur l'humanité, doit être capable de lire les interprétations qui
en sont données par les grands arts de l'Europe à leur
apogée. Dans chaque province de la chrétienté, pro-
portionnellement au degré de puissance artistique
qu'elle possédait, des séries d'illustrations de la Bible
parurent progressivement, commençant par les vignettes
qui illustraient les manuscrits et, en passant par la
sculpture de grandeur naturelle, finissant par atteindre
sa pleine puissance dans une peinture pleine de vérité.
Ces enseignements et ces prédications de l'Église
par le moyen de l'art, ne sont pas seulement une partie
des plus importantes de l'action apostolique générale du
christianisme, mais leur étude est une partie nécessaire de l'étude biblique, si bien qu'aucun homme
ne peut comprendre la pensée profonde de la Bible
elle-même tant qu'il n'a pas appris à lire ces commentaires nationaux et n'a pas pris conscience de leur valeur

1. « Prenez aussi le casque du salut et l'épée de l'Esprit qui
est la parole de Dieu (saint Paul, Ephésiens, vi, 17). Saint Paul
développe l'image dans l'Epître aux Hébreux (iv, 12). — (Note du
Traducteur.)

collective. Le lecteur protestant qui croit porter sur la Bible un jugement indépendant et l'étudier par lui-même n'en est pas moins à la merci du premier prédicateur doué d'un organe agréable et d'une ingénieuse imagination [1] ; recevant de lui avec reconnaissance et souvent avec respect quelque interprétation des textes que l'agréable organe ou l'esprit alerte puisse recommander ; mais, en même temps, il ignore entièrement, et, s'il est laissé à sa propre volonté, détruit invariablement comme injurieuses les interprétations profondément méditées de l'Écriture qui, dans leur essence, ont été sanctionnées par le consentement de toute l'Église chrétienne depuis mille ans, et dont la forme a été portée à la perfection la plus haute par l'art traditionnel et l'imagination inspirée des plus nobles âmes qui aient jamais été enfermées dans l'argile humaine.

46. Il y a peu de Pères de l'Église chrétienne dont les commentaires de la Bible ou les théories personnelles de son Évangile n'aient pas été, à l'exultation constante des ennemis de l'Église, altérés et avilis par les fureurs de la controverse ou affaiblis et dénaturés par une irréconciliable hérésie. Au contraire, l'enseignement biblique donné à travers leur art par des hommes tels que Orcagna, Giotto, Angelico, Luca della Robbia et Luini, est littéralement vierge de toute trace terrestre des passions d'un jour. Sa patience, sa douceur et son calme sont incapables des erreurs qui viennent de la

---

1. Voir les passages de *Præterita* (III, 34, 39) cités par M. Bardoux, où Ruskin discute sur la Bible avec un protestant « qui ne se fiait qu'à soi pour interpréter tous les sentiments possibles des hommes et des anges » et où à Turin il entre dans un temple où l'on prêche à quinze vieilles femmes « qui sont, à Turin, les seuls enfants de Dieu ». — (Note du Traducteur.)

crainte ou de la colère ; ils peuvent sans danger dire
tout ce qu'ils veulent, ils sont enchaînés par la tradition et dans une sorte de solidarité fraternelle à la représentation par des scènes toujours identiques de
doctrines inaltérées ; et ils sont forcés par la nature de
leur œuvre à une méditation et à une méthode de composition qui ont pour résultat l'état le plus pur et l'usage
le plus franc de toute la puissance intellectuelle.

47. Je puis en une fois et sans avoir besoin de revenir sur cette question faire ressortir la différence de
dignité et de sûreté entre l'influence sur l'esprit de la
littérature et celle de l'art[1] en vous reportant à une
page qui met d'ailleurs merveilleusement en lumière la
douceur et la simplicité du caractère de saint Jérôme,
bien qu'elle soit citée, là où nous la trouvons, sans aucune intention favorable, — à savoir dans la jolie lettre
de la reine Sophie-Charlotte (mère du père de Frédéric le Grand) au jésuite Vota, donnée en partie par
Carlyle dans son premier volume, chap. IV.

« Comment saint Jérôme, par exemple, peut-il être
une clef pour l'Écriture ? — insinue-t-elle — citant de
Jérôme cet aveu remarquable de sa manière de composer un livre, spécialement de composer ce livre,
Commentaires sur les Galates, où il accuse saint Pierre
et saint Paul tous deux de fausseté et même d'hypocrisie. Le grand saint Augustin a porté contre lui cette
fâcheuse accusation (dit Sa Majesté qui donne le cha-

1. Ruskin avait dit autrefois (1856) dans un sentiment d'ailleurs
différent : « Cet art du dessin qui est de plus d'importance
pour la race humaine que l'art d'écrire, car les gens peuvent
difficilement dessiner quelque chose sans être de quelque utilité
aux autres et à eux-mêmes et peuvent difficilement écrire quelque
chose sans perdre leur temps et celui des autres.» (*Modern Painters*,
IV, XVII, 31, cité par M. de la Sizeranne). — (Note du Traducteur).

pitre et le paragraphe) et Jérôme répond : « J'ai
suivi les commentaires d'Origène, de... » — cinq ou six
personnes différentes qui dans la suite devinrent des
hérétiques avant que Jérôme en ait fini avec elles. —
« Et pour vous confesser l'honnête vérité », continue
Jérôme, « j'ai lu tout cela et, après avoir bourré ma tête
d'une grande quantité de choses, j'ai envoyé chercher
mon secrétaire et je lui ai dicté, tantôt mes propres pensées, tantôt celles des autres sans beaucoup me souvenir de l'ordre, quelquefois des mots, ni même du
sens. » Ailleurs (plus loin, dans le même livre[1]) il dit :
« Je n'écris pas moi-même : j'ai un secrétaire et je lui
dicte ce qui me vient aux lèvres. Si je désire réfléchir
un peu, ou exprimer mieux la chose, ou une chose
meilleure, il fronce le sourcil et tout son regard me
dit assez qu'il ne peut supporter d'attendre. » Voici
un vieux gentleman sacré auquel il n'est pas bon
de se fier pour interpréter les Écritures, pense Sa
Majesté; mais elle ne dit pas — laissant le père Vota à
ses réflexions. » Hélas non, reine Sophie, il ne faut nous
en rapporter pour cette sorte de chose ni au vieux saint
Jérôme ni à aucune autre lèvre ou esprit humains;
mais seulement à l'Éternelle Sophia[2], à la Puissance de
Dieu et à la sagesse de Dieu. Au moins pouvez-vous voir

1. *Commentaires sur les Galates*, chap. III. — (Note de l'Auteur.)
2. Allusion essentiellement ruskinienne à l'étymologie du mot :
Sophie; ici c'est à peine un calembour, mais le lecteur a pu
voir au dernier chapitre à propos de la signification délicatement
« Saline » du mot Salien et dans les jeux de mots avec « Salés »
et « Saillants » jusqu'où pouvait aller la manie étymologique de
Ruskin. Pour nous en tenir au passage ci-dessus (Sophie-
Sagesse), il trouve son explication (et avec lui tous les jeux de mots
de Ruskin, même les plus fatigants), dans les lignes suivantes de
Sesame and lilies, Of kings treasuries, 15 : Il (l'homme instruit)
est savant dans la descendance des mots, distingue d'un coup

dans votre vieil interprète qu'il est absolument franc,
innocent, sincère, et qu'à travers un tel homme, qu'il
soit oublieux de son auteur, ou pressé par son scribe,
il est plus que probable que vous pourrez entendre ce
que Dieu sait être le meilleur pour vous ; et extrêmement
improbable que vous vous pervertissiez, si peu que ce
soit, tandis que par un maître prudent et exercé aux
artifices de l'art littéraire, retirent dans ses doutes, et
adroit dans ses paroles, toute espèce de préjugés et
d'erreur peut vous être présentée de façon acceptable, ou même être irrémédiablement fixée en vous,
bien qu'à aucun moment il ne vous ait le moins du
monde demandé de vous fier à son inspiration.

48. Car la seule confiance, à vrai dire, et la seule
sécurité que dans de telles matières nous puissions posséder ou espérer, résident dans nôtre propre désir d'être
guidés justement et dans notre bonne volonté à suivre
avec simplicité la direction accordée. Mais toutes nos
idées et nos raisonnements au sujet de l'inspiration ont
été faussées par notre habitude — d'abord de distinguer à tort ou au moins sans nécessité entre l'inspiration des mots et des actes et secondement par ce fait
que nous attribuons une force ou une sagesse inspirées
à certaines personnes ou certains écrivains seulement
au lieu de l'accorder au corps entier des croyants pour
autant qu'ils participent à la grâce du Christ, à l'amour

---

d'œil les mots de bonne naissance des mots canailles modernes,
se souvient de leur généalogie, de leurs alliances, de leurs pa-
rentés, de l'extension à laquelle ils ont été admis et des fonctions qu'ils ont tenues parmi la noblesse nationale des mots, en
tous temps et en tous pays », etc. Je n'ai pas le temps de montrer
qu'il y a là encore une forme d'idolâtrie et de celles à la tentation de qui un homme de goût a le plus de peine à ne pas
succomber. — (Note du Traducteur.)

de Dieu, à la Communion du Saint-Esprit[1]. Dans la
mesure où chaque chrétien reçoit ou refuse les dons
multiples exprimés par cette bénédiction générale, il
entre dans l'héritage des Saints ou en est rejeté. Dans
la mesure exacte où il renie le Christ, courrouce le Père et
chagrine le Saint-Esprit, il perd l'inspiration et la sainteté ; et dans la mesure où il croit au Christ, obéit au
Père, et se soumet à l'Esprit, il devient inspiré dans le
sentiment, dans l'action, dans la parole, dans la réception de la parole, selon les capacités de sa nature. Il ne
sera pas doué d'aptitudes plus hautes, ni appelé à une
fonction nouvelle, mais rendu capable d'user des facultés
naturelles qui lui ont été accordées, là où il le faut,
pour la fin la meilleure. Un enfant est inspiré comme
un enfant, et une jeune fille comme une jeune fille ; les
faibles dans leur faiblesse même, et les sages seulement
à leur heure. Ceci est pour l'Église, et telle qu'on peut
la dégager avec certitude, la théorie de l'inspiration
chez tous ses vrais membres ; sa vérité ne peut être
reconnue qu'en la mettant à l'épreuve, mais je crois
qu'il n'y a pas souvenir d'un homme qui l'ait éprouvée
et déclarée vaine[2].

1. « Tous les dimanches, si ce n'est plus souvent, le plus
grand nombre des personnes bien pensantes en Angleterre
reçoit avec reconnaissance, de ses maîtres, une bénédiction ainsi
formulée : « La grâce de Notre-Seigneur Jésus-Christ, l'amour
de Dieu et la communion du Saint-Esprit soient avec vous. »
Maintenant je ne sais pas quel sens est attribué dans l'esprit
public anglais à ces expressions. Mais ce que j'ai à vous dire
positivement est que les trois choses existent d'une façon réelle
et actuelle, peuvent être connues de vous, si vous avez envie de
les connaître, et possédées si vous avez envie de les posséder. »
Suit le commentaire de ces trois mots (Lectures on Art, IV, § 125).
— (Note du Traducteur.)

2. Voyez le dernier paragraphe de la page 45 de l'Autel des
Esclaves. Chose curieuse, au moment où je revois cette page

49. — Au-delà de cette théorie de l'inspiration géné-rale il y a celle d'un appel et d'un ordre spécial avec la dictée immédiate des actes qui doivent être accomplis ou des paroles qui doivent être prononcées. Je ne veux pas entrer à présent dans l'examen des témoignages d'une si effective élection; elle n'est pas revendiquée par les Pères de l'Eglise, ni pour eux-mêmes, ni même pour le corps entier des écrivains sacrés.

Elle est seulement attribuée à certains passages dictés à certains moments en vue de nécessités spéciales; et il n'est pas possible d'attacher l'idée de vérité infaillible à aucune forme de ce langage humain dans lequel même ces passages exceptionnels nous ont été don-nés. Mais du volume entier qui les renferme tel que nous le possédons et le lisons, tel, pour chacun de nous,

pour l'impression, on m'envoie une découpure du journal *le Chrétien* où il y a un commentaire de l'éditeur évangélique orthodoxe qui pourra, dans l'avenir, servir à définir l'hérésie propre de sa secte; il *oppose* actuellement, dans son audace extrême, le pouvoir du Saint-Esprit à l'œuvre du Christ (je vou-drais seulement avoir été à Matlock et avoir entendu l'aimable sermon du médecin).

« On a pu assister, samedi dernier, dans le Derbyshire, à un spectacle intéressant et quelque peu inaccoutumé : Deux Amis vêtus à l'ancienne mode — dans le costume original des Quakers, — prêchant au bord de la route un vaste et attentif auditoire, à Matlock. L'un d'eux qui a, comme médecin, une bonne clientèle dans le comté, et se nomme le Dr Charles-A. Fox, fit un énergique appel à ses auditeurs, les pressant de veiller à ce que chacun vécût docilement à la lumière du Saint-Esprit qui est en lui. « Le Christ, au dedans de nous, était l'espoir de la gloire, et c'était parce qu'Il était suivi dans le ministère du Saint-Esprit que nous étions sauvés par Lui qui devenait ainsi le commencement et la fin de la loi. Il recommanda à ses auditeurs de ne pas bâtir leur maison sur le sable en croyant au libre et facile évangile qu'on prêche habituellement sur les routes, comme si nous devions être sauvés en « croyant ceci ou cela ». Rien,

qu'il peut être rendu dans sa langue natale, on peut affirmer et démontrer que, quoique mêlé d'un mystère qu'on ne nous demande pas d'éclaircir ou de difficultés que nous serions insolents de vouloir résoudre, il contient l'enseignement véritable pour les hommes de tout rang et de toute situation dans la vie, enseignement grâce auquel, autant qu'ils y obéissent honnêtement et implicitement, ils seront heureux et innocents dans la pleine puissance de leur nature, et capables de triompher de toutes les adversités, qu'elles résident dans la tentation ou dans la douleur.

50. En effet le Psautier seul, qui pratiquement fut le livre d'offices de l'Eglise pendant bien des siècles, contient, simplement dans sa première moitié, la somme de la sagesse individuelle et sociale. Les Ier, VIIIe, XIIe, XVe, XIXe, XXIIIe et XXIVe psaumes bien appris et crus sont assez pour toute direction personnelle; les XLVIIIe,

excepté l'action du Saint-Esprit dans l'âme de chacun, ne pourrait nous sauver, et prêcher quoi que ce soit hormis cela était simplement abuser les simples et les crédules de la manière la plus terrible.

« Il serait déloyal de critiquer un discours d'après un si court extrait, mais nous devons exprimer notre conviction à savoir que c'est l'obéissance du Christ jusqu'à la mort, la mort sur la croix, bien plutôt que l'action du Saint-Esprit en nous, qui constitue la bonne nouvelle pour les pécheurs. — Ed. »

En regard de ce morceau éditorial de la presse théologique moderne en Angleterre, je placerai simplement le 4e, 6e et 13e versets des Romains (en mettant en italique les expressions qui sont d'une plus haute importance et qui sont toujours négligées) : « afin que la *justice de la* LOI soit accomplie *en nous*, qui marchons non selon la chair mais selon l'esprit... Car avoir l'esprit *tourné* aux choses de la chair, c'est la mort, mais aux choses de l'esprit, c'est la vie, et la paix... Car, si vous vivez pour la chair, vous mourrez ; mais, si *c'est par l'esprit* que vous mortifiez les *actes* du corps, vous vivrez. »

Il serait bon pour la chrétienté que le service baptismal appliquât ce qu'il fait profession d'abjurer. — (Note de l'Auteur.)

14

LXXII° et LXXV° ont en eux la loi et la prophétie de tout gouvernement juste, et chaque découverte de la science naturelle est anticipée dans le CIV°. Quant au contenu du volume entier, considérez si un autre cycle de littérature historique et didactique a une étendue qui lui soit comparable. Il renferme :

I. L'histoire de la Chute et du Déluge, les deux plus grandes traditions humaines fondées sur l'horreur du péché.

II. L'histoire des Patriarches, dont la vérité permanente est encore visible aujourd'hui dans l'histoire des races juive et arabe.

III. L'histoire de Moïse avec ses résultats pour la loi morale de tout l'univers civilisé.

IV. L'histoire des Rois — virtuellement celle de toute royauté, dans David, et de toute la philosophie, dans Salomon, atteignant son point le plus élevé dans les Psaumes et les Proverbes, avec la sagesse encore plus serrée et pratique de l'Ecclésiaste et du fils de Sirach.

V. L'histoire des Prophètes — virtuellement celle du mystère le plus profond, de la tragédie, de la fatalité perpétuellement immanente à une existence nationale.

VI. L'histoire du Christ.

VII. La loi morale de saint Jean qui trouve à la fin dans l'Apocalypse son accomplissement.

Demandez-vous si vous pouvez comparer sa table des matières, je ne dis pas à aucun autre « livre », mais à aucune autre « littérature ». Essayez, autant que cela est possible à chacun de nous, — qu'il soit adversaire ou défenseur de la foi, — de dégager votre intelligence de l'association que l'habitude a formée entre elle et le sentiment moral basé sur la Bible, et demandez-vous quelle littérature pourrait avoir pris sa place ou rempli sa fonction même si toutes les bibliothèques de l'univers étaient restées intactes et si toutes les paroles les plus riches de vérité des maîtres avaient été écrites?

52. Je ne suis pas contempteur de la littérature profane, si peu que je ne crois pas qu'aucune interprétation de la religion grecque ait été jamais aussi affectueuse, aucune de la religion romaine aussi révérente, que celle qui se trouve à la base de mon enseignement de l'art et qui court à travers le corps entier de mes œuvres. Mais ce fut de la Bible que j'appris les symboles d'Homère et la foi d'Horace[1].

1. Cf. « Vous êtes peut-être surpris d'entendre parler d'Horace comme d'une personne pieuse. Les hommes sages savent qu'il est sage, les hommes sincères qu'il est sincère. Mais les hommes pieux, par défaut d'attention, ne savent pas toujours qu'il est pieux. Un grand obstacle à ce que vous le compreniez est qu'on vous a fait construire des vers latins toujours avec l'introduction forcée du mot « Jupiter » quand vous étiez en peine d'un dactyle. Et il vous semble toujours qu'Horace ne s'en servait que quand il lui manquait un dactyle. Remarquez l'assurance qu'il nous donne de sa piété : *Dis pieta mea, et musa, cordi est*, etc. » (*Val d'Arno*, chap. IX, § 218, 219, 220, 221 et suiv.). Voyez aussi : « Horace est exactement aussi sincère dans sa foi religieuse que Wordworth, mais tout pouvoir de comprendre les honnêtes poètes classiques a été enlevé à la plupart de nos gentlemens par l'exercice mécanique de la versification au collège. Dans tout le cours de leur vie, ils ne peuvent se délivrer complètement de cette idée que tous les vers ont été écrits comme exercices et que Minerve n'était qu'un mot commode à mettre comme avant-dernier dans un hexamètre et Jupiter comme dernier. Rien n'est plus faux... Horace consacre son pin favori à Diane, chante son hymne automnal à Faunus, dirige la noble jeunesse de Rome dans son hymne à Apollon, et dit à la petite-fille du fermier que les Dieux l'aimeront quoiqu'elle n'ait à leur offrir qu'une poignée de sel et de farine, — juste aussi sérieusement que jamais gentleman anglais ait enseigné la foi chrétienne à la jeunesse anglaise, dans ses jours sincères (*The Queen of the air*, I, 47, 48). Et enfin : « La foi d'Horace en l'esprit

Le devoir qui me fut imposé dans ma première jeunesse[1] de lire chaque mot des évangiles et des prophéties, comme s'il avait été écrit par la main de Dieu, me donna l'habitude d'une attention respectueuse qui, plus tard, rendit bien des passages des auteurs profanes, frivoles pour un lecteur irréligieux, profondément graves pour moi. Jusqu'à quel point mon esprit a été paralysé par les fautes et les chagrins de la vie[2],

de la Fontaine de Brundusium, en le Faune de sa colline et en la protection des grands Dieux est constante, profonde et effective » (*Fors Clavigere*, lettre XCII, 111.) — (Note du Traducteur.)

1. Voir *Præterita*, I. — (Note du Traducteur.)

2. Cf. *Præterita*, I, XII : « J'admire ce que j'aurais pu être si à ce moment-là l'amour avait été avec moi au lieu d'être contre moi, si j'avais eu la joie d'un amour permis et l'encouragement incalculable de sa sympathie et de son admiration. » C'est toujours la même idée que le chagrin, sans doute parce qu'il est une forme d'égoïsme, est un obstacle au plein exercice de nos facultés. De même plus haut (page 224 de la Bible) : « toutes les adversités, qu'elles résident dans la *tentation* ou dans la *douleur* » et dans la préface d'*Arrows of the Chace*. « J'ai dit à mon pays des paroles dont pas une n'a été altérée par l'intérêt ou affaiblie par la douleur. » Et dans le texte qui nous occupe *chagrin* est rapproché de *faute* comme dans ces passages *tentation* de *peine* et *intérêt* de *douleur*. « Rien n'est frivole comme les mourants, » disait Emerson. A un autre point de vue, celui de la sensibilité de Ruskin, la citation de *Præterita* : « Que serais-je devenu si l'amour avait été avec moi au lieu d'être contre moi, » devrait être rapprochée de cette lettre de Ruskin à Rossetti, donnée par M. Bardoux : « Si l'on vous dit que je suis dur et froid, soyez assuré que cela n'est point vrai. Je n'ai point d'amitiés et point d'amours, en effet ; mais avec cela je ne puis lire l'épitaphe des Spartiates aux Thermopyles, sans que mes yeux se mouillent de larmes, et il y a encore, dans un de mes tiroirs, un vieux gant qui s'y trouve depuis dix-huit ans et qui aujourd'hui encore est plein de prix pour moi. Mais si par contre vous vous sentez jamais disposé à me croire particulièrement bon, vous vous tromperez tout autant que ceux qui ont de moi l'opinion opposée. Mes seuls plaisirs consistent à voir, à penser, à lire et à rendre les autres hommes heureux, dans la mesure où je puis le faire, sans nuire à mon propre bien. » — (Note du Traducteur.)

— jusqu'où ma connaissance de la vie est courte, com-
parée à ce que j'aurais pu apprendre si j'avais marché
plus fidèlement dans la lumière qui m'avait été départie, dépasse ma conjecture ou ma confession. Mais
comme je n'ai jamais écrit pour mon propre plaisir ou
pour ma renommée, j'ai été préservé, comme les hommes
qui écrivent ainsi le seront toujours, des erreurs dangereuses pour les autres[1], et les expressions fragmen-
taires de sentiments ou les expositions de doctrines,
que, de temps en temps, j'ai été capable de donner,
apparaîtront maintenant à un lecteur attentif, comme
se reliant à un système général d'interprétation de la
littérature sacrée, à la fois classique et chrétienne, qui
le rendra capable, sans injustice, de sympathiser avec
la foi des âmes candides de tous temps et de tous pays.

53. Qu'il y ait une littérature sacrée classique, suivant un cours parallèle à celle des Hébreux et venant
s'unir aux légendes symboliques de la chrétienté au
moyen âge[2], c'est un fait qui apparaît de la manière la
plus tendre et la plus expressive dans l'influence indépendante et cependant similaire de Virgile sur le
Dante et l'évêque Gawaine Douglas. A des dates plus
anciennes, l'enseignement de chaque maître formé dans
les écoles de l'Orient était nécessairement greffé sur la

1. Cf. : « Comme j'ai beaucoup aimé — et non dans des fins
égoïstes — la lumière du matin est encore visible pour moi sur
ces collines, et vous, qui me lisez, vous pouvez croire en mes
pensées et en mes paroles, en les livres que j'écrirai pour vous,
et vous serez heureux ensuite de m'avoir cru » (*The Queen of the
air*, III). — (Note du Traducteur.)

2. Cf. : « Tout grand symbole et oracle du Paganisme est
encore compris au moyen âge et au porche d'Avallon qui est du
XII° siècle, on voit d'un côté Hérodias et sa fille et de l'autre
Nessus et Dejanire (*Verona and other Lectures* : IV, *Mending of
the Sieve*, § 14). — (Note du Traducteur.)

sagesse de la mythologie grecque, et ainsi l'histoire du
Lion de Némée [1], vaincu avec l'aide d'Athéné, est la
véritable racine de la légende du compagnon de saint

1. De même dans *Val d'Arno*, le lion de saint Marc descend
en droite ligne du lion de Némée, et l'aigrette qui le couronne
est celle qu'on voit sur la tête de l'Hercule de Camarina (*Val
d'Arno*, I, § 16, p. 13) avec cette différence indiquée ailleurs dans
le même ouvrage (*Val d'Arno*, VIII, § 203, p. 169) « qu'Héraklès
assomme la bête et se fait un casque et un vêtement de sa peau,
tandis que le grec saint Marc convertit la bête et en fait un
évangéliste ».

Ce n'est pas pour trouver une autre descendance sacrée au
Lion de Némée que nous avons cité ce passage, mais pour
insister sur toute la pensée de la fin de ce chapitre de *la Bible
d'Amiens*, « qu'il y a un art sacré classique ». Ruskin ne voulait
pas (*Val d'Arno*) qu'on opposât grec à chrétien, mais à gothique
(p. 161), « car saint Marc est grec comme Héraklès ». Nous tou-
chons ici à une des idées les plus importantes de Ruskin, ou
plus exactement à un des sentiments les plus originaux qu'il ait
apportés à la contemplation et à l'étude des œuvres d'art grecques
et chrétiennes, et il est nécessaire, pour le faire bien comprendre,
de citer un passage de *Saint Marks Rest*, qui, à notre avis, est un
de ceux de toute l'œuvre de Ruskin où ressort le plus nettement,
où se voit le mieux à l'œuvre cette disposition particulière de
l'esprit qui lui faisait ne pas tenir compte de l'avènement du
christianisme, reconnaître déjà une beauté chrétienne dans
des œuvres païennes, suivre la persistance d'un idéal hellé-
nique dans des œuvres du moyen âge. Que cette disposition
d'esprit à notre avis tout esthétique au moins logiquement en son
essence sinon chronologiquement en son origine, se soit systé-
matisée dans l'esprit de Ruskin et qu'il l'ait étendue à la critique historique et religieuse, c'est bien certain. Mais même
quand Ruskin compare la royauté grecque et la royauté franque
(*Val d'Arno*, chap. *Franchise*); quand il déclare dans *la Bible
d'Amiens* que « le christianisme n'a pas apporté un grand changement dans l'idéal de la vertu et du bonheur humains », quand
il parle comme nous l'avons vu à la page précédente de la religion d'Horace, il ne fait que tirer des conclusions théoriques du
plaisir esthétique qu'il avait éprouvé à retrouver dans une Hérodiade une canéphore, dans un Séraphin une harpie, dans une
coupole byzantine un vase grec. Voici le passage de *Saint Marks
Rest*. « Et ceci est vrai non pas seulement de l'art byzantin, mais
de tout art grec. Laissons aujourd'hui de côté le mot de byzan-

Jérôme conquis par la douceur guérissante de l'esprit de vie.

54. Je l'appelle une légende seulement. Qu'Héraklès

tin. Il n'y a qu'un art grec, de l'époque d'Homère à celle du doge Selvo » (nous pourrions dire de Theoguis à la comtesse Mathieu de Noailles), « et ces mosaïques de Saint-Marc ont été exécutées dans la puissance même de Dédale avec l'instinct constructif grec, dans la puissance même d'Athéné avec le sentiment religieux grec, aussi certainement que fut jamais coffre de Cypselus ou flèche d'Erechtée ».

Puis Ruskin entre dans le baptistère de Saint-Marc et dit : « Au-dessus de la porte est le festin d'Hérode. La fille d'Hérodias danse avec la tête de saint Jean-Baptiste dans un panier sur sa tête ; c'est simplement, transportée ici, une jeune fille grecque quelconque d'un vase grec, portant une cruche d'eau sur sa tête... Passons maintenant dans la chapelle sous le sombre dôme. Bien sombre, pour mes vieux yeux à peine déchiffrable, pour les vôtres, s'ils sont jeunes et brillants, cela doit être bien beau, car c'est l'origine de tous les fonds à dômes d'or de Bellini, de Cima et de Carpaccio ; lui-même est un vase grec, mais avec de nouveaux Dieux. Le Chérubin à dix ailes qui est dans le retrait derrière l'antel porte écrit sur sa poitrine « Plénitude de la Sagesse ». Il symbolise la largeur de l'Esprit, mais il n'est qu'une Harpie grecque et sur ses membres bien peu de chair dissimule à peine les griffes d'oiseaux qu'ils étaient. Au-dessus s'élève le Christ porté dans un tourbillon d'anges et de même que les dômes de Bellini et de Carpaccio ne sont que l'amplification du dôme où vous voyez cette Harpie, de même le Paradis de Tintoret n'est que la réalisation finale de la pensée contenue dans cette étroite coupole.

... Ces mosaïques ne sont pas antérieures au XIIIe siècle. Et pourtant elles sont encore absolument grecques dans tous les modes de la pensée et dans toutes les formes de la tradition. Les fontaines de feu et d'eau ont purement la forme de la Chimère et de la Sirène, et la jeune fille dansant, quoique princesse du XIIIe siècle à manches d'hermine, est encore le fantôme de quelque douce jeune fille portant l'eau d'une fontaine d'Arcadie.

Cette page n'a pas seulement pour moi le charme d'avoir été lue dans le baptistère de Saint-Marc, dans ces jours bénis où, avec quelques autres disciples « en esprit et en vérité » du maître, nous allions en gondole dans Venise, écoutant sa prédication au bord des eaux, et abordant à chacun des temples qui semblaient surgir de la mer pour nous offrir l'objet de ses descriptions et

ait jamais tué, ou saint Jérôme jamais chéri la créature
sauvage ou blessée, est sans importance pour nous enseigner ce que les Grecs entendaient nous dire en
représentant le grand combat sur leurs vases[1], où
les peintres chrétiens faisant leur thème de prédilection de la fermeté de l'Ami du Lion. Une
tradition plus ancienne, celle du combat de Samson[2], — le prophète désobéissant, — de la première

l'image même de sa pensée, pour donner la vie à ses livres dont
brille aujourd'hui sur eux l'immortel reflet. Mais si ces églises sont
la vie des livres de Ruskin, elles en sont l'esprit. (Jamais le vers
que redit Fantasio : « Tu m'appelles ta vie, appelle-moi ton âme »
ne fut d'une application plus juste.) Sans doute les livres de Ruskin
ont gardé quelque chose de la beauté de ces lieux. Sans doute, si
les livres de Ruskin avaient d'abord créé en nous une espèce de
fièvre et de désir qui donnaient, dans notre imagination, à Venise,
à Amiens, une beauté que, une fois en leur présence, nous ne
leur avons pas trouvée d'abord, le soleil tremblant du canal, ou
le froid doré d'une matinée d'automne française où ils ont été
lus, ont déposé sur ces feuillets un charme que nous ne res-
sentons que plus tard moins prestigieux que l'autre, mais peut-
être plus profond et qu'ils garderont aussi ineffaçablement que
s'ils avaient été trempés dans quelque préparation chimique qui
laisse après elle de beaux reflets verdâtres sur les pages, et qui,
ici, n'est autre que la couleur spéciale d'un passé. Certes si cette
page du *Repos de saint Marc* n'avait pas d'autre charme, nous
n'aurions pas eu à la citer ici. Mais il nous semble que, com-
mentant cette fin du chapitre de *la Bible d'Amiens*, elle en fera
comprendre le sens profond et le caractère si spécialement
« ruskinien ». Et, rapproché des pages similaires (Voir les notes,
pages 213, 214, 338 et 339), il permettra au lecteur de dégager
un aspect de la pensée de Ruskin qui aura pour lui, même
s'il a lu tout ce qui a été écrit jusqu'à ce jour sur Ruskin,
ce charme ou tout au moins ce mérite, d'être, il me semble,
montré pour la première fois. — (Note du Traducteur.)

1. « Le grec lui-même sur ses poteries ou ses amphores mettait un Hercule égorgeant des lions » (*la Couronne d'olivier
sauvage*, traduction Elwall, p. 44). — (Note du traducteur.)

2. Allusion au XIV° livre des Songes où Samson déchire un
jeune lion « comme s'il eût déchiré un chevreau sans avoir rien
en sa main ». « Et voici, quelques jours après, il y avait dans le

victoire inspirée de David[1], et finalement du miracle
opéré pour la défense du plus favorisé et fidèle des
grands prophètes[2], suit son cours symbolique parallè-
lement à la fable dorienne. Mais la légende de saint
Jérôme reprend la prophétie du Millenium et prédit,
avec la Sibylle de Cumes[3], et avec Isaïe, un jour où
la crainte de l'homme ne sera plus chez les êtres inférieurs de la haine mais s'étendra sur eux comme une
bénédiction, où il ne sera plus fait de mal ni de destruction d'aucune sorte dans toute l'étendue de la Montagne sainte[4] et où la paix de la terre sera tirée
aussi loin de son présent chagrin, que le glorieux
univers animé l'est du désert naissant, dont les profondeurs étaient le séjour des dragons, et les montagnes, des dômes de feu. Ce jour-là aucun homme
ne le connaît[5], mais le royaume de Dieu est déjà
venu[6] pour ceux qui ont dompté dans leur propre cœur

corps du lion un essaim d'abeilles et du miel... Et il leur dit : « De
celui qui dévorait est procédée la nourriture, et la douceur est sortie de celui qui est fort» (*Songes*, XIV, 5-20). — (Note du Traducteur.)

1. Contre un lion (I Samuel, xvii, 34-38). — (Note du Traducteur.)

2. Daniel. (Voir Daniel, chap. vi). — (Note du Traducteur.)

3. Allusion probable à Virgile :

« Nec magnos metuent armenta leones. »

(*Eglogues*, IV, 22.) — (Note du Traducteur.)

4. « On ne nuira point, et on ne fera aucun dommage à personne dans toute la montagne de ma Sainteté» (Isaïe, XI, 9). —
(Note du Traducteur.)

5. « Pour ce qui est de ce jour et de cette heure, personne ne
le sait. » Saint-Mathieu, xxiv, 36). — (Note du Traducteur.)

6. Voir la même idée dans Renan, *Vie de Jésus*, et notamment
pages 204 et 295. Renan prétend que cette idée est exprimée par
Jésus et s'appuie sur saint Matthieu, vi, 10, 33 ; — saint Marc,
xii, 34 ; — saint Luc, xi, 2; xii, 31 ; xvii, 20, 21. Mais les textes
sont bien vagues, excepté peut-être saint Marc, xii, 34, et saint
Luc, xvi, 21. — (Note du Traducteur.)

l'ardeur sans frein de la nature inférieure[1] et ont appris à chérir ce qui est charmant et humain dans les enfants errants des nuages et des champs.

Avallon, 28 août 1882.

1. Cf. Bossuet, *Elévations sur les mystères*, IV, 8 : « Contenons les vives saillies de nos pensées vagabondes, par ce moyen nous commanderons en quelque sorte aux oiseaux du ciel. Empêchons nos pensées de ramper comme font les reptiles sur la terre... Ce sera dompter des lions que d'assujettir notre impétueuse colère. » — (Note du Traducteur.)

CHAPITRE IV

INTERPRÉTATIONS

1. C'est un privilège reconnu à tout sacristain qui aime sa cathédrale, de déprécier par comparaison toutes les cathédrales de son pays qui y ressemblent, et tous les édifices du globe qui en diffèrent. Mais j'aime un trop grand nombre de cathédrales, quoique je n'aie jamais eu le bonheur de devenir sacristain d'aucune, pour me permettre l'exercice facile et traditionnel du privilège en question, et je préfère vous prouver ma sincérité et vous faire connaître mon opinion dès le début, en confessant que la cathédrale d'Amiens n'a pas à tirer vanité de ses tours, que sa flèche centrale[1] est simplement le joli caprice d'un charpentier de village, que son ensemble architectural est, en noblesse, inférieur à Chartres[2], en sublimité à Beauvais, en splendeur décorative à Reims, et à Bourges, pour la grâce des figures sculptées. Elle n'a rien qui ressemble aux jointoiements et aux moulures si habiles des arcades de Salisbury;

1. La flèche d'Amiens est une flèche de charpente (Voir Viollet-le-Duc, art. *Flèche*). — (Note du Traducteur.)
2. Voir *Lectures on Art*, 62-65. Le passage cité plus haut de *The two Paths* a plutôt trait à la sculpture. — (Note du Traducteur.)

rien de la puissance de Durham; elle ne possède ni les incrustations dédaliennes de Florence, ni l'éclat de fantaisie symbolique de Vérone. Et pourtant dans l'ensemble et plus que celles-ci, dépassée par elles en éclat et en puissance, la cathédrale d'Amiens mérite le nom qui lui est donné par M. Viollet-le-Duc, « le Parthénon de l'architecture gothique [1] ».

Gothique, vous entendez; gothique dégagé de toute tradition romane [2] et de toute influence arabe; gothique pur, exemplaire, insurpassable et incritiquable, ses principes propres de construction étant une fois compris et admis.

2. Il n'y a pas aujourd'hui de voyageur instruit qui n'ait quelque notion du sens de ce qu'on appelle communément et justement «pureté de style » dans les formes d'art qu'ont pratiquées les nations civilisées, et il n'y en a qu'un petit nombre qui soient ignorants des intentions distinctives et du caractère propre du gothique. Le but d'un bon architecte gothique était d'élever, avec la pierre extraite du lieu où il avait à bâtir, un édifice aussi haut et aussi spacieux que possible, donnant à l'œil l'impression de la solidité que le raisonnement et le calcul garantissaient, tout cela

1. Plus exactement : *de l'architecture française*, du moins à l'endroit cité : *Dictionnaire de l'architecture*, vol. I, p. 71. Mais à l'article *Cathédrale*, elle est appelée (vol. II, p. 336) l'église ogivale par excellence. — (Note de l'Auteur.)

Ruskin fait ici une confusion. Au volume I (p. 71), Viollet-le-Duc appelle Parthénon de l'architecture française, non pas la cathédrale d'Amiens, mais le chœur de Beauvais. — (Note du Traducteur.)

2. Voir le développement de ces idées dans *Miscelleanous* de Walter Pater (article sur «Notre-Dame d'Amiens»). Je ne sais pourquoi le nom de Ruskin n'y est pas cité une fois. — (Note du Traducteur.)

sans y passer un temps trop prolongé et fatigant, et sans dépense excessive et accablante de travail humain.

Il ne désirait pas épuiser pour l'orgueil d'une cité les énergies d'une génération ou les ressources d'un royaume; il bâtit pour Amiens avec les forces et les finances d'Amiens, avec la chaux des rochers de la Somme [1] et sous la direction successive de deux évêques;

1. C'était un principe universellement reçu par les architectes français des grandes époques d'employer les pierres de leurs carrières telles qu'elles gisaient dans leur lit; si les gisements étaient épais, les pierres étaient employées dans leur pleine épaisseur, s'ils étaient minces dans leur minceur inévitable et ajustées avec une merveilleuse entente de leurs lignes de poussée, de leur centre de gravité. Les blocs naturels n'étaient jamais sciés, mais seulement ébousinés (*) pour s'adapter exactement, toute la force native et la cristallisation de la pierre étant ainsi gardée intacte — «ne dédoublant jamais une pierre. Cette méthode est excellente, elle conserve à la pierre toute sa force naturelle, tous ses moyens de résistance » (Voyez M. Viollet-le-Duc, article *Construction (Matériaux)*, vol. IV, p. 129). Il ajoute le fait très à remarquer que, aujourd'hui encore, il y a en France soixante-dix départements dans lesquels l'usage de la scie au grès est inconnu (**). — (Note de l'Auteur.)

Sur les pierres employées dans le sens de leur lit ou en délit, voir Ruskin, *Val d'Arno*, chap. VII, § 169. Au fond, pour Ruskin qui n'établit pas de ligne de démarcation entre la nature et l'art, entre l'art et la science, une pierre brute est déjà un document scientifique, c'est-à-dire à ses yeux, une œuvre d'art qu'il ne faut pas mutiler. «En eux est écrite une histoire et dans leurs veines et leurs zones, et leurs lignes brisées, leurs couleurs écrivent les légendes diverses toujours exactes des anciens régimes politiques du royaume des montagnes auxquelles ces marbres ont appartenu, de ses infirmités et de ses énergies, de ses convulsions et de ses consolidations depuis le commencement des temps »; *Stones of Venice*, III, I, 42,] cité par M. de la Sizeranne). — (Note du Traducteur.)

(*) Ébousiner une pierre, c'est enlever sur ses deux lits les portions du calcaire qui ont précédé ou suivi la complète formation géologique, c'est enlever les parties susceptibles de se décomposer (Viollet-le-Duc). — (Note du Traducteur.)

(**) Et Viollet-le-Duc assure que ce sont ceux où l'on construit le mieux. — (Note du Traducteur.)

dont l'un présida aux fondations de l'édifice et l'autre y rendit grâces pour son achèvement. Son but d'artiste, ainsi que pour tous les architectes sacrés de son époque dans le Nord, était d'admettre autant de lumière dans l'édifice que cela était compatible avec sa solidité; de rendre sa structure sensible à la raison et magnifique, mais non pas singulière ni à effet, et d'ajouter encore à la puissance de cette structure à l'aide d'ornements suffisants à l'embellir, sans toutefois se laisser aller dans un enthousiasme déréglé à en exagérer la richesse, ou dans un moment d'insolente ivresse ou d'égoïsme à faire montre de son habileté. Et enfin il voulait faire de la sculpture de ses murs et de ses portes, un alphabet et un épitomé de la religion dont la connaissance et l'inspiration permît de rendre en dedans de ses portes un culte acceptable au Seigneur dont la Crainte était dans Son Saint Temple et dont le trône était dans le Ciel[1].

3. Il n'est pas facile au citoyen du moderne agrégat de méchantes constructions, et de mauvaises vies tenues en respect par les constables, que *nous* nommons une ville — dont il est convenu que les rues les plus larges sont consacrées à encourager le vice et les étroites à dissimuler la misère — il n'est pas facile, dis-je, à l'habitant d'une cité aussi méprisable de comprendre le sentiment d'un bourgeois des âges chrétiens pour sa cathédrale. Pour lui, le texte tout simplement et franchement cru : « Là où deux ou trois sont assemblés en mon nom, je suis au milieu d'eux[2] », était étendu à une promesse plus large, s'appliquant à un grand nombre d'honnêtes et laborieuses personnes assemblées

1. Psaume XI, 4. — (Note du Traducteur.)
2. Saint Matthieu, XVIII, 20. — (Note du Traducteur.)

en son nom. « Il sera mon peuple et je serai son Dieu[1] »,
et ces mots recevaient pour eux un sens plus profond de
cette croyance gracieusement locale et simplement
aimante que le Christ, comme il était un Juif au
milieu des Juifs, un Galiléen au milieu des Galiléens
était aussi partout où il y avait de ses disciples,
même les plus pauvres, quelqu'un de leur pays, et que
leur propre « Beau Christ d'Amiens » était aussi réellement leur compatriote que s'il était né d'une vierge
picarde.

4. Il faut se souvenir cependant, — et ceci est un point
théologique sur lequel repose beaucoup du développement architectural des basiliques du Nord, — que la
partie de l'édifice dans laquelle on croyait que la présence
divine était constante, comme dans le Saint des Saints
juif, était seulement le chœur clos, devant lequel les bas
côtés et les transepts pouvaient devenir le Lit de
Justice du roi, comme dans la salle du trône du Christ ;
et dont le maître-autel était protégé toujours des bas
côtés qui l'entouraient à l'est par une clôture du travail
d'ouvrier le plus fini, tandis que, de ces bas côtés
rayonnait une suite de chapelles ou de cellules,
chacune dédiée à un saint particulier. Cettte conception du Christ dans la société de ses saints (la chapelle
la plus à l'est de toutes étant celle consacrée à la
Vierge) se trouvait à la base de la disposition entière
de l'abside avec ses supports et ses séparations d'arcs-
boutants et de trumeaux ; et les formes architecturales
ne pourront jamais vraiment nous ravir, si nous ne

1. « Car vous êtes le temple du Dieu vivant ainsi que Dieu l'a
dit : « J'habiterai au milieu d'eux et j'y marcherai ; je serai leur
Dieu et ils seront mon peuple » (II Corinthiens, vi, 16). — (Note
du Traducteur.)

sommes pas en sympathie avec la conception spirituelle
d'où elles sont sorties[1]. Nous parlons follement et mi-
sérablement de symboles et d'allégories : dans la vieille
architecture chrétienne, toutes les parties de l'édifice
doivent être lues à la lettre ; la cathédrale est pour ses
constructeurs la Maison de Dieu[2], elle est entourée,
comme celle d'un roi terrestre, de logements moindres
pour ses serviteurs ; et les glorieuses sculptures du
chœur, celles de son enceinte extérieure[3], et à l'intérieur, celles de ses boiseries que, presque instinctivement, un curé anglais croirait destinées à la glorification
des chanoines, étaient en réalité la manière du charpentier amiénois de rendre à son Maître-Charpentier[4]

1. Cf. l'idée contraire dans le beau livre de Léon Brunschwig
Introduction à la vie de l'Esprit, chap. iii : « Pour éprouver la
joie esthétique, pour apprécier l'édifice, non plus comme bien
construit mais comme vraiment beau, il faut... le sentir en
harmonie, non plus avec quelque fin extérieure, mais avec l'état
intime de la conscience actuelle. C'est pourquoi les anciens
monuments qui n'ont plus la destination pour laquelle ils ont
été faits ou dont la destination s'efface plus vite de notre souvenir se prêtent si facilement et si complètement à la contemplation esthétique. *Une cathédrale est une œuvre d'art quand on ne
voit plus en elle l'instrument du salut, le centre de la vie sociale
dans une cité;* pour le croyant qui la voit autrement, elle est
autre chose (page 97). Et page 112 : « les cathédrales du moyen
âge... peuvent avoir pour certains un charme que leurs auteurs
ne soupçonnaient pas. » La phrase précédente n'est pas en italique dans le texte. Mais j'ai voulu l'isoler parce qu'elle me
semble la contre-partie même de *la Bible d'Amiens* et, plus généralement, de toutes les études de Ruskin sur l'art religieux, en
général. — (Note du Traducteur.)
2. Cf. le passage concordant de *Lectures on Art* où est rappelée
la vieille expression française de « logeur du Bon Dieu » (*Lectures on Art*, II, § 60 et suivants).
3. Voir plus haut sur ces sculptures la note, page 113.
4. Cf. « Le travail du charpentier, le premier auquel se livra
sans doute le fondateur de notre religion » (*Lectures on Art*, II,
§ 31). — (Note du Traducteur.)

la maison confortable[1] ; et non moins de montrer son talent natif et sans rival de charpentier, devant Dieu et les hommes.

5/ Quoi que vous vouliez voir à Amiens, ou soyez forcé de laisser de côté sans l'avoir vu, si les écrasantes responsabilités de votre existence et la locomotion précipitée qu'elles nécessitent inévitablement vous laissaient seulement un quart d'heure sans être hors d'haleine pour la contemplation de la capitale de la Picardie, donnez-le entièrement au chœur de la cathédrale.

Les bas-côtés et les porches, les fenêtres en ogives et les roses, vous pouvez les voir ailleurs aussi bien qu'ici, mais un tel ouvrage de menuiserie, vous ne le pouvez pas[2]. C'est du flamboyant dans son plein déve-

1. Le lecteur philosophe sera tout à fait bienvenu à « découvrir » et « opposer » autant de motifs charnels qu'il voudra — compétition avec le voisin Beauvais — confort pour des têtes chargées de sommeil — soulagement pour les flancs gras, et autres choses semblables. Il finira par trouver qu'aucune somme de compétition ou de recherche de confort ne pourrait, à présent, produire rien qui soit l'égal de cette sculpture; encore moins sa propre philosophie, quel que soit son système; et que ce fut, en vérité, le petit grain de moutarde de la foi, avec une quantité très notable, en outre, d'honnêteté dans les mœurs et dans le caractère qui fit que tout le reste concourût au bien.

2. Arnold Boulin, menuisier à Amiens, sollicita l'entreprise et l'obtint dans les premiers mois de l'année 1508. Un contrat fut passé et un accord fait avec lui pour la construction de cent vingt stalles avec des sujets historiques, des dossiers hauts, des dais pyramidaux. Il fut convenu que le principal exécutant aurait sept sous de Tournay (un peu moins que le sou de France) par jour, pour lui et son apprenti (trois pence par jour pour les deux, c'est-à-dire 1 shilling par semaine pour le maître, et six pences par semaine pour l'ouvrier), et pour la surintendance du travail entier 12 couronnes par an, au taux de 24 sous la couronne (c'est-à-dire 12 shillings par an). Le salaire du simple ouvrier était de trois sous par jour. Pour les sculptures des stalles et les sujets d'histoire qu'elles devraient traiter, un marché séparé fut conclu avec

loppement juste au moment où le xvᵉ siècle vient de
finir. Cela a quelque chose de la lourdeur flamande
mêlée à la plaisante flamme française; mais sculpter le

Antoine Avernier, découpeur d'images, résidant à Amiens, au
taux de trente-deux sous (seize pences) le morceau. La plus
grande partie des bois venait de Clermont-en-Beauvoisis près
d'Amiens; les plus beaux, pour les bas-reliefs, de Hollande, par
Saint-Valery et Abbeville.

Le chapitre désigna quatre de ses membres pour surveiller le
travail: Jean Dumas, Jean Fabres, Pierre Vuaille, et Jean Len-
glaché auxquels mes auteurs (tous deux chanoines) attribuent le
choix des sujets, de la place à leur donner et l'initiation des
ouvriers « au sens véritable et le plus élevé de la Bible ou des
légendes et portant quelquefois le simple savoir-faire de l'ouvrier
jusqu'à la hauteur du génie du théologien ».

Sans prétendre fixer la part de ce qui revient au savoir-faire
et à la théologie dans la chose, nous avons seulement à remarquer que la troupe entière, maîtres, apprentis, découpeurs
d'images, et quatre chanoines, emboîtèrent le pas et se mirent à
l'ouvrage le 3 juillet 1508, dans la grande salle de l'évêché, qui
devait servir à la fois de cabinet de travail pour les artistes et
d'atelier pour les ouvriers pendant tout le temps de l'affaire.
L'année suivante, un autre menuisier, Alexandre Huet, fut
associé à la corporation pour s'occuper des stalles à la droite
du chœur pendant qu'Arnold Boulin continuait celles de gauche.
Arnold laissant son nouvel associé commander pour quelque
temps, alla à Beauvais et à Saint-Riquier pour y voir les boiseries;
et en juillet 1511 les deux maîtres allaient ensemble à Rouen
« pour étudier les chaires de la cathédrale ».

L'année précédente, en outre, deux Franciscains, moines
d'Abbeville, « experts et renommés dans le travail du bois »,
avaient été appelés par le chapitre d'Amiens pour donner leur
avis sur les œuvres en cours, et avaient eu chacun vingt sous
pour cet avis, et leurs frais de voyages ».

En 1516, un autre nom et un nom important apparaît dans
les comptes rendus, celui de Jean Trupin, « un simple ouvrier
aux gages de trois sous par jour », mais certainement un
bon sculpteur et plein de feu dont c'est, sans aucun doute, le
portrait fidèle et de sa propre main, qui fait le bras de la
85ᵉ stalle (à droite, le plus près de l'abside) au-dessous duquel
est gravé son nom JHAN TRUPIN, et de nouveau sous la 92ᵉ stalle
avec, en plus, le vœu: « Jan Trupin, Dieu pourvoie ».

L'œuvre entière fut terminée le jour de la Saint-Jean, 1522,

bois est la joie du Picard depuis sa jeunesse et autant
que je sache jamais rien d'aussi beau n'a été taillé dans
les bons arbres d'aucun pays du monde entier. C'est en
bois doux et d'un jeune grain, du chêne, traité et choisi

sans aucune espèce d'interruption (autant que nous sachions),
causée par désaccord, ou décès, ou malhonnêteté, ou incapacité
parmi ceux qui y travaillaient ensemble, maîtres ou serviteurs.

Et une fois les comptes vérifiés par quatre membres du chapitre, il fut établi que la dépense totale était de 9.488 livres,
11 sous, et 3 oboles (décimes) ou 474 napoléons, 11 sous,
.3 décimes d'argent français moderne, ou en gros 400 livres
sterling anglaises.

C'est pour cette somme qu'une troupe probablement de six ou
huit bons ouvriers, vieux et jeunes, a été tenue en joie et occupée pendant quatorze ans ; et ceci, que vous voyez, laissé comme
un résultat palpable et comme un présent pour vous.

Je n'ai pas examiné les sculptures de façon à pouvoir désigner
avec quelque précision l'œuvre de chacun des différents maîtres ;
mais, en général, le motif de la fleur et de la feuille dans les
ornements sont des deux menuisiers principaux et de leurs
apprentis : le travail si poussé des récits de l'Ecriture est
d'Avernier, il est égayé çà et là de hors-d'œuvre variés dus
à Trupin, et les raccords et les points ont été faits par les
ouvriers ordinaires. Il n'a pas été employé de clous, tout est *au
mortier*, et si admirablement que les jointures n'ont pas bougé
jusqu'ici et sont encore presque imperceptibles. Les quatre
pyramides terminales « vous pourriez les prendre pour des pins
géants oubliés pendant six siècles sur le sol où l'église fut bâtie,
on peut n'y voir d'abord qu'un luxe fou de sculptures et d'ornementation creuse, mais vues et analysées de près, elles sont des
merveilles d'ordre systématique dans la construction réunissant
toute la légèreté, la force et la grâce des *flèches* les plus célèbres
de la dernière époque du moyen âge. »

Les détails ci-dessus sont tous extraits ou simplement traduits
de l'excellente description des *Stalles et clôtures du chœur
de la cathédrale d'Amiens*, par MM. les chanoines Jourdain et
Duval (Amiens, Vᵛᵉ Alfred Caron, 1867). Les esquisses lithogra-
phiques qui l'accompagnent sont excellentes et le lecteur y
trouvera les séries entières des sujets indiqués avec précision
et brièveté ainsi que tous les renseignements sur la charpente
et la clôture du chœur dont je n'ai pas la place de parler dans
cet abrégé pour les voyageurs. — (Note de l'Auteur.)

pour un tel travail, et qui résonne encore comme il y a quatre cents ans. Sous la main du sculpteur il semble se modeler comme de l'argile, se plier comme de la soie pousser comme de vivantes branches, jaillir comme une vivante flamme. Les dais couronnant les dais, les clochetons jaillissant des clochetons, cela s'élance et s'entrelace en une clairière enchantée, inextricable, impérissable, plus pleine de feuillage qu'aucune forêt et plus pleine d'histoire qu'aucun livre.

Je n'ai jamais été capable de décider quelle était vraiment la meilleure manière d'approcher la cathédrale pour la première fois. Si vous avez plein loisir, si le jour est beau et si vous n'êtes pas effrayé par une heure de marche, la vraie chose à faire serait de descendre la rue principale de la vieille ville, traverser la rivière et passer tout à fait en dehors vers la colline calcaire[1], où la citadelle plonge ses fondations et à qui elle emprunte ses murailles; gravissez-la jusqu'au sommet et regardez en bas dans le « fossé » sec de la citadelle ou plus véritablement la sèche vallée de la mort; elle est à peu près aussi profonde qu'un vallon du Derbyshire (ou, pour être plus précis, que la partie supérieure de l'*Heureuse vallée* à Oxford, au-dessus du Bas-Hinksey); et de là, levez les yeux jusqu'à la cathédrale en montant les pentes de la cité. Comme cela vous vous rendrez compte de la vraie hauteur des tours par rapport aux maisons, puis en revenant dans la ville trouvez votre chemin pour arriver à sa montagne de Sion[2], par n'importe quelles étroites rues de traverse et les

1. La partie la plus forte et destinée à tenir la plus longtemps dans un siège, de l'ancienne ville, était sur cette hauteur. — (Note de l'Auteur.)

2. La cathédrale. — (Note du Traducteur.)

ponts que vous trouverez ; plus les rues seront tortueuses et sales, mieux ce sera, et que vous arriviez d'abord à la façade ouest ou à l'abside, vous les trouverez dignes de toutes les peines que vous aurez prises pour les atteindre.

Mais, si le jour est sombre comme cela peut quelquefois arriver, même en France, depuis quelques années, ou si vous ne pouvez ou ne voulez marcher, ce qui est une chose possible aussi à cause de tous nos sports athlétiques lawn-tennis, etc.,—ou s'il faut vraiment que vous alliez à Paris cet après-midi et si vous voulez seulement voir tout ce que vous pouvez en une heure ou deux — alors en supposant cela, malgré ces faiblesses, vous êtes encore une gentille sorte de personne pour laquelle il est de quelque importance de savoir par où elle arrivera à une jolie chose et commencera à la regarder. J'estime que le meilleur chemin est alors de monter à pied, de l'*Hôtel de France* ou de la place du Périgord, la rue des Trois-Cailloux vers la station de chemin de fer. Arrêtez-vous un moment sur le chemin pour vous tenir en bonne humeur, et achetez quelques tartes ou bonbons pour les enfants dans une des charmantes boutiques de pâtissier qui sont sur la gauche. Juste après les avoir passées, demandez le théâtre ; et aussitôt après vous trouverez également sur la gauche trois arcades ouvertes sous lesquelles vous pourrez passer, vous laisserez derrière vous le Palais de justice, et monterez droit au transept sud qui a vraiment en soi de quoi plaire à tout le monde.

Il est simple et sévère en bas, délicatement ajouré et dentelé au sommet et paraît d'un seul morceau, quoiqu'il ne le soit pas. Chacun doit aimer l'élan et la ciselure transparente de la flèche qui est au-des-

15*

sus et qui semble se courber vers le vent d'ouest —
bien que ce ne soit pas. Du moins sa courbure est une
longue habitude contractée graduellement, avec une
grâce et une soumission croissantes, pendant ces trois
derniers cents ans. Et, arrivant tout à fait au porche,
chacun doit aimer la jolie petite madone française qui
en occupe le milieu avec sa tête un peu de côté, et
son nimbe mis un peu de côté aussi comme un chapeau
seyant. Elle est une madone de décadence en dépit ou
plutôt en raison de toute sa joliesse [1] et de son gai

1. Cf. avec *The two Paths* : « Ces statues (celles du porche
occidental de Chartres) ont été longtemps et justement considérées comme représentatives de l'art le plus élevé du xii^e
ou du commencement du xiiie siècle en France ; et, en effet,
elles possèdent une dignité et un charme délicat qui manquent,
en général, aux œuvres plus récentes. Ils sont dus, en partie, à
une réelle noblesse de traits, mais principalement à la grâce
mêlée de sévérité des lignes tombantes de l'excessivement *mince*
draperie ; aussi bien qu'à un fini des plus étudiés dans la composition, chaque partie de l'ornementation s'harmonisant tendrement avec le reste. Autant que leur pouvoir sur certains
modes de l'esprit religieux est dû à un degré palpable de non-
naturalisme en eux, je ne le loue pas, la minceur exagérée du
corps et la raideur de l'attitude sont des défauts ; mais ce sont
de nobles défauts, et ils donnent aux statues l'air étrange de
faire partie du bâtiment lui-même et de le soutenir, non comme
la cariatide grecque sans effort, où comme la cariatide de la
Renaissance par un effort pénible ou impossible, mais comme si
tout ce qui fut silencieux et grave, et retiré à part, et raidi avec
un frisson au cœur dans la terreur de la terre, avait passé
dans une forme de marbre éternel ; et ainsi l'Esprit a fourni,
pour soutenir les piliers de l'église sur la terre, toute la nature
anxieuse et patiente dont il n'était plus besoin dans le ciel. Ceci
est la vue transcendentale de la signification de ces sculptures.
Je n'y insiste pas. Ce sur quoi je m'appuie est uniquement leurs
qualités de vérité et de vie. Ce sont toutes des portraits — la plupart
d'inconnus, je crois — mais de palpables et d'indiscutables portraits ; s'ils n'ont pas été pris d'après la personne même qui est
censée représentée, en tout cas ils ont été étudiés d'après quelque
personne vivante dont les traits peuvent, sans invraisemblance,

sourire de soubrette ; et elle n'a rien à faire ici non plus, car ceci est le porche de Saint-Honoré, non le sien ; rude et gris, saint Honoré avait coutume de se tenir là

représenter ceux du roi ou du saint en question. J'en crois plusieurs authentiques, il y en a un d'une reine qui, évidemment, de son vivant, fut remarquable pour ses brillants yeux noirs. Le sculpteur a creusé bien profondément l'iris dans la pierre et ses yeux foncés brillent encore pour nous avec son sourire.

Il y a une autre chose que je désire que vous remarquiez spécialement dans ces statues, la façon dont la moulure florale est associée aux lignes verticales de la statue.

Vous avez ainsi la suprême complexité et richesse de courbes côte à côte avec les pures et délicates lignes parallèles, et les deux caractères gagnent en intérêt et en beauté ; mais il y a une signification plus profonde dans la chose qu'un simple effet de composition ; signification qui n'a pas été voulue par le sculpteur, mais qui a d'autant plus de valeur qu'elle est inintentionnelle. Je veux dire l'association intime de la beauté de la nature inférieure dans les animaux et les fleurs avec la beauté de la nature plus élevée dans la forme humaine. Vous n'avez jamais ceci dans l'œuvre grecque. Les statues grecques sont toujours isolées ; de blanches surfaces de pierre, ou des profondeurs d'ombre, font ressortir la forme de la statue tandis que le monde de la nature inférieure qu'ils méprisaient était retiré de leur cœur dans l'obscurité. Ici la statue drapée semble le type de l'esprit chrétien, sous beaucoup de rapports, plus faible et plus contractée mais plus pure ; revêtue de ses robes blanches et de sa couronne, et avec les richesses de toute la création à côté d'elle.

Le premier degré du changement sera placé devant vous dans un instant, simplement en comparant cette statue de la façade ouest de Chartres avec celle de la Madone de la porte du transept sud d'Amiens.

Cette Madone, avec la sculpture qui l'entoure, représente le point culminant de l'art gothique au XIIIᵉ siècle. La sculpture a progressé continuellement dans l'intervalle ; progressé simplement parce qu'elle devient chaque jour plus sincère et plus tendre et plus suggestive. Chemin faisant, la vieille devise de Douglas : « Tendre et vrai » peut cependant être reprise par nous tous pour nous-mêmes, non moins dans l'art que dans les autres choses. Croyez-le, la première caractéristique universelle de tout grand art est la tendresse, comme la seconde est la vérité. Je trouve ceci chaque jour de plus en plus vrai ; un infini de tendresse est le don par excellence et l'héritage de tous les hommes vrai-

pour vous recevoir ; il est maintenant banni au porche nord où jamais n'entre personne.

Cela eut lieu il y a longtemps, au xiv⁰ siècle, quand le peuple commença à trouver le christianisme trop

ment grands. Il implique sûrement en eux une intensité relative de dédain pour les choses basses, et leur donne une apparence sévère et arrogante aux yeux de tous les gens durs, stupides et vulgaires, tout à fait terrifiante pour ceux-ci s'ils sont capables de terreur et haïssable pour eux, si, ils ne sont capables de rien de plus élevé que la haine. L'esprit du Dante est le grand type de cette classe d'esprit. Je dis que le *premier* héritage est la tendresse — le *second* la vérité ; parce que la tendresse est dans la nature de la créature, la vérité dans ses habitudes et dans sa connaissance acquise ; en outre, l'amour vient le premier, aussi bien dans l'ordre de la dignité que dans celui du temps, et est toujours pur et entier : la vérité, dans ce qu'elle a de meilleur, est parfaite.

Pour revenir à notre statue, vous remarquerez que l'arrangement de la sculpture est exactement le même qu'à Chartres. Une sévère draperie tombante rehaussée sur les côtés, par un riche ornement floral ; mais la statue est maintenant complètement animée ; elle n'est plus immuable comme un pilier rigide, mais elle se penche en dehors de sa niche et l'ornement floral, au lieu d'être une guirlande conventionnelle, est un exquis arrangement d'aubépines. L'œuvre toutefois dans l'ensemble, quoique parfaitement caractéristique du progrès de l'époque comme style et comme intention, est en certaines qualités plus subtiles, inférieure à celle de Chartres. Individuellement, le sculpteur, quoique appartenant à une école d'art plus avancée, était lui-même un homme d'une qualité d'âme inférieur à celui qui a travaillé à Chartres. Mais je n'ai pas le temps de vous indiquer les caractères plus subtils auxquels je reconnais ceci.

Cette statue marque donc le point culminant de l'art gothique parce que, jusqu'à cette époque, les yeux de ses artistes avaient été fermement fixés sur la vérité naturelle ; ils avaient été progressant de fleur en fleur, de forme en forme, de visage en visage, gagnant perpétuellement en connaissance et en véracité, perpétuellement, par conséquent, en puissance et en grâce. Mais arrivés à ce point un changement fatal se fit dans leur idéal. De la statue, ils commencèrent à tourner leur attention principalement sur la niche de la statue, et de l'ornement floral aux moulures qui l'entouraient », etc. (*The two Paths*, § 33-39). — (Note du Traducteur.)

grave, imagina pour la France une foi plus joyeuse et voulut avoir partout des Madones-soubrettes aux regards brillants, laissant sa propre Jeanne d'Arc aux yeux sombres se faire brûler comme sorcière ; et depuis lors les choses allèrent leur joyeux train, tout droit, « ça allait, ça ira », jusqu'aux plus joyeux jours de la guillotine. Mais pourtant ils savaient encore sculpter au xive siècle, et la Madone et son linteau d'aubépine en fleurs[1] sont dignes que vous les regardiez, et plus encore les sculptures aussi délicates et plus calmes[2] qui sont au-dessus et qui racontent la propre histoire de saint Honoré, dont on parle peu aujourd'hui dans le faubourg parisien qui porte son nom.

Je ne veux pas vous retenir maintenant pour vous raconter l'histoire de saint Honoré (trop content seulement de vous laisser à cet égard quelque curiosité si c'était possible[3]), car certainement vous êtes impatients d'entrer dans l'église, et vous ne pouvez pas y entrer

1. Moins charmante que celle de Bourges. Bourges est la cathédrale de l'aubépine. Cf. Ruskin, *Stones of Venice* : « L'architecte de la cathédrale de Bourges aimait l'aubépine, aussi il a couvert son porche d'aubépine. C'est une parfaite Niobé de mai. Jamais il n'y eut pareille anbépine. Vous la cueilleriez immédiatement sans la crainte de vous piquer » (*Stones of Venice*, I, 11, 13-15). — (Note du Traducteur.)

2. Cf. « Remarquez que le calme est l'attribut de l'art le plus élevé. » *Relations de Michel Ange et de Tintoret*, § 219, à propos d'une comparaison entre les anges de Della Robbia et de Donatello « attentifs à ce qu'ils chantent, ou même transportés, — les anges de Bernardino Luini, pleins d'une conscience craintive — et les anges de Bellini qui, au contraire, même les plus jeunes, chantent avec autant de calme que filent les Parques ». — (Note du Traducteur.)

3. Voyez d'ailleurs pages 32 et 130 (§§ 112-114) de l'édition in-octavo, *The Two Paths*. — (Note de l'Auteur.)

d'une meilleure manière que par cette porte. Car
toutes les cathédrales de quelque importance produisent
à peu près le même effet quand vous y pénétrez par la
porte ouest; mais je n'en connais pas d'autre qui
montre autant de sa noblesse du transept intérieur sud;
la rose en face est d'une exquise finesse de réseau et
d'un éclat charmant; et les piliers des bas-côtés du
transept forment des groupes merveilleux avec ceux du
chœur et de la nef. Vous vous rendrez aussi mieux
compte de la hauteur de l'abside, si elle se découvre à
vous comme vous allez du transept à la nef centrale
que si vous la voyez tout à coup de l'extrémité ouest
de la nef; là il serait presque possible à une personne
irrévérente de trouver la nef étroite plutôt que l'abside
haute. Donc, si vous voulez me laisser vous conduire,
entrez à cette porte du transept sud et mettez un sou
dans la sébile de chacun des mendiants qui sont là à
demander; cela ne vous regarde pas de savoir s'il convient qu'ils soient là ou non — ni s'ils méritent d'avoir
le sou — sachez seulement si vous-même méritez d'en
avoir un à donner et donnez-le gentiment et non comme
s'il vous brûlait les doigts. Puis étant une fois entré,
donnez-vous telle sensation d'ensemble qu'il vous
plaira — en promettant au gardien de revenir pour
voir convenablement (seulement pensez à tenir votre
promesse), et, durant le premier quart d'heure, ne
voyez que ce que votre fantaisie vous conseillera, mais
du moins, comme je vous l'ai dit, regardez l'abside de
la nef et toutes les parties transversales de l'édifice en
partant de son centre. Alors vous saurez, quand vous
retournerez dehors, dans quel but a travaillé l'architecte et ce que ses contreforts et le réseau de ses verrières signifient, car il faut toujours se représenter

l'extérieur d'une cathédrale française, excepté sa sculpture, comme l'envers d'une étoffe qui vous aide à
comprendre comment les fils produisent le dessin tissé
ou brodé du dessus [1].

Et si vous ne vous sentez pas pris d'admiration pour
ce chœur et le cercle de lumière qui l'entoure, quand
vous levez les regards vers lui du milieu de la croix,
vous n'avez pas besoin de continuer à voyager à la
recherche de cathédrales, car la salle d'attente de
n'importe quelle station est un endroit bien mieux fait
pour vous ; mais, s'il vous confond et vous ravit
d'abord, alors plus vous le connaîtrez, plus votre éton-
nement grandira. Car il n'est pas possible à l'imagination et aux mathématiques unies de faire avec du verre
et de la pierre quelque chose de plus noble ou de plus
puissant que cette procession de verrières, ni rien qui
donne plus l'impression de la hauteur et dont la hauteur réelle ait été déterminée par un calcul aussi
réfléchi et aussi prudent.

9. Du pavé à la clef de voûte il n'y a que 132 pieds
français — environ 130 anglais. Songez seulement, vous
qui avez été en Suisse — que la chute du Staubbach à
900 pieds [2]. Bien mieux, le rocher de Douvres au-dessous
du château, juste où finit la promenade, est deux fois
aussi haut, et les petits cokneys qui paradent sur l'as-
phalte à la polka militaire, se croient, je pense, aussi
grands ; mais avec les petits logements, huttes et
cahutes qu'ils ont mis autour, ils ont réussi à le faire

1. La même nuance (tissé ou brodé) se retrouve dans *Verona
and other Lectures*, p. 47. — (Note du Traducteur.)
2. Cf. sur la hauteur apparente et réelle des cathédrales et des
montagnes, *The Seven lamps of Architecture*, chap. III. § 4.—(Note
du Traducteur.)

paraître de la grandeur d'un four à chaux moyen. Pourtant il a deux fois la hauteur de l'abside d'Amiens ! et il faut une solide construction pour qu'en ne se servant que de morceaux de chaux comme ceux qu'on peut extraire dans le voisinage de la Somme, on arrive à faire durer 600 ans une œuvre seulement moitié moins haute.

10. Cela demande une bonne construction, dis-je, et vous pouvez même affirmer la meilleure qui fut jamais ou sera vraisemblablement vue de longtemps sur le sol immuable et fécond où l'on pouvait compter que se maintiendrait à jamais un pilier quand il avait été bien édifié, et où des nefs de trembles, des vergers de pommes, et des touffes de vigne, fournissaient le modèle de tout ce qui pouvait le plus magnifiquement devenir sacré dans la permanence de la pierre sculptée. Du bloc brut placé sur l'extrémité du Bethel drudique à *cette* Maison du Seigneur et cette porte du Ciel au bleu vitrage[1], vous avez le cours entier et l'accomplissement de tout l'amour et de tout l'art des architectes religieux du nord.

11. Mais remarquez encore et attentivement que cette abside d'Amiens n'est pas seulement la meilleure, mais la *première* chose exécutée *parfaitement* en ce genre par la chrétienté du nord. Aux pages 323 et 327[2] du tome VI de M. Viollet-le-Duc vous trouverez l'histoire exacte du développement de ces ogives à travers lesquelles vient briller en ce moment à vos yeux la lumière de l'orient, depuis les formes moins parfaites, les premières ébauches de Reims ; et l'apogée de la parfaite

1. Cf. « J'ai vu, gravée au-dessus du porche de bien des églises cette inscription : C'est ici la maison de Dieu et la Porte du Ciel » (*The Crown of wild olive*, II). — (Note du Traducteur).

2. Article *Meneau*. — (Note du Traducteur.)

justesse fut si éphémère, qu'ici, de la nef au transept,
bâti seulement dix ans plus tard, il y a déjà un petit
changement dans le sens non de la décadence mais
d'une précision plus grande qu'il n'est absolument
nécessaire[1]. Le point où commence la décadence on
ne peut pas, parmi les charmantes fantaisies qui suivirent, le fixer exactement ; mais exactement et indis-
cutablement nous savons que cette abside d'Amiens
est la première œuvre d'une parfaite pureté de vierge
— le Parthénon, encore en ce sens, — de l'architecture
gothique.

12. Qui la bâtit, demanderons-nous ? Dieu et l'homme
est la première et la plus fidèle réponse. Les étoiles
dans leur cours la bâtirent et les nations. L'Athéré
des Grecs a travaillé ici, et le Père des dieux romains,
Jupiter, et Mars Gardien. Le Gaulois a travaillé ici, et
le Franc, le chevalier normand, le puissant Ostrogoth,
et l'Anachorète amaigri d'Idumée.

L'homme qui la bâtit effectivement se préoccupait
peu que vous le sachiez jamais, et les historiens ne le
glorifient pas ; tous les blasons possibles de coquins
et de fainéants, vous pouvez les trouver dans ce qu'ils
appellent leur « histoire » ; mais c'est probablement la
première fois que vous lisez le nom de Robert de
Luzarches. Je dis, il se préoccuppait peu, nous ne
sommes pas sûrs qu'il se préoccupât du tout. Il ne
signe son nom nulle part, autant que je sache. Vous
trouverez peut-être çà et là dans l'édifice des initiales

1. Contre la trop grande perfection en art voyez notamment
The Stones of Venice, II chap. III, § 23, 24 et 25 ; — contre le fini
de l'exécution, *The Stones of Venice*, II, chap. VI, 20 et 21 : contre
la précision excessive, *Eléments of Drawing*, II, 104. — (Note du
Traducteur).

récemment gravées par de remarquables visiteurs anglais désireux d'immortalité. Mais Robert le constructeur ou au moins le maître de la construction, n'a gravé *les siennes* dans aucune pierre. Seulement quand, après sa mort, la pierre angulaire de la cathédrale eût été découverte avec des acclamations, pour célébrer cet événement on écrivit la légende suivante, rappelant le nom de tous ceux qui avaient eu leur part ou leur parcelle du travail, — dans le milieu du labyrinthe qui alors existait dans les dallages de la nef. Il faut que vous la lisiez d'une voix légère ; elle fut gaiement rimée pour vous par la pure gaieté française qui ne ressemblait pas le moins du monde à celle du *Théâtre des Folies.*

> En l'an de Grâce mil deux cent
> Et vingt, fut l'œuvre de cheens
> Premièrement encomenchie.
> A donc y ert de cheste evesquie
> Evrart, evêque bénis ;
> Et, Roy de France, Loys
> Qui fut fils Philippe le Sage.
> Qui maistre y est de l'œuvre
> Maistre Robert estoit només
> Et de Luzarches surnomés.
> Maistre Thomas fu après lui
> De Cormont. Et après, son filz
> Maistre-Regnault, qui mestre
> Fist a chest point chi cheste lectre
> Que l'incarnation valoit
> Treize cent, moins douze, en faloit .

13. J'ai écrit les chiffres en lettres, autrement le mètre n'eût pas été clair. — En réalité, ils étaient représentés ainsi « IIC et XX » « XIII·C. moins XII ». Je cite l'inscription d'après l'admirable petit livre de M. l'abbé Rozé : *Visite à la Cathédrale d'Amiens —*

(Sup.Lib. de Mgr l'Évêque d'Amiens, 1877),—que chaque
voyageur reconnaissant devrait acheter, car je vais seulement en voler un petit morceau çà et là. Je souhaite-
rais seulement qu'il y eût eu aussi à voler une traduction de la légende; car il y a un ou deux points à la fois
de doctrine et de chronologie sur lesquels j'aurais aimé
avoir l'opinion de l'abbé. Toutefois, le sens principal de
la poésie vers par vers, nous paraît être ce qui suit :

> En l'an de grâce douze cent
> Vingt, l'œuvre tombant alors en ruine
> Fut d'abord recommencée,
> Alors était de cet évêché
> Everard l'Evêque béni
> Et roi de France Louis
> Qui était fils de Philippe le Sage.
> Celui qui était maître de l'œuvre
> Etait appelé Maitre Robert
> Et nommé de plus de Luzarche,
> Maître Thomas fut après lui
> De Cormont. Et après lui son fils
> Maitre Reginald qui pour être mis
> A ce point-ci, fit ce texte
> Quand l'Incarnation fut vérifiée
> Treize cents moins douze qu'il s'en fallait.

De cette inscription, tandis que vous êtes là où elle
était jadis (elle a été mise ailleurs quand on a poli
l'ancien pavé, dans l'année même je le constate avec
tristesse, de mon premier voyage sur le continent,
en 1825, alors que je n'avais pas encore tourné mon
attention vers l'architecture religieuse), quelques points
sont à retenir — si vous avez encore un peu de patience.

14. « L'œuvre » c'est-à-dire l'Œuvre propre d'Amiens,
sa cathédrale, était « déchéant », tombant en ruine pour
la — je ne puis pas dire tout de suite si c'était la —

quatrième, cinquième ou quantième fois — dans
l'année 1220. Car c'était une chose extraordinaire-
ment difficile pour le petit Amiens qu'un travail
pareil fût bien exécuté tant le diable travaillait durement contre lui. Il bâtit sa première église épiscopale
(guère plus que le tombeau-chapelle de Saint-Firmin)
vers l'an 350, juste à côté de l'endroit où est la station
du chemin de fer sur la route de Paris[1]. Mais après
avoir été lui-même à peu près détruit, avec sa chapelle et le reste, par l'invasion franque, s'étant ressaisi
et ayant converti ses Francs, il en bâtit une autre,
et une cathédrale proprement dite, dans l'emplacement
de l'actuelle, sous l'évêque Saint-Save (Saint-Sauve ou
Salve). Mais même cette véritable cathédrale était toute
en bois, et les Normands la brûlèrent en 881. Recons-
truite, elle resta debout deux cents ans ; mais fut en
grande partie détruite par la foudre en 1019. Rebâtie
de nouveau, elle et la ville furent plus ou moins brû-
lées ensemble par la foudre en 1107. Mon auteur dit
tranquillement : « Un incendie provoqué par la même
cause détruisit *la ville*, et une partie de la cathédrale. »
La « partie » ayant été rebâtie encore une fois, le tout
fut de nouveau réduit en cendres, « réduit en cendres
par le feu du ciel en 1218, ainsi que tous les titres, les
martyrologes, les calendriers, et les archives de
l'évêché et du chapitre ».

C'était alors la cinquième cathédrale, d'après mon
compte, qui était en « cendres » selon M. Gilbert — en
ruine certainement — déchéante — et une ruine qui eût
été l'absolu découragement pour les habitants d'une ville

1. A Saint-Acheul. Voyez le chapitre I de ce livre et la *Des-*
cription historique de la cathédrale d'Amiens, par A. P. M. Gilbert, in-octavo, Amiens, 1833, p. 3-7. — (Note de l'Auteur.)

moins vivante, — en 1218. Mais ce fut plutôt un grand
stimulant pour l'évêque Évrard et son peuple que la
vue de ce terrain qui s'offrait à eux dégagé comme il
l'était ; et la foudre (feu de l'enfer, pas du ciel, reconnu pour une plaie diabolique, comme en Égypte)
devait être bravée jusqu'au bout. Ils ne mirent que
deux ans, vous le voyez, à se reprendre et ils se
mirent à l'œuvre en 1220, eux, et leur évêque, et leur
roi, et leur Robert de Luzarches. Et cette cathédrale
qui vous reçoit en ce moment sous ses voûtes fut ce
que surent faire leurs mains dans leur puissance.

16. Leur roi était « adonc », à cette époque, Louis VIII
qui est encore désigné sous le nom de fils de Phi-
lippe-Auguste ou de Philippe le Sage, parce que son
père n'était pas mort en 1220 ; mais il doit avoir
abandonné le gouvernement du royaume à son fils,
comme son propre père l'avait fait pour lui ; le vieux
et sage roi se retirant dans son palais et de là guidant
silencieusement les mains de son fils, très glorieuse-
ment encore pendant trois ans.

Mais, ensuite — et ceci est le point sur lequel j'aurais surtout désiré avoir l'opinion de l'abbé —
Louis VIII mourut de la fièvre à Montpensier en 1226.
Et la direction entière des travaux essentiels de la
cathédrale, et le principal honneur de sa consécration,
comme nous le verrons tout à l'heure, émana de saint
Louis, pendant une durée de quarante-quatre ans. Et
l'inscription fut placée « à ce point-ci » par le dernier
architecte, six ans après la mort de Saint Louis. Comment
se fait-il que le grand et saint roi ne soit pas nommé ?

Je ne dois pas, dans cet abrégé pour le voyageur,
perdre du temps à donner des réponses conjecturales
aux questions que chaque pas ici fera surgir du temple

saccagé. Mais celle-ci en est une très grave ; et doit
être gardée en nos cœurs jusqu'à ce que nous puissions peut-être en avoir l'explication. D'une chose seulement nous sommes sûrs, c'est qu'au moins l'honneur
aussi bien pour les fils des rois que pour les fils des
artisans est toujours donné à leurs pères ; et que,
semble-t-il, le plus grand honneur de tous, est donné
ici à Philippe le Sage. De son palais, non de
parlement, mais de paix, sortit dans les années où
ce temple fut commencé d'être bâti, un édit de véritable pacification : « Qu'il serait criminel pour tout
homme de tirer vengeance d'une insulte ou d'une
injure avant quarante jours à partir de l'offense reçue
— et alors seulement avec l'approbation de l'Évêque
du Diocèse. » Ce qui était peut-être un effort plus
avisé pour mettre fin au système féodal pris dans son
sens saxon [1] qu'aucun de nos projets récents destinés
à mettre fin au système féodal pris dans son sens normand.

18. « A ce point-ci ». Le point notamment du Labyrinthe incrusté dans le pavé de la cathédrale : emblème
consacré d'un grand nombre de choses pour le peuple,
qui savait que le sol sur lequel il se tenait était saint,
comme la voûte qui était au-dessus de sa tête. Surtout,
c'était pour lui un emblème de noble vie humaine, —
aux portes étroites, aux parois resserrées, avec une
infinie obscurité et l'*inextricabilis error* de tous côtés,
et, dans ses profondeurs, la nature brutale à dompter.

1. Feud, saxon faedh : bas latin, Faida (dérivés : écossais
« foe », anglais « foe »), Johnson. Rappelez-vous aussi que la
racine de Feud dans son sens normand de partage de terre, est
foi, non *fee*, ce que Johnson, vieux tory comme il était, n'observe
pas, ni en général les modernes antiféodalistes. — (Note de
l'Auteur.)

19. C'est cette signification depuis les jours les plus fièrement héroïques et les plus saintement législateurs de la Grèce, que ce symbole a toujours apporté aux hommes versés dans ses traditions : pour les écoles des artisans il signifiait de plus la noblesse de leur art et sa filiation directe avec l'art divinement terrestre de Dédale, le bâtisseur de labyrinthes, et le premier sculpteurs à qui l'on doit une représentation pathétique[1] de la vie humaine et de la mort.

20. Le caractère le plus absolument beau du pouvoir de la vraie foi chrétienne-catholique est en ceci qu'elle reconnaît continuellement pour ses frères — bien plus pour ses pères, les peuples aînés qui n'avaient pas vu le Christ ; mais avaient été remplis de l'Esprit de Dieu ; et avaient obéi dans la mesure de leur connaissance à sa loi non écrite. La pure charité et l'humilité de ce caractère se voient dans tout l'art chrétien, selon sa force et sa pureté de race, mais il n'est nulle part aussi bien et aussi pleinement saisi et interprété que par les trois grands poètes chrétiens-païens, le Dante, Douglas de Dunkeld[2], et Georges Chapman. La prière par laquelle le dernier termine l'œuvre de sa vie est, autant que je sache, la plus parfaite et la plus profonde expression de la religion naturelle qui nous ait été donnée en littéra-

1. « Tu quoque magnam
Partem opere in tanto, sineret dolor, Icare, haberes,
Bis conatus erat casus effingere in auro, —
Bis patriæ cecidere manus. »

Il n'y a, de parti pris, aucun pathétique de permis dans la sculpture primitive. Ses héros conquièrent sans joie et meurent sans chagrin. — (Note de l'Auteur.)

2. Voyez *Fors Clavigera*, lettre LXI, p. 22. — (Note de l'Auteur.)

ture ; et si vous le pouvez, priez-la ici, en vous plaçant sur l'endroit où l'architecte a écrit un jour l'histoire du Parthénon du christianisme.

21. « Je te prie, Seigneur, père et guide de notre
raison, fais que nous puissions nous souvenir de la
noblesse dont tu nous a ornés et que tu sois toujours
à notre main droite et à notre gauche[1], tandis que
se meuvent nos volontés ; de sorte que nous puissions être purgés de la contagion du corps et des
affections de la brute et les dominer et les gouverner ; et en user, comme il convient aux hommes, ainsi
que d'instruments. Et alors que tu fasses cause commune avec nous pour le redressement vigilant de notre
esprit et pour sa conjonction, à la lumière de la vérité,
avec les choses qui sont vraiment.

« Et en troisième lieu, je te prie, toi le Sauveur, de
dissiper entièrement les ténèbres qui emprisonnent les
yeux de nos âmes, afin que nous puissions bien connaître qui doit être tenu pour Dieu, et qui pour mortel. *Amen*[2]. »

---

1. Ainsi, le commandement aux enfants d'Israël « qu'ils
marchent en avant » est adressé à leurs propres volontés. Eux
obéissent, la mer se retire *mais pas avant* qu'ils aient osé s'y
avancer. *Alors* les eaux leur font une muraille à leur main droite
et à leur gauche. — (Note de l'Auteur.)

2. L'original est écrit en latin seulement : « Supplico tibi,
« Domine, Pater et Dux rationis nostræ, ut nostræ nobilitatis
« recordemur, qua tu nos ornasti : et ut tu nobis presto sis, ut iis
« qui per sese moventur ; ut et a Corporis contagio, Brutorumque
« affectuum repurgemur, eosque superemus, atque regamus ; et,
« sicut decet pro instrumentis iis utamur. Deinde, ut nobis ad
« juncto sis ; ad accuratam rationis nostræ correctionem, et con-
« junctionem, cum iis qui vere sunt, per lucem veritatis. Et ter-
« tium, Salvatori supplex oro, ut ab oculis animorum nostrorum
« caliginem prorsus abstergas ; ut norimus bene, qui Deus, au.
« mortalis habendus. Amen. » — (Note de l'Auteur.)

Et après avoir prié cette prière ou au moins l'avoir lue avec le désir d'être meilleur (si vous ne le pouvez pas, il n'y a aucun espoir que vous preniez à présent plaisir à aucune œuvre humaine de haute inspiration, que ce soit poésie, peinture ou sculpture) nous pouvons nous avancer un peu plus à l'ouest de la nef, au milieu de laquelle, mais seulement à quelques yards de son extrémité, deux pierres plates (le bedeau vous les montrera), l'une un peu plus en arrière que l'autre, sont posées sur les tombes des deux grands évêques, dont toute la force de vie fut donnée, avec celle de l'architecte, pour élever ce temple. Leurs vraies tombes sont restées au même endroit ; mais les tombeaux élevés au-dessus d'elles, changés plusieurs fois de place, sont maintenant à votre droite et à votre gauche quand vous regardez en arrière vers l'abside, sous la troisième arche entre la nef et les bas côtés.

23. Tous deux sont en bronze, fondus d'un seul jet et avec une maîtrise insurpassable, et à certains égards inimitable, dans l'art du fondeur.

« Chef-d'œuvres de fonte, le tout fondu d'un seul jet, et admirablement[1]. » Il n'y a que deux tombeaux semblables qui existent encore en France, ceux des enfants de saint Louis. Tous ceux du même genre, et il y en avait un grand nombre dans toute grande cathédrale française ont été d'abord arrachés des sépultures qu'ils

1. Viollet-le-Duc, vol. VIII, p. 256. — Il ajoute : « L'une d'elles est comme art » (voulant dire art général de la sculpture) « un monument de premier ordre » ; mais ceci n'est vrai que partiellement ; ainsi je trouve une note dans l'étude de M. Gilbert (p. 126). « Les deux doigts qui manquent à la main droite de l'évêque Godefroy paraissent un défaut survenu à la fonte. » Voyez plus loin sur ces monuments et ceux des enfants de saint Louis, Viollet-le-Duc, vol. IX, p. 61, 62. — (Note de l'Auteur.)

couvraient, afin d'ôter à la France là mémoire de ses
morts ; et ensuite fondus en sous et centimes, pour
acheter de la poudre à canon et de l'absinthe à ses
vivants, — par l'esprit de Progrès et de Civilisation
dans sa première flamme d'enthousiasme et sa lumière
nouvelle, de 1789 à 1800.

Les tombeaux d'enfants, placés chacun d'un côté de
l'autel de saint Denis, sont beaucoup plus petits que
ceux-ci, quoique d'un plus beau travail. Ceux auprès
de qui vous êtes en ce moment sont *les deux seuls tom-*
beaux de bronze de ses hommes des grandes époques,
qui subsistent en France !

24. Et ce sont les tombes des pasteurs de son peuple,
qui pour elle ont élevé le premier temple parfait à son
Dieu ; celle de l'évêque Évrard est à votre droite et
porte gravée autour de sa bordure cette inscription[1] :

« Celui qui nourrit le peuple, qui posa les fondations de ce
Monument, aux soins de qui la cité fut confiée
Ici dans un baume éternel de gloire repose Evrard.
Un homme compatissant à l'affligé, le protecteur de la veuve,
					de l'orphelin]
Le gardien. Ceux qu'il pouvait, il les réconfortait de ses dons.
Aux paroles des hommes,
Si douces, un agneau ; si violentes, un lion ; si orgueilleuses,
					un acier mordant ».]

1. Je vole encore à l'abbé Rozé les deux inscriptions avec sa
notice introductive sur l'intervention mal inspirée dont elles
avaient été l'objet.
« La tombe d'Evrard de Fouilloy (mort en 1222) coulée en
bronze en plein relief, était supportée, dès le principe, par des
monstres engagés dans une maçonnerie remplissant le dessous du
monument, pour indiquer que cet évêque avait posé les fonde-
ments de la cathédrale. Un architecte *malheureusement inspiré*

L'anglais dans ses meilleurs jours, ceux d'Élisabeth, est une langue plus noble que ne fut jamais le latin ; mais son mérite est dans la couleur et l'accent, non pas dans ce qu'on pourrait appeler la condensation métallique ou cristalline. Et il est impossible de traduire la dernière ligne de cette inscription en un nombre aussi restreint de mots anglais. Remarquez d'abord que les amis et ennemis de l'évêque sont mentionnés comme tels en paroles, non en actes, parce que les paroles orgueilleuses, ou moqueuses, ou flatteuses des hommes sont en effet ce que sur cette terre les doux doivent savoir supporter et bien accueillir : leurs actes, c'est aux rois et

a osé arracher la maçonnerie pour qu'on ne vît plus la main du prélat fondateur, à la base de l'édifice.

« On lit, sur la bordure, l'inscription suivante en beaux caractères du xiii° siècle :

« Qui populum pavit, qui fundameta locavit
Huius Structure, cuius fuit urbs data cure
Hic redolens nardus, famâ requiescit Ewardus,
Vir plus afflictis, viduis tutela, relictis _
Custos, quos poterat recreabat munere ; vbis,
Mitib agnus erat, tumidis leo, lima supbis. »

« Geoffroy d'Eu (mort en 1237) est représenté comme son prédécesseur en habits épiscopaux, mais le dessous du bronze supporté par des chimères est évidé, ce prélat ayant élevé l'édifice jusqu'aux voûtes. Voici la légende gravée sur la bordure :

» Ecce premunt humile Gaufridi membra cubile.
Seu minus aut simile nobis parat omnibus ille ;
Quem laurus gemina decoraverat, in medicinâ
Lege qû divina, decuerunt cornua bina ;
Clare vir Augensis, quo sedes Ambianensis
Crevit in imensis ; in cœlis auctus, Amen, sis. »

Tout est à étudier dans ces deux monuments ; tout y est d'un haut intérêt, quant au dessin, à la sculpture, à l'agencement des ornements et des draperies. »

En disant au-dessus que Geoffray d'Eu rendit grâces dans la cathédrale pour son achèvement, je voulais dire qu'il avait mis au moins le chœur en état de servir : « Jusqu'aux voûtes », peut signifier ou ne pas signifier que les voûtes étaient terminées. — (Note de l'Auteur.)

aux chevaliers à s'en occuper; non que les évêques ne
missent souvent la main aux actes aussi; et dans la
bataille, il leur était permis de frapper avec la masse,
mais non avec l'épée, ni la lance — c'est-à-dire non
de « faire couler le sang ». Car il était présumé qu'un
homme peut toujours guérir d'un coup de masse (ce
qui cependant dépendait de l'intention de l'évêque qui
le donnait). La bataille de Bouvines, qui est en réalité
une des plus importantes du moyen âge fut gagnée
contre les Anglais, (et en outre contre les troupes auxi-
liaires d'Allemands qui marchaient sous Othon,) par
deux évêques français (Senlis et Bayeux) — qui tous deux
furent les généraux des armées du roi de France, et
conduisirent ses charges. Notre comte de Salisbury
se rendit à l'évêque de Bayeux en personne.

25. Notez de plus qu'un des pouvoirs les plus mortels
et les plus diaboliques des mots méchants, ou pour le
mieux nommer, du blasphème, a été développé dans
les temps modernes par les effets de l' « argot », quelquefois d'intention très innocente et joyeuse. L'argot,
dans son essence, est de deux sortes. Le « Latin des
Voleurs », langage spécial des coquins employé pour
ne pas être compris; l'autre, le meilleur nom à lui
donner serait peut-être le Latin des Manants! — les
mots abaissants ou insultants inventés par des gens
vils pour amener les choses qu'eux-mêmes tiennent
pour bonnes à leur propre niveau ou au dessous.

Le plus grand mal certainement que peut faire cette
sorte de blasphème consiste en ceci qu'il rend souvent
impossible d'employer des mots communs sans y attacher un sens dégradant ou risible. Ainsi je n'ai pas
pu terminer ma traduction de cette épitaphe, comme a
pu le faire le vieux latiniste, avec l'image absolument

exacte : « A l'orgueilleux une lime », à cause de l'abus
du mot dans le bas anglais qui garde, mais méchamment,
l'idée du xiiie siècle. Mais la force *exacte* du symbole
est ici dans son allusion au travail du joaillier taillant
à facettes. Un homme orgueilleux est souvent aussi un
homme précieux et peut être rendu plus brillant à la
surface, et la pureté de son être intérieur mieux découverte, par un bon limage.

26. Telles qu'elles sont, ces six lignes latines —
expriment — au mieux mieux[1] — l'entier devoir d'un
évêque[2] — en commençant par son office pastoral — *Nourrir* mon troupeau — qui *pavit* populum. Et
soyez assuré, bon lecteur que ces temps-là n'auraient
jamais été capables de vous dire ce qu'était le devoir d'un
évêque, ou de tout autre homme, s'ils n'avaient pas eu
chaque homme à sa place, l'ayant bien remplie et ne
l'avaient pas vu la bien remplir. La tombe de l'évêque
Geoffroy est à votre gauche et son inscription est :

« Regardez, les membres de Godefroy reposent sur leur
humble couche.
Peut-être nous en prépare-t-il une moindre ou égale.

1. En français dans le texte.
2 Cf. *Sesame and lilies* : II. *Of kings treasuries*, 22 : « Un
« pasteur » est une personne qui *nourrit*, un « évêque » est une
personne qui *voit*. La fonction de l'évêque n'est pas de gouverner, gouverner c'est la fonction du roi ; la fonction de l'évêque
est de veiller sur son troupeau, de le numéroter brebis par
brebis, d'être toujours prêt à en rendre un compte complet. En
bas de cette rue, Bill et Haney se cassent les dents mutuellement.
L'évêque sait-il tout là-dessus ? Peut-il en détail nous expliquer
comment Bill a pris l'habitude de battre Haney, etc. Mais ce n'est
pas l'idée que nous nous faisons d'un évêque. Peut-être bien, mais
c'était celle que s'en faisaient saint Paul et Milton. » — (Note du
Traducteur.)

Celui qu'ornèrent les deux lauriers jumeaux de la médecine

Et de la loi divine, les deux ornements lui convinrent.

Resplendissant homme d'Eu, par qui le trône d'Amiens

S'est élevé dans l'immensité, puisses-tu être encore plus
grand dans le ciel. »

Amen.

Et maintenant enfin — cet hommage rendu et cette dette de reconnaissance acquittée — nous nous détournerons de ces tombes et nous irons dehors à une des portes ouest — et de cette manière nous verrons graduellement se lever au-dessus de nous l'immensité des trois porches et des pensées qui y sont sculptées.

27. Quelles dégradations ou changements elles ont eu à subir, je ne vous en dirai rien aujourd'hui, excepté la perte « inestimable » des grandes vieilles marches datant de la fondation, découvertes, s'étendant largement d'un bout à l'autre pour tous ceux qui venaient, sans murailles, sans séparations, ensoleillées dans toute leur longueur par la lumière de l'ouest, la nuit éclairées seulement par la lune et les étoiles, descendant raides et nombreuses la pente de la colline — finissant une à une, larges et peu nombreuses au moment d'arriver au sol et usées par les pieds des pèlerins pendant six cents ans. Ainsi les ai-je vues une première et une deuxième fois — maintenant de telles choses ne pourront jamais plus être vues.

Dans la façade ouest, elle-même, au dessus, il ne reste pas beaucoup de la vieille construction ; mais dans les porches, à peu près tout — excepté le revêtement extérieur actuel avec sa moulure de roses dont un petit nombre de fleurs seulement ont été épargnées çà et là. Mais la sculpture a été soigneusement et honorablement conservée et restaurée sur place, les piédestaux et les niches restaurés çà et là avec de la terre glaise, et certains que vous voyez blancs et crus, entièrement resculptés ; néanmoins, l'impression que vous pouvez recevoir du tout est encore ce que le constructeur a voulu et je vous dirai l'ordre de sa théologie sans plus de remarques sur le délabrement de son œuvre.

Vous vous trouverez toujours bien, en regardant n'importe quelle cathédrale, de bien fixer vos quatre points cardinaux dès le début ; et de vous rappeler que, quand vous entrez, vous regardez et avancez vers l'est, et que, s'il y a trois porches d'entrée, celui qui est à votre gauche en entrant est le porche septentrional, celui qui est à votre droite, le porche méridional. Je m'efforcerai dans tout ce que j'écrirai désormais sur l'architecture d'observer la simple règle de toujours appeler la porte du transept du nord la porte nord ; et celle qui, sur la façade ouest, est de ce même côté nord, porte septentrionale, et ainsi pour celles des autres côtés.

Cela épargnera à la fin beaucoup d'imprimé et de confusion, car une cathédrale gothique a presque toujours ces cinq grandes entrées, qui sont faciles à reconnaître, si on y prend garde au début, sous les noms de la porte centrale (ou porche), porte septentrionale, porte méridionale, porte nord et porte sud.

Mais, si nous employons les termes droite et gauche, nous devrons toujours en les employant nous considérer comme sortant de la cathédrale et descendant la nef — tout le côté et les bas côtés nord du bâtiment étant par conséquent son côté droit et le côté sud, son côté gauche. Car nous n'avons le droit d'employer ces termes de droite et de gauche que relativement à l'image du Christ dans l'abside ou sur la croix, ou bien à la statue centrale de la façade ouest, que ce soit celle du Christ, de la Vierge ou d'un saint. A Amiens cette statue centrale, sur le « trumeau » ou pilier qui supporte et partage en deux le porche central, est celle du Christ Emmanuel [1] — Dieu *avec* nous. A sa droite et à sa gauche occupant la totalité des parois du porche central, sont les apôtres et les quatre grands prophètes.

Les douze petits prophètes se tiennent côte à côte sur la façade, trois sur chacun de ses grands trumeaux. Le porche septentrional est dédié à saint Firmin, le premier missionnaire chrétien à Amiens.

Le porche méridional à la Vierge.

Mais ceux-ci sont tous deux conçus comme en retrait derrière la grande fondation du Christ et des prophètes ; et les étroits enfoncements où ils sont réfugiés [2] masquent en partie leur sculpture, jusqu'au moment où vous y entrez. Ce que vous avez d'abord à méditer et à lire, c'est l'Écriture du grand porche central et la façade elle-même.

Vous avez donc au centre de la façade l'image du Christ lui-même vous recevant :

« Je suis le chemin, la vérité et la vie [3]. »

Et la meilleure manière de comprendre l'ordre des

---

1. Allusion à saint Matthieu : « Or tout cela arriva afin que s'accomplît ce que Dieu avait dit par le prophète : Une vierge sera enceinte et elle enfantera un fils et on le nommera Emmanuel, ce qui veut dire : Dieu avec nous » (I, 23). Le prophète dont parle saint Matthieu est Isaïe (III, 14). — (Note du Traducteur.)

2. Regardez maintenant le plan qui est à la fin de ce chapitre. — (Note de l'Auteur.)

3. Saint Jean, 14, 60. — (Note du Traducteur.)

pouvoirs subalternes sera de les considérer comme
placés à la main droite et à la gauche du Christ ; ceci
étant aussi l'ordre que l'architecte adopte dans l'histoire de l'Écriture sur la façade — de façon qu'elle doit
être lue de gauche à droite, c'est-à-dire de la gauche du
Christ à la droite du Christ, comme Lui les voit. Ainsi
donc, en prenant les grandes statues dans l'ordre :

D'abord, dans le porche central, il y a six apôtres à
la droite du Christ, six à Sa gauche.

A Sa gauche, à côté de Lui, Pierre ; puis par ordre
en s'éloignant, André, Jacques, Jean, Matthieu, Simon ;
à Sa droite, à côté de Lui, Paul ; et successivement,
Jacques l'évêque, Philippe, Barthélemy, Thomas et
Jude. Ces deux rangées symétriques des apôtres
occupent ce qu'on peut appeler l'abside ou la baie
creusée du porche, et forment un groupe à peu près demi-
circulaire, clairement visible quand on s'approche.
Mais sur les côtés du porche, non pas sur la même ligne
que les apôtres, et ne se voyant pas distinctement tant
qu'on n'est pas entré dans le porche, sont les quatre
grands prophètes. A la gauche du Christ, Isaïe et
Jérémie ; à sa droite, Ézéchiel et Daniel.

Puis sur le devant, en prenant la façade dans toute sa
longueur — lisez par ordre, de la gauche du Christ à
Sa droite — viennent les séries des douze petits prophètes, trois sur chacun des quatre trumeaux du
temple, commençant à l'angle sud avec Osée, et finissant avec Malachi.

Quand vous regardez la façade entière en vous
plaçant devant elle, les statues qui remplissent les
porches secondaires sont ou obscurcies dans leurs
niches plus étroites ou dissimulées l'une derrière
l'autre de façon à ne pas être vues.

Et la masse entière de la façade est vue, littéralement, comme bâtie sur la fondation des apôtres et des
prophètes, Jésus-Christ lui-même étant la pierre angulaire. Et ceci à la lettre; car le porche en s'ouvrant
forme un profond « angulus » et le pilier qui est au
milieu est le sommet de l'angle.

Bâti sur la fondation des apôtres et des prophètes,
c'est-à-dire des prophètes qui ont prédit la venue *du*
Christ et les apôtres qui l'ont proclamée. Quoique
Moïse ait été un apôtre de *Dieu*, il n'est pas ici.
Quoique Elie ait été un prophète de *Dieu*, il n'est
pas ici. La voix du moment tout entier est celle du
Ciel à la Transfiguration : « Voici mon fils bien-aimé,
écoutez-le[1]. »

Il y a un autre prophète et plus grand encore, qui,
comme il semble d'abord, n'est pas ici. Est-ce que le
peuple entrera dans les portes du temple en chantant
« Hosanna au fils de David[2] », et ne verra aucune image
de son père?

Christ lui-même déclare: « Je suis la racine et l'épanouissement de David », et cependant la racine ne
garde près d'elle aucun souvenir de la terre qui l'a
nourrie?

Il n'en est pas ainsi, David et son Fils sont ensemble.

David est le piédestal du Christ. Nous commence-
rons donc notre examen de la façade du temple par ce
beau piédestal.

La statue de David, qui n'a que les deux tiers de la
grandeur naturelle, occupe la niche qui est sur le
devant du piédestal. Il tient son sceptre dans la main

1. Saint Matthieu, xvii, 5. — (Note du Traducteur.)
2. Saint Matthieu, xxi, 7. — (Note du Traducteur.)

droite, son phylactère dans la gauche : Roi et Prophète, le symbole à jamais de toute royauté qui agit
avec une justice divine, la réclame et la proclame.

Le piédestal qui a cette statue pour sculpture sur
sa face occidentale, est carré et, sur les deux autres
côtés, il y a des fleurs dans des vases ; du côté nord le
lys et du côté sud la rose. Et le monolithe entier est
un des plus nobles morceaux de sculpture chrétienne
du monde entier.

Au-dessus de ce piédestal en vient un moins important, portant en façade un pampre de vigne qui complète le symbolisme floral du tout. La plante que j'ai
appelée un lys n'est pas la Fleur de Lys ni le lys
de la Madone[1], mais une fleur idéale avec des clo-
chettes comme la couronne impériale (le type des

1. Pour mieux distinguer ces différentes espèces de lys, repor-
tez-vous aux belles pages de *The Queen of the Air* et de *Val
d'Arno* : « Considérez ce que chacune de ces cinq tribus (des Dro-
sidæ) a été pour l'esprit de l'homme. D'abord dans leur noblesse ;
les lys ont donné le lys de l'Annonciation, les Asphodèles la fleur
des Champs-Élysées, les iris, la fleur de lys de la Chevalerie ; et
les Amaryllidées, le lys des champs du Christ, tandis que le jonc,
toujours foulé aux pieds, devenait l'emblème de l'humilité. Puis,
prenez chacune de ces tribus et continuez à suivre l'étendue de
leur influence. « La couronne impériale, les lys de toute espèce »
de Perdita, forment la première tribu ; qui donnant le type de la pureté parfaite dans le lys de la Madone, ont, par leur forme charmante, influencé tout le dessin de l'art sacré de l'Italie ; tandis
que l'ornement de guerre était continuellement enrichi par les
courbes des triples pétales du « giglio » florentin et de la fleur de
lys française ; si bien qu'il est impossible de mesurer leur
influence pour le bien dans le moyen âge, comme symbole partie
du caractère féminin, et partie de l'extrême splendeur, et raffine-
ront de la chevalerie dans la cité, dans la cité qui fut la fleur des
cités. » (*The Queen of the Air*, II, § 82.)
Dans *Val d'Arno*, à la conférence intitulée *Fleur de Lys*, il
faudrait noter (§ 251) le souvenir de Cora et de Triptolène à propos de la Fleur de Lys de Florence, et la couronne d'Hera qui
typifie la forme de l'iris pourpré, ou de la fleur dont parle Pin-

« lys de toutes les espèces » de Shakespeare[1], représentant le mode de croissance du lys de la vallée qui ne pouvait pas être sculpté aussi grand dans sa forme littérale sans paraître monstrueux, et se trouve ainsi représenté sur cette pièce de sculpture où il réalise, associé à la rose et à la vigne ses compagnes, la triple parole du Christ : « Je suis la Rose de Saron et le Lys de la Vallée[2], » « Je suis la Vigne véritable[3], »

33. Sur les côtés de ce socle sont des supports d'un caractère différent. Des supports, non des captifs, ni des victimes; le Basilic et l'Aspic représentant les plus actifs des principes malfaisants sur la terre dans leur malignité extrême; pourtant piédestaux du Christ, et même dans leur vie délétère, accomplissant sa volonté finale.

Les deux créatures sont représentées exactement dans la forme médiévale traditionnelle, le basilic, moitié dragon, moitié coq; l'aspic, sourd, mettant une

---

dare quand il décrit la naissance d'Iamus, et qui se rencontre aussi près d'Oxford. La note que Ruskin met à la page 211 de *Val d'Arno* fait remarquer que les artistes florentins mettent généralement le vrai lys blanc dans les mains de l'ange de l'Annonciation, mais à la façade d'Orvieto c'est la « fleur de lys » que lui donne Giovanni Pisano, etc., etc., et la conférence entière se termine par la belle phrase sur les lys que j'ai citée dans la préface (page 7C. — (Note du Traducteur.)

1. «O Proserpine, que n'ai-je ici les fleurs que dans ton effroi tu laisses tomber du char de Pluton, les asphodèles qui viennent avant que l'hirondelle se risque..., les violettes sombres... les pâles primevères, la primerole hardie et la couronne impériale, les iris de toute espèce, et entre autres la fleur de lys !» (*Conte d'Hiver*, scène XI, traduction François-Victor Hugo). — (Note du Traducteur.)

2. Cantique des Cantiques, ii, 1. — (Note du Traducteur.)

3. Saint Jean, xv, 1. — (Note du Traducteur.)

oreille contre la terre et se bouchant l'autre avec sa queue[1].

Le premier représente l'incrédulité de l'Orgueil. Le basilic — serpent-roi ou le premier des serpents — disant qu'il *est* Dieu et qu'il *sera* Dieu.

Le second, l'incrédulité de la Mort. L'aspic (le plus bas serpent) disant qu'il *est* de la boue et *sera* de la boue.

34. En dernier lieu, surmontant le tout, placés sous les pieds de la statue du Christ lui-même, sont le lion et le dragon; les images du péché charnel ou humain, en tant que distinct du péché spirituel et intellectuel de l'orgueil par lequel les anges tombèrent aussi.

Désirer régner plutôt que servir — péché du basilic — ou la mort sourde plutôt que la vie aux écoutes — péché de l'aspic — ces deux péchés sont possibles à toutes les intelligences de l'univers. Mais les péchés spécialement humains, la colère et la convoitise, semences en notre vie de sa perpétuelle tristesse, le Christ dans Sa propre humanité les a vaincus et les vainc encore dans Ses disciples. C'est pourquoi Son

1. Selon M. Emile Male, le sculpteur d'Amiens s'est inspiré ici d'un passage d'Honorius d'Autun. Voici ce passage (Male, p. 61) : « L'aspic est une espèce de dragon que l'on peut charmer avec des chants. Mais il est en garde contre les charmeurs et quand il les entend, il colle, dit-on, une oreille contre terre et bouche l'autre avec sa queue, de sorte qu'il ne peut rien entendre et se dérobe à l'incantation. L'aspic est l'image du pécheur qui ferme ses oreilles aux paroles de vie. » M. Male conclut ainsi : « Le Christ d'Amiens qu'on appelle communément le Christ enseignant est donc quelque chose de plus : il est le Christ vainqueur. Il triomphe par sa parole du démon, du péché et de la mort. L'idée est belle et le sculpteur l'a magnifiquement réalisée. Mais n'oublions pas que le *Speculum Ecclesiæ* lui a fourni la pensée première de son œuvre et lui en a dicté l'ordonnance. A l'origine d'une des plus belles œuvres du xiii° siècle on trouve le livre d'Honorius d'Autun (*Art religieux au xiii° siècle*, p. 62). — (Note du Traducteur.)

pied est sur leur tête, et la prophétie : «Inculcabis super leonem et aspidem [1] » est toujours reconnue comme accomplie en Lui, et en tous Ses vrais serviteurs, selon la hauteur de leur autorité et la réalité de leur influence.

35. C'est en ce sens mystique qu'Alexandre III se servit de ces paroles en rétablissant la paix en Italie et en accordant le pardon à l'ennemi le plus mortel de ce pays sous le portique de Saint-Marc [2]. Mais le sens de chaque action, comme de chaque art des âges chrétiens, perdu maintenant depuis trois cents ans, ne peut dans notre temps être lu qu'à rebours [3], s'il peut être lu du tout, au travers de l'esprit contraire qui est maintenant le nôtre. Nous glorifions l'orgueil et l'avarice comme les vertus par lesquelles toutes choses existent et se meuvent, nous suivons nos désirs comme nos seuls guides vers le salut, et nous exhalons le bouillonnement de notre propre honte, qui est tout ce que peuvent produire sur la terre nos mains et nos lèvres.

36. De la statue du Christ elle-même je ne parlerai pas longuement ici, aucune sculpture ne satisfaisant ni ne devant satisfaire l'espérance d'une âme aimante qui a appris à croire en lui ; mais à cette époque elle dépassa ce qui avait jamais été atteint jusque-là en tendresse sculptée ; et elle était connue au loin comme de

1. «Tu marcheras sur l'Aspic et sur le Basilic et tu fouleras aux pieds le lion et le dragon» (Psaume XCI, 13). — (Note du Traducteur.)

2. Voyez mon résumé de l'histoire de Barberousse et Alexandre dans *Fiction, Beau et Laid. Ninetenth century*, novembre 1880, p. 752, seq.. Voyez *Sur la Vieille Route*, vol. II, p. 3. — (Note de l'Auteur.)

La citation faite par Alexandre III est aussi rappelée dans *Stones of Venice*, II, III, 59. — (Note du Traducteur.)

3. Cf. chapitre Ier, § 33, de ce volume «jusqu'à ce que le même signe soit lu à rebours par un trône dégénéré ». — (Note du Traducteur.)

près sous le nom de : « Le Beau Dieu d'Amiens [1]. » Elle
était toutefois comprise, remarquez-le, juste assez clairement pour n'être qu'un symbole de la Présence
Divine, comme les pauvres reptiles enroulés en bas
n'étaient que les symboles des présences démoniaques.
Non une idole, dans notre sens du mot — seulement
une lettre, un signe de l'Esprit Vivant, que pourtant
chaque fidèle concevait comme venant à sa rencontre
ici à la porte du temple : « la Parole de Vie, le Roi de
Gloire [2] et le Seigneur des Armées. »

« *Dominus Virtutum*, le Seigneur des Vertus [3] »,
c'est la meilleure traduction de l'idée que donnait
à un disciple instruit du xiiie siècle les paroles du
XXIVe psaume.

Aussi sous les pieds de Ses apôtres dans les quatre-
feuilles de la fondation apostolique sont représentées
les vertus que chaque apôtre a enseignées ou manifes-
tées dans sa vie; — ce peut être une vertu qui aura été
en lui durement mise à l'épreuve et il peut avoir manqué
de la force même du caractère qu'il a ensuite conduit

1. Voyez ce qu'en dit et les dessins très exacts qu'en donne
Viollet-le-Duc (art. *Christ, Dictionnaire d'architecture*, III, 245).
— (Note de l'Auteur.)
Voir aussi plus haut, page 76, l'opinion de Huysmans sur cette
statue. — (Note du Traducteur.)
2. Psaume XXIV. — (Note du Traducteur.)
3. Voyez le cercle des Puissances des Cieux dans les interprétations byzantines, I, la Sagesse; II, les Trônes; III, les Domina-
tions; IV, les Anges; V, les Archanges; VI, les Vertus; VII, les
Puissances; VIII, les Princes; IX, les Séraphins. Dans l'ordre Gré-
gorien (Dante, *Par.*, xxviii, note de Cary), les anges et les archanges sont séparés, donnant, en tout, neuf ordres, mais non
pas neuf classes dans un ordre hiérarchique. Remarquez que,
dans le cercle byzantin, les chérubins sont en premier, et que
c'est la force des Vertus qui ordonne aux monts de se lever
(*Saint Marks Rest*, p. 97 et p. 158, 159). — (Note de l'Auteur.)

à sa perfection. Ainsi saint Pierre reniant par crainte est ensuite l'apôtre du courage; et saint Jean, qui avec son frère aurait brûlé le village inhospitalier, est ensuite l'apôtre de l'Amour. Ayant compris ceci, vous voyez que dans les côtés des porches les apôtres avec leurs vertus spéciales sont placés sur deux rangs qui se font vis à vis.

Saint Paul,	Foi.	Courage,	Saint Pierre.
Saint Jacques l'év.,	Espérance.	Patience,	Saint André.
Saint Philippe,	Charité.	Douceur,	Saint Jacques.
Saint Barthélemy,	Chasteté.	Amour,	Saint Jean.
Saint Thomas,	Sagesse.	Obéissance,	Saint Matthieu.
Saint Jude,	Humilité.	Persévérance,	Saint Simon.

Maintenant vous voyez comme ces vertus se répondent l'une à l'autre dans leurs rangs symétriques. Rappelez-vous que le côté gauche est toujours le premier et voyez comment les vertus de gauche conduisent à celles de droite.

Le Courage	à	la Foi.
La Patience	à	l'Espérance.
La Douceur	à	la Charité.
L'Amour	à	la Chasteté.
L'Obéissance	à	la Sagesse.
La Persévérance	à	l'Humilité.

Notez de plus que les Apôtres sont tous calmes, presque tous avec des livres, quelques-uns avec des croix, mais tous avec le même message, — « Que la Paix soit sur cette maison. Et si le Fils de la Paix est ici[1] », etc[2].

1. Saint Luc, x, 5. — (Note du Traducteur.)
2. Aujourd'hui le mot d'argot pour désigner un prêtre dans le peuple, en France, est un *Pax vobiscum* ou, en abrégé, un *vobiscum*. — (Note de l'Auteur.)

Mais les Prophètes, tous chercheurs, ou pensifs, ou tourmentés, ou priant, à la seule exception de Daniel. Le plus tourmenté de tous est Isaïe, moralement scié en deux[1]. Le bas-relief qui est au-dessus ne représente aucune scène de son martyre, mais montre le prophète au moment où il voit le Seigneur dans son temple et où cependant il a le sentiment qu'il a les lèvres impures. Jérémie aussi porte sa croix mais avec plus de sérénité.

39. Et maintenant je donne, en une suite claire, l'ordre des statues de la façade entière avec les sujets des quatre-feuilles placés sous chacune d'elles, désignant le quatre-feuilles placé le plus haut par un A, le quatre-feuilles inférieur par un B.

Les six prophètes qui sont debout à l'angle des porches, Amos, Abdias, Michée, Nahum, Sophonie et Aggée ont chacun quatre quatre-feuilles, désignés, les quatre-feuilles supérieurs par A et C, les inférieurs par B et D.

En commençant donc, sur le côté gauche du porche central et en lisant de l'intérieur du porche vers le dehors, vous avez

1. Saint Pierre....... { A. Courage.
                        { B. Lâcheté.

2. Saint André......., { A. Patience.
                        { B. Colère.

3. Saint Jacques..... { A. Douceur.
                      { B. Grossièreté.

4. Saint Jean........ { A. Amour.
                      { B. Discorde.

1. C'est là (dans le *De orte et obitu Patrum*, attribué à Isidore de Séville), dit M. Male, que nous apprenons qu'Isaïe fut coupé en deux avec une scie, sous le règne de Manassé (Emile Male, *His-*

5. Saint Matthieu..... $\Big\{$ A. Obéissance.
                                 B. Rébellion.

6. Saint Simon........ $\Big\{$ A. Persévérance.
                                 B. Athéisme.

Maintenant, à droite du porche en lisant vers le dehors :

7. Saint Paul .... $\Big\{$ A. Foi.
                                 B. Idolâtrie.

8. Saint Jacques, l'év. $\Big\{$ A. Espérance.
                                 B. Désespoir.

9. Saint Philippe....., $\Big\{$ A. Charité.
                                 B. Avarice.

10. Saint Barthélemy. $\Big\{$ A. Chasteté.
                                 B. Luxure.

11. Saint Thomas .... $\Big\{$ A. Prudence.
                                 B. Folie.

12. Saint Jude........ $\Big\{$ A. Humilité.
                                 B. Orgueil.

Maintenant, de nouveau à gauche, les deux statues les plus éloignées du Christ.

13. Isaïe :
   A. « Je vois le Seigneur assis sur un trône. » (VI, 1.)
   B. « Vois, ceci a touché tes lèvres. » (VI, 7.)

14. Jérémie :
   A. L'enfouissement de la ceinture. (XIII, 4, 5.)
   B. Le bris du joug. (XVIII, 10.)

toire de l'Art religieux au XIIIᵉ siècle, p. 214). Au Portail Saint-Honoré à Amiens, Isaïe est représenté la tête fendue. — (Note du Traducteur.)

Et à droite :

15. Ezéchiel :

    A. La roue dans la roue. (ɪ, 16.)

    B. « Fils de l'homme, tourne ton visage vers Jérusalem. » (xxɪ, 2.)

16. Daniel :

    A. « Il a fermé les gueules des lions. » (vɪ, 22.)

    B. « Au même moment sortirent les doigts de la main d'un homme. » (v, 5.)

40. Maintenant en commençant à gauche (côté sud de la façade entière), et en lisant tout droit à la suite sans jamais entrer dans les porches excepté pour es quatre-feuilles appariés aux statues qui nous concernent.

17. Osée :

    A. « Ainsi je l'achetai pour moi, pour quinze pièces d'argent. » (ɪɪɪ, 2.)

    B. « Ainsi serais-je aussi pour toi. » (ɪɪɪ, 3.)

18. Joel :

    A. Le soleil et la lune sans lumière. (ɪɪ, 10.)

    B. Le figuier et la vigne sans feuilles. (ɪ, 7.)

19. Amos :

Sur la façade.. { A. « Le Seigneur criera de Sion. » (ɪ, 2.) B. « Les habitations des bergers se la menteront. » (ɪ, 2.)

A l'intérieur du porche. { C. Le Seigneur avec le cordeau du maçon. (vɪɪ, 8.) D. La place où il ne pleuvait pas. (ɪv, 6.)

20. Abdias :

A l'intérieur du porche. { A. « Je les cachai dans une caverne. » (I, les Rois, xvɪɪɪ, 13.) B. « Il tomba sur la face. » (xvɪɪɪ, 7.)

Sur la façade.. { C. Le capitaine des 50.
{ D. Le messager.

21. Jonas :

    A. Echappé à la mer.
    B. Sous le calebassier.

22. Michée :

Sur la façade.. { A. La tour du troupeau. (IV, 8.)
    B. Chacun se repose et «personne ne les effraiera». (IV, 4.)
    C. «Les épées en socs de charrue.» (IV, 3.)
    D. «Les lances en serpes.» (IV, 3.)

23. Nahum :

A l'intérieur du porche. { A. «Nul ne regardera en arrière.» (II, 8.)
    B. «Prophétie contre Ninive.» (I, 1.)
    C. Tes princes et tes chefs. (III, 17.)
    D. Les figues précoces. (III, 12.)

24. Habacuc :

    A. «Je veillerai pour voir ce qu'Il dira.» (II, 1.)
    B. Le ministère auprès de Daniel.

25. Sophonie :

Sur la façade.. { A. Le Seigneur frappe l'Ethiopie. (II, 12.)
    B. Les bêtes dans Ninive. (II, 15.)

A l'intérieur du porche. { C. Le Seigneur visite Jérusalem. (I, 12.)
    D. Le cormoran et le butor[1]. (II, 14.)

26. Aggée :

    A. Les maisons des princes *ornées de lambris*[2]. (I, 4.)
    B. «Le ciel retenant sa rosée.» (I, 10.)
    C. Le temple du Seigneur est désolé. (I, 4.)
    D. «Ainsi dit le Seigneur des armées.» (I, 7.)

27. Zacharie :

    A. L'iniquité s'envole. (V, 6, 9.)
    B. «L'ange qui me parla.» (IV, 1.)

1. Voir la version des Septante. — (Note de l'Auteur.)
2. En français dans le texte.

28. Malachi :

A. « Vous avez offensé le Seigneur. » (II, 17.)
B. « Ce commandement est pour vous. » (II, 1.)

41. Ayant ainsi mis rapidement sous les yeux du spectateur la succession des statues et de leurs quatre-feuilles (au cas où l'heure du train presserait, il peut être charitable de lui faire savoir que, prendre à l'extrémité est de la cathédrale la rue qui va vers le sud, la rue Saint-Denis, est le plus court chemin pour arriver à la gare) je vais y revenir en commençant par saint Pierre et j'interpréterai un peu plus complètement les sculptures des quatre-feuilles.

En gardant pour les quatre-feuilles les chiffres adoptés pour les statues, les quatre-feuilles de saint Pierre seront désignés par 1 A et 1 B, et ceux de Malachi par 28 A et 28 B.

1. A. — Le *Courage*, avec un léopard[1] sur son bouclier ; les Français et les Anglais étant d'accord dans la lecture de ce symbole jusqu'à l'époque du poinçonnage du léopard du Prince Noir sur la monnaie, en Aquitaine.

1. B. La *Lâcheté*. — Un homme effrayé par un animal s'élançant hors d'un fourré, pendant qu'un oiseau continue de chanter. Le poltron n'a pas le courage d'une grive[2].

1. Selon M. Male, c'est un lion. — (Note du Traducteur.)
2. Interprété différemment par M. Male : « Nos artistes ont représenté la lâcheté à Paris, à Amiens, à Chartres et à Reims, par une scène pleine de bonhomie populaire. Un chevalier pris de panique jette son épée et s'enfuit à toutes jambes devant un lièvre qui le poursuit ; sans doute il fait nuit, car une chouette perchée sur un arbre, semble pousser son cri lugubre. Ne dirait-on pas un vieux proverbe ou quelque fabliau. Je croirais volontiers que l'anecdote du soldat poursuivi par un lièvre était au

2. A. La *Patience* ayant un bœuf sur son bouclier (ne reculant jamais)[1].

· **2. B.** La *Colère*[2]. — Une femme perçant un homme d'une épée. La colère est essentiellement un vice féminin. — Un homme, digne d'être appelé ainsi, peut être conduit à la fureur ou à la démence par l'*indignation* (Voir le Prince Noir à Limoges), mais non par la colère. Il peut être alors assez infernal, — « Enflammé d'indignation, Satan restait *sans peur* —.» mais dans ce dernier mot est la différence, il y a autant de crainte dans la colère qu'il y en a dans la haine.

3. A. La *Douceur* porte un agneau[3] sur son écu.

3. B. La *Grossièreté*, encore une femme, envoyant un

nombre des historiettes que les prédicateurs aimaient à raconter à leurs ouailles. Il y a, dans la *Somme le Roi* de Frère Lorens, quelque chose qui ressemble fort à notre bas-relief (*Histoire de l'art religieux*, p. 166 et 167). Voir la description de la Patience du Palais des Doges 4ᵉ face du 7ᵉ chapiteau (*Stones of Venice*, I, V, § LXXI). — (Note du Traducteur.)

1. Dans la cathédrale de Laon il y a un joli compliment fait aux bœufs qui transportèrent les pierres de ses tours au sommet de la montagne sur laquelle elle s'élève. La tradition est qu'ils se harnachèrent eux-mêmes, mais la tradition ne dit pas comment un bœuf peut se harnacher lui-même (*), même s'il en avait envie. Probablement la première forme du récit fut qu'ils allaient joyeusement « en mugissant ». Mais, quoi qu'il en soit, leurs statues sont sculptées sur le haut des tours, au nombre de huit, colossales, regardant de ses galeries, à travers les plaines de France. Voyez le dessin dans Viollet-le-Duc, article *Clocher*. — (Note de l'Auteur.)

2. Cf. *Stones of Venice*, I, V, LXXXVIII.

3. Symbole de la douceur selon les théologiens parce qu'il se laisse prendre sans résistance ce qu'il a de plus précieux, son lait et sa laine (voir Male). — (Note du Traducteur.)

(*) Voir plus haut chapitre III : « La vie de Jérôme ne commence pas comme celle d'un moine Palestine. Dean de Milman ne nous a pas expliqué comment celle d'aucun homme le pourrait. » — Voir dans Male (page 77) une légende de Guibert de Nogent relative aux bœufs de Laon. — (Note du Traducteur.)

coup de pied à son échanson. Les formes finales de l'extrême grossièreté française étant dans les gestes féminins du cancan; voyez les gravures favorites à la mode dans les boutiques de Paris.

4. A. L'*Amour :* l'amour divin, non l'amour humain : « Moi en eux et toi en moi. » Son écu supporte un arbre [1] avec un grand nombre de branches greffées dans son tronc abattu. « Dans ces jours le Messie sera abattu, mais non pour lui-même. »

4. B. La *Discorde.* — Un mari et une femme se querellant. Elle a laissé tomber sa quenouille (manufacture de laine d'Amiens, voyez plus loin — 9, A) [2].

5. A. L'*Obéissance* porte un écu avec un chameau. Actuellement la plus désobéissante de toutes les bêtes qui peuvent servir à l'homme, celle qui a le plus mauvais caractère, pourtant passant sa vie dans le service le plus pénible. Je ne sais pas jusqu'à quel point son caractère a été compris par le sculpteur du Nord; mais je crois qu'il l'a pris comme un type de porteur de fardeau qui n'a ni joie ni sympathie, comme le cheval, ni pouvoir de témoigner sa colère comme le bœuf [3]. Sa morsure est assez mauvaise (voyez ce qu'en raconte M. Palgrave), mais probablement peu connue à Amiens,

---

1. Le rameau d'olivier de la Concorde (Voir Male, p. 170). — (Note du Traducteur.)

2. Voir la Discorde du Palais des Doges (troisième face du septième chapiteau) avec la citation de Spencer, *Stones of Venice,* A, v, LXX. — (Note du Traducteur.)

3. Cf. Volney : « Enfin la nature l'a (le chameau) visiblement destiné à l'esclavage en lui refusant toutes défenses contre ses ennemis. Privé des cornes du taureau, du sabot du cheval, de la dent de l'éléphant et de la légèreté du cerf, que peut le chameau? etc. » (*Voyage en Egypte et en Syrie*). — (Note du Traducteur.)

même des Croisés qui voulaient monter leurs propres chevaux de guerre, ou rien[1].

5. B. *Rébellion.* — Un homme claquant ses doigts devant son évêque[2]. Comme Henri VIII devant le pape, et les modernes cockneys français et anglais devant tous les prêtres, quels qu'ils soient.

6. A. *Persévérance*, la grande forme spirituelle de la vertu communément appelée Fortitude.

D'habitude domptant ou mettant en pièces un lion ; ici en carressant un et tenant sa couronne. « Tiens ferme ce que tu as[3] afin qu'aucun homme ne prenne ta couronne[4] ».

6. B. *Athéisme*, laissant ses souliers à la porte de l'église. L'infidèle insensé est toujours représenté nu-pieds dans les manuscrits du xiie et xiiie siècle, le chrétien ayant « comme chaussure à ses pieds la préparation à l'Évangile de Paix[5] ». Comparez : « Com-

1. Cf. l'Obéissance au Palais des Doges (sixième face du septième chapiteau) et la comparaison avec l'Obéissance de Spencer et celle de Giotto à Assise. *Stones of Venice*, I, v, § LXXXIII. — (Note du Traducteur.)

2. « La rébellion n'apparaît au moyen âge que sous un seul aspect, la désobéissance à l'église... La rose de Notre-Dame de Paris » (ces petites scènes sont presque identiques à Paris, Chartres, Amiens et Reims) « offre un curieux détail : l'homme qui se révolte contre l'évêque porte le bonnet conique des Juifs... Le Juif qui depuis tant de siècles refusait d'entendre la parole de l'église semble être le symbole même de la révolte et de l'obstination » (Male, p. 172). — (Note du Traducteur.)

3. Apocalypse, iii, 2. — (Note du Traducteur.)

4. Cf. la Constance du Palais des Doges (deuxième face du septième chapiteau): *Constantia sum, nil timens*, et la comparaison avec Giotto et le *Pilgrims Progress* (*Stones of Venice*, I, v, § LXIX). — (Note du Traducteur.)

5. Ephésiens, vi, 15. — (Note du Traducteur.)

bien sont beaux tes pieds avec des souliers, *ô fille de prince*[1] l »

7. A. *Foi*, tenant un calice avec une croix au dessus[2], ce qui était universellement accepté dans l'ancienne Europe, comme étant le symbole de la foi. C'en est aussi un symbole tolérant, car, toutes différences d'église laissées de côté, les mots : « A moins que vous ne mangiez la chair du Fils de l'Homme et buviez son sang, vous n'avez pas de vie en vous[3] », restent dans leur mystère pour être compris seulement de ceux qui ont appris le caractère sacré de la nourriture[4], dans tous les temps et

---

1. Cantique des cantiques, VII, 1. — (Note du Traducteur.)

2. A Paris une croix, à Chartres un calice. Au Palais des Doges (première face du neuvième chapiteau) sa devise est : *Fides optima in Deo*. La Foi de Giotto tient une croix dans sa main droite, dans la gauche un phylactère, elle a une clef à sa ceinture et foule aux pieds des livres cabalistiques. Sur la Foi de Spencer (*Fidelia*), voir *Stones of Venice*, I, v, § LXXVII. — (Note du Traducteur.)

3. Saint Jean, VI, 53. — (Note du Traducteur.)

4. Dans ce passage ce furent pour moi non pas les paroles du Christ, mais les paroles de Ruskin qui pendant plusieurs années « restèrent dans leur mystère ». J'ai toujours pensé pourtant que c'était du caractère sacré de la *nourriture* dans son sens le plus général et le plus matériel qu'il s'agissait ici qu'en parlant des lois de la vie et de l'esprit comme liées à son acceptation et à son refus, Ruskin entendait signifier le support indispensable et incessant que la nutrition donne à la pensée et à la vie, tout refus partiel de nourriture se traduisant par une modification de l'état de l'esprit, par exemple dans l'ascétisme. Quant à la distribution de la nourriture, les lois de l'esprit et de la vie me paraissaient lui être liées aussi en ce que d'elle dépend, si on se place au point de vue subjectif de celui qui donne (c'est-à-dire au point de vue moral), la charité du cœur, et si on se place au point de vue de ceux qui reçoivent, et même de ceux qui donnent (considérés objectivement, au point de vue politique), le bon état social. — Mais je n'avais pas de certitude, ne trouvant ni les mêmes idées, ni les mêmes expressions dans aucun des livres de Ruskin que j'avais présents à l'esprit. Et les ouvrages d'un grand écrivain sont le seul dictionnaire où l'on puisse contrôler avec certi-

dans tous les pays, et les lois de la vie et de l'esprit qui dépendent de son acceptation, de son refus et de sa distribution.

tude le sens des expressions qu'il emploie. Cependant cette même idée, étant de Ruskin, devait se retrouver dans Ruskin. Nous ne pensons pas une idée une seule fois. Nous aimons une idée pendant un certain temps, nous lui revenons quelquefois, fût-ce pour l'abandonner à tout jamais ensuite. Si vous avez rencontré avec une personne l'homme le plus changeant je ne dis même pas dans ses amitiés, mais dans ses relations, nul doute que pendant l'année qui suit cette rencontre si vous étiez le concierge de cet homme vous verriez entrer chez lui l'ami ou une lettre de l'ami que vous avez rencontré ou si vous étiez sa mémoire vous verriez passer l'image de son ami éphémère. Aussi faut-il faire avec un esprit, si l'on veut revoir une de ses idées, ne fût-elle pour lui qu'une idée passagère et un temps seulement préférée, comme font les pêcheurs : placer un filet attentif, d'un endroit à un autre (d'une époque à une autre) de sa production, fût-elle incessamment renouvelée. Si le filet a des mailles assez serrées et assez fines, il serait bien surprenant que vous n'arrêtiez pas au passage une de ces belles créatures que nous appelons idées, qui se plaisent dans les eaux d'une pensée, y naissant par une génération qui semble en quelque sorte spontanée et où ceux qui aiment à se promener au bord des esprits sont bien certains de les apercevoir un jour, s'ils ont seulement un peu de patience et un peu d'amour. En lisant l'autre jour dans *Verona and other Lectures*, le chapitre intitulé : « The Story of Arachné », arrivé à un passage (§§ 25 et 26) sur la cuisine, science capitale, et fondement du bonheur des états, je fus frappé par la phrase qui le termine. « Vous riez en m'entendant parler ainsi et je suis content que vous riiez à condition que vous compreniez seulement que moi je ne ris pas, et de quelle façon réfléchie, entière et grave, je vous déclare que je crois nécessaires à la prospérité de cette nation et de toute autre : premièrement une soigneuse purification et une affectueuse *distribution de la nourriture*, de façon que vous puissiez, non pas seulement le dimanche, mais après le labeur quotidien, qui, s'il est bien compris, est un perpétuel service divin de chaque jour — de façon, dis-je, à ce que vous puissiez manger des viandes grasses et boire des liqueurs douces, et envoyer des portions à ceux pour qui rien n'est préparé. » (Cette dernière phrase est de Néhémie, viii, 10.) Je trouverai peut-être quelque jour un commentaire précis des mots « acceptance » et

7. B. *Idolâtrie*, s'agenouillant devant ⁚⁚ monstre. Le *contraire* de la foi — non le *manque* de ⁚⁚. L'idolâtrie est la foi en de faux dieux et tout à fait distincte de la foi en rien du tout (6, B), le *Dixit incipiens*[1]. Des hommes très sages peuvent être idolâtres, mais ils ne peuvent pas être athées.

8. A. *Espérance* avec l'étendard gonfalon[2] et une couronne devant elle, à distance[3]; opposée à la couronne que la Fortitude tient dans ses mains avec constance (6, A.).

« refusa⁚ ». Mais je crois que pour « food » et pour « distribution » ce passage vérifie absolument mon hypothèse. — (Note du Traducteur.)

1. « L'insensé a dit dans son cœur, il n'y a point de Dieu » (Psaume XIV).

Le *Dixit incipiens* reparaît souvent dans Ruskin. Je cite de mémoire dans *The queen of the air* : « C'est la tâche du divin de condamner les erreurs de l'antiquité et celle du philosophe d'en tenir compte. Je vous prierai seulement de lire avec une humaine sympathie les pensées d'hommes qui vécurent, sans qu'on puisse les blâmer, dans une obscurité qu'il n'était pas en leur pouvoir de dissiper et de vous souvenir que quelque accusation de folie qui se puisse justement attacher à l'affirmation : « *Il n'y a pas de Dieu* », la folie est plus orgueilleuse, plus profonde et moins pardonnable qui consiste à dire : « Il n'y a de Dieu que pour moi » (*Queen of Air*, I), et dans *Stones of Venice* :

« Comme il est écrit : « Celui-là qui se fie à son propre cœur est un fou », il est aussi écrit « *L'insensé a dit dans son cœur* : *il n'y a pas de Dieu* ». Et l'adulation de soi-même conduisit graduellement à l'oubli de tout excepté de soi et à une incrédulité d'autant plus fatale qu'elle gardait encore la forme et le langage de la foi » (*Stones of Venice*, II, IV, XCII) et aussi *Stones of Venice*, I, V, 56, etc., etc. — (Note du Traducteur.)

2. Selon M. Male, symbole de résurrection, car la croix ornée d'un étendard est le symbole de Jésus-Christ sortant du tombeau. Nous aurons notre couronne, notre récompense, le jour de la résurrection. — (Note du Traducteur.)

3. L'espérance de Giotto a des ailes, un ange devant elle porte une couronne. L'espérance de Spencer est attachée à une ancre. Voir *Stones of Venice*, I, V, § LXXXIV. — (Note du Traducteur.)

Le gonfalon (*Gund*, guerre ; *fahr*, étendard, d'après le Dictionnaire de Poitevin) est le drapeau qui dans la bataille signifie : en avant ; essentiellement sacré ; de là le nom de gonfalonier toujours donné aux porte-étendards dans les armées des républiques italiennes.

Il est dans la main de l'espérance, parce qu'elle combat toujours devant elle, allant à son but, ou au moins ayant la joie de le voir se rapprocher. La Foi et la Fortitude attendent, comme saint Jean en prison, mais sans être outragées.

L'Espérance est toutefois placée au-dessous de saint Jacques à cause des versets 7 et 8 de son dernier chapitre se terminant ainsi : « Affermissez vos cœurs, car la venue du Seigneur devient proche. » C'est lui qui interroge le Dante sur la nature de l'Espérance (Par., c. xxv et voyez les notes de Cary).

8. B. Le *Désespoir* se poignardant [1]. Le suicide n'est pas considéré comme héroïque ni sentimental au xiii° siècle et il n'y a pas de morgue gothique bâtie au bord de la Somme.

9. A. La *Charité* portant sur son écu une toison laineuse et donnant un manteau à un mendiant nu. La vieille manufacture de laine d'Amiens avait cette notion de son but, qu'il fallait, notamment, vêtir le pauvre d'abord, le riche ensuite. Dans ces temps-là on ne disait aucune bêtise sur les fâcheuses conséquences d'une charité indistincte [2].

[1]. Avant le xiii° siècle, c'est la Colère qui se poignarde. A partir du xiii° siècle, c'est le Désespoir. La transition est visible à Lyon, où le Désespoir est opposé encore à la Patience (Male). — (Note du Traducteur.)

[2]. Parlant du caractère réaliste et pratique du christianisme dans le nord, Ruskin évoque encore cette figure de la charité

9 B. *Avarice* avec un coffre et de l'argent. La
notion moderne commune aux Anglais et aux Amiénois sur la divine consommation de la manufacture
de laine.

d'Amiens dans *Pleasures of England* : « Tandis que la Charité
idéale de Giotto à Padoue présente à Dieu son cœur dans sa
main, et en même temps foule aux pieds des sacs d'or, les trésors
de la terre, et donne seulement du blé et des fleurs : au porche
ouest d'Amiens elle se contente de vêtir un mendiant avec une
pièce de drap de la manufacture de la ville (*Pleasures of England*, ɪv).

La même comparaison (rencontre certainement fortuite) se
trouve être venue à l'esprit de M. Male, et il l'a particulièrement
bien exprimée.

« La Charité qui tend à Dieu son cœur enflammé, dit-il, est
du pays de saint François d'Assise. La charité qui donne son
manteau aux pauvres est du pays de saint Vincent de Paul. »

Ruskin compare encore différentes interprétations de la Charité dans *Stones of Venice* (chap. sur le *Palais des Doges*) : « Au
cinquième chapiteau est figurée la charité. Une femme, des pains
sur ses genoux en donne un à un enfant qui tend les bras vers
elle à travers une ouverture du feuillage du chapiteau. Très
inférieure au symbole giottesque de cette vertu. A la chapelle
de l'Arena elle se distingue de toutes les autres vertus à la gloire
circulaire qui environne sa tête et à sa croix de feu. Elle est
couronnée de fleurs, tend dans sa main droite un vase de blé et
de fleurs, et dans la gauche reçoit un trésor du Christ qui appa-
rait au-dessus d'elle pour lui donner le moyen de remplir son
incessant office de bienfaisance, tandis qu'elle foule aux pieds
les trésors de la terre. La beauté propre à la plupart des conceptions italiennes de la Charité est qu'elles subordonnent la
bienfaisance à l'ardeur de son amour, toujours figuré par des
flammes ; ici elles prennent la forme d'une croix, autour de sa
tête ; dans la chapelle d'Orcagna à Florence elles sortent d'un
encensoir qu'elle a dans sa main ; et, dans le Dante, l'embrasent
tout entière, si bien que dans le brasier de ces claires flammes,
on ne peut plus la distinguer. Spencer la représente comme une
mère entourée d'enfants heureux, conception qui a été, depuis,
banalisée et vulgarisée par les peintres et les sculpteurs anglais »
(*Stones of Venice*, I, ᴠ, § ʟxxxɪ). Voir au paragraphe ʟxvɪɪɪ du
même chapitre comment le sculpteur vénitien a distingué la
Libéralité de la Charité. — (Note du Traducteur.)

10. A. *Chasteté*, écu avec le Phénix [1].

10. B. *Volupté*, un baiser trop ardent [2].

11. A. *Sagesse*, sur son écu une racine mangeable, je crois [3]; signifiant la tempérance, comme le commencement de la sagesse.

11. B. *Folie* [4], le type ordinaire usité dans tous les psautiers primitifs, d'un glouton armé d'un gourdin.

1. Pour se rendre compte combien sa religion jadis glorieuse est profanée et lue à rebours par l'esprit français moderne, il vaut la peine, pour le lecteur de demander chez M. Goyer (place Saint-Denis), le *Journal de Saint-Nicolas* de 1880 et de regarder le Phénix tel qu'il est représenté à la page 610. L'histoire a l'intention d'être morale, et le Phénix représente l'avarice, mais l'entière destruction de toute tradition sacrée et poétique dans l'esprit d'un enfant par une telle image, est une immoralité qui neutraliserait la prédication d'une année.

Afin que cela vaille la peine pour M. Goyer de vous montrer le numéro, achetez celui dans lequel il y a « les conclusions de Jeannie » (p. 337) : La scène d'église (avec dialogue) dans le texte est charmante. — (Note de l'Auteur.)

M. Male n'est pas éloigné de croire que l'artiste qui a représenté la chasteté à Notre-Dame de Paris (Rose) voulait figurer sur son écu une salamandre, symbole de la chasteté parce qu'elle vit dans les flammes, a même la propriété de les éteindre et n'a pas de sexe. Mais l'artiste s'étant trompé et ayant fait de la salamandre un oiseau, son erreur aurait été reproduite à Amiens et à Chartres. — (Note du Traducteur.)

2. Mais chaste cependant : « Nous voilà loin des terribles figures de la luxure sculptées au portail des églises romanes ; à Moissac, à Toulouse des crapauds dévorant le sexe d'une femme et se suspendant à ses seins » (Male). — (Note du Traducteur.)

3. « Son écu est décoré d'un serpent qui, parfois, s'enroule autour d'un bâton. Aucun blason n'est plus noble puisque c'est Jésus lui-même qui l'a donné à la prudence : « Soyez prudents, disait-il, comme des serpents » (Male).

Giotto donne à la Prudence la double face de Janus et un miroir (*Stones of Venice*, I, v, § LXXXIII). Voir dans ce chapitre de *Stones of Venice* la définition des mots tempérance, σωφροσύνη, μανία, ὕβρις (§ LXXIX). — (Note du Traducteur.)

4. « La folie, qui s'oppose à la prudence, mérite de nous arrêter plus longtemps. Elle s'offre à nous à Paris, à Amiens,

Cette vertu et ce vice sont la sagesse et la folie terrestres complétant la sagesse spirituelle et la folie correspondante (audessous saint Matthieu). La tempérance, le complément de l'obéissance, et la cupidité avec violence, celui de l'athéisme.

12. A. *Humilité*, sur son écu une colombe.

aux deux portails de Chartres, à la rose d'Auxerre et de Notre-Dame de Paris (*), sous les traits d'un homme, à peine vêtu, armé d'un bâton, qui marche au milieu des pierres et qui parfois reçoit un caillou sur la tête. Presque toujours il porte à sa bouche un objet informe. C'est évidemment là l'image d'un fou que d'invisibles gamins semblent poursuivre à coups de pierres. Chose curieuse, une figure si vivante, et qui semble empruntée à la réalité quotidienne, a une origine littéraire. Elle est née de la combinaison de deux passages de l'Ancien Testament. On lit, en effet, dans les *Psaumes* : « L'insensé a lancé contre Dieu une pierre, mais la pierre est tombée sur sa tête. Il a mis une pierre dans le chemin pour y faire heurter son frère et il s'y heurtera lui-même. » Voilà bien le fou d'Amiens. Il marche sur des cailloux qui semblent rouler sous ses pieds et une pierre vient de l'atteindre à la tête.

Mais quel est l'objet qu'il porte à sa bouche? Un passage des Psaumes, suivant nous l'explique. Quiconque a feuilleté quelques psautiers à miniatures du XIIIᵉ siècle a remarqué que les illustrations, en fort petit nombre, ne varient jamais. En tête du psaume LIII est dessiné un fou tout à fait semblable au personnage sculpté au portail de nos cathédrales. Il est armé d'un bâton et il s'apprête à manger un objet rond, qui est tout simplement, comme on va le voir, un morceau de pain. On lit, en effet, dans le texte : « Le fou a dit dans son cœur : il n'y a pas de Dieu. Le fou accomplit des iniquités abominables... *il dévore mon peuple comme un morceau de pain.* » On ne peut douter, je crois, que l'artiste ait essayé de rendre ce passage. Ainsi s'explique la figure si complexe de la folie qui, comme tant d'autres, a été imaginée d'abord par les miniaturistes, et adoptée ensuite par les sculpteurs et les peintres verriers » (Male). — (Note du Traducteur.)

(*) La figure de la folie au portail de Notre-Dame de Paris a été retouchée. Un cornet dans lequel souffle le fou a remplacé l'objet qu'il semblait manger, le bâton est devenu une espèce de flambeau.

12. B. *Orgueil*, tombant de son cheval.

42. Tous ces quatre-feuilles sont plutôt symboliques que représentatifs ; et, comme leur but était suffisamment atteint si leur symbole était compris, ils avaient été confiés à un ouvrier très inférieur à celui qui sculpta la série de ceux que nous allons passer en revue et qui sont placés sous les statues des prophètes.

Le sujet de la plupart de ces quatre-feuilles est ou un fait historique, ou une scène dont parle le prophète comme y ayant effectivement assisté dans une vision. Et ce sont les mains les plus habiles que l'architecte a en général chargé de leur exécution. En donnant leur interprétation, je rappelle pour chacun d'eux le nom du prophète dont ils commentent la vie ou la prophétie [1].

---

1. Généralement les prophéties sont écrites sur des banderoles au lieu d'être figurées comme à Amiens dans des bas-reliefs. Pour compléter par des images ruskiniennes, le tableau que donne ici Ruskin, nous cesserons de citer uniquement M. Male et nous rapprocherons les prophéties figurées à Amiens, des prophéties inscrites au baptistère de Saint-Marc. On sait que ces mosaïques sont décrites dans *Saint Marks Rest* au chapitre *Sanctus, Sanctus, Sanctus*. Et le baptistère de Saint-Marc, dont l'éblouissante fraîcheur est si douce à Venise pendant les après-midi brûlants, est à sa manière une sorte de Saint des Saints ruskinien. M. Collingwood, le disciple préféré de Ruskin, a qui nous devons, en somme, le plus beau livre qui ait été écrit sur lui, a dit que le *Repos de Saint-Marc* était aux *Pierres de Venise* ce que la *Bible d'Amiens* était aux *Sept Lampes de l'architecture*. Je pense qu'il veut dire par là que le sujet de l'un et de l'autre a été choisi par Ruskin comme un exemple historique, destiné à illustrer les lois édictées dans ses livres de théorie! C'est le moment où, comme aurait dit Alphonse Daudet, « le professeur va au tableau ». Et, en effet, par bien des points rien ne ressemble plus à *la Bible d'Amiens* que cet *Evangile de Venise*. Mais le *Repos de Saint-Marc* n'est déjà plus du meilleur Ruskin. Il dit lui-même, de façon touchante dans le chapitre ; *The Requiem*, cité plus haut: « Passons à l'autre dôme qui est plus sombre. Plus sombre et très sombre ; pour mes vieux yeux à peine déchiffrable ; pour les vôtres s'ils

Le prophète devant la porte de Jérusalem.

16. *Daniel.*

16. A. « Il a fermé les gueules des Lions. » (vi, 22.)

Daniel tenant un livre; les lions sont traités comme des supports héraldiques. Le sujet est rendu avec plus de vie dans les séries que nous trouverons plus loin (24. B).

16. B. « Au même moment sortirent les doigts de la main d'un homme. » (v, 5.)

Le festin de Balthazar figuré par le roi seul, assis à une petite table oblongue. A côté de lui le jeune Daniel paraissant seulement quinze ou seize ans, gracieux et doux, interprète les caractères tracés. A côté du quatre-feuilles sortant d'un petit tourbillon de nuages paraît une petite main courbée, écrivant, comme si c'était avec une plume renversée, sur un fragment de mur gothique [1].

Pour le boursouflage moderne opposé à la vieille simplicité, comparez le festin de Balthazar de John Martin [2].

43. Le sujet suivant commence la série des petits prophètes.

17. *Osée* [3].

17. A. « Ainsi je l'achetai pour moi pour quinze pièces d'argent et une mesure d'orge. » (iii, 2.)

Le prophète versant le grain et l'argent sur les ge-

---

1. Je crains que cette main n'ait été brisée depuis que je l'ai décrite, en tout cas elle est sans forme discernable dans la photographie. — (Note de l'Auteur.)

2. Peintre anglais (1789 à 1854). Son *Festin de Balthazar* est de 1821. — (Note du Traducteur.)

3. Au baptistère de Saint-Marc : *Venite et revertamur ad dominum quia ipse capit et sana (bit nos).* (Osée, vi, 1.) — (Note du Traducteur.)

noux de la femme « chérie de son ami [1] ». Les pièces d'argent sculptées portent chacune une croix avec une inscription qui est celle de la monnaie du temps.

17. B. « Ainsi serais-je aussi pour toi. » (III, 3.)

Il passe un anneau à son doigt.

18. Joël [2].

18. A. Le soleil et la lune sans lumière. (II, 10.)

Le soleil et la lune comme deux petites boules plates dans le haut de la moulure extérieure.

18. B. Le figuier écorcé, et la vigne dénudée. (I, 7.)

Remarquez l'insistance continuelle sur le dépérissement de la végétation comme signe de la punition divine. (19, D.)

19. Amos.

19. A. Le Seigneur criera de Sion. (I, 2.)

Le Christ apparaît avec un nimbe traversé d'une petite croix.

19. B. « Les habitations des bergers se lamenteront. » (I, 2.)

Amos avec le bâton crochu ou le crochet des bergers, et une bouteille en osier, devant sa tente (L'architecture de la feuille droite est restaurée).

A l'Intérieur du Porche.

19. C. Le Seigneur avec le cordeau du maçon. (VII, 8.)

Le Christ cette fois encore, et désormais toujours,

1. Allusion au verset : « Après cela l'Eternel me dit : « Va encore aimer une femme aimée d'un ami et adultère, comme l'Eternel aime les enfants d'Israël lesquels, toutefois, regardent à d'autres dieux et aiment les flacons de vin (Osée, III, 1).

Et c'est alors que la prophétie ajoute : « Je m'acquis donc cette femme-là pour quinze pièces d'argent et un homer et demi d'orge. — (Note du Traducteur.)

2. A Saint-Marc : *Super servos meos et super ancillas effundam de spiritu meo* (Joël, II, 29). — (Note du Traducteur.)

explication. C'est peut-être au chapitre ɪ verset 6 aux titres indiqués que peut faire allusion ici l'image du Christ. .

44. Avec ce bas-relief se termine la suite de sculptures destinées à illustrer l'enseignement apostolique et prophétique qui constitue ce que j'entends par la « Bible » d'Amiens. Mais les deux porches latéraux contiennent des sujets supplémentaires qui sont nécessaires à l'achèvement de l'enseignement pastoral et traditionnel adressé à son peuple en ces jours.

Le porche septentrional consacré à saint Firmin, qui le premier évangélisa Amiens, a sur son trumeau central la statue du saint; au-dessus, sur le tympan, l'histoire de la découverte de son corps; sur les côtés du porche les saints et les anges ses compagnons dans l'ordre suivant :

Statue centrale : Saint Firmin.
Côté sud (gauche) :

41. Saint Firmin le confesseur.
42. Saint Domice.
43. Saint Honoré.
44. Saint Salve.
45. Saint Quentin.
46. Saint Gentian.
Côté nord (droit) :
47. Saint Geoffroy.
48. Un ange.
49. Saint Fuscien, martyr.
50. Saint Victoric, martyr.
51. Un ange.
52. Sainte Ulpha.

De ces saints, en exceptant saint Firmin et saint Honoré, desquels j'ai déjà parlé [1], saint Geoffroy [2] est plus
réel pour nous que les autres ; il était né l'année de la
bataille d'Hastings, à Molincourt dans le Soissonnais
et fut évêque d'Amiens de 1104 à 1150. Un homme
d'une vie entièrement simple, pure et juste : un des
plus sévères entre les ascètes, mais sans rien de sombre
— toujours doux et pitoyable. On rapporte de lui un
grand nombre de miracles, mais tous indiquant une
vie qui était surtout miraculeuse par sa justice et sa
paix.

Consacré à Reims et accompagné à son diocèse d'un
cortège d'autres évêques et de nobles, il descend de
son cheval à Saint-Acheul, le lieu de la première
tombe de saint Firmin, et marche nu-pieds d'Amiens
à Picquigny pour demander au vidame d'Amiens la
liberté du châtelain Adam. Il défendit les privilèges
des habitants de la ville, avec l'aide de Louis le Gros
contre le comte d'Amiens, le battit, et rasa son château ; néanmoins, les gens ne lui obéissant pas assez
dans la discipline de la vie, il blâma sa propre faiblesse plutôt que la leur et se retira à la Grande-
Chartreuse, ne se trouvant pas capable d'être leur
évêque. Le supérieur chartreux le questionnant sur
les raisons de sa retraite, et lui demandant s'il avait
trafiqué des charges de l'Eglise, l'évêque répondit :
« Mon Père, mes mains sont pures de simonie, mais

---

1. Voir *ante*, chap. I (p. 8, 9) l'histoire de saint Firmin, et de
saint Honoré (p. 77, § 8) dans ce chapitre, avec la référence qui
y est donnée. — (Note de l'Auteur.)

2. Voir sur saint Geoffroy, Augustin Thierry, *Lettres sur l'Histoire de France, Histoire de la Commune d'Amiens*, pp. 271-281.
— (Note du Traducteur.)

mille fois je me suis laissé séduire par la louange »,

46. Saint Firmin le Confesseur était le fils du sénateur romain qui reçut le corps de saint Firmin lui-
même. Il garda pieusement la tombe du martyr dans
le jardin de son père et à la fin bâtit sur elle une
église consacrée à Notre-Dame-des-Martyrs, qui fut
le premier siège épiscopal d'Amiens, à Saint-Acheul,
et dont nous avons parlé plus haut.

Sainte Ulpha était une jeune Amiénoise qui vivait dans
une grotte calcaire au-dessus des marais de la
Somme ; si jamais M. Murray vous munit d'un guide
comique pour aller à Amiens, nul doute que cet auteur
éclairé pourra compter beaucoup sur le plaisir que vous
causera l'histoire de cette sainte troublée dans ses
dévotions par les grenouilles, et les faisant taire à
force de prières. Vous êtes, bien entendu, maintenant,
absolument au-dessus de telles extravagances et vous
êtes assuré que Dieu ne peut pas ou ne veut pas faire
tant pour vous que fermer la bouche d'une grenouille.
Souvenez-vous, en conséquence, que comme Il laisse
aussi maintenant ouverte la bouche du menteur, du blasphémateur et du traître, vous devez fermer vos propres
oreilles à leurs voix, autant que vous le pourrez.

De son nom vient saint Wolf — ou Guelf. — Voyez
de nouveau les noms chrétiens de Miss Yonge. Notre
tour de pierre de Wolf, Ulverstone, et l'église d'Ulpha
ignorent, je crois, leurs parents picards.

47. Les autres saints, dans ce porche, sont tous
pareillement provinciaux, pour ainsi dire des amis
personnels des Amiénois[1] ; et au-dessous d'eux les

1. A Reims un portail est également consacré aux saints de la
province ; à Bourges, sur cinq portails, deux sont consacrés à des

quatrefeuilles représentent l'ordre charmant de l'année qu'ils protègent et sanctifient, avec les signes du zodiaque au dessus, et les travaux des mois au-dessous ; différant peu de la manière dont ils sont toujours représentés — excepté pour mai : voyez la page suivante. La libra aussi est assez rare dans la femme qui tient les balances ; le lion particulièrement de bonne humeur, et la moisson, un des plus beaux morceaux dans toute la série de sculptures ; plusieurs des autres particulièrement fines et fouillées[1].

saints du pays. A Chartres, figurent également tous les saints du diocèse ; au Mans, à Tours, à Soissons, à Lyon, des vitraux retracent leur vie. Chacune de nos cathédrales présente ainsi l'histoire religieuse d'une province. Partout les saints du diocèse, tiennent après les apôtres la première place (Male, 390 et suivantes). — (Note du Traducteur.)

1. L'étude des travaux des mois dans nos différentes cathédrales est une des plus belles parties du livre de M. Male. « Ce sont vraiment, dit-il en parlant de ces calendriers sculptés, les Travaux et les Jours. » Après avoir montré leur origine byzantine et romane il dit d'eux : « Dans ces petits tableaux, dans ces belles géorgiques de la France, l'homme fait des gestes éternels. » Puis il montre malgré cela le côté tout réaliste et local de ces œuvres : « Au pied des murs de la petite ville du moyen âge commence la vraie campagne... le beau rythme des travaux virgiliens. Les deux clochers de Chartres se dressent au-dessus des moissons de la Beauce et la cathédrale de Reims domine les vignes champenoises. A Paris, de l'abside de Notre-Dame on apercevait les prairies et les bois ; les sculpteurs en imaginant leurs scènes de la vie rustique purent s'inspirer de la réalité voisine », et plus loin : « Tout cela est simple, grave, tout près de l'humanité. Il n'y a rien là des Grâces un peu fades des fresques antiques : nul amour vendangeur, nul génie ailé qui moissonne. Ce ne sont pas les charmantes déesses florentines de Botticelli qui dansent à la fête de la Primavera. C'est l'homme tout seul, luttant avec la nature ; et si pleine de vie, qu'elle a gardé, après cinq siècles, toute sa puissance d'émouvoir. » On comprend après avoir lu cela que M. Séailles parlant du livre de M. Male ait pu dire qu'il ne connaissait pas un plus bel ouvrage de critique d'art. — (Note du Traducteur.)

41. *Décembre.* — Tuant et échaudant le cochon[1]. Au-dessus, le Capricorne avec une queue qui s'effile brusquement ; je ne puis déchiffrer les accessoires.

42. *Janvier.* — A deux têtes[2], d'une exécution triste. Le Verseau plus faible que la plupart des bas-reliefs de cette série.

43. *Février.* — Très beau, chauffant ses pieds et mettant des charbons sur le feu. Le poisson au-dessus, travaillé, mais inintéressant.

44. *Mars.* — Au travail dans les sillons de vigne[3]. Le Bélier soigné mais assez lourd.

45. *Avril.* — Donnant à manger à son faucon ; très jôli.

Au-dessus, le Taureau avec de charmantes feuilles pour la pâture.

46. *Mai.* — Très singulier, un homme d'âge moyen est assis sous les arbres à écouter les oiseaux chanter et les Gémeaux au dessus, un fiancé et une fiancée.

Ce quatre-feuilles rejoint ceux de l'angle intérieur à Sophonie.

52. *Juin.* — En face rejoignant ceux de l'angle intérieur où est Aggée. Fauchant. Remarquez les char-

---

1. Ce sont les préparatifs de Noël. — (Note du Traducteur.)

2. Souvenir païen de Janus perpétué à Amiens, à Notre-Dame de Paris, à Chartres, dans beaucoup de psautiers. Un des visages regarde l'année qui s'en va, l'autre celle qui vient. A Saint-Denis, dans un vitrail de Chartres, Janus ferme une porte derrière laquelle disparaît un vieillard, et en ouvre une autre à un jeune homme (Male, p. 95). — (Note du Traducteur.)

3. Il n'y a plus de vignobles à Amiens, mais il y en avait encore au moyen âge. A Notre-Dame de Paris, le paysan va à sa vigne, à Chartres, à Saumur, il la taille, à Amiens il la bêche. Comme le vent est froid, à Chartres (porche nord), le paysan garde le capuchon et le manteau (*ibid.*, p. 97). — (Note du Traducteur.)

mantes fleurs sculptées tout en travers de l'herbe.
Au-dessus, le Cancer avec ses écailles superbement
modelées.

51. *Juillet.* — La moisson. Très beau. Le Lion souriant complète la démonstration que toutes les saisons
et tous les signes sont regardés comme une égale
bénédiction et providentiellement bienfaisants.

50. *Août.* — Battant le blé[1]. La Vierge au-dessus,
tenant une fleur, sa draperie très moderne, et confuse
pour un travail du xiii⁰ siècle.

49. *Septembre.* — Je ne suis pas sûr de son action
soit qu'il émonde ou que d'une manière quelconque il
cueille le fruit de l'arbre plein de feuilles[2]. La Balance
au dessus ; charmant.

48. *Octobre.* — Foulant la vendange[3]. Le Scorpion
une figure très traditionnelle et douce avec une queue
fourchue, il est vrai, mais sans aiguillon.

47. *Novembre.* — Semant, avec le Sagittaire ; à
moitié caché quand cette photographie fut prise grâce
au bel arrangement qui règne maintenant sans interruption, que ce soit pour un travail ou pour un autre,
dans les cathédrales françaises ; ils ne peuvent jamais
les laisser tranquilles dix minutes.

48. Et maintenant, pour finir, si vous vous souciez

---

1. En août la moisson continue au portail nord de Chartres, à
Paris, à Reims. Mais à Senlis, à Semur, à Amiens, on commence
déjà à battre (*ibid.*, p. 99). — (Note du Traducteur.)

2. Dans d'autres cathédrales on commence déjà la vendange.
La France du moyen âge paraît avoir été plus chaude que la
nôtre (*ibid.*, p. 100). — (Note du Traducteur.)

3. A Semur, à Reims, pays de vignes, c'est la fin des travaux
du vigneron. A Paris, à Chartres, c'est le temps des semailles. Le
paysan a déjà repris le manteau d'hiver (*ibid.*, p. 100). — (Note
du Traducteur.)

de le voir, nous entrerons dans le porche de la Madone — seulement, si vous venez, bonne protestante ma lectrice, venez civilement; et veuillez vous souvenir — si vous avez dans l'histoire connue, matière à souvenirs — si vous ne pouvez pas vous souvenir, recevez du moins l'assurance solennelle : — que le culte de la Madone, ni le culte d'aucune Dame, morte ou vivante, n'a jamais nui à une créature humaine — mais que le culte de l'argent, le culte de la perruque, du chapeau tricorne et à plumes, le culte des plats, le culte du pichet et le culte de la pipe, ont fait, et font beaucoup de mal et que tous offensent des millions de fois plus le Dieu du Ciel de la Terre et des Étoiles, que toutes les plus absurdes et les plus charmantes erreurs, commises par les générations de Ses simples enfants, sur ce que la Vierge-mère pourrait, ou voudrait, ou ferait, ou éprouverait pour eux.

49. Et ensuite, veuillez observer ce simple fait historique sur les trois sortes de Madones.

Il y a d'abord la Madone douloureuse — le type byzantin, et de Cimabue. Il est le plus noble de tous, et le plus ancien qui ait eu une influence populaire reconnaissable[1].

2° La Madone Reine qui est essentiellement la Madone franque et normande, couronnée, calme, pleine de puissance et de douceur. C'est celle qui est représentée dans le porche.

3° La Madone Nourrice, qui est la Raphaëlesque[2] et généralement plus récente et de décadence, on en

1. Voyez la description de la Madone de Murano dans le second volume de *Stones of Venice*. — (Note de l'Auteur.)
2. Sur la manière « dont Raphaël pense à la Madone » et sur *la Vierge couronnée* de Pérugin « tombant au rang d'une simple

voit ici un bon modèle français dans le porche du sud, comme nous l'avons déjà remarqué.

Vous trouverez dans M. Viollet-le-Duc (l'article *Vierge* dans son *Dictionnaire*, mérite tout entier l'étude la plus attentive) une admirable comparaison entre cette statue de la Madone Reine du porche sud et la Madone Nourrice du transept. Je pourrai peut-être obtenir une photographie de ces deux dessins, mis en regard, mais si je le puis, le lecteur voudra bien observer qu'il a un peu flatté la Reine et un peu vulgarisé la Nourrice, ce qui n'est pas juste. La statue de ce porche, dans le style du XIIIᵉ siècle, est très belle, mais il n'y a pas de raison pour lui donner autrement d'importance, les types byzantins plus anciens avaient beaucoup plus de grandeur.

L'histoire de la Madone, en ses événements principaux, est racontée dans les séries des statues qui sont autour du porche et dans les quatre-feuilles placés au-dessous d'elles. Plusieurs d'entre eux se rapportent toutefois à une légende relative aux Mages que je n'ai pas pu pénétrer et je ne suis pas sûr de leur interprétation.

Les grandes statues à gauche, en lisant vers le dehors comme d'habitude, sont :

29. L'Ange Gabriel.
30. La Vierge Annonciade.
31. La Vierge Visitante.
32. Sainte Elisabeth.

---

mère italienne, *la Vierge à la chaise* de Raphaël». Voir Ruskin, *Modern Painters*, III, IV, 4, cités par M. Brunhes. — (Note du Traducteur.)

33. La Présentation de la Vierge.

34. Saint Siméon.

A droite, en lisant vers le dehors :

35, 36, 37. Les trois Rois.

38. Hérode.

39. Salomon.

40. La Reine de Saba.

51. Je ne suis pas sûr de bien comprendre ce que viennent faire ici ces deux dernières statues ; mais je crois que l'idée de l'auteur[1] a été que virtuellement la reine Marie rendait visite à Hérode en lui envoyant ou en lui faisant envoyer les Mages pour lui annoncer sa présence à Bethléem ; et le contraste entre la réception de la reine de Saba par Salomon, et celle d'Hérode chassant la Madone en Egypte est décrit avec insistance tout le long de ce côté du Porche avec les conséquences diverses pour les deux Rois et pour le monde.

Les quatre-feuilles sous les grandes statues se déroulent dans l'ordre suivant :

29. Sous Gabriel.

[1]. Cf. Male, p. 209 et 210. « On a rapproché non sans raison à Chartres et à Amiens la statue de Salomon de celle de la reine de Saba. On voulait signifier par là que, conformément à la doctrine ecclésiastique, Salomon figurait Jésus-Christ et la Reine de Saba l'église qui accourt des extrémités du monde pour entendre la parole de Dieu. La visite de la reine de Saba fut aussi considérée au moyen âge, comme une figure de l'adoration des mages. La Reine de Saba qui vient de l'Orient symbolise les mages, le roi Salomon sur son trône symbolise la Sagesse Eternelle assise sur les genoux de Marie (Ludolphe le Chartreux, *Vita Christi*, XI). C'est pourquoi à la façade de Strasbourg, on voit Salomon sur son trône gardé par douze lions et au-dessus la Vierge portant l'enfant sur ses genoux ». — (Note du Traducteur.)

A. Daniel voyant la pierre détachée sans mains [1].

B. Moïse et le buisson ardent [2].

30. Sous la Vierge Annonciade.

A. Gédéon et la rosée sur la toison [3].

B. Moïse se retirant avec les tables de la loi.

Aaron dominant, montre du doigt sa verge bour-
geonnante [4].

31. Sous la Vierge visitante.

A. Le message à Zacharie : « Ne crains pas, car ta
prière est entendue [5]. »

1. Allusion au chapitre II de Daniel. Le prophète raconte à Hebri-
catsar ses propres songes qu'il va interpréter et dit dans le
récit du songe : « Tu la contemplais (cette statue) lorsqu'une pierre
fut détachée de la montagne, sans mains, qui frappe la statue dans
ses pieds de fer et de terre et les brise. Alors le fer, la terre,
l'airain et l'or furent brisés, etc. » (Daniel, II, 34). — (Note du Traducteur.)

2. Exode, III, 3, 4. — (Note du Traducteur.)

3. Les Juges, VI, 37, 38. — (Note du Traducteur.)

4. « Voici, la verge d'Aaron avait fleuri pour la maison de Lévi
et elle avait jeté des fleurs, produit des boutons et mûri des
amandes » (Nombres, XVII, 8). — (Note du Traducteur.)
Ces quatre sujets si éloignés en apparence de l'Histoire de
la Vierge, se retrouvent au porche occidental de Laon et dans un
vitrail de la collégiale de Saint-Quentin, tous deux consacrés à la
Vierge comme le portail d'Amiens. Le lien entre ses sujets et la
vie de la Vierge se trouve, selon M. Male, dans Honorius d'Autun
(sermon pour le jour de l'Annonciation). Selon Honorius d'Autun, la Vierge a été prédite, et sa vie symboliquement figurée
dans ces épisodes de l'Ancien Testament. Le buisson que la
flamme ne peut consumer, c'est la Vierge portant en elle le Saint
Esprit, sans brûler du feu de la concupiscence. Le buisson où
descend la rosée, est la Vierge qui devient féconde, et l'aire qui
reste sèche autour est la virginité demeurée intacte. La pierre
détachée de la montagne sans le secours d'un bras c'est Jésus-
Christ naissant d'une Vierge qu'aucune main n'a touché. Ainsi
s'exprime Honorius d'Autun dans le *Speculum Ecclesiæ*. M. Male
pense que les artistes de Laon, de Saint-Quentin et d'Amiens
avaient lu ce texte et s'en sont inspiré. — (Note du Traducteur.)

5. Saint Luc, I, 13. — (Note du Traducteur.)

B. Le songe de Joseph : « Ne crains pas de prendre Marie pour femme[1]. »

32. Sous sainte Elisabeth :

A. Le silence de Zacharie : « Ils s'aperçurent qu'il avait eu une vision dans le temple[2]. »

B. Il n'y a pas un de tes parents qui soit appelé de ce nom[3] « Il écrivit en disant : son nom est Jean[4]. »

33. Sous la présentation de la Vierge.

A. Fuite en Égypte.

B. Le Christ avec les Docteurs.

34. Sous saint Siméon.

A. Chute des Idoles en Égypte[5].

B. Le retour à Nazareth.

Ces deux derniers quatre-feuilles rejoignent ceux si beaux d'Amos (C. et D.).

Puis sur le côté opposé, sous la reine de Saba et rejoignant les A et B d'Abdias.

40. A. Salomon traite la reine de Saba. La coupe de Grâce.

B. Salomon enseigne la reine de Saba : « Dieu est au-dessus ».

39. Sous Salomon :

A. Salomon sur son trône de Juge.

B. Salomon priant devant la porte de son temple.

---

1. Saint Matthieu, i, 20. — (Note du Traducteur.)
2. Saint Luc, i, 61. — (Note du Traducteur.)
3. Saint Luc, i, 61. — (Note du Traducteur.)
4. Saint Luc, i, 63. — (Note du Traducteur.)
5. Mise en scène d'une légende rapportée par tous les auteurs du moyen âge. Jésus en arrivant dans la ville de Solime fit choir toutes les idoles pour que s'accomplît la parole d'Isaïe. « Voici que le Seigneur vient sur une nuée et tous les ouvrages de la main des Egyptiens trembleront à son aspect » (Voir Male, p. 283, 284). — (Note du Traducteur.)

38. Sous Hérode[1] :

A. Massacre des Innocents.

B. Hérode ordonne que le vaisseau des Rois soit brûlé[2].

37. Sous le troisième Roi :

A. Hérode faisant rechercher les Rois.

B. Incendie du vaisseau.

36. Sous le second Roi :

A. Adoration à Bethléem ? Pas certain.

1. « A la façade d'Amiens, on voit sous les pieds de la statue d'Hérode, devant qui les rois mages comparaissent, un personnage nu que deux serviteurs plongent dans une cuve. C'est le vieil Hérode qui essaie de retarder sa mort en prenant des bains d'huile : « Et Hérode avait déjà soixante-quinze ans et il tomba dans une très grande maladie ; fièvre violente, pourriture et enflure des pieds, tourments continuels, grosse toux et des vers qui le mangeaient avec grande puanteur et il était fort tourmenté ; et alors, d'après l'avis des médecins, il fut mis dans une huile d'où on le tira à moitié mort » (Légende dorée). « Hérode vécut assez longtemps pour apprendre que son fils Antipater n'avait pas caché sa joie en entendant le récit de l'agonie de son père. La colère divine éclate dans cette mort d'Hérode... L'imagier d'Amiens a donc eu une idée ingénieuse en mettant sous les pieds d'Hérode triomphant le vieil Hérode vaincu ; il annonçait l'avenir et la vengeance prochaine de Dieu » (Male, p. 283).

J'ai adopté la traduction adoucie de M. Male, n'osant pas reproduire la crudité de l'original. Le lecteur peut se reporter à la belle traduction de la Légende dorée par M. Téodor de Wyzewa, mais M. de Wyzewa ne donne pas le passage sur l'incendie du vaisseau des rois. — (Note du Traducteur.)

2. « Comme Hérode ordonnait la mort des Innocents, il... apprit en passant à Tarse que les trois rois s'étaient embarqués sur un navire du port, et dans sa colère il fit mettre le feu à tous les navires, selon ce que David avait dit : « il brûlera les nefs de Tarse en son courroux » (Jacques de Voragine, Légende dorée, au jour des saints Innocents, 28 décembre). — (Note du Traducteur.)

On voit les mages revenant en bateau, dit M. Male, sur un des panneaux de la rose de Soissons et sur le vitrail consacré à l'enfance de Jésus-Christ qui orne la chapelle absidale de la cathédrale de Tours. — (Note du Traducteur.)

B. Le voyage des Rois.

33. Sous le premier Roi :

A. L'Etoile à l'Orient.

B. « Etant avertis dans un songe qu'ils ne devaient pas retourner vers Hérode[1]. »

Je ne doute pas de trouver un jour l'enchaînement véritable de ces sujets, mais cela importe peu, ce groupe de quatre-feuilles étant de moindre intérêt que le reste, et celui du massacre des Innocents curieusement illustratif de l'incapacité du sculpteur à exprimer toute action ou passion violentes.

Mais je ne veux pas essayer d'entrer ici dans les questions relatives à l'art de ces bas-reliefs. Ils n'ont jamais eu d'autre objet que d'être des symboles, ou des guides pour la pensée. Et, si le lecteur veut se laisser doucement conduire par eux, il peut créer lui-même dans son cœur de plus beaux tableaux ; et en tout cas, il peut reconnaître comme leur message à tous, les vérités générales qui suivent :

52. D'abord, que dans tout le Sermon sur cette Montagne d'Amiens, le Christ n'apparaît jamais comme le Crucifié, comme le Christ mort ni n'en éveille un instant la pensée; mais comme le Verbe Incarné, comme l'Ami présent — comme le Prince de la Paix sur la terre[2] — et comme le roi éternel dans le Ciel. Ce que Sa vie *est*, ce que Ses commandements *sont*, et ce que Son jugement sera sont les choses ici enseignées; non ce qu'Il fit un jour, ce qu'il souffrit un jour, mais ce qu'Il fait à présent, ce qu'Il nous ordonne de faire. Ceci est la pure, joyeuse, belle leçon

---

1. Saint Matthieu, ii, 12. — (Note du Traducteur.)
2. Isaïe, ix, 5. — (Note du Traducteur.)

du Christianisme; et les causes de décadence de
cette foi et toutes les corruptions de ses pratiques
stériles peuvent se résumer brièvement ainsi : l'habitude d'avoir sous nos yeux la mort du Christ, au lieu
de sa vie, la méditation de ses souffrances passées
substituée à celles de notre devoir présent[1]. »

Puis en second lieu, quoique le Christ ne porte pas
sa croix, les prophètes affligés, les apôtres persécutés,

1. Cf. *Lectures on Art* : « L'influence de cet art réaliste sur
l'esprit religieux de l'Europe a eu des formes plus diverses
qu'aucune autre influence artistique, car dans ses plus hautes
branches, il touche les esprits les plus sincèrement religieux,
tandis que, dans ses branches inférieures, il s'adresse, non
seulement au besoin le plus vulgaire d'excitation religieuse, mais
à la simple soif de sensations d'horreur qui caractérise les classes
sans éducation de pays partiellement civilisés ; non pas seulement même à la soif de l'horreur, mais à un étrange amour
de la mort qui s'est manifesté quelquefois dans des pays catholiques en s'efforçant que, dans les chapelles du Sépulcre, les images
puissent être prises, à la lettre, pour de véritables cadavres.

Le même instinct morbide a souvent gagné l'esprit des artistes
les plus puissants, et les plus imaginatifs, lui communiquant
une tristesse fiévreuse qui dénature leurs plus belles œuvres ; et
finalement, c'est là le pire de tous ses effets, c'est par lui que la
sensibilité des femmes chrétiennes a été universellement em-
ployée à se lamenter sur les souffrances du Christ au lieu d'empêcher celles de son peuple.

Quand l'un de vous voyagera, qu'il étudie la signification
des sculptures et des peintures qui, dans chaque chapelle et
dans chaque cathédrale, et dans chaque sentier de la montagne,
rappellent les heures et figurent les agonies de la Passion du
Christ, et essaye d'arriver à une appréciation des efforts qui ont
été faits par les quatre arts : éloquence, musique, peinture,
sculpture, depuis le xii° siècle, pour arracher aux cœurs des
femmes les dernières gouttes de pitié que pouvait encore
exciter cette agonie purement physique car ces œuvres insistent
presque toujours sur les blessures ou sur l'épuisement physique, et dégradent bien plus qu'elles ne l'animent, la conception
de la douleur.

Puis essayez de vous représenter la somme de temps et
d'anxieuse et frémissante émotion, qui a été gaspillée par les

les disciples martyrs, portent la leur. Car s'il vous est salutaire de vous rappeler ce que votre Créateur immortel a fait pour vous, il ne l'est pas moins de vous rappeler çe que des hommes mortels nos semblables, ont fait aussi. Vous pouvez à votre gré nier le Christ ou le renier, mais le martyre, vous pouvez seulement l'oublier; le nier, vous ne le pouvez. Chaque

tendres et délicates femmes de la chrétienté pendant ces derniers six cents ans. (Ceci rejoint encore de plus près le passage du chapitre II de la Bible d'Amiens sur les femmes martyres à propos de sainte Geneviève.) Comme elles se peignaient ainsi à elles-mêmes sous l'influence d'une semblable imagerie, ces souffrances corporelles passées depuis longtemps, qui, puisqu'on les conçoit comme ayant été supportées par un être divin, ne peuvent pas, pour cette raison, avoir été plus difficiles à endurer que les agonies d'un être humain quelconque sous la torture ; et alors essayez d'apprécier à quel résultat on serait arrivé pour la justice et la félicité de l'humanité si on avait enseigné à ces mêmes femmes le sens profond des dernières paroles qui leur furent dites par leur Maître : « Filles de Jérusalem, ne pleurez pas sur moi, mais pleurez sur vous-mêmes et sur vos enfants », si on leur avait enseigné à appliquer leur pitié à mesurer les tortures des champs de bataille, les tourments de la mort lente chez les enfants succombant à la faim, bien plus, dans notre propre vie de paix, à l'agonie de créatures qui ne sont ni nourries, ni enseignées, ni secourues, qui s'éveillent au bord du tombeau pour apprendre comment elles auraient dû vivre, et la souffrance encore plus terrible de ceux dont toute l'existence, et non sa fin, est la mort; ceux auxquels le berceau fut une malédiction, et pour lesquels les mots qu'ils ne peuvent entendre « la cendre à la cendre » sont tout ce qu'ils ont jamais reçu de bénédiction. Ceux-là, vous qui pour ainsi dire avez pleuré à ses pieds ou vous êtes tenus près de sa croix, ceux-là vous les avez toujours avec vous ! et non pas Lui.

Vous avez toujours avec vous les malheureux dans la mort. Oui, et vous avez toujours les braves et bons dans la vie. Ceux-là aussi ont besoin d'être aidés, quoique vous paraissiez croire qu'ils n'ont qu'à aider les autres : ceux-là aussi réclament qu'on pense à eux et qu'on se souvienne d'eux. Et vous trouverez, si vous lisez l'histoire dans cet esprit, qu'une des raisons maîtresses de la misère continuelle de l'humanité, est qu'elle est

pierre de cet édifice a été cimentée de son sang et il n'y a pas de sillon de ses piliers qui n'ait été labouré par sa souffrance.

Gardant donc ces choses dans votre cœur, retournez-vous maintenant vers la statue centrale du Christ, écoutez son message et comprenez-le. Il tient le Livre de la Loi Éternelle dans Sa main gauche ; avec la droite Il bénit, mais bénit sous condition : « Fais ceci

toujours partagée entre le culte des anges ou des saints qui sont hors de sa vue, et n'ont pas besoin d'appui, et des hommes orgueilleux et méchants qui sont trop à portée de sa vue et ne devraient pas avoir son appui.

Et considérez combien les arts ont ainsi servi le culte de la foule. Des saints et des anges vous avez des peintures innombrables, des chétifs courtisans ou des rois hautains et cruels, d'innombrables aussi ; quel petit nombre vous en avez (mais ceux-là remarquez presque toujours par des grands peintres) des hommes les meilleurs et de leurs actions. Mais réfléchissez vous-même à ce qu'eût pu être pour nous l'histoire ; bien plus, quelle histoire différente eût pu advenir par toute l'Europe si les peuples avaient eu pour but de discerner, et leur art d'honorer les grandes actions des hommes les plus dignes. Et si, au lieu de vivre comme ils l'ont toujours fait jusqu'ici dans un nuage infernal de discorde et de vengeance, éclairés par des rêves fantastiques de saintetés nuageuses, ils avaient cherché à récompenser et à punir selon la justice, mais surtout à récompenser et au moins à porter témoignage des actions humaines méritant le courroux de Dieu ou sa bénédiction plutôt que de découvrir les secrets du jugement et les béatitudes de l'éternité. »

C'est après cette phrase que vient le morceau sur l'idolâtrie que j'ai cité dans le Post-Scriptum de ma Préface et qui termine ce long développement par ces mots :

« Nous servons quelque chère et triste image que nous nous sommes créée, pendant que nous désobéissons à l'appel présent du Maître qui n'est pas mort, qui ne défaille pas en ce moment sous sa croix, mais nous ordonne de lever la nôtre » (ce qui correspond exactement aux paroles de la *Bible d'Amiens*) « substituer l'idée de ses souffrances passées à celle de notre devoir présent ». (*Lectures on Art*, II, 56, 57, 58 et 59). — (Note du Traducteur.)

et tu vivras [1] », ou plutôt dans un sens plus strict et plus rigoureux : « *Sois* ceci, et tu vivras », montrer de la pitié n'est rien, être pur en action n'est rien, tu dois être pur aussi dans ton cœur.

Et avec cette parole de la loi inabolie. «Ceci, si tu ne le fais pas, ceci, si tu ne l'es pas, tu mourras».

55. Mourir — quelque idée que vous vous fassiez de la mort — totalement et irrévocablement. Il n'est pas parlé dans la théologie du xiiie siècle du pardon (dans notre sens moderne) des péchés, et il n'est pas parlé non plus du Purgatoire. Au-dessus de cette image du Christ avec nous, du Christ notre Ami, est placée l'image du Christ au-dessus de nous, du Christ notre Juge. Pour cette présente vie — voici Sa présence secourable. Après cette vie — voici Sa venue pour prendre connaissance de nos actes et des intentions de nos actes; et séparer l'obéissant du désobéissant, l'aimant du méchant, sans espoir donné à ce dernier d'aucun recours, d'aucune réconciliation. Je ne sais pas quels commentaires adoucissants furent ajoutés ensuite et tracés en minuscules effrayées par la main des Pères, ou chuchotés en murmures hésitants par les prélats de l'Église moderne. Mais je sais que le langage de chaque pierre sculptée, de chaque brillant vitrail, de ces choses qui étaient journellement vues et universellement comprises par le peuple, était absolument et uniquement l'enseignement de Moïse au Sinaï aussi

---

1. « Jésus lui dit : Qu'est-ce qui est écrit dans la loi et qu'y lis-tu ? » — Il répondit : « Tu aimeras le Seigneur ton Dieu de tout ton cœur, de toute ton âme, de toute ta force et de toute ta pensée et ton prochain comme toi-même. Et Jésus lui dit : « Tu as bien répondu; *fais cela et tu vivras* » (Saint Luc, x, 26, 27, 28). — (Note du Traducteur)

bien que de saint Jean à Patmos, du commençement comme à la fin de la Révélation du Seigneur à Israël.

Il en fut ainsi, simplement — sévèrement — et sans interruption pendant les trois grands siècles du christianisme dans sa force (xiᵉ, xiiᵉ, xiiiᵉ siècles), et dans toute l'étendue de son empire, d'Iona à Cyrène et de Calpe à Jérusalem. A quelle époque la doctrine du Purgatoire a-t-elle été ouvertement acceptée par les docteurs catholiques, je ne sais, ni ne me soucie de le savoir. Elle a été formulée pour la première fois par Dante, mais n'a jamais été acceptée un instant par les maîtres de l'art sacré de son temps ou par ceux d'aucune grande école, à quelque époque que ce soit[1].

1. L'origine la plus authentique de la théorie du Purgatoire dans l'enseignement donné par l'art, se trouve dans les interprétations postérieures au xiiiᵉ siècle, du verset : « par lequel aussi Il alla et prêcha parmi les âmes en prison », se transformant graduellement en l'idée de la délivrance, pour les saints dans l'attente, de la puissance du tombeau.

En littérature et en tradition, l'idée est à l'origine, je crois, Platonicienne, certainement pas Homérique, Egyptienne c'est possible, mais je n'ai encore rien lu des récentes découvertes faites en Egypte. N'aimant cependant pas laisser le sujet dans le dénuement absolu de mes propres ressources, j'ai fait appel à mon investigateur général M. Anderson (James R.) qui m'écrit ce qui suit :

» Il ne peut pas être question de la doctrine ni de son acceptation universelle, des siècles avant le Dante, il en est fait mention cependant d'une façon assez curieuse dans le *Summa theologiæ*, comme nous l'avons dans une version plus récente; mais je trouve par des références que saint Thomas l'enseigne ailleurs. Albertus Magnus la développe en grand, Si vous vous reportez à la Légende Dorée, au Jour de toutes les Ames, vous y verrez comment l'idée est prise comme lieu commun dans un ouvrage destiné au peuple au xiiiᵉ siècle. Saint Grégoire (le Pape) la soutient (Dial, iv, 38), dans deux citations scripturaires : (1), le péché qui n'est pardonné ni « in hoc seculo ni dans celui

56. Je ne sais pas non plus ni ne tiens à savoir —
à quelle époque la notion de la Justification par la
Foi dans le sens moderne se trouva fixée nettement
dans l'esprit des sectes et des écoles hérétiques du
Nord. En réalité, sa force fut scellée par ses premiers
auteurs sur un ascétisme qui différait de la règle
monastique en ce qu'il était apte seulement à détruire,
jamais à construire, qui s'efforçait d'imposer à tous
la sévérité qu'il jugeait bon de s'imposer à lui-même,

qui est à venir », (2) le feu qui éprouvera chaque œuvre de
l'homme. Je pense que la philosophie Platonicienne et les mystères grecs doivent avoir eu fort à faire pour faire passer l'idée au
début ; mais chez eux — comme chez Virgile — elle faisait partie
de la vision orientale de la circulation d'un fleuve de vie, dont
quelques gouttes seulement étaient jetées par intervalle dans un
Elysée permanent et défini ou dans un enfer permanent et
défini. Cela s'accorde mieux avec cette théorie que ne le fait le
système chrétien qui attache finalement dans tous les cas, une
importance infinie aux résultats de la vie « in hoc seculo ».

« Connaissez-vous une représentation du Ciel ou de l'Enfer qui
ne soit pas liée au Jugement dernier, je ne m'en rappelle aucune,
et comme le Purgatoire est à ce moment-là passé, cela expli-
querait l'absence de tableaux le représentant.

« En outre le Purgatoire précède la Résurrection — il y a
débat continuel entre les théologiens pour savoir quelle sorte de
feu il peut y avoir au Purgatoire, qui puisse affecter l'âme sans
toucher au corps. — Peut-être que le Ciel et l'Enfer — comme
opposés au Purgatoire, parurent propres à être peints parce
ils ne comportent pas seulement la représentation d'âmes mais
aussi de corps s'élevant.

« Dans le récit de Bede de la vision du prophète Ayrshire, il est
question du Purgatoire en termes très semblables à ceux de Dante
dans la description du second cercle de tourbillons de l'Enfer; et
l'ange qui finalement sauve l'Ecossais du démon vient à travers
l'Enfer, « quasi fulgor stellæ micantis inter tenebras » « que sul
presso del mattino Per gli grossi vapor Marte rosseggia » Le
nom de Bede fut grand au moyen âge. Dante le rencontre dans
le Ciel, et, j'aime à l'espérer, peut avoir été aidé par la vision de
mon compatriote qui vivait plus de six cents ans avant lui. —
(Note de l'Auteur.)

et luttait ainsi pour faire du monde un monastère sans art, sans lettres et sans pitié[1].

Son effort violent éclata au milieu des furies d'une réaction de dissolution et d'incrédulité et reste maintenant la plus méprisable des reprises populaires et des emplâtres pour chaque accroc à la loi et déchirure de la conscience que l'intérêt peut provoquer ou l'hypocrisie déguiser.

57. A partir des querelles qui suivirent entre les deux grandes sectes de l'église corrompue au sujet des prières pour les morts et des indulgences pour les vivants, de la suprématie papale ou des libertés populaires, aucun homme, femme ou enfant n'a plus besoin de prendre la peine d'étudier l'histoire du Christianisme. Ce ne sont rien que les querelles des hommes, et le rire des démons parmi ses ruines. Sa vie, son évangile et sa puissance sont entièrement écrites dans les grandes œuvres de ses vrais croyants : en Normandie et en Sicile, sur les îlots des rivières de France et aux pentes gazonnées riveraines des fleuves anglais, sur les rochers d'Orvieto et près des sables de l'Arno.

Mais de toutes ces œuvres, celle dont les leçons parlent de la façon la plus simple, la plus complète et la plus imposante à l'esprit actif de l'Europe du Nord est encore celle qui s'élève sur les premières pierres d'Amiens[2].

1. Comparez avec le Monastère lettré, artiste et doux de Saint-Jérôme, où les murs sont peints à fresque, dans la citation de *Saint Marks Rest*, que j'ai donnée pages 222, 223, 224. — (Note du Traducteur.)

2. Ruskin dit ici « les pierres d'Amiens » comme autrefois il avait dit les *pierres de Venise*. Il a dit aussi dans *Prœterita* : « Si le jour où je frappai à sa porte le portier de la Scuola san Rocco ne m'avait pas ouvert, j'aurais écrit les *Pierres de Chamounix* au lieu des *Pierres de Venise*. » — (Note du Traducteur.)

Croyez ce qu'elle vous enseigne, ou ne le croyez pas, lecteur, comme vous le voudrez : comprenez seulement combien cela a été un jour entièrement cru ; et que toutes les belles choses ont été faites, et toutes les nobles actions[1] accomplies, quand cette foi était encore dans sa force, avant que vînt ce que nous pouvons appeler « le temps présent », où la question de savoir si la religion a quelque effet sur la moralité est gravement agitée par des gens qui n'ont essentiellement aucune idée de ce que peuvent signifier l'un ou l'autre de ces mots.

Relativement auquel débat peut-être aurez-vous la patience de lire ce qui suit, tandis que la flèche d'Amiens s'efface dans le lointain et que votre wagon se précipite vers l'Ile-de-France qui exhibe aujourd'hui les échantillons les plus admirés de l'art, de l'intelligence et de la vie européenne.

59. Toutes les créatures humaines, dans tous les temps et tous les lieux du monde, qui ont des affections ardentes, le sens commun, et l'empire sur elles-mêmes, ont été et sont naturellement morales. La nature humaine dans sa plénitude est nécessairement morale — sans amour elle est inhumaine — sans raison[2], inhumaine — sans discipline, inhumaine. Dans la proportion exacte où les hommes sont nés capables de ces choses, où on leur a appris à aimer, à penser, à supporter la souffrance, ils sont nobles, vivent heureux,

1. Toutes les courageuses actions. Ruskin ne pense pas que la guerre soit moins nécessaire aux arts que la foi. Voir dans *The Crown of wild olive* la troisième conférence sur *The War*. — (Note du Traducteur.)

2. Je ne veux pas dire Aesthésis — mais *noûs* ; s'il *faut* que vous parliez en argot grec. — (Note de l'Auteur.)

meurent calmes et leur souvenir est pour leur race
un honneur et un bienfait perpétuels. Tous les hommes
sages savent et ont su ces choses depuis que la forme
de l'homme a été séparée de la poussière; la connaissance et le commandement de ces lois n'a rien à faire
avec la religion [1] : un homme bon et sage diffère d'un

1. Tout lecteur, ayant un peu de flair métaphysique, trouvera
une certaine parenté entre l'idée exprimée ici (depuis « Toutes les
créatures humaines »), et la théorie de l'Inspiration divine dans le
chapitre III : « Il ne sera pas doué d'aptitudes plus hautes ni
appelé à une fonction nouvelle. Il sera inspiré... selon les capacités
de sa nature » et, cette remarque « La forme que prit plus
tard l'esprit monastique tint beaucoup plus... qu'à un changement amené par le christianisme dans l'idéal de la vertu et du
bonheur humains ». Sur cette dernière idée Ruskin a souvent
insisté, disant que le culte qu'un païen offrait à Jupiter n'était
pas très différent de celui qu'un chrétien etc... D'ailleurs dans ce
même chapitre III de la *Bible d'Amiens*, le Collège des Augures
et l'institution des Vestales sont rapprochés des ordres monastiques chrétiens. Mais bien que cette idée soit par le lien que
l'on voit, si proche des précédentes, et comme leur alliée c'est
pourtant une idée nouvelle. En ligne directe elle donne à Ruskin l'idée de la Foi d'Horace et d'une manière générale tous les
développements similaires. Mais surtout elle est étroitement appa-
rentée à une idée bien différente de celles que nous signalons
au commencement de cette note, l'idée (analysée dans la note
des pages 244, 245, 246) de la permanence d'un sentiment esthétique que le christianisme n'interrompt pas. Et maintenant que
de chaînons en chaînons, nous sommes arrivés à une idée si
différente de notre point de départ (bien qu'elle ne soit pas
nouvelles pour nous), nous devons nous demander si ce n'est pas
l'idée de la continuité de l'art grec par exemple, des métopes du
Parthénon aux mosaïques de Saint-Marc et au labyrinthe d'Amiens
(idée qu'il n'a probablement crue vraie que parce qu'il l'avait
trouvée belle) qui aura ramené Ruskin étendant cette vue d'abord
esthétique à la religion et à l'histoire, à concevoir pareillement
le collège des Augures comme assimilable à l'Institution bénédictine, la dévotion à Hercule comme équivalente à la dévotion
à saint Jérôme, etc., etc.
    Mais du moment que la religion chrétienne différait peu de la
religion grecque (idée : « plutôt qu'à un changement amené idée

homme méchant et idiot, simplement comme un bon chien d'un chien hargneux, et toute espèce de chien d'un loup ou d'une belette. Et si vous devez croire, ou prêcher sans y croire, la foi en un monde ou une loi spirituelle — seulement dans l'espoir que quoique vous commettiez, ou que d'autres commettent d'insensé ou d'indigne — cela pourra grâce à ces doctrines être raccommodé et replâtré, et pardonné, et entièrement remis à neuf — moins vous croirez en un monde spirituel et surtout moins vous en parlerez, mieux cela sera.

60. Mais si, aimant les créatures qui sont comme vous-même, vous sentez que vous aimeriez encore

par le christianisme dans l'idée de la vertu et du bonheur humains »). Ruskin n'avait pas besoin, au point de vue logique, de séparer si fortement la religion et la morale. Aussi il y a dans cette nouvelle idée, si même c'est la première qui a conduit Ruskin à elle, quelque chose de plus. Et c'est une de ces vues assez particulières à Ruskin, qui ne sont pas proprement philosophiques et qui ne se rattachent à aucun système, qui, aux yeux du raisonnement purement logique peuvent paraître fausses, mais qui frappent aussitôt toute personne capable à la couleur particulière d'une idée de deviner, comme ferait un pêcheur pour les eaux, sa profondeur. Je citerai dans ce genre parmi les idées de Ruskin, qui peuvent paraître les plus surannées aux esprits banals, incapables d'en comprendre le vrai sens et d'en éprouver la vérité, celle qui tient la liberté pour funeste à l'artiste, et l'obéissance et le respect pour essentiels, celle qui fait de la mémoire l'organe intellectuel le plus utile à l'artiste, etc., etc.

Si on voulait essayer de retrouver l'enchaînement souterrain, la racine commune d'idées si éloignées les unes des autres, dans l'œuvre de Ruskin, et peut-être aussi peu liées dans son esprit, je n'ai pas besoin de dire que l'idée notée au bas des pages 212, 213 et 214 à propos de « je suis le seul auteur à penser avec Hérodote » est une simple modalité de « Horace est pieux comme Milton », idée qui n'est elle-même qu'un pendant des idées esthétiques analysées dans la note des pages 244, 245, 246. « Cette coupole est uniquement un vase grec, cette Salomé une canéphore, ce chérubin une Harpie », etc. — (Note du Traducteur.)

plus, chèrement des créatures meilleures que vous-même, si elles vous étaient révélées ; si, vous efforçant de tout votre pouvoir d'améliorer ce qui est mal, près de vous et autour de vous, vous aimiez à penser au jour où le Juge de toute la terre rendra tout juste [1] et où les petites collines se réjouiront de tous côtés [2] ; si, vous séparant des compagnons qui vous ont donné toute la meilleure joie que vous ayez eue sur terre, vous gardiez le désir de rencontrer de nouveau leurs regards et de presser leurs mains, là où les regards ne seront plus obscurcis, ni les mains défaillantes ; si, vous préparant vous-même à être couchés sous l'herbe dans le silence et la solitude sans plus voir la beauté, sans plus sentir la joie, vous vouliez vous soucier de la promesse qui vous a été faite d'un temps dans lequel vous verriez de nouveau la lumière de Dieu et connaîtriez les choses que vous aspirez à connaître, et marcheriez dans la paix de l'éternel Amour — *alors* l'Espoir de ces choses pour vous est la religion ; leur Substance dans votre vie est la Foi. Et dans leur vertu il nous est promis que les royaumes de ce monde deviendront un jour les royaumes de Notre Seigneur et de Son Christ [3].

1. Genèse, XVIII, 23. — (Note du Traducteur.)
2. Psaume, LXV, 13. — (Note du Traducteur.)
3. Saint Jean, *Révélation*, XI, 15. — (Note du Traducteur.)

FIN

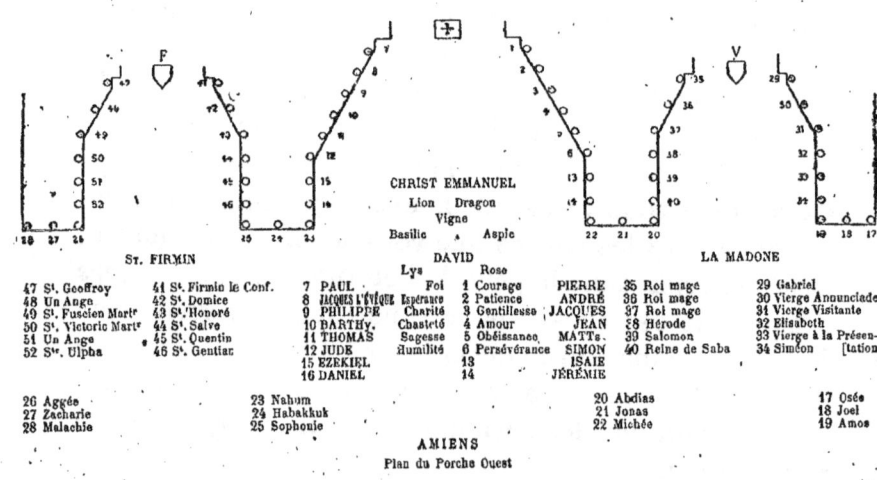

CHRIST EMMANUEL

Lion   Dragon

Vigne

Basilic   ▲   Aspic

St. FIRMIN   DAVID   LA MADONE

Lys   Rose

47 St. Geoffroy	41 St. Firmin le Conf.	7 PAUL	Foi	1 Courage	PIERRE	35 Roi mage	29 Gabriel
48 Un Ange	42 St. Domice	8 JACQUES L'ÉVÊQUE Espérance		2 Patience	ANDRÉ	36 Roi mage	30 Vierge Annonciade
49 St. Fuscien Mart⁴	43 St. Honoré	9 PHILIPPE	Charité	3 Gentillesse	JACQUES	37 Roi mage	31 Vierge Visitante
50 St. Victoric Mart⁴	44 St. Salve	10 BARTH₄.	Chasteté	4 Amour	JEAN	38 Hérode	32 Elisabeth
51 Un Ange	45 St. Quentin	11 THOMAS	Sagesse	5 Obéissance	MATT₄.	39 Salomon	33 Vierge à la Présen-
52 St⁴. Ulpha	46 St. Gentian	12 JUDE	Humilité	6 Persévérance	SIMON	40 Reine de Saba	34 Siméon [tation
		15 EZEKIEL		13		ISAIE	
		16 DANIEL		14		JÉRÉMIE	

26 Aggée	23 Nahum	20 Abdias	17 Osée
27 Zacharie	24 Habakkuk	21 Jonas	18 Joel
28 Malachie	25 Sophonie	22 Michée	19 Amos

AMIENS

Plan du Porche Ouest

APPENDICE I

LISTE CHRONOLOGIQUE DES PRINCIPAUX ÉVÉNEMENTS DONT IL EST FAIT MENTION DANS LA « BIBLE D'AMIENS ».

APPENDICE II

PLAN GÉNÉRAL DE « NOS PÈRES NOUS ONT DIT[1] »

La première partie de *Nos pères nous ont dit*, actuellement soumise au public, suffit pour montrer le plan et les tendances de l'ouvrage; contrairement à mes habitudes, je recours pour l'éditer à la souscription, parce que la mesure dans laquelle je pourrai rendre sa lecture plus profitable en l'illustrant de gravures, dépendra beaucoup de l'évaluation qu'on pourra faire du nombre de ceux qui en supporteront les frais.

Je ne découvre dans l'état actuel de ma santé aucune raison qui me fasse redouter un affaiblissement de mes facultés générales, soit comme conception, soit comme travail, autre que le refroidissement naturel et forcé de l'enthousiasme chez un vieillard; toutefois, il en survit assez en moi pour garantir mes lecteurs contre l'abandon d'un projet que je nourris depuis déjà vingt ans.

L'ouvrage, si je vis assez pour l'achever, comprendra dix parties, chacune limitée à une partie locale de l'Histoire chrétienne, et toutes se groupant à la fin pour mettre ensemble en lumière l'influence de l'Eglise au xiiie siècle.

Dans le présent volume tient tout entière la première

1. Cet appendice porte le numéro III dans la *Bible d'Amiens*, le second contenant la liste des photographies prises d'après la cathédrale d'Amiens, par M. Kaltenbacher. — (Note du Traducteur.)

2. Reproduit d'après l'*Advice*, publié avec le chapitre III (Mars 1882). — (Note de l'Auteur.)

partie, qui décrit les commencements de la puissance franque et l'apogée artistique auquel elle aboutit avec la cathédrale d'Amiens.

La seconde partie, *Ponte della Pietra*, fera plus, je l'espère, pour Théodoric et Vérone, que je n'ai été en état de faire pour Clovis et la première capitale de la France.

La troisième, *Ara Cœli*, tracera les fondations de la puissance papale.

La quatrième, *Ponte-a-Mare* et la cinquième, *Ponte Vecchio* ne feront que rassembler avec beaucoup de difficulté dans une forme brève ce que je possède de matériaux épars relatifs à Pise et Florence.

La sixième, *Valle Crucis*, sera remplie par l'architecture monastique de l'Angleterre et du pays de Galles[1].

La septième, *les Sources de l'Eure*, sera entièrement consacrée à la cathédrale de Chartres.

La huitième, *Domremy* à celle de Rouen et aux écoles d'architecture qu'elle représente.

La neuvième, *la Baie d'Uri*, aux formes pastorales du catholicisme, jusqu'à nos jours.

Et la dixième, *les Cloches de Cluse*, au protestantisme pastoral de Savoie, de Genève et de la frontière écossaise[2].

Chaque partie n'aura que quatre divisions; et l'une d'elles, la quatrième, sera généralement la description d'une cité ou d'une cathédrale historique considérée comme résultante — et vestige — de l'influence religieuse étudiée dans les chapitres préparatoires.

Il y aura au moins une illustration par chapitre; pour le surplus il sera fait des dessins qui seront directement pla-

1. De *Nos pères nous ont dit* aucun autre volume que la *Bible d'Amiens* n'a paru. Mais *Verona and other lectures* contient deux chapitres de *Valle Crucis : Candida Casa* et le *Raccommodage du Crible* (ce chapitre tire son titre d'un trait de l'enfance de saint Benoît). — (Note du Traducteur.)

2. Sur la belle sonorité des cloches de Cluse, voir *Deucalion*, 1, V, § 7, 8. — (Note du Traducteur).

cés au Musée de Sheffield pour que le public puisse s'y reporter, et seront gravés si l'on me fournit l'aide ou l'occasion de les relier à l'ouvrage entier.

De même que cela s'est fait pour le chapitre iv de cette première partie, une petite édition des chapitres descriptifs sera imprimée en format réduit pour les voyageurs et les non-souscripteurs; mais, à part cela, mon intention est que cet ouvrage soit exclusivement réservé aux souscripteurs.

TABLE

ACHEVÉ D'IMPRIMER

le quinze février mil neuf cent quatre

PAR

DESLIS FRÈRES

A TOURS

pour le

MERCVRE

DE

FRANCE

www.ingramcontent.com/pod-product-compliance
Lightning Source LLC
Chambersburg PA
CBHW060940030726
47503CB00003B/665